Memorias

Una biografía de Mikel Laboa

mari sol bastida

Portada y carteles: Jose Luis Zumeta
Diseño y maquetación: Jose Luis Agote
Fotografías: Arturo Delgado, J.M. Zabala, Espe Goikolea, Lucía Navarro, Maca Corcuera, Kazuko Ueno, J. Uriarte, J.L. Zumeta…

D.L. SS 646-2014
ISBN 978-84-9027-273-2

Elkar Argitaletxea
Portuetxe kalea, 88 bis
20018 Donostia
Tel. 943 31 02 67
liburuak@elkar.com
www.elkarargitaletxea.com

Impresor: Leitzaran Grafikak, S. L. Martin Ugalde Kultur Parkea. Andoain (Gipuzkoa)

ÍNDICE

Introducción 7

Orduan/Por aquel entonces 11

I- Primavera de 1950 15

II- Amara Viejo: mi familia 81

III- La Parte Vieja: los Laboa 113

IV- 1964-1980 137

V- 1980-1997 217

VI- 1997-2005 281

VII- 2005-2008: el final 343

Apéndice 387

INTRODUCCIÓN

Este libro abarca principalmente el periodo que se extiende desde 1950 (año en que Mikel y yo nos conocimos) hasta el 2008, cuando tuvimos que separarnos. Pero también retrocede en el tiempo para recoger, aunque de forma muy resumida, nuestra infancia y el contexto sociofamiliar en el que esta tuvo lugar. Ello me ha parecido imprescindible para conocer nuestra niñez y nuestro entorno, y poder así valorar mejor el rumbo que Mikel tomó especialmente desde 1962.

Se trata de un proyecto que viene de lejos, pues creo que inconscientemente empecé a "construir" estas memorias en la primera mitad de los años sesenta, a la par que iba conociendo a Mikel más íntimamente. A medida que iba viendo cómo era, lo que hacía y lo que, a mi juicio, podía hacer, comencé a guardar documentos, discos, alguna entrevista que reflejaba bien lo que estaba haciendo, artículos, cartas (pocas, pues muchas de ellas se perdieron en nuestros múltiples traslados) y otros testimonios o recuerdos. El proceso continuó en los setenta y más intensa y sistemáticamente desde los ochenta.

A partir de esta última década, además de ampliar mis "archivos" anotando montones de datos de cada uno de los conciertos, guardar críticas..., empecé a ampliar también las notas que había comenzado a escribir en los años setenta, recogiendo experiencias, comentarios, pensamientos... Poco a poco, las notas se irían convirtiendo en cuadernos que irían recogiendo nuestras vivencias, y que a través de documentos, recuerdos de amigos y testimonios familiares compartidos, me permitirían ir completando también algunos datos de nuestra juventud y su entorno.

Sin duda, el eje central de mi historia era él, Mikel, y su actividad profesional, en la que junto a otras personas, yo también colaboraba. Pero en torno a ese eje, había muchas historias relacionadas, especialmente la mía y la de otras personas cercanas que poblaban el ambiente social, familiar y especialmente cultural en que nos movíamos juntos desde los sesenta. Mikel conocía mi actividad. Con frecuencia recordábamos juntos o me contaba muchas cosas, algunas conocidas por mí y otras que no lo eran tanto, y me animaba de una forma u otra a seguir con mi proyecto.

Hacia julio de 2010, después de terminar otros trabajos que me habían ocupado, empecé a reunir todo el material que tenía acumulado para redactar estas memorias. Terminé mi primera redacción en junio de 2011. A partir de ahí, las correcciones continuadas por mi parte y la colaboración, más o menos fuerte, de algunas personas que voy a mencionar, han sido las notas dominantes del proceso. Debo agradecer la primera versión en *Word* de este trabajo, hecha en junio de 2012, a Verónica Castrillón Serna. A partir de este momento lo pasé para su lectura a Agurtzane, nuestra hija; a Verónica y Maite Ansa, amigas y compañeras de trabajo; a Asun Garikano, Bernardo Atxaga, y a nuestro hijo Izaro. En general y por diferentes razones, sus comentarios me infundieron ánimo para continuar y entre ellos tendría que subrayar la dosis de optimismo que me prestó Asun Garikano. Recogí algunas sugerencias que me habían hecho y seguí corrigiendo.

Hacia la primavera de 2013 pasé el texto a Juan Cruz Igerabide, director de la Cátedra Laboa. Sus comentarios, correcciones, sugerencias..., fueron fundamentales para animarme a dar el paso siguiente: el encargo por parte de dicha Cátedra a Koro Navarro para traducir al *euskera* estas memorias. Gracias a ambos, de nuevo. Seguí corrigiendo, y encargué a Ana Gandara la corrección ortotipográfica del texto. Su trabajo me ayudó mucho. Y a partir de su lectura y también de la traducción de Koro, he seguido corrigiendo... Agradezco la ayuda y el trabajo de todas estas personas que por el momento, de una forma u otra, han colaborado en mi proyecto.

Durante este lento proceso que ha seguido a mi primera redacción de 2011, han fallecido algunas personas que aparecen en mi relato: mi hermano Félix, Antxon Ezeiza, Surrel, Salvat... Todas ellas han dejado un hueco: alguno especialmente doloroso y duradero.

Hacia el final del proceso he sentido en ocasiones un gran vértigo, miedo y ciertas dudas acerca de la conveniencia de publicar el texto. Una parte de nuestra intimidad se va tras la publicación de estas memorias y ello me ha hecho dudar del proyecto. Pero al final he decidido que es mejor publicarlas que no hacerlo. He recordado que Mikel me animaba a hacerlo; he recordado también nuestra creencia tantos años compartida respecto a que ciertos objetivos como la Libertad, la Justicia, la Verdad..., eran valores que debíamos perseguir tratando de acercarnos lo máximo posible a ellos; he recordado que la memoria y la historia son instrumentos necesarios para poder conocer, avanzar y rectificar; y he pensado que esta pequeña historia, y especialmente el hecho de publicar una biografía de Mikel más fidedigna y completa, quizá pueda aportar algo al conocimiento social y principalmente cultural (lo que Oteiza llamaba en una época nuestro "frente cultural") de lo que ha sido nuestro país en las últimas décadas. Por ello, en estas memorias he tratado de acercarme lo más posible a la verdad, escrita con minúsculas por supuesto, pero que de una forma más o menos intensa, he perseguido en los tres niveles o partes entrelazados del relato.

El primer nivel, esencial a mi juicio, esta relacionado con la experiencia profesional de Mikel y su trabajo. Esta parte (al igual que la relacionada con mi vida profesional) está avalada por documentos de diferentes tipos (no siempre citados pero existentes), testimonios compartidos, críticas..., que permiten su verificación, en el caso de los datos, o mostrar su carácter más o menos compartido, en el caso de las opiniones. La parte relativa a nuestra niñez y entorno socio-familiar, está basada en nuestros recuerdos y en los testimonios familiares acerca de la misma. He procurado que dichos testimonios no procedieran de una única fuente, sino que hubiera dos o más relatos, además de nuestros recuerdos, que permitieran su contraste. Las partes más íntimas de la historia, son sin duda las más difíciles de verificar. Pese a ello, hay bastantes personas que por haber vivido muy cerca de nosotros a lo largo de nuestra vida o en ciertas etapas de ella, pueden tener una idea, mucho más externa que la nuestra, por supuesto, que corrobore de cierta forma gran parte de lo que cuento.

Una última razón, importante para mí, que me ha impulsado a perseverar en mi trabajo ha sido el hecho de que escribir y leer estas memorias me produce la sensación de "volver a vivir" una experiencia vital que para mí ha sido muy hermosa. Como suelo decir con frecuencia "si pudiera, volvería a vivirla de nuevo… ¡Cúanto me gustaría poder hacerlo!".

Pese a que a veces la vida parezca un tránsito hacia la muerte, lo fundamental a nuestro juicio era el tránsito: la vida misma. Vivimos tiempos difíciles en el planeta. La ambición predomina o, por lo menos, se impone. Los augurios no son buenos. Pero ojalá la razón (que no sus monstruos), el humanismo, y la acción basada en ellos permitan que nuestras hijas y nuestros hijos puedan vivir una vida más libre, más justa y más plena.

Orduan

Arratsero urreztatzen zen ibaiaren ertzetatik ibiltzen
nindunan orduan,
ni jaio aurretik hila hintzela pentsatuz,
edo nire heriotzeko uda berberan sortuko hinduala lurrak
laranja urez elikaturiko sagarrondoaren mihura bezala.
Espaloi orotan bilatzen ninan hire soineko gorri eta urdina.

Gero, zakarrontzietako hondakinen balioaz eztabaidatu
gintunan,
eta bidaia luzeren probetxuari buruz;
Eta udazken hartan, izen ugariko emakumea bihurtu
hintzenan,
Casiopea eta Pollux, edo Isis and Pandora, eta Bereniceren
Ilea, elemental Mister Watson;

Astelehen edo astearte batetan, gogoa higan nuela,
Nire seksoan aurkitzen dun, qué barbaridad, Bagdad
idatzi ninan gauez,
Nire zerebroan hazten ditun Canadako basoak;
Baina hi heu basorik arbatsuena.

Orain, hire maitale traketsa naun, maitatzen haunat, etcetera,
negu bezperetan etcetera etcetera.

Bernardo Atxaga

Por aquel entonces

Por aquel entonces,
yo paseaba por las orillas de un río
que se doraba cada dos o tres atardeceres,
y pensaba que quizá, ya hubieras muerto,
que quizá fueras a nacer más tarde,
el mismo verano de mi muerte,
como un árbol alimentado con zumo
de nubes color naranja.
Por todas partes buscaba tu vestido azul y rojo.

Algo después, una noche,
discutimos acerca del valor de las basuras,
sobre lo provechoso de los viajes largos;
Y aquel mismo otoño
te convertiste en la mujer de los muchos nombres,
eras Casiopea, y Polux, e Isis and Pandora,
y tu pelo no era otro, adivina adivinanza,
que el de Berenice (elemental Mr. Watson).

Y hubo un día, quizá un lunes o un martes,
en que te escribí aquello de que en mi sexo
se encuentra (¡qué barbaridad!), Bagdag,
en mi cerebro crecen los bosques de Canadá;
Pero tú el bosque más frondoso.

Ahora soy tu torpe amante, te quiero etc.
como ante las puertas del invierno, etc. etc.

BERNARDO ATXAGA

A Mikel

Arratsero urreztatzen zen ibaiaren ertzetatik ibiltzen
ninduan orduan,
ni jaio aurretik hila hintzela pentsatuz,
edo nire heriotzeko uda berberan sortuko hinduala lurrak
laranja urez elikaturiko sagarrondoaren mihura bezala.
Espaloi orotan bilatzen ninan hire soineko gorri eta urdina.

… Eta udazken hartan, izen ugariko emakumea bihurtu
hintzenan,
Casiopea eta Pollux, edo Isis and Pandora, eta Bereniceren
ilea, elemental Mister Watson;

1- Primavera de 1950

Finaliza la primavera de 1950 y nos encontramos en las cercanías del ábside de la Catedral del Buen Pastor de Donostia-San Sebastián, muy cerca del Instituto Peñaflorida (hoy el centro Koldo Mitxelena), donde Mikel estudiaba por entonces, al haber tenido que abandonar el colegio debido a una enfermedad que le habían diagnosticado como de corazón grande, algo que motivaba la risa de su cuñado médico. Estaba también muy cerca de la Escuela de Comercio (hoy sede de Correos), aquel edificio por entonces sucio y destartalado, de estilo Neoclásico, un tanto híbrido y afrancesado, que albergaba también la Escuela de Artes y Oficios, donde yo cursaba primero de Peritaje Mercantil.

Fue precisamente en esta zona, donde empecé a notar que un jovencito alto, esbelto y de vestir elegante me miraba y me seguía con frecuencia, en un espacio que al principio se extendía desde la Plaza del

Buen Pastor hasta el número 6 de la calle de la Salud, en Amara Viejo, donde yo vivía. Solía ser corriente que me localizase al salir de la Escuela o en los jardines del Buen Pastor, junto a la entrada de la panadería Echeverría (una de cuyas hijas era novia de un tío mío) a la que yo tenía que acudir casi diariamente a pesar de estar bastante lejos de mi casa, después de las clases o en vacaciones, equipada con una gran bolsa de tela de cuadros rojiblancos, a comprar pan para nuestra numerosa y nada anoréxica familia. Allí, a veces, lograba despistar a mi "seguidor" ya que la tienda tenía doble entrada: la panadería estaba situada en la calle Fuenterrabía, pero también era posible acceder a ella a través de la cerería, por el lado de la plaza, donde vendían velas y otros objetos adecuados para el culto religioso, y que por un pasillo interno comunicaba con la panadería. A veces, entraba por una puerta y salía por la otra, pero él pronto se percató del truco y saliera yo por donde fuera, me seguía a una cierta distancia hasta mi casa. Con frecuencia, acostumbraba yo a ir leyendo por la calle unas novelas bastante infectas que me encantaban y me enteraba un poco más tarde de que él me seguía. Otras veces era en la calle Loyola, a la que aquel verano acudí a una academia de la que luego tengo que hablar, donde al salir le veía esperándome mirando el escaparate de Erviti, la tienda de instrumentos musicales, que por entonces parecía ya atraerle mucho.

Poco a poco, el área en que advertía su presencia iba ampliándose y en el verano le podía encontrar en las fiestas de San Juan en Amara Viejo, durante aquellos días en que adornaban con ramas de fresno las puertas de los bares y las entradas de los portales, y organizaban la cucaña, bailes y combates de boxeo a los que acudíamos niños y grandes; o en las ferias situadas en Amara Nuevo, donde León Salvador y otros charlatanes conocidos nos daban la bienvenida y nos animaban a visitar las barracas, donde yo solía montarme en los autos de choque que por entonces me gustaba conducir, y él podía ocupar otro distinto, que a veces chocaba con el mío, o situarse en los laterales observando. También coincidíamos en las barracas de tiro, donde yo algunas veces, no muy frecuentemente, ya que era bastante mala, tiraba a los muñequitos u otros blancos y cachivaches que allí ponían. Según él me contaría más tarde, con aquel humor que le caracterizaba, se solía divertir mucho, observando los apuros del empleado de la barraca que se inquietaba pensando que podía recibir un balinazo y no sabía bien dónde colocarse para evitarlo, ya que debido a mi nistagmus (o nistagmo), y a pesar de no ser bizca, yo parecía mirar a un lado pero en realidad miraba al contrario.

Como ya he dicho, durante el verano del 50, fui a la academia que dirigían Aurelia y su marido Antonio. Este, que parecía muy apocado y según decían había sido cura, se ocupaba de las letras y de vez en cuando decía casi suplicante a su mujer: "¡Aurelia, no te alteres...!". Pero Aurelia, que era una especie de furia desatada, se alteraba, vaya si se alteraba... Ella se ocupaba del cálculo y las matemáticas y con frecuencia se enfadaba con algún alumno, porque no entendía o hacía mal los ejercicios; en tales ocasiones empezaba por frotarse las manos, muy nerviosa, y luego acostumbraba a tirar libros, que podían ser gruesos y duros, contra las cabezas de los desafortunados. Era todo un espectáculo, sobre todo para los que lográbamos esquivarlos. La verdad es que yo no tuve que hacer grandes esfuerzos para evitarlos, ya que aunque siempre he tenido mala vista y nunca he sido especialmente habilidosa para hacer flexiones rápidas en el momento adecuado, tenía bastante facilidad para resolver los ejercicios matemáticos que Aurelia nos planteaba y, normalmente, los libros que lanzaba, iban a golpear otra cabeza menos afortunada. A veces, en la academia me aburría y solía hacer bastantes *txikarras*, aprovechando la ocasión para dirigirme a la playa hacia las diez de la mañana, algo que me encantaba, e ir nadando al *gabarrón*, que era una barcaza situada en la bahía y que a aquellas horas estaba solitaria. Allí ayudaba a Nicanor, el viejo marino que la cuidaba, a hacer la limpieza de la barcaza echando sobre ella cubos de agua que previamente sacábamos del mar. Luego, aprovechaba a fondo el trampolín más alto para aprender a tirarme y ensayar saltos.

Durante aquel verano del cincuenta, y también los siguientes, acostumbraba a ir con mis amigas al Paseo de la Concha que hacia el atardecer se convertía en lugar de paseo y encuentro de la gente joven. Allí se ojeaba, se lanzaban miradas, las cuadrillas de chicos abordaban a las cuadrillas de chicas, se entablaban conversaciones, amistades y sobre todo se flirteaba. Luego, nosotras las chicas, solíamos hacer listas de los chicos que más nos gustaban, en las que encabezaban la clasificación los que nos parecían más guapos y, en lugares posteriores, seguían otros cuantos. Para nosotras, para mis amigas y para mí quiero decir en este caso, era corriente que los chicos que se nos acercaban mostraran signos de admiración hacia aquella "chica del traje de baño verde", que al año siguiente sería "el blanco" y al siguiente "el rojo", que a la sazón era yo misma. No sé porqué pero los alumnos del Colegio de los Jesuitas eran por el momento mis admiradores más entusiastas.

Cuento estos detalles para situar cómo era yo por aquella época desde un punto de vista superficial, el que, después de seguirme tanto y saber algo más sobre mí a través de conocidos, podía percibir y conocer Mikel durante aquellos años. Aunque solo tenía doce años, había desarrollado pronto y mi apariencia era la de una adolescente. Tenía fama de ser relativamente guapa y lista, y hago este comentario consciente de que si los criterios respecto a la belleza son complicados, los relativos al talento son infinitamente más complejos y se suelen simplificar de forma bastante irreflexiva y tonta, pero lo señalo porque era una especie de halo o fama que me acompañaba. Era estudiosa, algo que en las condiciones económicas de mi familia era un requisito *sine qua non*, y soñadora: una chica que pensaba y leía mucho, incluso por la calle, y no por pose, aunque las lecturas fuesen muy flojas y los pensamientos probablemente poco profundos u originales. A pesar de que me miraba mucho al espejo (algo que, según me han contado, Lacan dice que viene bien para hacerse una idea de sí mismo), creo que la mejor descripción de cómo era por entonces, mejor que la de algunas fotos que conservo, aparece en el cuadro que por encargo de mi tío Juan me hizo Sebastián, un joven dibujante que por entonces trabajaba en el taller de decoración de mi tío, y que todavía conservo. En él aparece esa adolescente-niña, de melena corta color castaño oscuro, a veces un poco rojizo, que enmarca una cara oval de pómulos ligeramente pronunciados y ojos oscuros, nariz fina y ligeramente respingona y una boca correcta, ni muy grande ni muy pequeña, de labios ni muy finos ni muy gruesos, que al reír se abría mucho mostrando unos dientes regulares y blancos. Lo que más me gusta del retrato es la expresión ensoñadora y un tanto "ida" que refleja, como si, utilizando palabras de Baroja, acostumbrara a tutearme con el infinito, o por lo menos, con algún lugar muy lejano... A veces he pensado que esta expresión tenía que ver con el nistagmo (nombre que conocí por cierto a través de Mikel años más tarde) que hacía que torciera la cabeza ligeramente al mirar y moviera los ojos de una forma un tanto extraña. Este problema me había tenido en el Colegio ligeramente acomplejada, debido a que las alumnas mayores se fijaban en el movimiento de mis ojos y, haciendo comentarios entre ellas, se reían por ello. De todas formas el complejo, si es que llegó a existir, no duró. En parte, según creo, debido al éxito que en mi adolescencia iba a tener entre los jóvenes.

Me gustaba mucho el cine y a través de él había llegado a la música. Me gustaba Chopin. Tanto que, cuando tenía doce años, mi tío Juan me llevó a escuchar en directo mi primer concierto, interpretado por un pianista polaco. Creo que se llamaba Niedzielski y en el Miramar interpretó música de su compatriota. Algo más adelante, mi tío me llevaría también al Victoria Eugenia a escuchar algunas óperas, a las que él era aficionado. Pero estas aficiones por el cine y la música, Mikel no las conocería hasta bastante más tarde cuando empezamos a hablarnos.

Al verano del cincuenta le siguió el curso 50-51 y él continuaba en el Instituto y yo en la Escuela de Comercio. Seguía tras de mí, y podía volver a encontrármelo en el Paseo Nuevo cuando con las mareas vivas, en septiembre u otros días de invierno, acudíamos a ver las olas que saltaban espectacularmente, rompían muros y nos hacían correr para evitar que nos mojaran; o incluso podía seguirme por el interior de la Plaza de la Brecha cuando yo acudía a ver a mi madre que junto con mi abuela tenía allí un puesto de frutas y verduras. Evidentemente cada vez sabía más cosas mías, y además mi madre se daba cuenta del "seguimiento"... Llegaba el verano y me lo podía encontrar cuando yo tenía que entregar algún cesto de fruta (según él un cesto de fresas), en algún restaurante de la Parte Vieja, algo que le debía parecer bastante romántico; o en las fiestas de la Virgen del Carmen, que se celebraban en julio en el Muelle; o cuando desde el Jontxu, aquel bote de remos en el que acostumbraba a salir a la bahía acompañado de sus amigos o con Saseta, su cuñado, se quedaba parado, observando los saltos (carpa, ángel…) que yo acostumbraba a hacer desde el trampolín más alto del *gabarrón* y que le debían dejar bastante admirado. En fin, el área de seguimiento o encuentro a distancia, iba ampliándose cada vez más y tenía lugar de forma continuada.

Sin embargo, lo cierto es que, aunque mi amiga Margaritina que vivía en la calle Oriamendi (hoy Autonomía) y me conocía desde niña, parecía impresionada por la persistencia del asedio del atractivo jovencito, yo no me conmovía demasiado. Quizá porque como ya he dicho estaba bastante acostumbrada al éxito, aunque debería reconocer que la cosa me halagaba y me iba familiarizando con su presencia. También es cierto que ya por entonces, aunque yo los descubrí mucho más tarde, el chico tenía sus encantos. Como ya he dicho, era más bien alto y esbelto; tenía un pelo de color oscuro y ondulado; las cejas negras y muy pobladas, sobre unos ojos verdes, muy expresivos, vivaces y a veces extraordinariamente brillantes (con un pequeño toque de locura, según diría bastantes años más tarde un amigo literato), que eran y seguirían siendo a lo largo de su vida, conjuntamente con su mirada, uno de sus mayores atractivos. Su nariz era por entonces recta y fina, aunque años más tarde se deformaría como consecuencia de un accidente que le dejó unas secuelas de las que no quiso operarse; y su boca era grande con labios gruesos y sensuales, que al reír dejaban ver demasiado sus dientes, algo que con el tiempo fue corrigiéndose no sé bien por qué razón. Durante los cursos que estuvo en el instituto, solía vestir un traje de *tweed* sobre una mezcla de tonos grises, con pantalones *bridges* (o sea abombados y sujetos bajo las rodillas), algo que hemos solido ver en las películas inglesas pero que no era nada corriente en Donostia por aquella época. En conjunto daba la impresión de ser atractivo y elegante y por su conducta parecía extraordinariamente tímido y constante. No es extraño que varios años más tarde, mi madre, que siempre fue sensible a la belleza física y también a otro tipo de belleza más profunda, al ver una fotografía suya me dijera: "¡Qué chico más guapo!... Si no fuera por la boca, parecería un artista de cine".

Al comienzo del curso 51-52, hacia octubre, empecé mi tercer curso de Peritaje en la misma Escuela, y empecé a advertir que su presencia tras de mí era menos constante y los "encuentros" menos frecuentes, aunque pronto me di cuenta de que estas ausencias tenían lugar durante los días laborables, y que los fines de semana le volvía a encontrar de nuevo esperándome cerca de mi casa, en aquella esquina de la calle de la Salud y la calle Amara, junto a la Chatarrería de Ferreres y cerca de Lejías la Montañesa, que era uno de los lugares en los que por entonces él prefería esperarme.

Poco más tarde supe que después de los dos años pasados en el Instituto, donde había realizado los cuatro primeros cursos de bachiller y parte de quinto, había vuelto al Colegio de los Marianistas, que había abandonado cuatro años antes por la enfermedad mencionada, para hacer sexto curso y terminar al año siguiente (en junio del 53) séptimo y reválida.

Me gustaría aquí referirme a algunas particularidades que he podido observar en su *Libro de Calificación del Bachillerato*: en él he podido comprobar que, como mucho más tarde le oiría contar en alguna entrevista en que le preguntaban qué tal estudiante había sido, su respuesta fue acertada al decir: "Desigual; bueno no, pero...". De hecho, como ya hemos dicho, en el curso 45-46 había superado en el Colegio el ingreso de bachillerato; durante los dos cursos siguientes (recordemos su enfermedad) no se había presentado; luego, en el 49, ya en el Instituto, se examinó de primero; durante el curso 49-50, superó segundo y tercero; y durante el 50-51, hizo cuarto y parte de quinto. En general, durante esta época del Instituto, sacó una media de siete, y las asignaturas que peor se le daban eran Dibujo y Educación física, que a partir del curso 51-52 incluye como un apéndice la Formación Política.

Por otra parte, si observamos las fotografías que aparecen en dicho libro, se observa un cambio increíble entre la de ingreso (¡qué parecido con Garbiñe, su hermana mayor!) y la de quinto, mucho más parecido a la época en que yo le conocí y tan bien recuerdo… Por último, me chocó mucho ver (y él tampoco lo recordaba) que en dicho libro, y también bastantes años más tarde en su título oficial de médico (Licenciado en Medicina y Cirugía), figurara como Miguel (o Miguel Juan) de Laboa y Mancisidor. De todo esto es el "de" lo que me extraña, aunque curiosamente parece que el "de Laboa" iba resultar cierto ya que, a pesar de las diferentes hipótesis que había respecto al origen de su apellido (que si gascón, que si árabe, como Lasa le decía a Feliciano con cierta broma), parece confirmarse que el apellido procedía de "Laboa", esa pequeñísima aldea navarra cercana a Pamplona-Iruña, hoy prácticamente inexistente, y que Mikel descubrió entre los 55-60, cuando vio en un periódico que anunciaban "venta de hierbas" en Laboa. Por lo demás, aunque su familia le había puesto de nombre Mikel Jon, ni en la época en que nació ni tampoco mucho más tarde, se iba a permitir que los nombres en euskera pudieran figurar en los registros oficiales. De todas formas, para nosotras, y aunque no recuerdo bien el momento en que me enteré de ello, era Mikel Laboa.

Durante los dos años de Colegio y los veranos respectivos, iba a continuar siguiéndome a distancia haciendo que el ciclo se repitiera de nuevo: yendo en bote al *gabarrón* a ver mis saltos…; coincidiendo en el Paseo de la Concha y más tarde en la Avenida que, como ya he dicho, eran las zonas de paseo de la gente joven por entonces; o en las ferias y fiestas en verano; o en las visitas a las iglesias que entonces era costumbre hacer por Semana Santa, en aquel peregrinar desde las Reparadoras a Santa María, de Santa Teresa a San Vicente… haciendo visitas al Santísimo y luciendo los trajes nuevos (o los viejos arreglados, como solía ser mi caso), en un largo paseo que se convertía en ocasión de encuentros y miradas entre muchos jóvenes y otros no tan jóvenes que también participaban.

Más tarde supe también, porque él mismo me lo dijo, que no había sido solo yo el único objeto de sus persecuciones. Había habido también otras: como Tina "la culona", Elisa "la espiritual" (y que él relacionaba con la obra *Para Elisa* de Beethoven) y algunas más que no voy a mencionar… Pero al parecer había sido yo, según me contó y pude apreciar, la mezcla de atracción física y espiritual que había hecho que me siguiera persistentemente durante más de tres años sin dirigirme nunca la palabra. Creo que de mis idas y venidas durante aquellos años, hubo solo dos de las que Mikel no se percató: mis visitas a Ategorrieta durante algunos veranos, donde en el Convento de Lamorousse había una monjita que me daba clases de francés, y mis viajes a Iruña, más concretamente a la Rochapea, a casa de mi tía Jesusa.

Sus amigos del colegio me llamaban, y alguno me sigue llamando, Jatoma. Era un nombre que habían inventado, al saber mi apellido (Bastida) y mezclar la constancia de Mikel con el episodio de La toma de la Bastilla que estudiaban en Historia, con las clases de inglés que les llevaban a aspirar la letra "H" y trasformar así, "la toma" en "Hatoma" o "Jatoma". Lo cierto es que después de terminar el bachiller en el colegio, como ya he dicho, en otoño de 1953 se iba a marchar a Madrid para hacer primero de Medicina (por entonces una carrera de siete años) y seguíamos sin cruzar una palabra.

Creo que se llevó a Madrid una fotografía mía, que todavía conservamos, en la que yo aparecía en la boda de mi tío José Mari, y que había conseguido a través del hermano de uno de mis admiradores preferidos y más cercanos, a quien previamente yo se la había dado. Se llamaba Javier, estaba terminando por entonces el bachiller en el Colegio de los Jesuitas y era, o a nosotras, y particularmente a mí, nos parecía muy, muy guapo: de aquellos que encabezaban la lista de los chicos que nos gustaban. Durante algún invierno y algún verano, él y sus amigos habían sido nuestros más asiduos acompañantes, y particularmente él, mi preferido, uno de los que me acompañaba hasta la Plaza Easo. La cosa no fue a más, y según el propio Javier me diría más tarde, él pensaba que yo me había desanimado para entablar una relación más fuerte o seria, al saber que iba a seguir o estudiar la carrera militar. Aunque es cierto que a mi familia a pesar de considerarse "apolítica", con lo que ello podía significar, no le gustaban los militares y a mí tampoco, creo que la razón esencial era que yo no estaba suficientemente interesada. Como he dicho, creo que nuestros "amores" de aquella época, o por lo menos los míos, eran juegos casi infantiles que no pasaban de ahí. Resulta curioso que al conseguir la fotografía y a pesar de su procedencia, Mikel la conservara encantado.

Volviendo a la elección de sus estudios creo que es interesante señalar que, según iba a saber yo más tarde, su padre quería que Mikel estudiase Derecho, algo que creo no le iba ni de lejos. Pero él debía tener claro que prefería y tenía más facilidad para las ciencias que para las letras, y aunque dudó entre elegir Químicas o Medicina, al final, influido por el ejemplo de su cuñado Lasa (médico neuropsiquiatra) y probablemente también por una cierta tendencia humanista que iba aflorando en él, se decantó por los estudios de Medicina. Durante su niñez y adolescencia había tenido también otras aficiones: construir casitas de papel y hacer otras construcciones con el mecano, que le encantaban, hacer experimentos químicos, y especialmente una que iba a mantener durante toda su vida, le iba a marcar esencialmente, y estaba relacionada con la música y el mundo del espectáculo: desde niño había cantado mucho, sobre todo en coro y en euskera, pero hacia los 16 años (precisamente hacia la época en que empezó a seguirme y después de algún experimento fallido con la armónica) y también al parecer influido en este caso por la afición de Lasa, empezó a aprender a tocar la guitarra. Después de dar algunas clases con un profesor que vivía en la calle Larramendi, cerca del bar Nido, empezó a acompañarse cuando tocaba canciones latinoamericanas. Más tarde continuaría con su aprendizaje, pero ya en la época del Colegio formaron un trío que cantaba y quizá hasta bailaba...; a Mikel le gustaba bailar, tanto al estilo Broadway, como al estilo Nijinski, flamenco, vasco...; también le gustaba imitar a los payasos, que le encantaban; acudir a conciertos de música clásica u otros espectáculos que le interesaban; escuchar radios extranjeras e imitar el sonido de diferentes lenguas; o, con música de fondo, imitar los gestos y actitudes de un supuesto director de orquesta, mientras dirigía la obra que iba fluyendo mientras tanto.

Por mi parte, en otoño del 53, yo seguía en la Escuela donde iba a cursar el quinto y último año de Peritaje Mercantil y en Navidades íbamos a organizar un baile en La Perla de Donostia, con objeto de sacar fondos para el viaje de estudios que proyectábamos hacer a Madrid en la primavera siguiente. Llegó el día de la fiesta y aunque entonces solo tenía 15 años lo recuerdo muy bien. Además lo hemos comentado tantas veces…

Acudí al baile vestida con una falda plisada de color gris, un niqui de algodón rojo de manga larga y unos zapatos bajos con suela de tocino muy poco apropiados para el baile. Allí estaba Mikel que ya tenía 19 años y había venido a pasar las vacaciones de Navidad desde Madrid, donde entonces cursaba primero de Medicina en San Bernardo, como un tanto nervioso me contaría enseguida. Aunque había sustituido los pantalones *bridges* por los largos, tenía una apariencia tan elegante y refinada como la que yo le había conocido más de tres años antes. Me sacó a bailar. Después de aquellos años de miradas, persecuciones…, fue la primera vez que hablamos. Recuerdo que él temblaba…, y yo con aquellos zapatos de suela de tocino, era muy torpe bailando.

* * *

Después quizá nos viéramos en Semana Santa, en aquel peregrinar de iglesia a iglesia, y a pesar de que en primavera hicimos nuestro viaje de estudios a Madrid, Toledo… no le vi. Sin embargo, aquel verano nos volvimos a encontrar y charlamos con frecuencia. A veces coincidíamos en la Avenida, adonde por entonces se había trasladado por lo menos en parte el Paseo de la Concha. Allí dábamos vueltas, y a veces después de entablar conversación en alguna de ellas, Mikel me acompañaba a casa, mejor dicho, solo hasta Caramelos La Concha que era una tienda situada en la esquina de la Plaza Easo y Víctor Pradera (hoy Easo) junto a los baños públicos, y que marcaba el límite hasta el que yo permitía llegar a mis acompañantes, ya que traspasarlo suponía a mi juicio pasar de la parte de Amara que yo entonces consideraba "respetable" a la que no lo era, precisamente aquella en la que yo vivía y me avergonzaba que vieran. Practicar esta regla con Mikel era bastante absurdo por mi parte, ya que debido a sus continuas "persecuciones" conocía perfectamente el lugar y el portal donde vivía, pero yo observaba la regla a rajatabla.

Recuerdo que este verano del año 54 estaba contento y orgulloso por haber aprobado en junio todas las asignaturas de primero, a pesar de que había sido un curso muy numeroso, alrededor de mil alumnos, y habían sido pocos los que lo habían superado con éxito. Me hablaba de las manías de sus profesores; por ejemplo, aquel militar que acostumbraba a expulsar de clase a filas enteras de alumnos que no observaban el silencio adecuado. También se refería a su afición a tocar la guitarra o a cómo se había alojado en una pensión de la calle Granada, donde había conocido a Fernando Cano, un estudiante de Ingeniería Agrónoma, procedente de Almería, que le enseñaba algunos pasos de flamenco, tipo de baile que Mikel conocía y valoraba desde que en Donostia-San Sebastián había visto a la Compañía de Pilar López. De la calle Granada, durante aquel primer curso, Cano y él se habían trasladado a otra pensión situada cerca de la Plaza de Santa Ana y allí empezó Mikel a acudir a algunas clases de baile que, según me confesaría posteriormente, medio en serio medio en broma, más que aprender a bailar (algo que siempre le había gustado y hacía con cierta fácil libertad), le permitía arrimarse a las chicas que hacían de profesoras. Aquel primer año de estancia en Madrid había tenido también la oportunidad de escuchar en directo, en el Teatro Monumental, *La consagración de la primavera* de Stravinski, interpretada por la Orquesta Nacional, dirigida por el legendario Igor Markevitch, un concierto que le había impresionado vivamente y seguiría recordando a lo largo de los años. Todas estas cosas me contaba, o me contó más tarde, de aquel primer año en Madrid que le resultó exitoso y, a juzgar por los recuerdos, agradable. Creo también que estas historias y la forma en que me las contaba, me interesaban, me divertían y me resultaban un tanto exóticas, si las comparaba con nuestra experiencia del viaje de estudios que había sido mucho más limitada y rutinaria.

Durante aquel verano del 54 y algunos otros que siguieron, nos veíamos y charlábamos también en la playa, cerca de la Perla, en aquel grupo del que formaba parte Maitena Dorronsoro, a la que había conocido en la Escuela durante mis estudios de Peritaje e iba a ser mi amiga fundamental en mi adolescencia, y sus primas Charo y Carolina, junto con otras amigas más mayores como Paquita, Pepa...; salvo Carolina, todas eran mayores que nosotras y también más atrevidas y desenvueltas con los chicos. Con bastante frecuencia Maite y yo íbamos juntas al *gabarrón* a saltar desde el trampolín y Mikel nos esperaba en el bote de remos, que manejaba con soltura y luego nos llevaba a la orilla o a dar una vuelta por la bahía, a la isla... A veces estaba solo, aunque aquellos veranos saldría con frecuencia con un grupo de amigos, del que especialmente recuerdo a Antxon Lafont, amigo suyo desde el colegio, por entonces estudiando en Francia y con el que más tarde iba a mantener una amistad algo lejana pero que se iba a sostener a través de los años. También formaban parte del grupo Pit Larzabal, Tom Alcorta y otros, con los que a veces acudirían a algunas fiestas y puestas de largo, y serían parte de una época en la vida de Mikel con la que yo iba a tener poca relación y él iba a dejar de cultivar pocos años más tarde.

Más o menos por entonces y durante los veranos, se vestía con frecuencia con unos pantalones mahón de color azul oscuro y una camisa de lino del mismo color que se había comprado en Donibane Lohizune (Sain-Jean-de-Luz)por recomendación de algún cuñado que le había dicho que era la ropa más práctica para salir en bote (en realidad el tipo de ropa que nuestros *arrantzales* utilizaban) y que años más tarde se convertiría en una especie de uniforme o algo parecido, ya que habría otras variantes de telas y tonos oscuros que utilizaría también en sus actuaciones. Por entonces, también en verano, al atardecer se solía poner unos jerséis muy amplios en tonos grises o beiges que a veces le hacía alguna de sus hermanas. Según él comentaría más tarde, en Madrid, y posteriormente en Zaragoza, cuando iban a examinarse, solían reconocer a los estudiantes vascos por el tipo de ropa y jerséis que utilizaban.

Aquel verano comentamos también nuestros planes para el curso siguiente: él proyectaba volver a Madrid para hacer segundo de Medicina; y yo proyectaba quedarme en Donostia para hacer los dos cursos de Profesorado Mercantil (continuación del Peritaje) en un solo año, ya que estaba previsto poner en práctica un cambio en el plan de estudios que iba a suponer alargar los dos años entonces vigentes a tres años de carrera para conseguir el mismo título. Mikel se marchó a Madrid y yo me quedé en Donostia donde, conjuntamente con Maribel Apaolaza (que luego sería compañera mía en la Facultad de Económicas), y a pesar de que mucha gente pensase que se trataba de una misión imposible, cumplimos nuestros planes y durante el curso 54-55 terminamos el Profesorado. En octubre de dicho año 55, a los 17 años, me trasladaría a Bilbao para hacer la carrera de Ciencias Económicas.

Así como Mikel había elegido Medicina por afición, y aunque quizá se tratase de una afición relativa que iba a procurar compaginar con la música, que a lo largo de los años se convertiría en su afición fundamental, mi caso había sido diferente. Me había decantado por la economía porque contaba solo con el título de Profesorado Mercantil y era la única opción universitaria abierta a estudiantes que como yo no habían realizado el bachillerato. Como consecuencia mis estudios venían determinados por los que previamente había realizado.

Aunque más tarde hablaré más de nuestros entornos y diferencias familiares, por el momento basta recordar que Feliciano Laboa, el padre de Mikel, a pesar de su origen sencillo, era armador de barcos y contaba por entonces con un próspero negocio naviero, mientras que mi madre había quedado viuda a los 33 años, con dos niños a su cargo (Félix, mi hermano mayor, de 6 años, y yo, la pequeña, de dos años) y había tenido que trabajar duro para sacarnos adelante. El hecho de que en nuestro país, el año 1955, una chica hija de madre viuda y familia trabajadora, pudiera acceder a la universidad, era casi un milagro. En realidad el milagro consistió en el interés y sacrificio que mi madre puso en práctica para que pudiera hacerlo y también en lo buena estudiante que yo había demostrado ser hasta el momento.

Mi madre, de la que luego hablaré con más detalle y que creo se habría convertido en buena amiga de Feliciano si hubiera llegado a conocerle, fue una mujer inteligente, trabajadora y práctica, que siempre valoró el estudio y el trabajo, quizá porque lo primero había sido una posibilidad que a ella se le había negado. Este interés se había demostrado ya cuando colaboró para que sus hermanos más pequeños pudieran estudiar. Más tarde, cuando a sus hijos se les planteó esa posibilidad no tuvo ninguna duda para apoyarles. Sin embargo, y creo que es importante recordar la época para poder entenderlo (sobre todo si se tiene en cuenta lo justa que era mi madre y las veces que me dijo de pequeña que no se me ocurriese nunca "limpiarle los zapatos" a mi hermano), lo cierto es que mientras al chico, a mi hermano mayor, se le llevó al Colegio de los Marianistas para estudiar bachiller, a mí, a la chica pequeña se me llevó a la Escuela de Comercio, pensando sin duda que, en el caso de una chica y dadas las circunstancias familiares, esta opción era la más adecuada... Quizá tuviera razón, porque... ¿qué hubiera hecho yo estudiando el bachiller en La Compañía de María, aquel colegio donde había cursado mis cinco primeros años escolares? Sin embargo, más tarde, y a pesar de las dificultades que tal decisión podían implicar para ella, no tuvo la más mínima duda en apoyar mi ingreso en la universidad. Sin duda también ayudaría a dicha decisión el hecho de que mi hermano, que había empezado a estudiar Ingeniería Industrial en la famosa Escuela de Ingenieros de Bilbao, embarcándose en aquel temible ingreso que tantos años costaba en general superar y que para muchos solía resultar inaccesible, había empezado a pagar sus estudios en todo o en parte, gracias al dinero que ganaba jugando al fútbol en diversos equipos de segunda división.

El hecho es que en otoño de 1955, me trasladé a Bilbao para empezar mis estudios y formar parte de la primera promoción de la Facultad de Sarriko. Este mismo otoño, Mikel, que en su segundo curso en Madrid no se había presentado a los exámenes, marchó a Pamplona-

Iruña juntamente con Iñako Pagola, para continuar allí sus estudios de Medicina. Eran los primeros tiempos del Opus y, aunque estudiaban en Iruña, tenían que acudir a examinarse a Zaragoza. Además podían alojarse donde quisieran. Mikel e Iñako iban a trasladarse a una casa que alojaba a estudiantes y que pertenecía a la familia León, o más exactamente a la Vda. de León y sus hijas, ya que al padre de familia, concejal durante la República de una pequeña localidad navarra (creo que era Aoiz), le habían matado los insurrectos franquistas.

Más tarde supe a través del propio Mikel que el curso anterior en Madrid había empezado alojándose en una pensión de la calle Valverde, junto a otros estudiantes de Medicina y Psiquiatría (Enrique Tellería, Enrique Samaniego, a los que no sé por qué llamaban "las dos virginias", Antonio Mendizábal...). En el piso de abajo había otra pensión, en la que junto a otros vivía Enrique Múgica, que aunque luego iba a ser dirigente del PSOE, por entonces militaba en el Partido Comunista. Más tarde todavía, Mikel me contaría que durante aquel curso había tenido ciertos problemas de tipo psiquiátrico: un proceso de tipo fóbico-depresivo que en algunos momentos de pánico le había llegado incluso a impedir salir de casa. Mikel consultó con J.J. Lasa, su cuñado neurólogo y psiquiatra, y este le aconsejó ponerse en contacto con otro médico-psiquiatra de Madrid que, entre otros remedios, le iba a dar para leer libros religiosos. El remedio no debió de resultar ni demasiado bueno ni demasiado malo, ya que si bien cuando le vi en Donostia, vuelto ya de Madrid en verano del 55, no le noté nada especial, durante su estancia allí los problemas habían persistido y el curso había resultado un desastre, lo que motivó el traslado al saber que abrían una Escuela de Medicina nueva, cerca de casa.

Puede que sea curioso pero muchas veces me he preguntado por qué en algunos momentos que podían ser cruciales, Mikel se ponía enfermo, a veces con enfermedades graves. Esto me ha hecho pensar en una especie de destino que le ponía en una situación de crisis que le impedía continuar por donde iba antes y le impulsaba al cambio... No lo sé, pero luego volverían a surgir otros momentos parecidos... Ahora, nos encontramos en otoño del 55, él en Iruña y yo en Bilbao, creciendo de forma separada pero manteniendo una relación que nos iba a permitir complementarnos.

* * *

Su etapa de Iruña podría dividirse en dos partes: los dos primeros años que pasó en casa de los León, en la calle Estafeta, junto con Iñako, y los que vivió en otra casa de la calle Dormitalería, con otros amigos a los que me referiré más tarde, aunque algunas de las cosas que irán saliendo ahora abarcan ambos periodos. En casa de la familia León se encontró una sorpresa agradable. Al igual que en su casa de Donostia, allí también escuchaban las famosas charlas que daba el Padre Onaindia, emitían desde Radio París y seguían con atención los simpatizantes republicanos y nacionalistas vascos. Muchas veces estaban acompañados por Jorge Cortés, que iba a convertirse pronto en marido de Esther León, una de las hijas de la familia. Allí pasarían uno de los inviernos más fríos que Mikel recordaba, cuando el termómetro llegó a –20 grados y el retrete que estaba en el balcón se congelaba. Allí haría muchas juergas acompañado de Iñako. A petición de este iría a cantar debajo de casa de Karmentxu Aldaz, una chica que por entonces era del gusto de Iñako o harían aquel *sketch* del león y el domador, en el que Mikel hacía de domador e Iñako de león. Acudirían al frontón Euskal-Jai donde era posible ver buenos partidos de remonte. Mikel era aficionado a la pelota desde niño, cuando solía acompañar al Frontón Urumea de Donostia a su padre o cuñados. Según solía contar, de niño había visto a Jesús Abrego, apodado "el mago de Arroniz", cuyas hazañas en la cancha contaba extasiado. Acostumbraban también a pasear y mirar a "sus novias", en el caso de Mikel no demasiado importantes. En definitiva: correrían muchas juergas, estudiarían bastante poco y a las llamadas a hacer ejercicios espirituales dirían que no, que ya los habían hecho antes en Donostia, algo que no era cierto ni de lejos, claro.

Durante los años 55-60, acompañándose de la guitarra, cantó allí (y también en Donostia), casi todo el repertorio de Atahualpa Yupanqui. Muchos años más tarde, Antxon Saragüeta, uno de sus amigos procedentes de Bera (Vera de Bidasoa), nos cantaría todo su repertorio de entonces, acordándose de las letras mejor que él mismo. Mikel nos ha contado montones de veces, cómo hacia el año 55, Antxon Lafont, que por entonces estudiaba en Burdeos, le había traído un disco de Yupanqui que le impactó. Luego era él mismo el que acudía a Donibane Lohizune, Baiona (Bayonne) o Biarritz, a comprar más discos: Yupanqui, Violeta Parra, Los Incas… Pero sobre todo del primero. Según contaba, a su madre no le debía hacer ninguna gracia escucharle cantar *Preguntitas acerca de Dios*. A otros en cambio, nos gustaba. Por entonces, debía de hacer ya parodias de Cantinflas, bailaba… Frecuentaban también el bar Ganuza y aquellas veladas musicales, mezcla de audiciones, clases, etcétera, que allí organizaban. Allí también escuchó por primera vez a Brassens, que le encantó, y conoció a Carlos Itoiz, que le dio clases de guitarra y le habló de Sabicas. De hecho, la primera vez que actuó en un escenario fue en un festival benéfico que hacia 1958 tuvo lugar en el Teatro Gayarre; le acompañó a la guitarra Carlos Ganuza y su repertorio fue el que por entonces cantaba.

En Iruña empezó también a dar clases de euskera, lengua que hasta los siete años había hablado en exclusividad y que después de la Guerra había perdido en gran parte. A las clases acudían pocos alumnos y entre ellos estaba Itziar Mikeleiz, que más tarde se iba a casar con Iñako Pagola. También por entonces tuvo lugar esa historia que Mikel ha contado tantas veces y se recoge en la película *Haika mutil*, donde él narra de una forma peculiar y algo irónica, cómo un día les llevaron a un joven enfermo y al hacerle la historia clínica y ver que no contestaba a las preguntas que le hacían, quedándose como perdido, mirando a lo lejos…, pensaron que no sabía castellano. Entonces, entre Mikel y otro amigo, empezaron a formularle las preguntas en euskera. La gran transformación experimentada por el enfermo que dejó de mirar al infinito para contestar con locuacidad a sus preguntas, debió causar la extrañeza del médico que actuaba como profesor y al que aquella lengua, para él desconocida y extraña, sonaba a japonés. Más tarde, estando trabajando como médico interno en el Hospital Provincial de San Sebastián, asistió a otro caso parecido que terminó peor, ya que en este caso, en un momento en que no había ningún médico de guardia que supiera euskera, el paciente terminó siendo llevado al quirófano para ser operado, sin saber él adónde le llevaban.

Durante estos años en Iruña fue a veces a esquiar a Aralar y a Ibañeta. En aquellas excursiones a la nieve, esa nieve que siempre le iba a atraer extraordinariamente, conocería Auritz (Burguete), Orreaga (Roncesvalles) y otros pueblecitos cercanos. También conocería el característico olor que, mezclado con otros aromas, surgía de la madera quemada en las cocinas y fuegos bajos de la zona, aquel olor, que iba a quedar grabado para siempre en su memoria.

* * *

Mi primer curso en Bilbao, el 55-56, fue bastante diferente. Por entonces, la actual Facultad de Sarriko no estaba construida y cursamos los cinco años de carrera en el edificio que albergaba la Escuela de Altos Estudios Mercantiles, en la calle Elcano. Hacíamos el viaje en tren, en la línea de los Ferrocarriles Vascongados que unía la Estación de Amara Viejo de Donostia con la Estación de Atxuri en Bilbao, pasando y parando en el montón de estaciones y apeaderos que a través de Gipuzkoa (Guipúzcoa) y Bizkaia (Vizcaya) unían ambas ciudades. El viaje duraba alrededor de cuatro horas y algo menos si cogías el "*pull-man*", que era un tren especial ("de lujo", según decían), más caro y, como no paraba tanto, resultaba un poco más rápido.

Desde Atxuri, pasando por la Iglesia de San Antón y apenas vislumbrada la ría y la Parte Vieja, nos trasladábamos hasta la calle Espartero (hoy Juan de Ajuriaguerra) hasta una pensión situada cerca del Colegio de los Escolapios y no lejos del Puente de Deusto, que es donde nos alojamos el primer año. Vivía allí junto con mi hermano Félix, que había comenzado la carrera de Ingeniería Industrial, y con los hermanos Apaolaza: Maribel, que era compañera mía, y su hermano Juan-Fran (Juan Francisco) que estaba terminando la carrera que mi hermano comenzaba. A veces nos visitaba algún compañero de curso que Juan-Fran nos presentaba. Entre ellos me iba a surgir un pretendiente con fama de gran talento (que pronto iba a disfrutar de la simpatía de mi madre) y que durante aquel curso y parte del siguiente nos iba a acompañar con frecuencia en los viajes en tren, hablándonos del encanto del paisaje, de las novelas de Dostoievski y de otros temas que podían resultar interesantes. Se llamaba Manolo Arana y era hermano de Ignacio (o Iñaki), un compañero de curso que empezó a estudiar con nosotras, aunque para entonces era ya marino... Durante dos o tres años tuvimos una relación de amistad bastante estrecha con ambos hermanos. Iñaki (y también luego otros compañeros de curso), me llamaron por un tiempo "Serru", en alusión al aspecto de mi pelo que por entonces iba creciendo tieso y punki (después de un corte extremo) y recordaba, según él, la alocada pinta del Maestro Serruchini, aquel personaje de Charlot en la película *Candilejas*.

Desde la pensión, Maribel y yo solíamos ir andando, atravesando la Plazuela de Jado, la Gran Vía, o a veces la Plaza Elíptica, para dirigirnos al edificio de la calle Elcano donde estudiábamos. Aunque en primer curso éramos alrededor de 180 alumnos, solo ocho éramos chicas y dos lo abandonaron muy pronto. Acostumbrábamos a situarnos en las primeras filas, andar mucho juntas y pronto nos hicimos amigas. Como casi todas las primeras promociones, tuvimos problemas no solo derivados del carácter provisional de nuestro alojamiento sino también del despiste general imperante y de la precariedad y bajo nivel de la mayor parte de nuestros profesores. Entre ellos, señalaría tres excepciones: Aurelio Menéndez, profesor de Derecho Civil y Mercantil (y más tarde ministro en el gobierno de Adolfo Suárez), quizá el mejor profesor que he tenido nunca y sin duda el mejor de la carrera. Tenía un gran nivel y te hacía sentir interés e incluso entusiasmarte con el derecho, algo que para mí, que no era ni soy aficionada a esa materia, resultaba sorprendente.

Sánchez Asiain, que luego nos daría Hacienda, era también muy bueno. A otro nivel diferente estaba Juan Echeverría, que a base de mucha exigencia y siguiendo el método de Castañeda, te hacía aprender mucha teoría microeconómica neoclásica (¡por lo menos aprendíamos algo!), sin llegar a conseguir lo mismo en el caso de la macroeconomía, por su enfoque desafortunado.

Durante aquel curso, yo cogía apuntes, estudiaba y a pesar de mis temores, ya que solo tenía diecisiete años y estaba rodeada de gente mayor que había estudiado mucho antes de comenzar la carrera, terminé el curso con muy buenas notas: sobresaliente en Filosofía, Sociología y Teoría económica (¡se notaban mis aficiones!) y notable en Derecho e Historia. Las matemáticas me las habían convalidado por el profesorado, siguiendo a mi juicio un criterio equivocado ya que, aunque siempre había sido una buena alumna de matemáticas, carecíamos de la base que tenían los alumnos de bachillerato, algo de lo que posteriormente me he resentido con frecuencia y he procurado paliar (gracias al segundo curso de esta materia que afortunadamente no nos convalidaron) y estudiando por mi cuenta. Aparte de lo que he contado, en donde los viajes a Donostia en tren ocupaban un lugar importante, no hacíamos demasiado... Paseábamos por la Gran Vía con Maribel, Mariví, y Mila, tres compañeras de clase, y con frecuencia se nos unían otros compañeros de la facultad, unos mejor recibidos que otros, que nos acompañaban. A veces, por las noches iba al cine con mi hermano (o más amigos) después de saborear aquellos buenísimos bocadillos de merluza que Félix, mi hermano, me solía traer de Eibar y más concretamente del restaurante Txaltxa en sus días de entrenamiento con el Club Deportivo Eibar, equipo en el que entonces jugaba.

En los seis años que estuve en Bilbao (cinco de carrera y uno dedicado a dar clases y hacer los cursillos de doctorado) aprendí a amar la ciudad y sus alrededores, y si bien Mikel exageraba cuando más tarde iba a decir con cierta sorna que era él quien me había enseñado a conocerla, lo cierto es que sin él probablemente no hubiese llegado a alcanzar la visión que a lo largo de aquellos años y los que más tarde seguirían he llegado a tener de ella.

La ciudad era entonces más oscura y gris, más sucia y menos "bonita" que ahora. Carecía del maravilloso Guggenheim, el metro no existía... pero tengo la impresión de que había otra tensión, otra fuerza, aunque fuese soterrada en ella. Su imagen y la historia industrial y minera que tras ella se advertía, cuando te trasladabas desde Atxuri al Arenal y bordeando la ría seguías avanzando viendo las siluetas de las grandes grúas junto a las barcazas, los astilleros, el humo de los altos hornos, los puentes... Aquella mezcla de negro y gris que en torno a la ría, con aquellas poblaciones tan distintas en sus márgenes (derecha e izquierda), te iba acompañando hasta llegar a su desembocadura en el mar.

Situados en la España franquista, todo aquel paisaje estaba relacionado con un pasado que yo al principio desconocía y que, en parte gracias a Mikel, iba a ir conociendo poco a poco. Vivíamos años de clandestinidad y la historia se ocultaba tras ella. Pero de alguna manera, en aquellas imágenes aparecía impresa su huella, que afloraría con más nitidez en los sesenta y en los setenta. El PNV y el PSOE, los comunistas, anarquistas... que tanta fuerza habían tenido en la República y la Guerra Civil, con figuras como el Lehendakari Aguirre, Indalecio Prieto, Dolores Ibarruri (la Pasionaria), y tantos otros defensores de la República, muertos, encarcelados o exiliados por aquella época, resultaban figuras legendarias que a la manera que reflejan las buenas fotografías en blanco y negro, contrastaban fuertemente con las suaves y a veces desdibujadas fotografías en color que hoy advertimos detrás de muchas de esas fuerzas y figuras políticas.

Por entonces este pasado parecía inexistente. Muchos de nuestros compañeros y compañeras pertenecían a estas familias políticas, pero la dictadura imponía un tabú que hacía que solo pudiéramos conocer estos detalles calladamente y poco a poco, susurrando por lo bajo. Otros pertenecían al bando de los vencedores y normalmente tampoco se manifestaban, salvo quizá los más ricos o los más tontos, que hablaban con soltura de sus palacios y yates. De todas formas, el ambiente que se notaba entre nosotros en general (porque la relación que se estableció entre las chicas fue más estrecha) era distendido pero superficial y, en lo que a la relación entre sexos se refiere, manifiestamente carca. Por entonces soportaban que las chicas estudiasen letras, pero eso de que se metieran en ciencias apenas lo tragaban. Les debíamos parecer unas marimachos y algunas veces teníamos que escuchar que íbamos a clase sin lavarnos, algo que evidentemente no era cierto, pero que podía reflejar la diferencia entre nuestros atuendos, nada atrevidos ni contestatarios e incluso bastante conservadores, por cierto, pero menos acicalados que los que llevaban las típicas señoritas del Bilbao en el que nos movíamos, educadas esencialmente para buscar un marido y convertirse en buenas madres y amas de casa. A Milagros (Mila), la compañera citada, que obtenía muy buenas notas (y más tarde lograría el Premio Nacional Fin de Carrera), la llamaban despectivamente "la Castán", en referencia al autor de un libro de derecho muy citado entre nosotros. Incluso en el tema de las relaciones sexuales parecían ser más comedidos y mojigatos que en Donostia donde aunque tampoco fuéramos muy lanzados quizá se notaba más la cercanía con la frontera francesa... Me estoy refiriendo, claro, al ambiente que yo frecuentaba, porque sé muy bien que Bilbao también tenía otras caras.

* * *

El verano de 1956, cuando ya cumplidos los 18 años apenas sabía nada de política y desconocía muchas de estas cosas que acabo de contar, viví una de las experiencias más duras de mi vida cuando tuve que pasar un mes interna en el albergue de la Sección Femenina de la Falange (creo que se llamaba Albergue de la Virgen Blanca), situado en la zona de Judizmendi de Vitoria-Gasteiz. Este internado se situaba dentro del programa del SEU diseñado para que las chicas universitarias pudiéramos realizar el denominado Servicio Social. De forma parecida al Servicio Militar para los chicos, este era obligatorio si querías obtener un título universitario, el pasaporte..., y la modalidad que a nosotras se nos ofrecía para poder superarlo consistía en: acudir las tardes de los sábados de primero de carrera a los cursos de Formación del Espíritu Nacional donde trataban de impregnarnos del espíritu de la Falange y enseñarnos la "historia de España". Al terminar primero, venía el mes de internado. Y ya más tarde, un servicio (de oficinas, en mi caso), que te permitía superar el requisito mencionado. Dentro de todo ello, lo que para mí resultó casi insoportable fue este mes que tuve que hacer en 1956. Nunca he vivido tan de cerca y en un clima cerrado, la experiencia totalitaria. Desde la izada de banderas por la mañana hasta la arriada de las mismas al atardecer, cantando los himnos falangistas al uso y con la presencia de sus símbolos, como el haz y las flechas, en medio de una disciplina cuasi militar impuesta por los mandos falangistas, y dentro de un ambiente enrarecido y lleno de desconfianza en el que podía faltar dinero a alguna de las internas, sin que llegáramos a conocer al culpable…, todo me resultaba agobiante. ¿Cómo han podido (o pueden) soportar otras personas, me pregunto hoy, experiencias infinitamente más duras que la mía?… Algunas de mis compañeras de la facultad lo aguantaban mejor, quizá porque no se lo tomaban tan en serio, protestaban más y, cuando nos tocaba una fiesta, eran capaces de quitarse el uniforme, ponerse guapas, e irse a la calle Dato a pasear. Pero a mí que interiorizaba mucho todo aquello, me resultaba casi imposible superar el trauma y la claustrofobia que experimentaba… Cuando el mes terminó y llegó el momento de trasladarme a casa, en el tren que hacía el recorrido Gasteiz-Donostia, me resultó imposible quitarme el uniforme. De hecho, seguía sintiéndome enclaustrada. Y vestida con aquella blusa blanca de manga corta, la falda de cuadritos, los calcetines y las zapatillas bajas, y llevando en mi mano la maleta, me bajé del tren en la Estación del Norte, donde mi hermano esperaba mi llegada. Al verme vestida así quedó extrañado. Pero se extrañó mucho más cuando me eché en sus brazos y le abracé fuertemente sin poder dejar de llorar… No podía dejar de llorar.

* * *

Después iban a seguir las primeras vacaciones de verano que, en general, durante aquellos años esperaría con enorme gana, ya que hacia mayo y junio (época de exámenes), solía hacer mucho calor y los fines de semana la gente se desplazaba masivamente hacia las playas cercanas, algo que envidiábamos y, a mí particularmente, me hacía añorar tremendamente mis baños en el mar. Un poco más tarde, nuestro verano también llegaba y yo lo vivía más o menos de la forma acostumbrada: mucha playa, muchos baños, travesías a la isla y al *gabarrón* a nado, paseos en el Jontxu por la bahía... A las tardes, paseos por el muelle, la Avenida, muchas charlas con Mikel, y también paseos en su vespa que nos podían llevar a Buena Vista en Igeldo, a Orio, o a bajar desde Jaizkibel, con los frenos estropeados... ¡Si mi madre, con lo que odiaba y temía las motos, se hubiera enterado!

Durante los veranos, Mikel acostumbraba a pasar unos días en el caserío de Lekeitio, donde les habían acogido durante la Guerra (luego me referiré a ello) y también acudía con frecuencia a Iparralde, donde se relacionaba con algunas familias exiliadas (los Aguirre, Ajuriaguerra, Insausti...). En ambos lugares solía tener relación con algunas amigas francesas (Jacqueline, a la que había conocido en Lekeitio y a la que su madre llamaba "la lagartona"; Jackie una jovencita que debía de ser encantadora y de la que Mikel siempre ha tenido muy buen recuerdo) y también otras que no eran francesas, claro...

A partir de mis años de carrera, se iba a introducir una variación en mis veranos, al iniciar la temporada acudiendo a Arrasate (Modragón), a pasar las fiestas de San Juan en casa de Mariví Dolara. Normalmente acudíamos Maribel, Mila y yo. Nos acogían en casa de Mariví, una pequeña villa, situada en la entrada del pueblo desde Bergara, en la que vivía junto con sus padres, su hermano y una tía, hermana de su madre. Además de disfrutar del buen trato que nos daban, pude conocer aquel ambiente para mí desconocido. Recuerdo una excursión que hicimos por monte, hasta el caserío de la abuela de Mariví, cercano a la zona de Santa Águeda. Era un día gris y la primera visión de aquel paisaje me impresionó. En casa de Mariví hablaban euskera. Su padre, nacido en un caserío de la zona, era un industrial que, con su inventiva y su formación autodidacta, había levantado un taller de máquina herramienta en el que también trabajaba su hijo y que por entonces era un próspero negocio. Tocaba el acordeón, al igual que Mariví, y tenía una gran ilusión por la carrera de su hija… Sentía una gran antipatía por el movimiento cooperativista y, visto desde ahora, me parece percibir en él una mentalidad muy carca. Su madre y su tía, que trabajaba en una empresa, se ocupaban de la casa: eran muy buenas cocineras, jardineras, hortelanas… y hacían, a base de nata de leche fresca, uno de los mejores bizcochos del país, que luego en invierno le mandaban a Bilbao y Mariví generosamente compartía con nosotras. Después de su boda con un compañero de curso, que se celebraría en Arantzazu años más tarde, nuestras vidas irían por caminos diferentes y se rompería aquella relación de los años de carrera que tan unidas nos había mantenido.

Mila y Mariví, venían también en verano a pasar unos días a mi casa pero el ambiente era distinto. Mi madre trabajaba y no les podíamos atender con tanto esmero como nos dedicaban en sus casas.

Con Mila iba a tener una relación que más tarde se iba a prolongar. Íbamos mucho a su casa, situada en la calle Elcano, muy cercana a nuestra escuela. Allí nos acogían muy bien, nos daban una tortilla de patatas estupenda y charlábamos. El ambiente era diferente: tiene gracia que este pequeño país (¡y luego hablaré de nuestras familias respectivas…!) pueda mostrar tantas diferencias en tan poco espacio. Los padres de Mila eran bilbaínos, provenían de la clase trabajadora y su casa extraordinariamente limpia, era sencilla, pero al mismo tiempo digna y en cierto sentido hasta acomodada. Vicenta, su madre, que junto a su hermana Cati se ocupaba de la casa, era simpatiquísima, alegre y vivaracha y nos contaba montones de historias de Bilbao y de sus contactos con la gente de Igorre (Yurre), Deusto… Su padre era bajo y delgado, abultaba mucho menos que su madre; de pelo y ojos oscuros y creo recordar un poco tristes, salvo cuando hacía alguna broma con aquel humor un poco socarrón que, a pesar de hablar poco, mostraba con frecuencia. Se veía que no eran del grupo vencedor y más tarde me daría cuenta que eran de aquella gente socialista (base del PSOE), muy bilbaínos, que tenían una "buena" relación con los nacionalistas vascos, cuyo bando por lo menos en la Guerra habían compartido y cuya amistad seguían cultivando.

En otoño de 1956 iba a cambiar de residencia trasladándome a la esquina de la calle Doctor Areilza con Licenciado Poza. En el primer piso de aquella casa, perteneciente a Cristina Pérez y Enrique Menoyo, íbamos a vivir Maribel, Mariví y yo durante el resto de nuestra carrera. Mi hermano Félix se trasladaría también junto con otros compañeros a una pensión que estaba situada en el quinto piso de la misma casa. Durante aquel año cambié de actitud hacia el estudio: me confié y en lugar de estudiar a diario, empecé a practicar ese método tan malo y tan corriente entre los estudiantes, consistente no en estudiar para aprender, sino simplemente en preparar la asignatura en unos cuantos días para poder aprobar el examen. Estaba bastante despistada e ignoraba que me iba a encontrar con una asignatura muy dura, el "hueso" de la carrera por entonces, que exigía estudiar bien y estudiar al día, cosa que aquel curso no hice y me pasó factura.

Mi actitud también cambió en otro sentido: con tantos compañeros y bastantes admiradores alrededor era posible tontear, flirtear... en fin "lightizar" la forma de vida, algo que yo hice de nuevo aquel año. Además, iba a empezar a frecuentar la compañía de un chico del curso, llamado Eduardo, que a la salida de clase junto con otros compañeros, nos acompañaba a casa, a la vez que se dirigía hacia la suya muy cercana. Empecé también a salir con él e ir al cine los fines de semana, donde nos permitíamos cogernos de la mano y charlar de cosas bastante tontas. Predominaban los temas del curso. Además, entre lo más interesante, recuerdo nuestras conversaciones sobre ópera, a la que él era muy aficionado y en las que surgían una y otra vez el antagonismo, entonces de moda, entre la Callas y la Tebaldi (él evidentemente prefería la última, aunque no sé lo que diría años más tarde...); otro tema que me gustaba era el entusiasmo con el que describía el Pirineo Aragonés, a uno de cuyos pequeños pueblos solía ir con su familia durante los veranos. Recuerdo con agrado las postales con cumbres y paisajes de la zona que me mandaría más tarde. A pesar de que la relación era bastante insulsa, el chico me gustaba y durante parte de segundo y tercer curso iba a considerarle "mi pareja". Mi madre, que se enteraba de estas cosas por mi hermano, que al ser mayor que yo y carecer de padre era una especie de delegado suyo en cuanto a mi cuidado, me dijo un día: "Mari (como ella y mi hermano me llamaban a veces), eso de andar con dos chicos a la vez, no es nuestro estilo…". Se refería a Eduardo (al que no sé bien por qué, ya que no le conocía, le tenía una manía enorme) y a Manolo, el joven ingeniero, al que ella conocía un poco y veía con muy buenos ojos. Yo, que a pesar de su interés por mí, solo veía a este último como un amigo, le contesté muy seria: "Ama, yo no ando con dos…, solo ando con un chico: el resto son amigos".

Afortunadamente, hacia junio o julio del 58, Eduardo me iba a hacer un inmenso favor al dejar de enviarme, sin ninguna explicación por medio, las acostumbradas postales del Pirineo. Así, sin más, se cortó nuestra relación. Yo pasé unos meses malos, debo reconocerlo, pero pronto me iba a dar cuenta, como ya he dicho y él probablemente nunca llegó a sospechar, del gran favor que me había hecho. Verdaderamente no alcanzo a imaginar qué habría sucedido si yo hubiera seguido empecinada, y aquella relación tan poco interesante, insulsa y nimia, comparada con la que luego iba a seguir, hubiera llegado a convertirse en un compromiso central de mi vida.

* * *

A todo esto, Mikel con el que habitualmente me veía en vacaciones como ya he dicho, había elegido la Navidad del 56 para "declararse", como llamábamos entonces a algo que consistía en una propuesta de noviazgo, dicho de una u otra manera. Mi respuesta fue negativa. Más o menos por entonces había comenzado mi "idilio" con Eduardo y aunque con Mikel lo pasaba bien, me divertían sus historias y quizá iba empezando a advertir que me ayudaba a descubrir un mundo más rico y más amplio, para mí desconocido, esencialmente le veía como un amigo, una especie de admirador incondicional con el que siempre podía contar: no sospechaba que más tarde, al ir conociéndole más, acabaría enamorándome profundamente de él, en un proceso que pese a experimentar altibajos y crisis, iba a durar para siempre. A pesar de su disgusto ante mi negativa, me regaló un disco de los Platters con el tema *Only you* (ese que hoy utilizan tanto para hacer publicidad de chuletas, *chimeneas*…), que supongo era otra forma de insistir en lo que ya me había dicho. Llevé el disco a Bilbao y junto con mis amigas lo escuchamos tantas veces que llegó a "electrificarse", como decían entonces: fuera lo que fuera, al final se estropeó y no era posible escucharlo.

Cuando le interesaba algo, Mikel sabía ser insistente y, a pesar de mis calabazas, durante el año 57 y 58, vino a visitarme a Bilbao en diferentes ocasiones, pese a saber que salía con otro chico y a veces solo nos veíamos un rato. Solía aprovechar la celebración de algún partido de fútbol interesante, para venir con una cuadrilla de Donostia, que eran también amigos de mi hermano, y hacer una juerga por la Parte Vieja o San Francisco, ver el partido y quedar conmigo aunque solo fuera un rato. Según me contó más tarde, en alguna de estas ocasiones mi hermano le diría: "Mira, yo estoy de tu parte…". A veces volvía apenado de estas visitas pero seguía insistiendo. Aprovechaba también sus viajes a Bilbao, para irse a pasear a zonas que yo apenas frecuentaba. Cuando volvía, a veces comentaba: "No entiendo por qué dicen que en Bilbao no se habla euskera, hoy no he escuchado otra cosa". La verdad es que Mikel era bastante especial, porque para poder escuchar hablar mucho euskera en Bilbao en aquella época, había que ir a alguna zona muy rara. No sé, quizá la zona cercana a la estación de los autobuses que venían de la provincia (Bermeo, Ondarroa, Lekeitio…); allí sí: allí posiblemente podría escuchar hablar euskera con frecuencia.

Las consecuencias de lo poco que había estudiado durante el curso 56-57 se notaron, aunque no demasiado al principio, en los resultados de junio. Salvo en una, saqué en todas las asignaturas una calificación de notable (y en Derecho Político, que era una asignatura que me gustaba, me hubiesen dado matrícula de honor si hubiera hecho un pequeño trabajo complementario que exigían para poner una nota superior al aprobado, y yo me negué a hacer, lo que muestra que tener un gran expediente no aparecía entre mis finalidades, aunque dada la situación familiar, aprobar era esencial). Pero la "salvedad" era importante, porque suspendí Teoría Microeconómica, que ya he dicho era el "hueso duro" de la carrera y asignatura llave para otras de cursos posteriores.

A la manera de Castañeda, Echeverría nos hacía un examen eliminatorio de problemas y, si aprobabas este, un examen teórico, oral e individualizado, que se desarrollaba ante una gran pizarra en la que tenías que exponer los temas con sus correspondientes gráficos o demostraciones matemáticas. Tenía carácter público y podía durar dos o más horas, para exponer el tema y contestar las preguntas y pegas que te planteaban. Yo, que no había estudiado nada, no pasé el eliminatorio; en septiembre no me presenté; y el curso siguiente, a pesar de llevar la asignatura bien preparada, no aprobé ni en junio ni en septiembre. En junio porque en el teórico me preguntó un tema marginal, que no preguntaba nunca y no solíamos preparar; y en septiembre, porque después de más de dos horas de una buena exposición en la pizarra, no respondí a una pega bastante tonta (un punto de inflexión de una curva de costes con una pendiente excesivamente plana) que me acarreó el suspenso. Afortunadamente en junio del 59 hice un examen muy bueno, como reconocieron los espectadores más exigentes que a veces acudían a ver si a las chicas nos aplicaban los mismos duros y exigentes criterios que a los demás, y aprobé no solo la Teoría 2, sino también la Teoría 3, Macroeconomía, algo que era una pequeña hazaña, y me permitió recuperarme y terminar la carrera con la primera promoción y una calificación media de notable. La verdad es que la exigencia de Echeverría me hizo estudiar mucha Micro, y aunque luego, cuando empecé mi vida profesional en la universidad como profesora de las Teorías 2 y 3, tuve que estudiar muchísimo más (especialmente Macroeconomía, que como ya he dicho, por entonces en Bilbao la enfocaban muy mal), me permitió aprender algo de manera consistente, ya que salvo Hacienda Pública y alguna otra asignatura que tenía un buen nivel, en la mayor parte de la carrera el nivel era bajo y el de algunas asignaturas importantes como Historia, Estructura o Política Económica, casi, casi, inexistente.

* * *

En otoño del 57, después de pasar dos cursos junto con Iñako Pagola en Estafeta, Mikel se iba a trasladar a otra pensión situada en la calle Dormitalería, cerca de la Catedral, llevada por dos mujeres que habían cuidado (o habían sido asistentas) de canónigos y que les preparaban unas comidas alucinantes. La mayor de ellas quedó asombrada cuando, a raíz de que hicieran papa con el nombre de Juan XXIII al que siendo Cardenal Roncalli había estado en Pasajes San Juan con la familia Laboa, vio en los periódicos la noticia y estando un poco despistadilla preguntó un día a Mikel: "Bueno, bueno, a todo esto, usted... ¿cómo emparenta con el Papa?". A pesar de enterarse de la ausencia de parentesco, les siguieron cuidando muy bien, tanto a él como a los otros huéspedes que se alojaban en su casa y de los que recuerdo especialmente a José Luis Ara, un joven médico que murió joven, y a Ricardo, un estudiante de Agronomía procedente de Valencia que según Mikel era encantador, además de ser muy sordo y fuente de múltiples anécdotas, como cuando quitándose el aparato que solía llevar en el oído y totalmente concentrado, era capaz de ganarles jugando al mus, a pesar de que ellos hablando y pasándose información le hicieran trampas.

Adelantado el año 58, Mikel y yo empezamos a salir juntos de manera algo más formal, pero al poco tiempo me dio "calabazas". Esta vez fue él quien me dijo que tenía dudas sobre si estaba preparado para llevar un noviazgo serio. Según me confesaría más tarde le asustaba la responsabilidad que tal decisión implicaba, aunque también es posible que hubiera otras razones, ya que según me dijo salió algunas veces con una chica de Iruña con la que cuando iba al cine no terminaba de entenderse, ya que él tenía cierta sordera en el oído derecho y ella en el oído izquierdo, con lo que al sentarse y situarse de forma poco adecuada, no había forma de que se entendieran, hasta que cambiándose de sitio, sus oídos pudieran coincidir mejor… Sea como sea, la cosa ni fue importante ni prosperó. Unos meses más tarde (hacia septiembre del 59) volvió a llamarme por teléfono a Bilbao y volvimos a empezar de nuevo.

Me contó que habían hecho una excursión a pie, yendo por monte desde Iruña a Aralar. Eran tres amigos: uno de Iruña, otro andaluz que estudiaba allí, y él. Según me dijo, el que mejor andaba en el monte era el andaluz, cosa que conociendo a Mikel no me extrañó demasiado, pues si bien le gustaba practicar diferentes deportes era bastante malo en casi todos (aunque él solía contar que en salto de longitud había sido mejor…). En aquella ocasión, una de sus pocas excursiones largas a pie por monte, llegaron hasta la ermita de San Miguel, y quizá el santo le "iluminó" porque a partir de entonces nuestras relaciones iban a seguir… aunque fuera con altibajos. Mi madre, que como ya he dicho se enteraba de estas cosas especialmente a través de mi hermano, parecía mirarle con simpatía.

* * *

Uno de los primeros obstáculos que encontró nuestra relación fue la enfermedad que atacó de nuevo a Mikel, reteniéndole un par de años en los que pasó por momentos de fuerte decaimiento. El curso 59-60, al hacerle el examen médico previo a la milicia universitaria le descubrieron un infiltrado tuberculoso. Pese a ello, uno de los mandos médicos militares insistía en que debía hacerla. Afortunadamente, al final, y gracias a la intervención de diferentes médicos, se libró de ir y pudo quedarse en el domicilio de sus padres siguiendo un largo tratamiento hasta curarse. La cosa fue larga y seria e hizo que quedase desconectado de sus compañeros, tanto que una chica menorquina, llamada Mª Juana Moll, que había sido compañera suya de carrera, creía que a resultas de la enfermedad había muerto. Esto fue por lo menos lo que nos contó en 1993, cuando se trasladó de Menorca donde vivía y ejercía como psiquiatra, a Barcelona, para asistir al concierto *Al vent* que se celebró en el

Palau San Jordi de esta ciudad, ante decenas de miles de espectadores y participación de numerosos artistas.

Según nos explicó con entusiasmo al final del concierto, al ver su nombre en el cartel no había dudado en acudir, ya que además del gran recuerdo que tenía de su creatividad durante su época de estudiante (recordaba cómo cantaba, bailaba, imitaba...), a raíz de su enfermedad le había dado por muerto... No debió de ser la única que lo pensó ya que según me ha contado recientemente Iñako Pagola, uno de sus profesores más prestigiosos les había dicho que ese tipo de nefritis de origen tuberculoso era muy grave, y que lo normal era que aquel joven no viviera más de dos o tres años...

Lo cierto es que el pronóstico falló, pero la enfermedad duró y dejó su rastro. A la tuberculosis había seguido una nefritis de la que le iba a costar recuperarse; y así entre una y otra pasó aproximadamente dos años (entre 1960 y 1962) en el domicilio de sus padres, pendiente de su tratamiento, de sus análisis que no mejoraban y, según él me decía, permaneciendo durante largas temporadas como una especie de fósil que apenas sentía nada... Fue entonces, durante el curso 60-61, cuando al ir a visitarle, empecé a frecuentar su casa y conocer a su familia.

Mientras tanto, yo había terminado la Licenciatura de Económicas en 1960 y durante el curso siguiente continúe en Bilbao, dando clases y haciendo los cursillos de doctorado. Vivía con las mismas compañeras y en la misma casa, ya que Cristina y su familia que procedían de Pampliega, nos cuidaban muy bien. Solía acudir a la facultad para asistir a unos cursillos poco interesantes y acudía también a un colegio de monjas donde me ocupaba de dar clases de matemáticas a un curso de chicas adolescentes. También me desplazaba con regularidad a Neguri para dar clases particulares de Microeconomía (Teoría 2) a Mª Jesús Ojeda, una chica a la que llamábamos "la millonetis" y vivía en una especie de villa-palacio tan habituales por allí. Solía ir en tren y disfrutaba tanto del viaje como de los paseos que daba para conocer la zona.

Por lo demás en Bilbao no hacía nada especial. Pasear, ir al cine, alguna excursión para conocer San Juan de Gaztelugatxe, Gernika, Mundaka, Bakio… y a veces, cuando venía mis tíos o el padre de Mariví, una invitación para comer en algún buen restaurante (El Víctor, Machimbenta, El Arenal…) eran nuestras actividades. Un día vinieron los tíos de Mikel (Miguel Laboa que era su padrino y Encarna, su mujer) y me llevaron a comer al Hotel Carlton, con más etiqueta de la que yo acostumbraba… Los fines de semana solía ir normalmente a Donostia y visitaba a Mikel que seguía en cama. Los viajes en tren siempre me gustaban y disfrutaba también de la estancia en mi casa, donde mi madre solía estar encantada de poder vernos a mí y a mi hermano. Sin embargo, en aquel momento Félix acudía menos, ya que entre los partidos de fútbol y la carrera que estaba terminando estaba muy ocupado.

* * *

Mi madre vivía un buen momento, ya que después de trabajar tanto, veía que yo había terminado los estudios y mi hermano estaba a punto de hacerlo. Recuerdo que con mi primer sueldo le regalé una cadena y medalla de oro, símbolo, supongo, del agradecimiento por su ayuda y augurio, según pensaba, de los mejores o más tranquilos tiempos que se avecinaban para ella, después de que sus hijos, sus "motores" como ella misma solía decir, terminaran sus carreras, en aquellos tiempos en que terminarlas, sobre todo si eras chico e ingeniero, significaba conseguir un trabajo bueno y casi inmediato.

Así las cosas y contra todo pronóstico, el trece de mayo de 1961, murió mi madre. Fue a consecuencia de un error médico al operarle de un pequeño fibroma, que según le habían dicho y luego se confirmó, carecía completamente de importancia. ¿Estaba el médico en "buenas condiciones" en el momento de operarle? Es una duda que siempre me ha quedado. A pesar de los casi cincuenta años trascurridos desde entonces, recuerdo bien las veces que durante los tres últimos días de su vida, hablé por teléfono con Mikel que seguía enfermo, en cama. Cuánto hablamos durante aquellos tres últimos días de la vida de mi madre, mientras ella se debatía entre la vida y la muerte, en aquella habitación de la clínica

Nuestra Señora del Coro, acompañada por mi hermano y por mí, y por mis tías y tíos que no entendían nada de lo que estaba pasando.

Recuerdo también con nitidez, la última vez que la vi, unos días antes de ingresar en la clínica para ser operada de algo que todos decían sería rutinario, despidiéndome desde el portal de nuestra casa en Salud 6, cuando yo volvía a Bilbao después de pasar el fin de semana en casa. Su figura, alta, recta y fuerte, destacaba sobre el dintel del portal al que había bajado para despedirme. Allí estaba diciéndome adiós: todavía joven (solo tenía 53 años) y guapa. Aquel día llevaba puesto su vestido de paño gris y cuello camisero, mangas largas y ligeramente acampanado, que usaba para el trabajo; peinaba su pelo, oscuro todavía a pesar de las canas, recogido hacia atrás y llevaba sus adornos de siempre: un pañuelo blanco, inmaculadamente limpio y planchado en torno a su cuello y asomando por el escote en pico de su vestido, y unos pendientes de perlas blancas con un pequeño brillante, formando un "tú y yo" en sus orejas: era su atuendo normal de trabajo y daba la sensación de fortaleza, una gran limpieza (física y moral) y una sencilla elegancia. Cuando llegué a la esquina, me volví para volver a saludarle con la mano. Seguía allí, mirándome, y me devolvió el saludo con su brazo. Pocos días después le volvería a ver en la clínica; primero en la cama, molesta después de su operación y acompañada por mi hermano. Luego en su agonía, pero ya no era la misma. Ella era como yo le había visto en el portal de casa.

A pesar de que le habían dicho que la operación era sencilla y rutinaria, ella siempre previsora y ordenada, había hecho sus últimos preparativos. Religiosa como era, se había confesado y había comulgado. También había hecho el testamento, dejando sus ahorros, divididos en partes iguales, a sus hijos Félix y Mª Soledad, como días más tarde nos leería el notario. Recuerdo también que en la última carta que me escribió aquella primavera del 61, cuando aún se encontraba bien y no había razones para esperar tal desenlace, al contarme entre otros sucedidos la muerte en accidente de unos jóvenes conocidos nuestros, me decía: "Mari, es verdad que la vida no es nuestra…".

* * *

La muerte de mi madre, veinte años después de la de mi padre, traería consigo una serie de cambios. Marcaría el final de mi estancia en Bilbao, el inicio de ciertos viajes y cambios de residencia, y también una época de mayor relación con Mikel (relación que como he dicho se había iniciado ya y nos llevaba a mantener larguísimas conversaciones telefónicas en las que intercambiábamos confidencias) que a partir de entonces iba a seguir, casi de forma ininterrumpida, a pesar de la distancia u otras circunstancias que con frecuencia iban a separarnos. Es posible que el fallecimiento de mi madre marcara un cierto punto de inflexión en mi forma de hacer frente a la vida, aunque todavía en ocasiones iba a mostrar una actitud de ligereza no demasiado acorde con la rectitud que de una u otra forma ella me había inculcado. Esta actitud ligera, como si de alguna forma hubiera vuelto a mis tiempos de adolescencia, fue la tónica dominante en el viaje a Luxemburgo que junto con dos compañeras, Maribel y Mariví, hice durante el verano que siguió a su muerte. Mientras tanto Mikel seguía enfermo en su casa.

Acudimos a Luxemburgo a realizar un curso de verano de aproximadamente un mes de duración, en la Universidad de Derecho y Economía Comparada. Acudían alumnos de diferentes países y resultaba muy fácil conseguir becas para pagar los gastos de viaje y estancia. A nivel académico el curso no me sirvió para nada y el trabajo que presenté para poder asistir a los cursos era una especie de refrito, copiado a trozos de diferentes lugares, sin sentido ni conexión, del que siempre me he avergonzado. Es curioso que algunos compañeros, creo que eran alemanes, me dijeran que no lo entendían… ¡Cómo iban a hacerlo! Su ingenuidad contribuyó todavía más a mi mala conciencia, algo que me ayudaría a evitar en el futuro actuaciones parecidas y a tratar de acometer el trabajo con responsabilidad profesional y un gran deseo de aprender aquello que consideraba importante o necesario para mi formación, de forma desinteresada y prescindiendo de los premios o compensaciones inmediatas que se me ofrecieran. Por lo demás, el viaje me vino bien para practicar francés, una de las lenguas oficiales del curso, para conocer París, hacer algunas excursiones por Alemania (Colonia, Bohn, viajes por el Rhin...), conocer Luxemburgo y también a muchos jóvenes (la mayoría chicos, ya que las chicas éramos pocas) de diferentes países, especialmente europeos y africanos, flirteando y tonteando con unos y otros, como si a pesar de tener ya 23 años, me durase aquel "virus" juvenil que hacía que me gustara sentirme admirada por unos y otros. Aproveché también aquellos días para reunirme con mi hermano, que estaba haciendo prácticas en una empresa situada en las cercanías de Estrasburgo, y así, sin más, terminó aquel viaje.

Por entonces cerramos la casa de la calle de la Salud. Mi abuela fue a vivir a casa del tío Balta, y mi tía Antonia y yo a casa del tío Juan, donde permanecería hasta junio del 62, fecha en que me iba a ir a Inglaterra. El invierno del 61-62, anterior a este viaje, estuve bastante desorientada y no hice nada de particular, salvo visitar mucho a Mikel, que seguía enfermo. Me dediqué a buscar trabajo, quizá sin demasiado empeño, y probé suerte en algunas empresas que necesitaban economistas... En alguna de ellas me dijeron explícitamente que sí, que buscaban economistas, pero que no querían mujeres..., con lo que evidentemente mis posibilidades se reducían sensiblemente. Con el tiempo, me alegré de no poder trabajar como economista de empresa, algo en lo que no me veo; pero a la vez era fácil apreciar que este rechazo era algo generalizado, ya que solo una de las seis chicas que formamos parte de aquella primera promoción, acabaría trabajando en una empresa; las otras íbamos a trabajar en la universidad como profesoras o bibliotecarias, y otras iban a seguir la profesión más "abierta" a las mujeres, al convertirse en amas de casa.

Como he dicho, aquel invierno viví en casa de mi tío, algo que a pesar de la buena voluntad demostrada por él y su familia, no me resultó demasiado cómodo; aquel empeño en que aprendiera a cocinar, algo que me encantaba a la hora de comer, pero que a la hora de elaborar platos no me motivaba nada..., a pesar de que mi tía, sobrina de la dueña del restaurante Nicolasa, fuera una cocinera fantástica. Cosí un poco en casa de unas amigas, algo que tampoco me iba demasiado y creo recordar que hice un jersey para Mikel, que le sobraba por todos los lados, y a pesar de su buena voluntad, apenas pudo utilizar. ¡Qué diferencia con los jerséis que le hacía Karmele, su hermana! En fin, estaba claro ya desde mi época de colegio, que aquellos pinitos no me gustaban ni me iban demasiado. Como también he dicho antes, aquel otoño y aquel invierno, hice a Mikel montones de visitas en su casa y conocí más a su familia. Él seguía pendiente de su nefritis, sus análisis, sus hematíes, y bastante desanimado por lo que tardaba en mejorar de su enfermedad. Era como si le faltase fuerza y sobre todo le faltase vida… Recuerdo que él mismo ya por entonces o quizá algo más tarde, me contó que estaba como adocenado, no sentía apenas: era como un ser de madera que no vibraba ante las cosas, no vibraba ante la vida, no vibraba ante nada… Fue algo más tarde, a raíz de un viaje a Ezkaray para cambiar de aires, como se decía entonces, él en el Hostal Maritxu, yo de visita en casa de mi tío, cuando empezó a notar que sus sentidos y su espíritu, despertaban de nuevo… ¡Qué hermosa sensación tantas veces recordada por ambos, la de aquel anochecer estrellado, de aire puro, vibrante y fresco, tras un día caluroso, cuando vimos y oímos a Verónica, la cabrera, que llegaba con sus cabras del monte para pasar a recogerlas en casa!

* * *

Después de aquel curso tan tontamente trascurrido (si no hubiera sido por la ayuda que nos prestamos), en junio del 62 yo me fui a Londres (ciudad en la que viviría más de un año) y, poco antes de mi salida, Mikel acudiría a Zaragoza, donde iba a pasar unos días, para examinarse de alguna asignatura. Luego, durante el curso 62-63, mientras yo estaba en Inglaterra, él se trasladaría a vivir a Zaragoza con objeto de poner término por fin a su carrera de Medicina. Por entonces, justo al mejorar de su enfermedad, pasó del repertorio Yupanqui, Violeta…, al de la canción tradicional vasca, pero no a aquella que conocía a través de su familia, coros… y que era habitual interpretar en los círculos *abertzales* y vasquistas, sino a otra mucho más antigua y menos conocida, dando un salto atrás y al mismo tiempo adelante en el tiempo, una especie de regreso a las fuentes, que en este caso tuvo que agradecer a la información de Joseba Bidaurrazaga y Txema Faus y al importante trabajo realizado por los recopiladores de canciones y autores de nuestros cancioneros.

Mikel ha contado muchas veces cómo Joseba le dijo un día: "¿conoces estas canciones?". Se refería a *Oi Pello, Pello*, *Bereterretxen kanthoria*... Al contestarle Mikel negativamente, le habló de la colección que bajo el título de *Club de disque basque*, había empezado a publicar el Museo Vasco de Baiona y entre los que se podía encontrar la recopilación de canciones populares, hecha por Simon Haran (lo que nosotros más tarde llamaríamos los "discos rojos") y también del libro *Flor de canciones populares vascas* del Padre Riezu, que Txema Faus le iba a regalar, considerando que Mikel lo iba a utilizar mejor. Acertó (ambos acertaron) plenamente, ya que para Mikel ambas referencias iban a ser fundamentales. Empezaría a comprar los discos y consultar el libro (esencial para él al principio y que un tanto despedazado y con hojas amarillentas todavía conservamos en casa). Más tarde comentaría en muchas entrevistas cómo "la hermosura de aquellas melodías interpretadas de forma tan sencilla" le había fascinado. También le fascinaron algunos textos y las historias que iba conociendo a través de ellos; por ejemplo *Bereterretxen kanthoria*, recogido del libro de Riezu, se convertiría en uno de sus temas preferidos. Y ha solido afirmar cómo en aquella época posterior a la Guerra Civil en la que desconocíamos todo (o casi todo) nuestro pasado, este descubrimiento tanto a nivel artístico como documental, había sido para él (pionero, en este campo) emocionante. Lo cierto es que esta época que pasamos en lugares tan distintos, fue por razones diferentes importante para los dos, y que las experiencias que vivimos nos enriquecieron a ambos, ya que a través de nuestras cartas y de los días que a veces pasábamos juntos, pasó a ser quizá en proporciones diferentes pero sin duda compartidas, patrimonio de ambos.

Su cambio de repertorio (y lengua) fue entonces radical. Y quizá convenga aclarar algo que se iba a poner de manifiesto en su trabajo a lo largo del tiempo, pero que en esta época iba ya a poner en práctica cuando, Beobide o algún otro componente del grupo de teatro Jarrai, le hicieron una traducción de *Duerme, duerme negrito* (*Lo, lo, ene semetxo*), canción que Mikel había cantado mucho y bien, para que la cantase en euskera. Sin embargo, él no era ni sería partidario de traducir las canciones. Cuando elegía, cantaba o escuchaba una en una lengua que conocía, el texto, la manera de interpretarlo y la unión entre letra y música, eran sin duda importantes para él y lo valoraba mucho. Pero en el caso de no entender la lengua en que se expresaban daba primacía a la música, y el sonido de la lengua en que se cantase formaba para él parte de ella. No respetarlo era una especie de traición a la música misma: Yupanqui, Parra... tenían que sonar en castellano; Brassens, Brel... en francés; las *Pasiones* de Bach que tanto le conmovieron a lo largo de su vida, en alemán... Siempre era posible acceder al texto por medio de un libreto que incluyera su traducción, aunque por supuesto no era lo mismo que escucharlos y entenderlos. Pero no se podía traicionar el sonido. En definitiva: en este caso no cantó esta traducción. Volvió a las fuentes y empezó a interpretar en euskera aquellos temas tradicionales que tanto le habían impresionado y le seguirían interesando a lo largo del tiempo.

* * *

Como he dicho, a principios de junio de 1962, estando Mikel en Zaragoza, salí en tren desde Hendaia (Hendaye). Me acompañaron sus padres, su hermano Pello, su hermana Garbiñe y Joxe Miguel Saseta, su cuñado. Antes y a modo de despedida, me habían invitado a cenar en Biarritz, y debí de tomar más champán del debido, porque me pareció que el tren se balanceaba demasiado y el viaje Hendaia-París me resultó largo y pesado. En París hicimos el trasbordo de rigor y gracias a la consigna de tránsito, hoy en día inviable, pude pasear por el Barrio Latino y las orillas del Sena, aprovechando las 3 o 4 horas libres, sin llevar peso alguno. Luego de París a Calais, de nuevo en tren; Calais-Dover en barco;

y de nuevo en tren, desde Dover a Londres, hasta Victoria Station. Qué hermoso me parecía aquel viaje que combinaba tren y barco (a veces en lugar de ir por Dover pasábamos por Southampton, con lo que la travesía resultaba más larga...), atravesaba Francia, hacía que al pisar el barco te sintieras ya en Inglaterra, y marcaba las diferencias culturales que se manifestaban en mil detalles diferentes de carácter físico y humano, que hacían que el tránsito mismo fuera interesante y el viaje todo menos aburrido. Al llegar a Victoria Station, me estaban esperando Maca, la novia de mi hermano, y Maribel Apaolaza, mi compañera de estudios; las dos estaban allí trabajando como *au pairs*, en casas diferentes, claro, y tratando de aprender inglés. Eso mismo es lo que yo pretendía hacer, además de estudiar algo de economía más tarde, si así se terciaba.

Mi estancia en Londres, que duró catorce meses, fue para mí un verdadero filón, ya que exceptuando el terreno de las ciencias económicas en el que no hice nada salvo la asistencia ocasional a la biblioteca o alguna clase de la London School también dispersa, iba a constituir según creo una experiencia fundamental en mi transformación personal y humana. Es posible que esta experiencia no hubiese tenido el mismo valor sin la base en parte inconsciente que ya llevaba al llegar; y creo que si hubiese realizado dicho viaje y estancia unos años antes, el resultado no hubiera sido el mismo. Por otra parte, es posible que mi experiencia londinense se viera tremendamente complementada por las experiencias que junto con Mikel iba a compartir y vivir algo más tarde, pero lo cierto es que aquellos catorce meses serían para mí cruciales.

Podría dividirlos en dos partes que se corresponderían con dos casas, dos familias y dos barrios muy distintos, que me iban a permitir tener visiones diferentes y complementarias de lo que era por entonces Londres (centro de un mundo extraordinariamente cosmopolita) y la sociedad inglesa. Durante los seis primeros meses de mi estancia, es decir, desde principios de junio hasta Navidades, cuando iba a volver a Donostia para pasar las vacaciones, viví en South Kensington, en el domicilio de los Fletcher, situado en el número 21 de Drayton Gardens. Se trataba de una casa de tres pisos, más bajo y ático, comunicados entre ellos por el interior de la vivienda que, gracias a esa buena costumbre que tenían entonces los ingleses de mantener lo que merecía la pena, conservaba el típico estilo de las casas de la zona. Los tres pisos habitados por los Fletcher (y su *au pair*, que era yo), estaban amueblados de forma confortable, algo habitual entre las familias de clase acomodada, pero en este caso tenían un aire moderno, con un toque cosmopolita y bastante *minimal* (no habitual en los interiores ingleses tradicionales), en el que la laca negra y los detalles orientales daban a todo el conjunto un leve aire exótico, no demasiado cuidado ni acabado. Richard Fletcher (Mr. Fletcher), que por entonces podía estar en torno a sus cuarenta, era arquitecto de profesión y militante del Partido Laborista (situándose según creo en el ala izquierda del mismo). Patricia, su mujer, era de origen canadiense: alta y delgada, con un pelo oscuro peinado en forma de melena corta y lisa y un flequillo también liso sobre la frente que le llegaba hasta las cejas; vestía con original elegancia y actuaba con cierta elegante y algo altiva indolencia. Compartía las aficiones políticas y artísticas de su marido, pero a diferencia de este parecía aburrirse soberanamente. Tenían tres niños y cuando yo llegué a la casa se ocupaba del bebé (Valentina), pero después de la muerte de esta, que contaré enseguida, se ocupaba solo de los mayores, lo que le dejaba mucho tiempo libre que parecía ocupar en hacer *shopping* y en la búsqueda de noticias, comidas... que fueran *exciting*.

Los Fletcher alquilaban el bajo y el ático de su casa a jóvenes pintores y dibujantes, de clases más modestas, que acompañados de sus parejas a veces estables y otras no tanto (Roger y Diedri; Peter y Suzanne; Cris y su amiga sueca...), trataban de abrirse camino como ilustradores de revistas, dibujantes, etcétera. La relación entre los Fletcher y sus inquilinos era fácil y fluida, aunque a veces, respecto a mí, podía ser algo distante (recuerdo por ejemplo que a Peter no le gustaba que yo escuchase en su tocadiscos, en el piso de abajo, una versión muy hermosa del concierto para violín y orquesta de Beethoven), algo que a mí me chocaba en aquel contexto y que luego no iba a encontrar en casa de la conservadora Mrs. Nelson. Por lo demás, el ambiente que se respiraba en la casa era abierto y crítico, sin etiquetas, y denotaba un gran interés por los temas políticos, sociales y artísticos, sobre todo los que tenían que ver con las artes plásticas, en las que Picasso ocupaba un lugar privilegiado. En ocasiones, como otoño de 1962, al producirse la crisis de los misiles en Cuba, cuando se temió que el mundo estuviera al borde de un enfrentamiento nuclear, la casa se llenaba de gente que trabajaba activamente para organizar protestas de carácter pacifista.

Yo caí en medio de todo aquello y aunque al principio apenas hablaba inglés (con los Fletcher me entendía en francés y con el resto como podía), me iba resultando muy atractivo. Tenía que ocuparme de los niños: Piers de 4 o 5 años y Colette de 3. Además, había un bebé de 4 meses que creo se llamaba Valentina, de la que se ocupaba Mrs. Fletcher, a la que yo apenas veía y que murió al poco tiempo de mi llegada. Además de ocuparme de los niños, entre mis obligaciones estaba la limpieza de la casa, planchado de ropa y hacer algo de cocina, poco, ya que como antes he dicho la cocina no estaba entre mis aficiones ni mis habilidades. Como consecuencia, y dado que en comparación con Mrs. Fletcher yo era casi una "experta", las únicas veces que comíamos bien eran aquellas contadas ocasiones en las que Mr. Fletcher se ocupaba de cocinar o nos visitaba la madre de Roger, el joven inquilino de abajo, que era una campesina de York que hacía aquellos excelentes asados acompañados de patatas al vapor y con vegetales como guarnición, típicos de la cocina tradicional inglesa que hacían nuestras delicias y eran casi imposibles de encontrar ya por entonces.

Además del fin de semana, diariamente tenía 5 o 6 horas libres por la tarde, lo que aprovechaba para dedicar tres horas diarias a aprender inglés, al principio en una escuela cerca de Picadilly, en el barrio del Soho, y más tarde en Hammersmith, donde preparé el Lower Cambridge. Además de los paseos diarios, casi desde el comienzo aprovechaba los fines de semana para conocer Londres. Para ello dábamos larguísimos paseos a pie, andando muchos kilómetros (acompañada al principio por Maca, Maribel o ambas y más tarde sola o con otras compañías) que combinábamos con desplazamientos en metro, autobús, o algunas excursiones en tren. Íbamos a visitar museos: desde el principio y con mucha frecuencia a Tate y National Gallery. Íbamos al cine, a aquellos pequeños y maravillosos cines (¿los Everyman?) en los que si ocupabas las filas delanteras que eran las más baratas, podías ver a cambio de poquísimo dinero, unos ciclos maravillosos (Dreyer, Buñuel, cine italiano, ruso…), siempre en versión original con subtítulos. También iba con frecuencia a escuchar música; sobre todo música clásica, en el Festival Hall y Albert Hall preferentemente. En el primero iba a escuchar hacia Semana Santa del 63, unas estupendas y completas versiones de las *Pasiones según San Mateo* y *según San Juan* de J.S. Bach. Había posibilidades de escuchar grandes conciertos y todo ello, museos, cine, conciertos, teatro (allí vi el *Galileo Galilei* de B. Brecht…) por poquísimo dinero si sabías acceder a las localidades más baratas. Recuerdo que por aquella época, asistir en París a este tipo de actividades culturales resultaba mucho más caro. Años más tarde, en Londres, las cosas también iban a cambiar.

Hacia finales de junio, cuando apenas llevaba un mes allá, los Fletcher me dijeron que nos íbamos de vacaciones hacia la región de los lagos (Lake District) en el Norte de Inglaterra, lindando casi con Escocia. Nos metimos los seis (el matrimonio, los tres niños y yo) en el coche caravana que tenían, para dirigirnos a Windermere, en la citada zona. Del viaje, lo que más fuertemente quedó impreso en mi cabeza, fue la dureza con que Mrs. Fletcher riñó a Colette, que tenía tres años, porque a consecuencia del mareo, había devuelto y nos había ensuciado. ¿Qué culpa tenía la niña por haberse mareado? ¿Qué pensar de los métodos educativos?… ¿Era aquello bueno, era aquello malo…?

Cuando llegamos a Windermere, que era un lugar muy hermoso lleno de pequeñas casitas rodeadas de vegetación, aisladas entre sí y a la vez cercanas a aquel gran lago, nos alojamos en una de ellas, un *cottage* tan rodeado de verde que te sentías totalmente solitaria y aislada del resto. Allí estábamos, Piers, Colette, su abuela paterna, es decir la madre de Mr. Fletcher y yo misma. Era un pequeño apartamento, con un salón comedor amplio amueblado al estilo inglés, pero en el que predominaba el color verde de la vegetación que veíamos tras las amplias ventanas sin visillos y el blanco de las paredes y la amplia biblioteca, lo que hacía que además de confortable, resultase alegre y agradable. Además la impresión de aislamiento era engañosa ya que a poca distancia de la nuestra, en otra casita de características parecidas, estaban los Fletcher (Richard y Patricia) con la niña pequeña.

A pesar de lo hermoso que era todo aquello, apenas tuve tiempo de disfrutarlo, ya que al segundo o tercer día, sin que yo apenas me enterase de lo que sucedía, pude ver que algo malo pasaba. Todos estaban muy nerviosos y concentrados y, sobre todo, la abuela que era bastante rara y callada, casi hermética (luego supe que padecía trastornos nerviosos y había estado internada en un hospital psiquiátrico), mostraba una actitud preocupante. Supe, creo que me lo dijo Mr. Fletcher, que la pequeña Valentina había muerto mientras dormía. Debió ser uno de esos casos de muerte súbita que a veces se dan de manera tan imprevisible y al que según creo, siguió una investigación judicial, informe del forense… Todo muy tenso, triste y un tanto misterioso sobre todo para mí que apenas me enteraba de lo que pasaba, era bastante imaginativa y desde adolescente había sido muy aficionada a las novelas policíacas… ¡El miedo que pasé, sin ninguna razón para ello, imaginando cosas raras y observando la expresión concentrada de la abuela, mientras manejaba aquellos grandes cuchillos que utilizaba para prepararnos la comida…!

Cuando todo terminó, los Fletcher me dijeron que les gustaría seguir el viaje con sus dos hijos, en su caravana, y lo mejor sería que marchara en tren a Londres y me quedara en su casa, esperando su vuelta. Vacaciones para todos y, además, las mías iban a coincidir con la visita a Londres que iban a hacer Mikel (que por su enfermedad no había hecho el viaje de estudios) y mi hermano, que ya estaba trabajando. Si bien los primeros días en Londres pasé bastante miedo en aquella gran casa llena de ventanas (al ras y por debajo del nivel de la calle), en la que se podía entrar por cualquier lado, y en la que solo estábamos Roger, el joven inquilino del sótano, que aquellos días esperaba el nacimiento de su primer hijo, con Diedri, su mujer, ingresada ya en el hospital a punto de parir, y yo, en mi pequeña y normalmente agradable habitación del tercer piso, en la que a falta de pestillos, cerrojos..., llevaba al gato para que me hiciera compañía y ponía mi pequeña cama bien arrimada contra la puerta, a modo de posible y pobre defensa si sucedía algo raro. Sin embargo, en conjunto, estas vacaciones iban a resultar muy placenteras.

Muy pronto llegaron Mikel y mi hermano, que se iban a alojar en una casa de huéspedes (*bed and breakfast*) cerca de Euston Station, en un barrio bastante popular y mucho más humilde que el que yo habitaba, cercano a la zona donde Maca, la novia de mi hermano, trabajaba como *au pair*. La "patrona" que les alojaba, una italiana bastante descarada y briosa, a juzgar por lo que me contaban, se debía indignar bastante cuando al tocar la puerta de la habitación por la mañana para llevarles el desayuno, ataviada con un sorprendente y llamativo "turbante" adornando su cabeza, escuchaba el *Avanti popolo* que Mikel bromeando le dirigía: "*popolo, popolo...*", decía enfadada y con cara algo hosca, parecía añadir: "¿Qué se habrán creído estos...?".

Mikel y Félix habían hecho el mismo viaje que yo mes y medio antes, aunque se habían quedado en París más tiempo, en parte para poder conectar con un joven madrileño empleado de IBM, empresa en la que mi hermano trabajaba, y a quien quería preguntar algunos detalles sobre una máquina nueva. Era el Día de la República (el 14-7-62) y habían quedado citados con él para presenciar un gran desfile que se celebraba ese día. Parece ser que el joven tenía bastante paciencia y a pesar de su interés por el desfile, aguantó bien el aluvión de preguntas que le hizo mi hermano sobre aquel nuevo modelo que le interesaba. Al llegar al barco, Mikel se sintió en Inglaterra y ya desde entonces, y también en viajes posteriores, cuando le preguntaban: "*Where do you come from?*", respondía: "*from the Basque Country*"; y cuando alguna persona procedente de nuestro país, decía Euskadi, él le corregía añadiendo: "No, no... aquí lo que les suena es Basque Country ". Creo que tenía razón; no sé si lo había aprendido de su tío o de los socios galeses o escoceses de este, pero era esa la forma en que nos podían identificar más fácilmente. Al fin y al cabo era lo que estaba más de acuerdo con las definiciones que en algunas enciclopedias francesas o británicas aparecían de nosotros:

País Vasco o Euskal Herria, ese pequeño pueblo situado a ambos lados de los Pirineos, que era precisamente el nuestro.

La vida que hicimos aquellos días era bastante parecida a la que practicábamos normalmente: salir mucho a patear Londres para conocer el centro, los barrios, museos... A veces salíamos los cuatro juntos y a veces por separado, y claro, los planes podían ser diferentes; por ejemplo, y debido a la insistencia de Mikel, aquellos días conocimos muchos viejos *pubs* que le encantaban. Eran lugares agradables con un gran poso de historias humanas y que desempeñaban un gran papel en la comunicación interpersonal. Cuántos problemas psiquiátricos se habrán aliviado (y cuántos habrán surgido) en aquellos lugares y otros parecidos. A pesar de las diferencias arquitectónicas, decorativas y lingüísticas, tenían que ver con aquellas viejas tabernas de nuestro país que a través de Mikel, iba a descubrir y amar más tarde, aunque en nuestro caso, estos viejos lugares iban a ir siendo sustituidos por aquellos "*pubs* de imitación", uniformes, plastificados, sin historia, carácter ni personalidad, que a Mikel tan poco le gustaban.

Con frecuencia, cuando íbamos a visitar lugares históricos, recuerdo por ejemplo el caso de la Torre de Londres, Mikel me insistía en que pidiera que me dieran explicaciones detalladas en inglés acerca de toda su historia. Yo protestaba y le decía "¿Para qué?", ya que si yo entendía poco, él con la mínima idea que tenía de inglés desde el bachiller, todavía comprendía menos. Sin embargo, ante su insistencia, hacía lo que él quería y veía cómo escuchaba y observaba con enorme interés aquellas historias, aquellos gestos, aquellas formas de expresión y sobre todo aquella "música" (aquella fonética) que a él tanto le gustaba. Yo sabía que desde joven había escuchado radios extranjeras (en francés, inglés, ruso...) y estando enfermo había visto bastante la televisión francesa... Pero a pesar de todo, no le entendía demasiado y me parecía que estaba bastante loco o que su proceder era bastante raro y, como además era muy tímida, solía resistirme a lo que me pedía y también a hacer las preguntas que él quería formular. Pero al final, ante su insistencia, sucumbía y hacía lo que me pedía. Más tarde, en aquellas excursiones que haríamos por las tabernas de Lekeitio, siguiendo, escuchando y observando a algún grupo para poder percibir la música del euskera que hablaban, iría entendiendo que para él las diferentes lenguas y dialectos tenían una musicalidad que a veces le fascinaba; interés que como ha contado tantas veces, tenía su origen en la niñez y adolescencia que había vivido y conocido en la costa de Bizkaia, y que también relacionaba con las diferencias de gesto, expresión…, que más tarde se iría plasmando en su línea más experimental de los *Lekeitios*. Me parece curioso señalar que esto sucedía en el mismo momento en que había empezado a recuperar los viejos temas tradicionales, anticipando quizá ese "tejer y destejer" que iba a caracterizar su obra: esa importancia que iba a dar a la palabra con su sentido y significado y, a la música, al sonido, que a veces parecía prescindir totalmente de ella.

Cuando salía solo, por gusto o porque yo estaba ocupada, le encantaba preguntar a algún transeúnte, respecto a una dirección, un camino, una línea de metro. Esta práctica, parecía impensable en aquel Londres donde todos, Mikel incluido, nos movíamos con nuestro mapa del metro y la ciudad en mano, pero a veces las conductas especiales generan respuestas distintas y, en algunos casos, se encontraba con personas que amablemente le explicaban lo que quería y que, incluso al darse cuenta de que no se enteraba demasiado, le dibujaban un pequeño croquis y le marcaban la distancia en unidades de medida continentales.

Un día, por indicación de Mikel, hicimos los dos una visita un tanto especial: se trataba de una oficina en Victoria Street correspondiente a la Delegación del Gobierno Vasco en el exilio, con el que Miguel Laboa, su tío y padrino, había colaborado durante su exilio y estancia en Gales y en donde debía tener una cuenta abierta a su nombre, según le dijo. Para acceder a la oficina, teníamos que cruzar un amplio pasillo, como los que solían aparecer en las películas americanas e inglesas de los años cincuenta; películas en blanco y negro, donde había diferentes puertas que daban entrada a oficinas o empresas diferentes; la mitad inferior de las puertas era de madera oscura y su parte superior de cristal, en parte esmerilado y terminado en forma curva, donde se mostraba el nombre de la empresa u oficina en cuestión. Al salir de Donostia, su tío le había dicho que le gustaría la visita y, además, que si quería podía pedir unas libras que cargarían en su cuenta. Creo que luego compramos dos jerséis, uno para Mikel y otro para su padre, que era muy anglófilo y valoraba mucho cualquier cosa que fuera inglesa: uno de ellos, después de haber sido usadísimo por Mikel, todavía se mantiene en buen estado.

Otro día, vino a comer a mi casa (mejor dicho, a casa de los Fletcher). Fue una comida a tres: Roger, que celebraba así el nacimiento de su primer hijo, Mikel y yo. Lo pasamos muy bien; Mikel y Roger se entendían fundamentalmente a través de la mímica y los gestos, cuando por ejemplo Roger, que era un joven dibujante y militante de izquierdas, hablaba a Mikel de Franco y hacía expresivos gestos como si empuñase una ametralladora y disparase: "pum, pum, pum…"; o cuando también a través de los gestos le explicaba que yo era una chica muy trabajadora que limpiaba, planchaba… A veces era yo, en mi mal inglés, la que hacía de intermediaria. Pero es curioso que fuera Mikel, con esa mezcla de timidez y apertura, a veces muy atrevida, que ya por entonces (y luego más fuertemente) le iba a caracterizar, quien sería capaz de establecer con él una comunicación más fluida que la mía. Cuando Mikel volvió a Donostia, encantado del viaje, debió hablar a su familia tan insistentemente de los maravillosos parques londinenses a los que solíamos acudir a pasear y escuchar los conciertos de verano, que debieron pensar que nos pasábamos el día retozando en ellos.

Mikel y mi hermano se marcharon, los Fletcher regresaron y yo continué haciendo la vida que ya antes he comentado. Al verano, a los conciertos en los parques y a las estancias al aire libre, charlando alrededor de los *pubs*, iban a suceder el otoño y el invierno, uno de los más duros en muchos años según dijeron. Seguía asistiendo a la escuela del Soho para mis clases de inglés y, con frecuencia, cuando acudía a pie desde South Kensington (luego regresaba en metro), observaba que hacia las cuatro de la tarde oscurecía y a menudo caía la niebla, aquella niebla cerrada que yo tan bien conocía a través de la lectura de novelas policíacas de mi adolescencia.

Poco a poco fui hablando menos francés (que al principio era habitual en las relaciones con los Fletcher y también en la iglesia, a la que entonces acudía semanalmente para mis prácticas religiosas), y más inglés, aunque debido en parte a mi timidez me costaba bastante expresarme en esta lengua, a pesar de que había hecho muchos progresos en la comprensión de la misma, tanto a nivel oral como escrito. Maca se había marchado un tanto apenada por no poder quedarse más tiempo (siempre he pensado que fue muy valiente, ella que había sido educada como una "señorita bilbaína típica" al aguantar trabajando en aquel barrio, mucho menos "refinado" por decirlo de forma suave, que el ambiente en que había crecido) y yo continué con mis aficiones: mucho cine en versiones originales, música, teatro, museos... En diciembre me despedí de los Fletcher que por entonces se estaban planteando la adopción de un nuevo niño (con el que iba a coincidir juntamente con Richard, su padre, mucho más tarde en un episodio posterior que contaré luego), y volví a Donostia para pasar aproximadamente dos semanas, las vacaciones de Navidad.

* * *

Durante estos días volví a alojarme en casa de mi tío Juan. Aproveché para ver a mi familia, hacerme algo de ropa, aspecto que en Londres había descuidado por completo, ya que había dedicado la totalidad de mi pequeño sueldo a financiar mis aficiones culturales y, sobre todo, para estar, charlar y escuchar a Mikel, con el que mientras tanto, y también durante los meses que iban a seguir hasta mi vuelta, me comunicaría por carta. Creo que aquel año fue la segunda vez que pasé la Noche Buena en casa de sus padres, una costumbre que mantendríamos durante muchos años, aunque aquel pequeño coro que interpretaba villancicos y tanto me gustaba, fuera poco a poco achicándose por el fallecimiento paulatino de sus miembros. Por entonces, lo integraban Feliciano, su padre, dirigiendo al grupo; Estefanía, su madre, como *mezzosoprano*; Garbiñe, su hermana mayor, como soprano; Pedro Mari, su hermano, y Mikel, en la cuerda de tenores; y Joxe Miguel Saseta, su cuñado, que había formado parte de Eresoinka, como barítono-bajo. Interpretaban villancicos tradicionales vascos, la mayor parte de ellos conocidos y cantados hoy en día, y lo hacían de una forma sencilla, refinada y deliciosa, que a veces, luego, me ha recordado a la forma un tanto especial, en que cantaba el coro de la iglesia de Pasajes San Juan. Alguna de las piezas, por ejemplo, *Osto ta abarren artean*, que creo era de origen vizcaíno, apenas se escucha hoy. Mikel la grabó a capela alguna vez, grabación que me encantaría recuperar, aunque de momento no la encuentro. En nuestros viajes en coche, les había oído muchas veces cantando a coro (les encantaba cantar) aquellas canciones tan conocidas por las familias *abertzales* y vasquistas, y que habían formado parte del repertorio de Eresoinka y más tarde del Coro Easo (una de las preferidas de Pello era *Ilunabarra*), pero no era lo mismo: esto último, más o menos bien cantado, se podía oír habitualmente en ciertos ambientes, mientras que los villancicos, tal como aquel pequeño coro los interpretaba, eran una delicia no habitual: algo que iba a formar parte de mis preferencias de Navidad durante años.

Durante aquellos días y también en las cartas que antecedieron y siguieron, Mikel me iba a contar muchas cosas de aquel curso. Algunas anécdotas de broma (la broma y la ironía, normalmente inocente, y en algunos casos más hiriente, ha sido algo que Mikel ha cultivado a lo largo de los años). Por ejemplo, cómo a principios de otoño le había costado buscar una pensión en Zaragoza, para pasar el curso: en el proceso, había visto un edificio que tenía muy buen aspecto y se había dirigido al "engalonado" portero del inmueble para preguntarle si allí alojaban a estudiantes… El portero muy molesto, y con un gesto ofendido le había contestado: "¿Cómo?… ¿Pensiones para estudiantes aquí?… ¡Esta es la casa de los Escoriaza!". Quizá no acierte con el nombre, pero se refería a una especie de magnate, conocido en todo Zaragoza. Según contaba, Mikel siguió su búsqueda y encontró un piso del que surgía un olor delicioso, mezcla de comida y madera quemada, que le recordaba sus excursiones a Auritz. Llamó y se encontró con que efectivamente el piso pertenecía a un matrimonio procedente de la zona de Jaurrieta, que alquilaba habitaciones a estudiantes. Allí se quedaron él y Carlos Villar, su compañero de piso por entonces, al que quitaba los zapatos sin enterarse (pensando que eran regalo de su padre) y le comentaba lo cómodos que eran, ante el estupor del otro, que no conseguía convencerle de que eran suyos… La patrona de niña había sido pastora, y Mikel disfrutaba mucho escuchando sus historias. Pasaron allí todo el curso, aunque Mikel, que pasaba frío, una y otra, y otra vez, les preguntaba cuándo iban a arreglar el calderín de la calefacción que no funcionaba. Durante cierto tiempo le apodaron "calderín".

También me contaba cosas más serias relacionadas con sus estudios y sus canciones que a mi vuelta a Londres yo también tarareaba. Estaba fascinado por el descubrimiento de aquellas viejas canciones que me cantaba, valoraba e iba tratando de conocer cada vez mejor. Iba a ser precisamente durante dicho curso y en el Teatro Argensola de Zaragoza, en un concierto organizado por los estudiantes vascos en dicha ciudad, donde Mikel iba a cantar por primera vez ante el público, en euskera, un repertorio integrado por estos viejos cantares tradicionales y algunos temas de Iparraguirre. Estos últimos iban a desparecer pronto de su repertorio; por el contrario, las canciones tradicionales por entonces descubiertas se seguirían manteniendo en él durante años y su admiración y deseo de conocerlas mejor, interpretarlas y difundirlas se mantendría a lo largo del tiempo.

Durante aquel curso iba a hacer también un examen para sacar el carné que por entonces exigían para poder actuar como cantante: le acreditaba como "artista de circo y variedades" y lleva la fecha de mayo del 63. Según contaba, la mayor parte de las que se habían presentado a la prueba eran chicas que querían dedicarse a artistas de variedades, de físico agradable y atrevido, y que acaparaban la atención de los miembros del tribunal, en su mayoría hombres, que no les quitaban ojo… ¡Qué diferente cuando él cantando un tema de Yupanquí, solo conseguía la atención de la única mujer componente del tribunal! Sin embargo, bien porque estuvieran distraídos, bien porque la mujer fuese influyente, o por lo que fuera, el caso es que aprobó y consiguió el deseado carné, algo que creo mantuvo bastante secreto al principio y que a mí me contó más tarde. Sin embargo, es un hecho que revela cómo, pese a seguir sus estudios de Medicina, la idea de dedicarse al mundo del espectáculo era algo que ya tenía *in mente*. También en junio de 1963 se compró una guitarra nueva que iba a sustituir a la que había utilizado durante la anterior década. Era obra del famoso artesano granadino Manuel de la Chica y jugó un papel importante para Mikel, especialmente durante la década de los sesenta. Luego, aconsejado por sus profesores, vendría la época de las Ramírez, que iba a utilizar durante tanto tiempo.

* * *

Aunque al hablar de Mikel me he adelantado unos meses, en enero de 1963, después de Reyes, volví a Londres. Esta vez me iba a alojar en casa de Mrs. Nelson, una señora de aproximadamente ochenta años de edad que vivía en un piso espacioso, cómodo y elegante, situado junto a Regent's Park, no lejos del Zoo, y cercano a la estación de metro de S. John's Wood. Mrs. Nelson vivía sola y hacía ya varios años que su vivienda era administrada por una mujer joven procedente de Donostia llamada Coro Arana. Coro, que por entonces estaría en esa franja entre los 35 y 40 años, era una mujer diligente, habilidosa y tremendamente aficionada a la música clásica (por entonces, escuchaba mucho a Beethoven), a la que recuerdo con el cigarrillo en la boca, el trapo de polvos en la mano y tarareando alguna sinfonía, a la vez que se movía con rapidez, cuidando de que todo estuviera en orden. Hacía de administradora, cocinera, ama de llaves… Por entonces era el ánima de la casa, pero trabajaba allí hasta las cuatro de la tarde, luego quedaba libre y se iba a su casa, un piso situado al norte de Londres, hasta el día siguiente. Para las horas en que Mrs. Nelson quedaba sola, más exactamente, cena, noche, desayuno y parte de los sábados y domingos, necesitaba una persona que la acompañara (aunque la persona tenía amplias posibilidades de salir incluso durante esas horas). Por esta razón, hacía varias temporadas que contrataban a chicas *au pair*, preferentemente de Donostia, de donde Coro procedía, para hacer este trabajo. La casa tenía una fama buenísima y cuando supe por Maribel Apaolaza que a partir de enero el puesto iba a quedar libre, me apresuré a sucederle en su trabajo. La casa de los Fletcher me había gustado mucho pero esta parecía más cómoda y sabía que en ella podría disfrutar de más tiempo libre.

El cambio fue casi total: de South Kensington pasé a S. Johns Wood; de una familia joven (rodeada a su vez de numerosos jóvenes), de izquierdas, agnósticos, interesados por la crítica, la política y el arte, y que a veces me pedían que adelantase algo de dinero para comprar la comida, pasé a vivir con una señora de edad avanzada, conservadora, protestante, una especie de prototipo de la vieja Inglaterra. Alta, y rubia en su juventud, tenía ahora el pelo blanco, bien arreglado, unos hermosos ojos azules que miraban con simpatía, interés, amabilidad y a veces con una chispa de humor, a través de sus finas gafas; era de tez blanquísima, más bien rosa, *pink* diría ahora. Solía estar elegantemente vestida y arropada con una toquilla lila o gris muy, muy clara, sobre sus hombros y para andar se ayudaba de un bastón. Entonaba muy bien con su espacioso piso, enmoquetado en color claro, con pocos y elegantes muebles de estilo inglés clásico. Era de trato agradable y considerado y la verdad es que lo que yo hacía en su casa no podía llamarse trabajo. Tenía muchísimo tiempo libre, ya que era Coro la que dejaba todo prácticamente preparado; y cuando Mrs. Nelson y yo cenábamos en el salón, junto a la *chimeneta* de mármol estilo inglés, después de que ella se hubiera tomado un pequeño whisky que según decía era "*very healthy*", charlando y comentando las noticias que oíamos por la televisión, y me hablaba de los galeses y escoceses que relacionaba con nosotros, los vascos; tenía la fuerte sensación de que la Inglaterra que yo conocí en 1962-63, aún cuando fuese su parte conservadora, y la España que había dejado a principios de junio del sesenta y dos tenían entre sí muy poca relación.

Continué con mis clases de inglés, aunque ahora mi escuela estaba en Hammersmith. A veces, pocas, acudía a la London School of Economics, y continuaba con mis aficiones: museos, cine, teatro, música...

Me hice amiga de Coro Arana y, a través de ella, conocí a un amigo suyo, Sidney Valley que era aficionado al jazz y con el que acudía algunas veces a algún club a escuchar este tipo de música. Algunas veces salía con ellos; otras veces con Kate, una hija de Mrs. Nelson, por entonces soltera, que vivía en un piso no lejano del nuestro y que con cierta frecuencia nos invitaba al teatro o a algún concierto. Era una gran cocinera y había enseñado a Coro los secretos de la cocina tradicional inglesa, que disfrutábamos con frecuencia.

Estuve allí hasta agosto de 1963, y cuando abandoné Londres para volver de nuevo a Donostia, fui consciente de haber tenido la inmensa suerte de vivir una experiencia que me había transformado. Quizá por una carambola había tenido la posibilidad de vivir y conocer de cerca dos caras fundamentales de la realidad inglesa que, aunque opuestas y diferentes en muchos sentidos, participaban de un espíritu liberal, en el sentido político de la palabra, y trasmitían la sensación de que, aunque ya no fueran la primera potencia mundial que un día habían sido, seguían ocupando el centro del mundo; un mundo con una base inglesa pero ribeteado y atravesado por un fuerte cosmopolitismo, donde podías sentir una fuerte sensación de libertad, por lo menos así lo había sentido yo por primera vez en mi vida: la sensación de ser libre, al modo de una pequeña partícula no determinada previamente, y que pasando inadvertida para los demás, dentro de sus posibilidades que a mí entonces me parecían amplias, podía hacer lo que quisiera. Sin duda, allí había unas normas legales que establecían un marco que permitía a la sociedad vivir de aquella manera, y que yo, por supuesto, no tenía ningún interés en transgredir. Pero ese marco era incomparablemente más amplio que el de la España franquista de donde yo procedía. Además, las posibilidades de desarrollo personal y cultural a través de todo aquello que podías conocer en diferentes disciplinas y espacios, no admitía comparación. ¿Qué más podía ser necesario además de la juventud y las ventajas de vivir en la primera mitad de los sesenta (luego, a partir de los 70 y más de los 80, las cosas empeorarían sensiblemente), para que uno sintiera que estaba en un mundo abierto, que ofrecía posibilidades de conocimiento, actuación y cambio (a mejor), casi ilimitadas?

El recuerdo que tengo de Donostia, cuando volví aquel agosto de 1963, no es bueno y aunque sabía que agosto, con el turismo masivo, solía ser para nosotros el peor mes de la ciudad, me pareció sucio y repleto de gente por todos los lados. A veces Mikel y yo salíamos en el Jontxu, el bote de remos que él manejaba con soltura, para nadar, dar una vuelta por el mar…, algo que a mí normalmente me encantaba, pero aquel agosto no terminaba de funcionar. A su vez Mikel, según me contó más tarde, me debía encontrar blanca, delgada, birria y rara… Además estaba un poco mosca por lo poco que le había escrito últimamente (algo que por lo que noté también había advertido su madre). Sin embargo, el "God bless you" que Kate me deseó a modo de despedida, debió de empezar a funcionar, ya que a partir de septiembre las cosas mejorarían, mis dudas, si es que verdaderamente llegaron a existir, iban a desaparecer; y aunque yo, a través de una "amistad" londinense, tenía la posibilidad de volver allí para quedarme a vivir en Inglaterra, elegí vivir junto a Mikel… ¡Cómo me alegro por ello! Sin embargo, creo también que sin aquella experiencia vivida durante todos aquellos meses allá, en Inglaterra, es posible que no hubiera llegado a valorarle y sintonizar con él de la misma manera.

A cambio de las inquietudes y dolores de cabeza que por aquellos días le pude ocasionar, creo que le di el primer consejo importante (en este caso bastante compulsivo) de los que le iba proporcionar a lo largo de los años, cuando le impuse una condición y un pequeño plazo para casarnos, ya que a pesar de lo birria y rara que según él me había encontrado a mi vuelta, me había propuesto casarnos enseguida, rápidamente, cuanto antes… A lo que yo le había contestado: "Hablamos de eso en serio, en cuanto termines la carrera". La condición me parecía necesaria, ya que entre enfermedades, canción, guitarra y juergas, iba a necesitar 10 años para terminar una licenciatura que debía durar siete. Como consecuencia y aunque, a mi juicio, luego se pudiera dedicar a lo que fuera (y él sostenía que no pensaba abandonar la práctica médica), era necesario un mínimo de seriedad y consistencia. Después del pacto, él se iría a Zaragoza y, algo más tarde, aquel mismo otoño, yo me trasladaría a Barcelona donde, según me había dicho Milagros García Crespo, mi compañera de estudios, me sería posible encontrar algún trabajo más o menos relacionado con mi carrera.

* * *

Recuerdo el viaje que hice en tren, cuando después de asistir en Bilbao al bautizo de mi sobrino Félix, primer hijo de Félix y Maca, me dirigí a Barcelona, después de hacer una pequeña escala en Zaragoza para visitar a Mikel. Viajaba en tercera clase (hoy inexistente) y el tren era un auténtico horror o, por lo menos, así me lo pareció. Aunque en Francia e Inglaterra siempre había viajado en la clase más barata, esta no podía compararse con lo que era entonces "la tercera clase" de los ferrocarriles españoles. Repleta de gente y animales, sobre todo pollos (un animal que "en vivo" siempre me ha inspirado una mezcla de repulsión y miedo), la atmósfera, el ambiente, el ruido, el olor... todo ello me resultaba agobiante. En la parada que hice en Zaragoza, donde al subir un momento a la pensión un tanto convencional y respetable que ocupaba Mikel, me avisaron enseguida, de una forma que me pareció bastante hipócrita, que las mujeres no podían entrar en las habitaciones de los hombres, también me dejó mal sabor de boca.

En Barcelona, al comienzo me iba a alojar en casa de Mila, que vivía allí casada y por entonces con dos hijos (más tarde llegó el tercero) y colaboraba con el equipo que el Profesor Fabian Estapé (en el que entonces trabajaba también Ernest Lluch) tenía en la Facultad de Ciencias Económicas de Barcelona. Mila me ayudó a buscar trabajo. Al principio, durante varios meses, dando clases particulares y, más tarde, gracias a la mediación de dicho equipo que me iba a poner en contacto con la Editorial Ariel (y más tarde con Labor), a la traducción de libros de economía del inglés al castellano. También colaboré con Milagros en la realización de algún trabajo sobre el puerto de Barcelona, pero mi trabajo fundamental desde otoño del 64 hasta otoño del 67, iban a ser estas traducciones. La ayuda de Mila en aquel momento fue importante.

Aquel otoño del 63 y pese a las cortas visitas de Mikel, Barcelona no me gustó demasiado. El contraste con Londres me resultó demasiado grande; y, al comienzo, Barcelona me pareció "extremadamente mediterránea" y, quizá por el ambiente en que me movía, "excesivamente burguesa"... No sería hasta febrero del 64 cuando él vino a vivir y trabajar en ella, cuando gracias a su visión diferente de la ciudad, del país y de las gentes con que comenzaría a relacionarse, Barcelona empezaría también para mí a ser distinta.

Las Navidades las pasamos en Donostia, más o menos como siempre. Pero desde mi regreso de Inglaterra, en agosto, volvía a alojarme en nuestra vieja casa de la calle de la Salud, que mi tía Antonia había vuelto a abrir. Vivía allí junto con un matrimonio, Isabel y Tomás, que a cambio del alojamiento le hacían compañía; especialmente ella que era una mujer muy agradable y de buen carácter, iba a ser una ayuda importante para mi tía durante algunos años.

Después de las vacaciones, me volví a Barcelona donde iba a continuar dando clases particulares. Me trasladé de casa de Mila a un piso situado en la esquina de la Rambla de Catalunya y la calle Mallorca, donde alquilaban habitaciones y pude conseguir una: era pequeña, oscura y daba a un patio interior, pero la buena situación de la casa me compensaba. Mikel se trasladaría a Zaragoza para terminar por fin la carrera. Por entonces (luego las cosas se relajaron más), el curso de final de carrera constaba de tres convocatorias: la ordinaria de junio y las extraordinarias de septiembre y enero; a esta última solo podían acceder los alumnos a los que les quedaban menos de tres asignaturas para terminar. Era el caso de Mikel que terminó en aquella convocatoria. Después de examinarse vino a Barcelona donde supo (supimos) que había terminado la carrera. Desde la cafetería Copenhague entonces situada en la calle Mallorca, muy cerca de mi casa, donde estábamos en aquel momento, llamó a su familia para comunicárselo. Les dijo también que proyectaba pasar unos meses trabajando en Barcelona.

* * *

Después de algunos trámites, volvió hacia febrero. Se alojó (o sea, dormía y comía) en el Hospital de la Santa Creu i Sant Pau, donde iba a permanecer varios meses trabajando como médico interno en lo que iba a ser su primera etapa en Barcelona. La segunda, más larga, llegaría más de un año después. Pero muchas de las experiencias vividas e iniciadas en esta primera etapa iban a continuar en la segunda, o sea, estuvieron relacionadas. Hago esta aclaración ya que frecuentemente ambas se mezclan y se confunden, ignorándose el amplio intervalo vivido en Donostia que las separa.

La llegada de Mikel supuso para mí un cambio radical. Desde el comienzo pude disfrutar de su compañía y escuchar sus historias acerca del hospital. Además Mikel, que a pesar de su aparente timidez siempre ha sido muy abierto, haciendo de contrapeso ideal para mi timidez real, iba a establecer contactos no solo con el mundo médico sino también con el mundo de la canción y del teatro catalán, aunque muchos de estos contactos los desarrollaría más intensamente en esa segunda etapa que íbamos a vivir más tarde. Exceptuando los días en que no podía abandonar el hospital por permanecer de guardia, nos veíamos casi a diario y siempre tenía algo que contar o comentar. A veces sus experiencias eran tristes y estaban relacionadas con aquellas muertes que le tocaba presenciar. Otras eran alegres, como la historia de aquella joven sueca que, después de un intento de suicidio, había ingresado grave y entre todos, con su afecto y sus cuidados, habían conseguido devolver la vida y el interés por volver a vivirla de nuevo. Uno de los primeros médicos a los que conoció allá y que luego iba a tener importancia para él, por su calidad científica y humana, fue el neurólogo Luis Barraquer Bordás, del que luego volveré a hablar.

Los catalanes que iba conociendo mostraban un interés por su lengua, su cultura y su historia, que a Mikel le iba a encantar. Por aquellos días, la lengua catalana se nos iba haciendo presente por doquier: en los círculos médicos que frecuentaba, en la calle, en los círculos culturales… Pronto estableció contactos (a través de la Editorial Edigsa, creía, y, quizá también, de Cinsa) con miembros del grupo Setze Jutges y conoció el movimiento de la Nova Cançó. A lo largo del tiempo, Mikel se ha relacionado principalmente con tres cantantes catalanes: Francesc Pi de la Serra (Quico), Raimon y Lluís Llach. A Quico le conoció entonces, tanto a nivel artístico, a través de sus grabaciones y actuaciones, como personal; formaba ya parte de Setze Jutges y fue uno de los primeros (además de Josep Maria Espinàs) a los que Mikel conoció y con el que iba a mantener una larga amistad. A Raimon, que no formaba parte de los Jutges pero sí del movimiento de la Nova Cançó, le conoció por entonces a nivel artístico, a través de sus grabaciones y actuaciones en directo, que le impresionaron mucho, pero personalmente no iba a conocerle hasta más de dos años después. A Llach, que iba a formar parte de los Jutges más tarde, Mikel le iba a conocer hacia 1967 en La Cova del Drac, pero iba a ser a partir de los setenta cuando le conocería más profundamente tanto en el campo artístico como personal. Además de estos tres artistas, con los que luego iba a tener una gran relación y amistad, Mikel tuvo también contactos con otros; a algunos les iba a conocer por entonces, a otros más tarde: entre ellos están Guillermina Motta, Serrat, María del Mar Bonet, Rafael Subirachs, y un largo etcétera que se ampliaría con el tiempo.

Aquella primavera fue radiante: plena de luz y de sol, tanto que a veces nos hacía añorar algún cambio, cierta presencia de nuestros días grises y algo de lluvia nos hubiera gustado. Paseábamos mucho entre los árboles de Rambla de Catalunya. A veces nos desplazábamos en dirección al mar, pasando delante de la casa de Mª Aurèlia Capmany, aquel ático en el que íbamos a pasar tantas veladas hablando de teatro, canción, poesía, historia, feminismo, política…, en fin, de tantas cosas a las que en la segunda etapa me referiré con más detalle, ya que junto con Ricard Salvat, ella iba a ser una de nuestras primeras y mejores amistades en el mundo de la literatura y del teatro, mundo que a Mikel siempre le había interesado e iba a empezar a frecuentar a través de sus visitas a la Cúpula del Coliseum, situada un poco más abajo, en dirección al mar, y donde tenía su sede la Escuela de Arte Dramático de Adrià Gual. "La cúpula", como le llamábamos, estaba cerca de la casa de Mª Aurelia y no lejos de la mía.

Otras veces nos desplazábamos hacia Diagonal y aprovechábamos para visitar el bar La Condal, una taberna situada en la calle Rosellón, cerca de Balmes, que pertenecía a Nicolás, un ex *pelotari* vasco casado con una catalana. Era un lugar al que acudían muchos vascos residentes en Barcelona, entre ellos muchos estudiantes, y al que yo solía ir a comer a diario. En algunas ocasiones en que estaba libre, Mikel me solía acompañar a comer o cenar, algo que él haría con más frecuencia en su segunda etapa en Barcelona, sobre todo al principio, cuando yo no estaba. De todas formas, La Condal iba a ser para los vascos un punto de encuentro casi obligado y un lugar importante para Mikel, que ya por entonces estableció contactos que más tarde intensificaría con el grupo, amplio y cambiante, de estudiantes vascos en Barcelona, aunque a diferencia de lo que hacían muchos de estos, no se limitaba a fomentar las relaciones inter-grupo, sino que contactaba, y más tarde seguiría contactando, con las personas y los ambientes culturales catalanes anteriormente citados. Esto le iba a permitir conocer Catalunya desde dentro y añadir algún pequeño eslabón a ese puente entre los dos países, que pese a sus diferencias pero unidos por razones políticas vinculadas a la defensa de sus culturas respectivas, venía desde lejos (aquel paso de fronteras de Companys y Aguirre, después de la derrota en la Guerra, junto al resto del Gobierno Republicano pero, a la vez, ligeramente separado de ellos... ¿No había sido acaso sintomático?).

Una de mis experiencias esenciales vividas durante aquella primavera en Barcelona, fue la total fascinación que sentí al escuchar a Mikel en una actuación que creo tuvo lugar hacia el *aberri-eguna*. A lo largo de los años había oído cantar a Mikel con frecuencia: la primera vez, hacia 1954, en un guateque, en la calle Prim de Donostia, cuando cantaba canciones mejicanas en una tesitura muy alta y otras cosas... Entre 1955 y 1960, le escuché cantar muchas canciones latinoamericanas, especialmente de Yupanqui, Violeta, y también otras folclóricas (¡qué hermosa era y qué bien cantaba aquella relacionada con el "lenguaje de las flores" y otras muchas que no ha grabado nunca!). Le escuché cantar a Brassens, cantar fados… en fin, cantar muchas cosas que a mí y a otros (especialmente a sus compañeros de estudios) nos gustaban. Le había escuchado también con frecuencia cantar en coro con sus padres, hermanos Pello y Garbi, y su cuñado Saseta, en aquellos viajes que hacíamos en coche y en los que cantar las canciones del repertorio de Eresoinka y el Coro Easo era algo obligado: me gustaba oírles y con frecuencia le preguntaba a Mikel: "¿Por qué a veces afinas tanto y otras veces haces esas cosas tan 'raras'?…". De lo que hacían en familia a mí sobre todo me encantaban, ya lo he dicho, aquellos villancicos que en aquel coro familiar reducido (porque cuando era más amplio no era igual) les escuchaba por Navidad. Sabía que había cantado en el Teatro Gayarre, en el Teatro Argensola, que tenía el carné profesional. Conocía ya muchas de las canciones que iba a interpretar aquel día, pero nunca, nunca, hasta entonces me había "tocado" y conmovido tanto. Como ya he dicho y repito, porque creo que es la mejor forma de expresarlo: me fascinó de forma absoluta. A partir de entonces iba a conseguir que apoyase, o por lo menos considerase y criticase todas sus propuestas, por locas y paupérrimas que me pudieran parecer. Creo también que a partir de entonces surgiría aquella postura crítica que le solía manifestar con frecuencia, cuando durante los años sesenta y principios de los setenta principalmente, debido al miedo escénico, no lograba mostrar ante el público el nivel que era capaz de alcanzar y mostrar cuando conseguía superarlo.

La actuación en cuestión fue una especie de festival o celebración, organizada por estudiantes y gente vasca residente en Barcelona, en la que actuaron diferentes intérpretes. Había coros; Mikel Barriola cantó temas de Labegerie (que desde que el año anterior había publicado sus discos, había conseguido un éxito inmediato y fulminante en el País Vasco, donde todo el "mundo *abertzale*" conocía y cantaba sus canciones); Fernando Tellechea cantó canciones latinoamericanas y otros hicieron otras cosas, pero la intervención de Mikel, interpretando temas tradicionales (*Oi Pello, Pello*, *Bereterretxen kanthoria*, *Xori erresiñula…*), nos dejó a algunos, no solo a mí, deslumbrados. Pese a que las canciones eran antiguas, su forma de interpretarlas hacía que tuvieran vida nueva y te producía la sensación de estar ante algo diferente, sencillo, profundo, nuevo… Es posible que si antes no hubiera pasado aquel año en Londres que me había permitido cultivar mi afición por la música, mi reacción no hubiera sido la misma, pero lo que sí sé es que la sensación que sentí entonces (y que más tarde he sentido muchas veces incluso de forma más intensa y distinta) fue compartida de alguna forma por otras personas que manifestaron haber sentido una impresión parecida.

* * *

Mikel dejó su trabajo en el hospital y el 18 de julio de 1964 nos trasladamos en tren a Donostia donde, después de unos rápidos preparativos, nos casaríamos el ocho de agosto de 1964. Él pensaba trabajar en el hospital de Donostia y continuar con la música. Yo pensaba dedicarme a las traducciones y ya contaba con el primer encargo. Para entonces compartíamos ya sueños (o quizá simplemente objetivos con un cierto toque utópico) y deseábamos perseguirlos juntos.

Las tres semanas que faltaban para la boda trascurrieron con rapidez entre trámites, preparativos, alguna excursión que hicimos con sus padres a Arizkun (parando a comer en Igantzi [Ventas de Yanci]) y alguna discusión más o menos relacionada con el "evento". Queríamos que fuese algo sencillo y fácil y una de nuestras primeras discusiones tuvo que ver con las personas invitadas. Para mí era claro que padres, hermanos, y algunos tíos, especialmente los hermanos de mi madre con quienes yo había vivido y tenido una estrecha relación desde el fallecimiento de mi padre, eran suficientes. Para Mikel y su familia, que según creo recordar, conjuntamente con mi hermano, iban a pagar los gastos de la boda, tenían que acudir todos los tíos, tanto los suyos como los míos, tanto por parte de padre como de madre, más algunos amigos… Se impuso su criterio, cosa que agradecí enseguida, ya que permitió que la familia de mi padre, a la que yo conocía poco, y particularmente los tíos del caserío de Zaldibar (Ignacio y Estefana) de donde procedía mi padre, pasaran un día sorpresa que iban a recordar como muy, muy agradable.

Otra discusión tenía que ver con el traje de boda: Mikel y yo teníamos claro que no queríamos "etiquetas" y sí trajes de calle. El mío estaba claro, un sencillo traje de chaqueta de hilo blanco. El suyo fue objeto de discusión porque sus padres querían que fuese un traje de tela fina adecuada para agosto, mientras que yo sostenía que el otro traje que le iban a hacer de paño grueso, azul marino, sirviera también para la boda. ¿Para qué hacerle dos trajes, si lo único necesario para abrigarse y utilizar en algunas ceremonias necesarias, era el traje gordo de invierno que tan bien podía servir para todo?... En este caso se impuso mi criterio, con lo que es posible ver una película en Súper-8, hecha por Juanjo Lasa ese día, en la que Mikel aparece en una imágenes muy rápidas, a la manera de las películas de Jaimito (o de El Gordo y el Flaco), secándose con un amplio pañuelo blanco, el sudor que le corre por la frente por el calor que está pasando... Como Mikel quería, y no entiendo cómo pudo convencerme con lo aficionada que era yo a las fotos y las que él se sacaría más tarde, no hubo fotógrafos ni fotos. Según él estas cosas debían quedar en el recuerdo... Después de la boda, yo quería ir a pasar unos días al Pirineo, y él se encargó de hacer las gestiones y encontrar en Otsagabia, un pequeño y encantador hostal que se llamaba Orhy-Alde.

Al final llegó el día de la boda y nos casamos en la parroquia de Santiago, de Amara Viejo. Un antiguo lavadero público, en el que tantas veces había jugado de pequeña, convertido algo antes en una pequeña y humilde iglesia, regentada por don Pablo, el "cura rojo" o "cura obrero", como se decía entonces, que trataba de hacer "labor social" en mi viejo, pobre y desigualmente religioso barrio. Le asistió Juan Mª Laboa, primo de Mikel y hermano de Josetxo, el Monseñor. Por la mañana, antes de la ceremonia, Mikel y yo fuimos a confesarnos y comulgar, probablemente la última vez que lo hicimos, poniendo más o menos fin a la época de práctica religiosa que hasta entonces habíamos vivido. La ceremonia fue muy sencilla. De la familia de Mikel asistieron sus padres, hermanos, sobrinos y tíos, además de algunos de sus amigos que asistieron solo a la ceremonia; y de la mía, acudieron mi hermano y cuñada, la amona Ambroxi y todos mis tíos. Los padrinos fueron: Estefanía, la madre de Mikel y Félix, mi hermano.

El único detalle que enriqueció la ceremonia fue la música de órgano y la actuación de la coral Sine Nomine, muchos de cuyos integrantes eran amigos de Mikel, cantaban en San Vicente y a petición suya, cantaron en la iglesia. Interpretaron muchas canciones en euskera, provocando según me contaron las lágrimas de mi tío Ignacio que junto con su mujer Estefana habían venido a la boda desde el caserío familiar de Zaldibar, donde había nacido mi padre, y del que todos mis tíos tenían tantos recuerdos en parte antagónicos y en parte compartidos. Pienso que para él, después de tantos años, llegar a Donostia para la boda de su sobrina, escuchar las canciones en euskera y conectar a través de mi tío José Mari, con Karmele, Garbiñe, Lasa y Saseta, mis cuñados, que habían estado en la Guerra de su mismo lado y habían compartido experiencias parecidas a las de su familia, debió de ser una sorpresa que le emocionó mucho. No fue él el único en llorar, ya que yo apenas paré de hacerlo durante gran parte de la ceremonia. Seguramente el recuerdo de mi madre, que había muerto tres años antes, la emotividad del momento y la epístola de San Pablo… tuvieron que ver con ello.

La comida se celebró en el restaurante Fagollaga de Hernani. Mikel y yo comimos poco, aunque según dijeron el menú fue buenísimo. El acordeonista Pepito Yanci, que por idea de Mikel había venido a tocar, hizo que por la tarde el ambiente se animara y la gente bailara, incluida mi amona Ambroxi que disfrutó de lo lindo. Al atardecer, Mikel y yo salimos en un taxi hacia Otsagabia, aquel pueblecito del Pirineo Navarro, donde habíamos decidido pasar nuestro viaje de boda. En el equipaje destacaba la guitarra de Mikel, que desde entonces nos acompañaría en casi todas nuestras salidas, algún libro y un pequeño tocadiscos portátil con unos cuantos discos de Bach y Vivaldi, que por entonces escuchábamos mucho.

Paramos en Iruña, paseando por la Parte Vieja y visitando algunas de aquellas tabernas en las que Mikel había vivido tanto. Ya anochecido, reemprendimos el viaje, un tanto nerviosos y excitados, aunque el chófer no parecía enterarse. Hacía ya bastante que éramos pareja o "amigos con derecho a roce", como hoy se dice, pero el roce había sido limitado y ahora iniciábamos una época de contacto físico y espiritual mucho más estrecho, además de la experiencia de vivir juntos a diario: algo excitante, prometedor y al mismo tiempo preocupante, aunque no creo que en aquel momento estuviéramos en absoluto preocupados.

Llegamos ya de noche. Hacía fresco y el cielo estaba lleno de estrellas. Cenamos frugalmente en aquel pequeño y encantador comedor, con aquel fuego bajo que ese día no estaba encendido, y en el que debido a lo tardío de la hora estuvimos los dos solos. Subimos a nuestra habitación en la que una cama amplia nos esperaba preparada. Parecía encerrar en ella una orquesta llena de instrumentos de hojalata oxidada, en la que bastaba poner un pie para que un gran ruido, una especie de estruendo, se extendiera por la casa… Al día siguiente, cuando bajamos a desayunar y nos saludaron el nuevo día, nos pareció advertir que el resto de los huéspedes nos miraba con cara de guasa y sonreían… Iniciábamos una aventura que iba a resultar apasionante.

Txinaurria lotzen da egunetik lanari
egun guzietako duen guduari,
karga ezin altxatuz nigarrez da ari…

II- Amara Viejo: mi familia

Según me han contado, nací el 25 de febrero de 1938 en la calle de la Salud número 6-1º (Amara Viejo), piso que mis aitonas Ambroxi y Bartolo tenían alquilado y donde llevaban años viviendo con sus siete hijos, de los que la mayor era mi madre. No sé si a mi nacimiento asistió mi padre, ya que era marino, navegaba por los "siete mares" y esto hacía que se perdiera algunos acontecimientos familiares a los que, según testimonios, le hubiera gustado asistir.

La comadrona Charo Cárcamo ayudó a mi madre en el trance de dar a luz y me han dicho que, cuando llegué a este mundo, exclamó: "¡Qué niña más preciosa… es un sol!, habría que llamarle Mari Sol". Como consecuencia y según contaba mi tía Antonia, con sorna, pasé a ser una más entre las muchas niñas así nombradas, que nacieron en los partos asistidos por la Sra. Cárcamo que con gran frecuencia debía hacer comentarios parecidos. De todas formas, dado que entonces para poder llamarte así, oficialmente tenían que denominarte Mª (de la) Soledad, el nombre que figura en mi carné es este último, a mi juicio mucho más triste que el primero, que siempre he considerado como propio y por el que he sido conocida en mi familia (y que cuenta con una tradición en nuestro país, tal como pude saber a través de una inscripción sita en la plaza de San Juan de Luz que hace referencia a una mujer valiente llamada Marie-Sol de Hirigoyen que vivió en dicho lugar hacia el siglo XVII). A veces, mis tíos maternos con los que viví de niña, me llamaban "*buluna*" (¿una reminiscencia de las canciones de cuna vascas?) y mi madre y mi hermano, Mari…

Era la segunda hija del matrimonio formado por Félix Bastida Garitagoitia (natural de Zaldibar) y Rosario Querejeta Alberro (natural de Donostia) que se habían conocido en una romería en San Antonio de Urkiola, 6 o 7 años antes, cuando mi madre acudió a la zona invitada por Castor Bastida u otras *baserritarras* de la zona (como Mónica y Margarita), proveedores de las fresas que, luego, ella y mi abuela, vendían en el Mercado de la Brecha. Parece que San Antonio cumplió su misión ya que mi padre quedó embobado ante mi madre, embobamiento que le debió durar hasta su muerte, desgraciadamente prematura, en 1941. Se casaron hacia 1933 y en octubre de 1934 nació Félix, mi hermano mayor, al que como ya he dicho, unos años más tarde iba a seguir yo.

No voy a describir físicamente a mi madre ya que si de lo dicho en el primer capítulo respecto a ella, deducimos aproximadamente treinta años y miramos a la fotografía adjunta, sacada más o menos cuando era novia de mi padre, podemos observar que era una mujer guapa, físicamente atractiva, a lo que unía un nivel de atractivo moral e incluso intelectual, pese a su escasa formación, por lo que no resulta extraño que mi padre la mirara embobado. Para aclarar algo más el papel que jugó en su (nuestra) familia, es fundamental que empiece a hablar de mis abuelos maternos, algo que se justifica doblemente si tenemos en cuenta que viví mi niñez y adolescencia junto a ellos. El aitona Bartolo, su padre, a quien ella quería mucho, había nacido hacia la década que se inicia en 1880, en Nuarbe. Su nombre era Bartolomé Querejeta Eizaguirre y, aunque menos ilustre, era primo carnal de Cristóbal Balenciaga, ya que sus madres eran hermanas. De joven debía ser fuerte y atractivo y cuando nosotros (mi hermano y yo) le conocimos era tranquilo, de carácter agradable, muy religioso y sabía leer (siempre estaba con el libro de misa entre las manos) y escribir, aunque solía necesitar cierto tiempo y tranquilidad, para escribir su firma con cuidado y detalle. Siendo joven, se había trasladado a Donostia para trabajar como carretero con un carro tirado por caballos, de los que recuerdo como protagonistas al "noble" que un día dio un buen bocado en la cabeza de mi hermano, y al "rubio"... Trabajaba en el "emporio" de los Loinaz, que se extendía por los bajos (y altos) de la terraza que unía Salud 6 y Amara 7, primero, donde vivían ellos. Tenían una sidrería, pisos, cuadra, garajes, gallinero... O sea, para nosotros un inmenso espacio, en el que de niños nos perdíamos jugando y donde desde joven hasta que se jubiló, después de hacer un trabajo de fuerte esfuerzo físico, trabajó mi abuelo.

Al poco de venir a trabajar conoció a Ambrosia Alberro Isasa, la amona Ambroxi. Era poco más joven que él, había nacido en Astigarraga y desde muy niña había venido a trabajar como criada al mismo "emporio" donde trabajaba mi abuelo. Ella no sabía leer ni escribir: recuerdo bien cómo le humillaba tener que poner la huella dactilar, en lugar de escribir su nombre, cuando tenía que hacerlo... Sin embargo, poco después de casarse y tener hijos, tuvo una rara habilidad para hacer cuentas sin que la engañaran, aun cuando tuviera que contar con los dedos, y poder dedicarse a la compraventa de frutas y verduras para que la familia viviera más desahogada. La amona era muy guapa; más bien alta y esbelta, efecto resaltado por los largos vestidos (y delantales) oscuros que vestía y el alto moño redondo que llevaba sobre la parte alta de la cabeza, al estilo de la época. Su silueta recordaba a la de la reina Mª Cristina (sin flequillo) y a la moda entonces imperante, que influía y se observa también entre las mujeres sencillas de la época. Tenía una cara muy guapa, de hermosos ojos azules y nariz chata y siempre llevaba puestos unos pendientes redondos de estilo antiguo en los que en el centro brillaba una piedra oscura rodeada de oro. Además era monárquica: le encantaba la realeza, a la que había debido vislumbrar cuando llevaba leche al Palacio de Miramar. Era la contrapartida de la calma y la prudencia del aitona. Con frecuencia podía resultar "pura dinamita" y, a diferencia de su marido, frecuentaba poco, incluso muy poco, la iglesia. Le debía de gustar mucho bailar y cuentan que dejaba con facilidad a alguno de sus hijos pequeños en brazos del aitona para lanzarse a algún corro en el que bailaban a lo suelto. Era alegre y en ocasiones podía ser una "fiera". Sus hijos, sobre todo los chicos, la admiraban mucho por su capacidad de trabajo y el coraje que había demostrado para dedicarse a la compraventa, tratando de conseguir que la situación económica de la familia fuera algo más holgada de lo que el sueldo del aitona permitía, pero solían decir que solo le faltaba una carabina para parecerse a aquellas mujeres que habían participado en la conquista del Oeste Americano.

Como he dicho, se conocieron, se gustaron, se casaron y tuvieron ocho hijos, uno de los cuales murió siendo muy pequeño. El orden de los que vivieron fue: Rosario, mi madre, la hija mayor, subjefa de la familia, y desde muy jovencita mano derecha y ayudante de mi abuela, sin la que según decían sus hermanas, esta no sabía hacer nada. El tío Juan (el más artista de la familia), que además de jugar al fútbol sin demasiado éxito (a pesar de que con frecuencia aseguraba haber sido el mejor de los 22...), se dedicó a la decoración con escayola, puso un taller en la calle Autonomía y más tarde se pasó a la construcción. La tía Antonia (Antxoni), "la coja" como algunos que no le querían mucho la llamaban: una de los tres hermanos que iban a enfermar de poliomielitis y quedar con una fuerte cojera, que le iba a condicionar fuertemente. Como el resto de los enfermos y debido a la influencia de mi madre (y a su trabajo junto con mi abuela), pudo estudiar para convertirse en secretaria y durante años fue apoderada de una fábrica de perfumes en Barcelona. La tía Jesusa, que era guapísima, ayudaba en casa y trabajó en el comedor de Casa Nicolasa; hacia 1939 se casó con Ángel Aldaz y se fue a vivir a Iruña, donde se convirtió en madre de siete hijos y en una ama de casa, que lo mismo podía ejercer de señora refinada, de criada, o ayudar en la fábrica de jabón de su marido si se terciaba... El tío José Mari, que después de jugar en su adolescencia en La Furia Roja, un equipo de la CNT de Amara, pasó a la Real Sociedad y, luego al Real Madrid, con el que fue internacional; poco después del éxito, dejó el fútbol para dedicarse a la construcción. El tío Manuel que, según me han asegurado recientemente, enfermó de una tuberculosis ósea (diferente de la polio que en la familia siempre habíamos creído), quedó con una grandísima cojera; estudió contabilidad y profesorado mercantil y junto con su mujer Edurne Ayerdi se trasladó a Venezuela, donde vivió durante años para más tarde, con sus hijos adolescentes, volver de nuevo. Por último, el tío Baltasar, el más joven de los afectados por la polio, también cojo aunque algo menos que sus hermanos, y que después de estudiar en Bilbao, se convirtió en capitán de la marina mercante y, cuando más tarde lo dejó, se pasó a la construcción como el resto de los hermanos.

Mi madre, "alma" de la familia durante años, trabajó duro (sin dejar de hacerlo cuando se casó y pudo tener una posición desahogada) para ayudar a que todos y especialmente los enfermos, pudieran salir adelante y realizar un trabajo posible para ellos. Como he dicho al comienzo, era una mujer lista y justa y pese a su formación rudimentaria ya que dadas las condiciones familiares, solo había podido asistir pocos años a la "Sección de las Gratuitas" de la Compañía de María (Colegio de San Bartolomé), valoraba mucho la formación y el estudio. Le encantaba leer (y en su biblioteca podías encontrar muchos libros que iban desde las novelas policíacas que le gustaban mucho, hasta *Cumbres borrascosas* o *Anna Karénina*, que quizá fuera uno de los títulos más interesantes de la misma). Odiaba los chismes: nunca he conocido a nadie que se interesase tan poco por ellos y a la vez los despreciase tanto. Le gustaba mucho el cine (su actriz preferida era Ingrid Bergman) y también, aunque menos, el teatro. Cuando podía, ya que tenía muy poco tiempo libre, le gustaba pasear, ir a la playa, ver el mar y acudir a la iglesia los domingos. Era dinámica y trabajadora pero, a pesar de su carácter fuerte, tenía la calma y la prudencia de su padre. Hablaba bien castellano, bastante bien euskera (era la única de la familia que lo hacía, aunque los aitonas que hablaban en euskera mucho mejor que en castellano, lo utilizaban mucho entre ellos) y se defendía en francés con sus clientes, que al parecer había aprendido cuando iba a la feria de Dax por cuestiones de trabajo.

Mi padre nos dejó tan pronto que su presencia en mi niñez y juventud fue muy tenue. Conservo un primer recuerdo (no sé si propio o figurado a través de lo que me han contado) en el que le veo subir rápido, alegre y ansioso por llegar a vernos las escaleras de la calle de la Salud.

Según contaban mis tíos maternos, tenía un carácter bondadoso, suave y agradable y, cuando estaba en casa, se debía pasar horas enseñándole a jugar al ajedrez a mi tío Baltasar, el más joven de los hermanos de mi madre que por entonces estaba en cama, sin poder moverse, víctima de la poliomielitis (y que curiosamente luego estudiaría marina como mi padre).

El aita había nacido hacia 1905 en el caserío Aranguren de Zaldibar (Bizkaia), hijo de Castor Bastida (natural de Zaldibar) y Mª Josefa Garitagoitia (natural de Mallabia) y era el mayor de una familia de nueve hermanos de los que sobrevivieron seis: Félix, Juanita, que después de casarse se iría a vivir a Gasteiz; Ignacio, que se quedó en el caserío donde ahora vive su hija Juanita, mi prima mayor, con su familia; Primo, que iba a morir muy joven, en 1936, a consecuencia de las graves heridas recibidas, cuando formando parte del Ejército Republicano defendía Irún del asedio franquista; Rafael, que después de estar prisionero y en diferentes campos de concentración, volvió a vivir al caserío familiar; y Eladio, que iba a vivir en Eibar, donde se establecería, pondría un taller y, años más tarde, se iba a relacionar mucho con mi hermano, cuando este jugó en el Deportivo Eibar. Mi padre había estudiado en la Escuela Profesional de Eibar y se había convertido en maquinista naval. Por su trabajo había navegado por diferentes mares y estaba con frecuencia fuera de casa. Cuando yo nací, debía de llevar ya años trabajando en PYSBE y, por entonces, según creo, tenía un puesto importante en dicha compañía como primer maquinista, que había motivado que algo antes (al principio de la Guerra) hubiera estado en Dinamarca, supervisando la construcción de algunos barcos para dicha empresa pesquera, que según parece terminaron hacia 1939.[1] Uno de los testimonios de aquellos viajes era una radio sueca, de gran tamaño, que teníamos en casa y lamento no haber conservado. Según contaban mis tíos y puede observarse en las fotografías, solía vestir un hermoso uniforme de marino que a diario

1. Ver el interesante trabajo *El puerto pesquero de Pasajes 1920-2000* de José Gabriel Zurbano Melero.

era azul marino con detalles blancos, y en ocasiones excepcionales, uno blanco de gala, que no le debía de importar demasiado arrugar para jugar al ajedrez ni ensuciar a menudo con la ceniza de su cigarro. Como se puede observar en las fotos, era fuerte y de físico agradable: frente amplia, moreno y de ojos grandes y oscuros, nariz algo chata y respingona y expresión abierta y franca.

Como ya he dicho, cuando en 1936 estalló la Guerra mi padre estaba en Dinamarca y cuando los franquistas tomaron Donostia, al igual que otras muchas familias, parte de la mía se trasladó hacia Bizkaia: concretamente a Zaldibar, al caserío de la familia de mi padre, donde les iban a alojar durante meses. Junto con mi madre y mi hermano que apenas había cumplido dos años, formaron parte del grupo: el tío José Mª, todavía en su adolescencia, la tía Antxoni, que al no soportar su estancia allá, volvió enseguida y fue sustituida por la tía Jesusa que iba a ayudar a mi madre en el cuidado de la familia; el tío Manuel que tenía alrededor de catorce años y una tremenda cojera y el tío Balta que tenía doce años y cuando fue no podía andar pero que al volver, meses más tarde, podía hacerlo, algo que para él fue una especie de milagro que hizo que recordara su estancia allá con inmenso agradecimiento a pesar de las historias que iban a trascurrir entre medio. En Donostia se quedaron los aitonas y la tía Antonia. Por su parte, el tío Juan en edad militar, estuvo primero enrolado en el Ejército Republicano, en algún cuerpo cercano a la guardia personal de Aguirre, lo que le permitía ganar algún dinero que mandaba a mi madre para ayudar al mantenimiento de la familia, y que después de ser hecho prisionero y permanecer encarcelado en Bilbao (donde estuvo con Periko Otaegui, a cuya novia debía de escribir en nombre de Periko unas cartas bastante divertidas e ingeniosas), haría la mili con los vencedores después de que estos tomasen la zona.

En aquellas circunstancias, la estancia en el caserío no debió de ser fácil. Sin embargo, el tío Balta contaba con gran placer los recuerdos que tenía de cuando allá, poco a poco empezó a andar y a acompañar en sus correrías al tío Manuel de una forma increíble, teniendo en cuenta que este sumaba a su gran cojera el peso de mi hermano siempre sobre sus hombros, como si fuera un pequeño jinete siempre montado sobre aquel "fuerte y a la vez tullido caballo" que era mi tío: cómo se desplazaban subiendo y bajando por los alrededores del caserío, arramplando y comiendo nueces, *urras*, castañas y cualquier cosa masticable que les sirviera para alimentarse. Mi madre, además de ayudar en el trabajo del caserío, se solía desplazar por monte a pie, y acompañada por un burro, hasta Durango. Llevaba hasta allá, productos del caserío que vendía (o cambiaba) en el mercado por otros productos también necesarios para la supervivencia familiar. Allí, se debía relacionar con unas primas de mi padre que vivían y eran dueñas, creo, del Hotel Miota de Durango. La tía Jesusa se ocupaba del trabajo más puramente doméstico y familiar y el tío José Mari ayudaba al tío Ignacio.

Las relaciones entre las dos familias tampoco debían de ser fáciles. Según le he oído contar a mi madre, que no solía hablar demasiado del tema, ella se llevaba muy bien con mi tía Estefana, que según contaban era extraordinariamente trabajadora, con mi abuelo y con el tío Ignacio: de los que siempre hablaba admirativamente, añadiendo con frecuencia: "eran unos auténticos señores"; opinión que en relación a Ignacio le he oído expresar también al tío José Mari, que nos solía contar cómo en una ocasión llegaron unos milicianos que al verle joven y fuerte le querían llevar al frente; Ignacio les debió de decir que era demasiado joven y no tenía la edad mínima para ello. Ante su persistencia, debió de añadir: "Si tenéis tantas dudas sobre su edad..., ¿por qué no le miráis los dientes, como si fuera un caballo?...". El tío José Mari pudo quedarse.

La relación con mi abuela y mi tía Juanita no debía ser tan buena, pero a juzgar por los pocos datos que tengo, creo que la balanza se inclina a favor de ellas o, por lo menos, considerados en bloque, hacia ellos (la familia de mi padre), porque junto a algunos detalles menos graves como que la tía Jesusa cogiese aceite de la parte que correspondía a los Bastidas, algo que a mi abuela le debía de molestar mucho, había otros hechos que el tío Balta nos ha contado con frecuencia y me hacen pensar cómo pudo la familia de mi padre aguantar semejante desvergüenza... Imagino que la actitud diplomática de mi madre ayudaría, pero debía de hacer falta mucha diplomacia y, sobre todo, muchísima paciencia por su parte, para poder soportar (teniendo un hijo muerto o gravemente herido y otro en el frente) que los cobijados en su casa, fueran capaces de expresar ruidosamente su alegría cuando los franquistas iban avanzando, tomando posiciones y ganando plazas. Cuando contaba estas cosas, el tío Balta solía añadir: "Nosotros no éramos fascistas como ellos nos reprochaban, en todo caso, apolíticos. Queríamos que la Guerra terminara cuanto antes…". ¿Qué pensaría entonces la familia de mi padre? ¿No deseaban ellos lo mismo?… ¿No eran ellos los que llevaban la peor parte (un hijo muerto y otro en el frente) a pesar de haber apostado por la defensa del Gobierno legítimo?… ¿Qué significaba ser apolítico en aquellos momentos…?

Cuando las tropas franquistas tomaron la zona, el frente se desplazó y se pudo entrar, acudió mi padre que, según contaba el tío Baltasar, llevaba abundante comida para las dos familias, y les iba a llevar de nuevo a Donostia, donde aproximadamente nueve meses más tarde iba a nacer yo.

La Guerra Civil terminó. La Segunda Guerra Mundial comenzó y en nuestro pequeño mundo de Amara Viejo, seguíamos viviendo en la calle de la Salud donde cada uno se iba reintegrando a su trabajo (mi padre viajado y mi madre ocupada con la familia y el mercado) y a la tarea de vivir que por entonces no debía de ser fácil. Mientras tanto, el piso de Amara 7 tercero que mis padres al casarse habían alquilado y amueblado, seguía allí, poco utilizado y reservado para momentos mejores… Pero estos no llegaron a presentarse, ya que en febrero de 1941 íbamos a sufrir un duro golpe que iba a terminar con la vida de mi padre y la esperanza de una vida más tranquila para mi madre. Curiosa y tristemente, él que tanto había viajado a través de los mares, iba a morir ahogado en aquella pequeña ría que atravesaba Zumaia.

El accidente se produjo cuando viniendo en tren desde Bilbao, este quedó detenido y averiado en el puente situado sobre la ría, y el fuerte viento lo arrastró y lo tiró al agua. En su camino hacia casa, mi padre se había quedado en Zaldibar para visitar a su familia, que le debió de insistir una y otra vez para que se quedase allí a dormir, ya que el malísimo tiempo no propiciaba el viaje. Sin embargo, se negó a quedarse. Según les dijo, quería llegar a Donostia cuanto antes y evitar que mi madre, que le estaba esperando, se preocupase. No consiguió su propósito: en el accidente hubo varios muertos, entre ellos mi padre. Debió de ser una noche terrible, la misma en que el incendio de Santander tuvo lugar. El sonido del viento debía de ser impresionante y, según me contaba mi hermano, aquel niño de seis años, los faroles se apagaban y el viento aullaba... Después de pasar una noche espantosa, mi madre conoció la noticia por la mañana. Él tenía 36 y ella 33 años. Se quedó viuda con un niño de seis y una niña a punto de cumplir los tres años. Había perdido un marido que le debía de querer con pasión y un futuro acomodado y prometedor.

* * *

A partir de este momento y aunque al principio tuvo que estar en cama con un fuerte ataque de ciática que le impedía moverse, mi madre se encontró con una doble misión: seguir ayudando a su familia hasta que los más pequeños y enfermos pudieran terminar sus estudios y valerse por ellos mismos, objetivo que pensaban lograr (y lograron) pronto, y cuidar de nosotros para que pudiéramos vivir y formarnos. Esto último sería, como ella solía decir, el motor (los dos motores, en alusión a mi hermano y a mí) que la impulsaría hasta el final. Sin embargo, aunque con frecuencia se la veía cansada al terminar sus largas jornadas de trabajo, no era en absoluto una mujer triste y en el poco tiempo libre que le quedaba disfrutaba de nosotros y de todas las demás aficiones que tenía y en la medida de lo posible procuraba cultivar.

Al principio de su actividad como vendedora de frutas, verduras..., la amona Ambroxi, había ocupado un "espacio numerado" en aquellos largos bancos en los que las caseras vendían sus productos (y que más tarde, siendo yo pequeña, ocuparía la tía Joaquina, hermana de Ambroxi). Después, ayudada por mi madre, cogieron un puesto en este mismo mercado (La Brecha) y es en ese marco, en el puesto a nombre de mi abuela, donde yo les sitúo a las dos: a mi madre que ya había asumido la dirección del pequeño negocio, situada en la parte interior del puesto (con su delantal y su pañuelo al cuello, ambos de un blanco inmaculado), y a mi abuela fuera (vestida de oscuro como en ella era habitual) y cercana al lugar donde se exponía el género. Esto no quiere decir que la amona no realizara un trabajo importante. Era ella la que desde el comienzo se trasladaba en tren, antes del amanecer, al mercado de Ordizia (Villafranca) para comprar quesos, huevos, alubias y mucho más genero de gran calidad, con el que luego volvía cargada, en el camión de Suquía. Más tarde era ella la que iba, con frecuencia acompañada por mi hermano, que tenía que correr mucho para adelantarse a otros y poder reservar el género adecuado, al Mercado Central de Frutas y Verduras, donde también compraban los productos que luego venderían a aquella buena clientela que iban logrando tener. Eran proveedoras del restaurante Nicolasa, en su época dorada, de la familia de Patricio Echeverría de Legazpi, localidad con la que les hacía de recadista el famoso Jaca (más tarde organizador de las reuniones de la Academia Errante que tantos nombres ilustres iba a reunir y en las que también participaría nuestro cuñado Lasa); y en general de una "selecta" clientela, a la que mi abuela con su trato (incluidos fuertes empujones y codazos si la "se-ño-ra-txo", como ella decía, con mucho retintín y muy despacio, no se portaba de la forma adecuada…) podría haber ahuyentado con facilidad si no hubiera estado allí Rosario.

De hecho, las dos trabajaban duro. Mi madre solía irse por la mañana temprano, andando por el Paseo de los Fueros (cuyas casas y bajos con jardines le encantaban) para volver hacia el anochecer (las ocho, las nueve…) por el mismo camino, siempre que no estuviera excesivamente cansada. Cuando nosotros éramos pequeños, solo tenían fiesta los domingos por la tarde. Unos años después, afortunadamente, empezaron a cerrar también el domingo por la mañana y lograron un día de fiesta a la semana. Fiesta de la que ella disfrutaba mucho y que le hacía exclamar: "¡Qué pena, un domingo menos de vida…!", cuando, hacia la noche, la fiesta terminaba. Verdaderamente, en mi casa el trabajo era un deber que en mayor o menor medida teníamos que cumplir todos. Una anécdota que solía contar el tío José Mª sirve para expresarlo: en 1941, cuando murió el aita, el tío jugaba ya en la Real Sociedad. Poco antes debía de ser muy difícil para él lograr el tiempo necesario para poder entrenar, ya que si los supuestos entrenamientos coincidían con la necesidad de llevar grandes cestos encargados por los clientes, se imponía primero cumplir este trabajo. En alguna ocasión que, a pesar de sus protestas y razones, no se libró del encargo, debió de dejar el gran cesto abandonado en medio del Boulevard para irse corriendo a entrenar... En tales ocasiones, ya sabía que pese a ser una promesa del fútbol (que pronto se iba a convertir en realidad), a la vuelta le esperaba una bronca fenomenal y el riesgo de tener que quedarse sin comer y castigado a no poder entrar en casa y tener que permanecer en las escaleras o en el portal. Según él solía contar, mi madre, a la que quería mucho y le comprendía algo más, le solía sacar allí fuera algún plato de comida para que pudiera aplacar algo el hambre que por entonces debía de ser acuciante. Unos años más tarde, iría a jugar al Real Madrid, donde como ya he dicho, fue internacional.

Nosotros seguíamos viviendo en Salud 6, aquel edificio construido en torno a 1900 y que conjuntamente con Amara 7, tercero (que solo hacía de dormitorio familiar y que denominábamos "la otra casa"), servía para alojar a la crecida y numerosa familia que, salvo nosotros los niños, había dejado de ser pequeña y ya no entraba en una sola casa. El piso, al igual que las otras siete viviendas del inmueble, tenía cuatro habitaciones, pasillo, retrete y una gran cocina en la que comíamos todos juntos los días de fiesta y, en invierno, era el único lugar caliente de la casa. Dos de las habitaciones se abrían directamente (y la tercera a través de un balcón), a una gran terraza que nos unía con Amara 7 y era el gran tesoro de nuestra casa. La terraza era, en la parte cercana a nuestro piso, un rectángulo de aproximadamente 10 metros de largo y 5 de ancho (ancho que quedaba algo mermado por la estantería que, en la parte izquierda, se utilizaba para colocar las botellas de sidra) y luego se abría en una forma algo ovalada de aproximadamente 10 metros de diámetro, con tres salidas: una, llevaba al piso de los propietarios (los Loinaz); otra conducía al lagar, por donde se bajaba hacia las cuadras y almacenes; y la tercera, ascendiendo por unas escaleras, llevaba al "salón" (en el segundo piso) y al gallinero (en el tercero). Este gran tesoro que era para nosotros la terraza, estaba cubierta por una gran parra que en primavera se cubría de racimos de lilas que luego se transformaban en uvas. El periodo de las lilas era precioso… Además la parte rectangular más cercana a nuestra casa, servía para comer los días de fiesta, jugar, salir, tomar el sol… y trasladarse a Amara 7, pasando por el piso de los Loinaz, algo que no les gustaba mucho pero que a veces hacíamos, sin atravesar la calle.

Hacia 1939, la tía Jesusa nos había dejado por haberse casado y trasladado a vivir a Iruña, pero con nosotros vivía también Leona (en realidad Juana Leonarda Iraola, natural de Ibarra), que se ocupaba de hacer los trabajos domésticos de nuestra casa y que iba a ser uno de mis grandes amores durante la niñez y la adolescencia. Años más tarde, vendría también a vivir con nosotros su sobrina Joaqui (Joaquina Iraola) que trabajaría como recadista y ayudante en el mercado y, por las tardes, en las labores de casa.

Mi hermano iba desde bastante pequeño al Colegio de los Marianistas que, accediendo por Amara, y pasando el antiguo lavadero, el almacén de carbones (donde hoy está el frontón) y subiendo después unas cuantas escaleras, quedaba bastante próximo a nuestra casa. Solía sacar muy buenas notas: con ribete azul que significaba notable o con ribete rojo que era sobresaliente. Era muy aficionado a los deportes (fútbol, balonmano, baloncesto) y desde que era bastante crío tenía que ayudar en casa y en la plaza. Yo, que no empecé a ir al colegio hasta después de cumplir los seis años, me quedaba en casa como una reina mimada por todos (y especialmente por Leona), donde jugaba "a princesas" con mi amiga Margaritina (con aquellas toquillas que a manera de faldas largas, al bies, nos adornábamos y paseábamos por la terraza); o deambulaba por el barrio, las casas vecinas, o los lugares que rodeaban la terraza. Mi única ocupación solía ser hacer algún recado en el local de Pepe y Nati, la tienda de ultramarinos que ocupaba la esquina de la calle Salud con la calle Amara. En frente estaba Lejías la Montañesa y, cruzando la calle Amara, la chatarrería de Ferreres. Leona había trabajado en casa de los Ferreres durante la Guerra, cuando mataron a Mª Antonia, aquella niña a la que ella había querido y cuidado tanto. Murió víctima de una explosión de la que Leona resultó ilesa, a pesar de que intentando proteger a la niña, ella había ocupado el lugar más cercano y expuesto al ataque. Siempre hablaba de ello, sin poder olvidarlo.

Por entonces, el ensanche de Amara Nuevo no estaba construido y la ciudad terminaba a la altura de La casa del águila. A partir de ella, se extendían campas y marismas (y algunos caseríos por la zona de Anoeta), por donde yo solía seguir a mi hermano, en sus correrías tras los pájaros. Tampoco estaba construido el barrio San Roque (aunque poco después empezarían a hacerlo) y en su lugar se extendía el Monte Peseta por donde los niños bajábamos en *goitiberas*, jugábamos y escapábamos por aquellos callejones que desde su ladera conducían rápidamente hasta nuestra calle y nuestra casa, donde encontrábamos refugio en caso de peleas. En realidad, y aunque mi madre procuraba evitarlo, era en parte una niña de barrio… ¡Y cómo era por entonces, nuestro barrio! Nuestra calle tenía fama de ser, junto con Sagüés, de lo peorcito de Donostia. Vivía gente obrera, mucha gente pobre y era una de las calles de prostitutas más conocidas de la ciudad. Es curioso que de niña y de joven, me diera tanta vergüenza vivir allá, y de mayor, en cambio, me sienta tan encantada de haber vivido y haber conocido en aquel lugar tantas vidas ejemplares.

La mayor parte de los ejemplos (no todos) eran mujeres. En primer lugar destacaba, sin duda, la figura de mi madre. Ella era un personaje atípico del barrio, pero se arreglaba bien con muchas personas del entorno que le rodeaba. En segundo lugar estaba Leona (¡nuestra pobre Leona!). A pesar de que su madre había sido maestra, ella desde bastante joven (quizá a partir de la muerte de su madre, no lo sé seguro) había trabajado como criada. En mis recuerdos, junto a mí en nuestra casa, tendría algo más de 40 años, era más bien baja y no demasiado agraciada de cara, aunque a mí me gustaba. Llevaba el pelo recogido en un pequeño moño bajo la nuca y una hermosa joroba claramente perceptible en la parte derecha de su espalda. Con frecuencia, se llevaba la mano a la zona del hígado, como si algún dolor le molestara. Sus grandes amores (después de Mª Antonia), éramos mi madre y yo. Leona no era demasiado justa, ya que la diferencia de trato respecto a mi hermano y a mí era exagerada: "¡Félix sube el carbón!... ¡Félix termina las alubias!...". Con él era ruda y se mostraba malhumorada, conmigo en cambio era justamente lo contrario: "¿Qué quiere la niña para comer hoy?", me preguntaba. A pesar de que las posibilidades de elección fueran pequeñas, "la niña" siempre podía elegir: "¡huevo!...", uno de aquellos huevos tan buenos que solía traer mi abuela del mercado y a mí tanto me gustaban... Afortunadamente la actitud de mi madre, que era muy distinta, ayudaba a equilibrar la balanza. Cuánto sufrí yo pocos años más tarde, y cómo traté de ayudarle a hacer los trabajos de casa, cuando comprendía que su salud le hacía difícil cumplir las obligaciones que en nuestra casa eran sagradas, lo que provocaba a veces los enfados y broncas de mis tíos (acompañados, a veces, de cierta broma que los atenuaba). Cuánto temí que mi madre la pudiera despedir, algo que me hacía temblar y evidentemente no iba a suceder (¿cómo hubiera podido mi madre hacerlo?). Qué poco podía sospechar ella, Leona, que iba a terminar muriendo en brazos de mi hermano, mientras trataba de ayudarla.

Otros de los personajes imborrables de mi infancia fueron Carmen Apalategui y Justa Estensoro, dos mujeres, unidas por una gran amistad, que vivían en el primero izquierda, justo al lado de nuestra casa. Muchas veces he pensado que, especialmente Justa, era exponente de uno de los mayores contrastes entre forma (zafia) y fondo (desprendido y solidario en extremo) que he conocido nunca. ¡Cuántas horas he pasado en su casa! Simétrica a la nuestra (que años más tarde fue reformada), constaba de cuatro habitaciones, retrete, pasillo, una cocina amplia (el lugar más vivido de la casa) y en el que ellas planchaban, cosían y hablaban... Eran lavanderas y yo solía encontrarme con frecuencia entre ellas. También con frecuencia les acompañaba a los lavaderos (pequeño y grande) situados, por entonces, en el lugar que hoy ocupa la iglesia de Santiago.

Solían acudir a él cargadas de grandes baldes que llevaban y traían después del lavado sobre su cabeza, protegida por un rosco de tela en forma de rueda que colocaban entre el balde y su cabeza.

En aquella casa, vivían entonces Justa y Gonzalo Vila, su marido, desde que, enfermo y sin trabajo, regresó del campo de concentración en el que había estado confinado en Aragón; la madre de este, una mujer mayor y según mi recuerdo poco agradable, de la que Justa se ocuparía hasta el final; sus hijas: Maritxu (una mujer alegre y de trato agradable que continuó con el oficio de su madre, y a la que mi tío José Mª, de su misma edad y buena relación de vecindad, llamaba Maritxin), e Iñasi, muy sorda y bastante más rara que su hermana. Además Justa tenía realquilados a Carmen y su marido, Ladis López (que durante cierto tiempo trabajó, al igual que mi tía Antxoni, en la fábrica de perfumes Dana), y a Miguel, el hijo de ambos, a quien yo no puedo recordar a pesar de que Carmen lo nombrase con frecuencia y nunca llegara a olvidar… En ocasiones, como cuando Maritxu e Iñasi se casaron y tuvieron familia, en aquel piso llegaron a convivir cuatro familias.

Gracias a lo que me contó Maritxu, un día que acudí a visitarle hacia 1995 estando ya enferma (y después de manifestar su alegría por verme y contarme lo bien que le atendía un primo mío médico, hijo del tío José Mª), pude llegar a recomponer la historia que yo más o menos conocía desde niña. Justa, su madre, que procedía de Pasajes San Pedro, había empezado a trabajar como lavandera y planchadora "autónoma", hacia el final de la Guerra. De joven había trabajado en la Tintorería de París, donde al terminar la Guerra se habían negado a volver a darle trabajo por haber actuado antes como representante sindical de sus compañeros. A su vez, Carmen y Ladis, junto con su hijo Miguel (Miguel López Apalategui), a quienes tenía realquilados, habían sido también protagonistas de una historia trágica, de la que nosotros, por lo menos los niños, solo éramos testigos de los suspiros de Carmen y de la añoranza que sentía por su hijo, a la que se solía referir especialmente cuando acudía a coser a nuestra casa y yo le llevaba, por encargo familiar, aquellos grandes tazones de café con leche y sopas que tanto le gustaban… Yo sabía que Miguel había desaparecido y que Carmen siempre le esperaba... Según me contó Maritxu, al cumplir los 18 años, Miguel se había alistado como voluntario en el Ejército Republicano. Por Irún pasó a Francia, desde allí a Barcelona y más tarde a Madrid. Al final de la Guerra, cuando los franquistas tomaron Madrid, supieron que estaba vivo. Luego el silencio. Ellos suponían que había sido fusilado, pero Carmen, que a pesar de nuestro trato diario nada de esto contaba, se limitaba a suspirar, a hablar de él y a seguir esperándole. Nunca dejó de hacerlo.

Carmen, siempre cariñosa, tenía un aspecto algo triste, sencillo y sereno y una apariencia acorde con algunas imágenes fotográficas de las mujeres republicanas del pueblo. Relativamente alta, siempre vestida de negro, con faldas hasta media pierna y una toquilla de lana negra sobre los hombros, solía ir pulcramente peinada, con una melena corta y rizada. De trato suave y agradable, era ella la que habitualmente me peinaba con aquellos tirabuzones que tanto gustaban a mi madre y con los que aparezco en mi fotografía de la primera comunión, en mi desfile en la procesión vestida de ángel y en los paseos que daba con mi madre. Justa tenía una apariencia y una forma de hablar (decía muchos tacos) mucho menos refinada. Era baja y gruesa, con un pelo negro y liso, peinado con la raya en medio y recogido hacia atrás en un moño sobre la nuca, que enmarcaba unas facciones más bien toscas y poco delicadas. La delicadeza permanecía oculta, porque estas mujeres estaban siempre dispuestas a ayudarse entre sí y a ayudar a los demás, a cambio de nada. Las recuerdo como si fueran personajes del *Novecento* de Bertolucci, figuras que encarnan para mí esos valores míticos de la izquierda que hace años admiro: humanismo, desprendimiento y solidaridad.

A esta galería de retratos que sin duda se podría ampliar ya que en el segundo piso de Salud 6, vivían Antxoni Aréchaga y su marido, empleado de los Ferrocarriles Vascongados, junto con sus hijos; y en el resto de los pisos (eran cuatro pisos con dos viviendas en cada uno) otros personajes que sin duda darían mucho que hablar, quisiera añadir uno más: el caso de las hermanas Bergara, Josefina y Eulali, que junto con su padre, un artesano alpargatero de aspecto delicado que murió cuando yo todavía era niña, y junto con Fernando Bergara, su sobrino *txistulari* que vendría a vivir con ellas algo más tarde, vivían en el primer piso del número ocho, con el que los inquilinos del número seis nos comunicábamos por un patio interno y también, claro, por la calle. Estas hermanas eran totalmente diferentes de Justa y Carmen. Eulali, más bien baja, menuda y refinada, trabajó durante muchos años como dependienta de la Mercería Vidaurre, en la calle Churruca. Cantaba en el coro de la Schola Cantorum y nos solía dar entradas para ver los espectáculos que montaban: especialmente las *Estampas de Navidad* y las *Estampas de la Pasión*, donde en alguna ocasión, Margaritina, Fernando (su sobrino) y yo, además de otros niños, aparecíamos vestidos de ángeles, ocupando un lugar. Josefina, más alta que su hermana pero al igual que ella, morena y refinada, se ocupaba de las labores de casa: esa casa que siempre estaba abierta para nosotros, los niños del seis, del ocho o del diez… y adonde también solía acudir Margaritina, mi amiga de la calle Autonomía.

Después de enviudar, mi madre solía salir con Josefina y nosotros los niños, a pasear, a la Juventud del Carmelo y Praga ("la juven" como la gente joven le llamaba y que aglutinaba a los chavales para hacer deporte) y, sobre todo, al cine de los Carmelitas, situado junto a la iglesia del mismo nombre, en el sótano del local de "la juven". Allí acudíamos encantados, mi hermano, mi madre y yo (a veces con más amigos) ya que, durante la temporada de invierno, los domingos a las ocho de la noche proyectaban (incluyendo mil cortes) películas cómicas, películas de Tarzán, del Oeste y muchas otras películas americanas, en blanco y negro, de los años veinte, treinta y, quizá, de los cuarenta… ¡Cómo disfrutábamos y qué gran placer sentía yo, aquellas tardes oscuras y frías de domingo, cuando después de jugar a "chingos" en la terraza, mi madre, después de echar la siesta, me llamaba para prepararnos, ir a dar una vuelta y, luego… ¡al cine!… ¡El placer, los comentarios sobre la película y la ilusión respecto a la que veríamos el próximo domingo, duraba toda la semana!

Por entonces, solíamos ir también a dar largos paseos por Ayete, subiendo por la zona de Arbaizenea (en el alto de Amara) y bajando por San Juan de Dios y la calle Autonomía, donde en el número 15 estaba el taller de escayola que había puesto el tío Juan, cuando se estableció por su cuenta. A veces iba con el aitona Bartolo, otras con mi madre. Cuando iba con ella, me (nos) enseñaba aquel terreno en lo alto del Monte Peseta, cerca de Arbaizenea, donde mi padre había proyectado hacer una pequeña villa... Luego, dábamos un largo paseo, por aquella zona entonces bastante despoblada, donde mi madre rezaba un padrenuestro cuando pasábamos por lugares señalados con cruces, que recordaban alguna muerte, normalmente violenta, allá acaecida. Sin duda, había habido muchas más..., pero estas no estaban señalizadas.

En primavera, cuando la parra se cubría de lilas, salíamos y pasábamos todavía más tiempo en la terraza. Los domingos solíamos comer allá, en la amplia zona que quedaba más cerca de nuestra casa. En la otra zona de la misma, la que se situaba entre el lagar y la casa de los Loinaz, se solían celebrar muchas comidas y, sobre todo cenas, a las que acudían muchas cuadrillas de hombres que se sentaban alrededor de amplias mesas, para disfrutar de la comida, la sidra... El 19 de marzo, San José, santo de mi tío José Mª y de Joxe Loinaz (hijo de Antxon Loinaz, apodado "Antxon Amara", y "Ama María", su mujer, que eran quienes habían contratado a mis abuelos para trabajar con ellos), se intercambiaban regalos: nosotros les llevábamos unos grandes jarros de *mamia* (*gaztanbera*) y ellos nos regalaban unas botellas de sidra elaboradas en su casa, en aquel gran lagar y edificios adyacentes, a los que también se podía entrar por la terraza. Normalmente, almacenaban las manzanas en el "salón", un gran espacio cuadrado, situado sobre el lagar y bajo el gallinero, que por los tablones que guardaba, parecía una vieja carpintería abandonada. Desde allí, vertían la manzana al lagar, a la vez que era partida y medio triturada y luego, en el gran lagar con unos grandes tablones sobre ella, a los que a veces nos subíamos y pisábamos los niños con los pies descalzos, prensaban la manzana, hasta lograr el líquido (la *pitarra*) que por unos conductos llegaba al piso de abajo (zona de los almacenes, garajes y cuadras), donde se almacenaba en unos grandes toneles que servían para guardar la sidra y luego embotellarla.

Esa zona tan amplia de la sidrería y lugares adyacentes, con salidas como he dicho a la calle Salud y Amara, pertenecía entonces a Joxe y Lupe, su mujer, que tenían cuatro hijos varones, algo mayores que nosotros, que a veces acompañados de algún otro amigo jugaban al escondite ("a bules" como decíamos) por la zona, con la exclusiva prohibición de entrar en los pisos (el ocupado por nosotros y el suyo) que estaban en los extremos de aquella amplísima terraza. En torno a mis cinco o seis años, o incluso algo menos, a mí me gustaba participar en aquel juego. Al principio, me lo negaban: "¡La cría no juega!", decían. Pero, mi hermano, defendiendo mi participación, respondía: "¡Mi hermana juega!". Al final, me dejaban empezar a jugar pero no duraba mucho tiempo dentro. Si al "donar" me tocaba "para", mi hermano volvía a decir: "¡Yo me quedo 'para' en lugar de mi hermana!". Pero a mí eso no me gustaba, porque deseaba tener la misma importancia que los demás; algo imposible para mí, claro; ya que además de ser la única niña, era la más pequeña. Esto me hacía ser consciente del inmenso laberinto en que estaba y de la imposibilidad de encontrarles y poder correr como ellos. Como resultado, me quedaba quieta (como si no oyera sus llamadas) y no iba a buscarles… ¡Cualquiera sabía dónde estaban!… Al final, todos (incluido mi hermano), se enfadaban conmigo y al unísono decían: "¡La cría… fuera!".

* * *

Después de tantos mimos y correrías, ya cumplidos los seis años, mi comienzo en el Colegio de San Bartolomé (en la "Sección de Pago" de la Compañía de María), me iba a resultar dramático. Cada día, a la hora de acudir al colegio con aquel flamante uniforme azul marino con un cuello duro blanco, que entre otras cosas nos distinguía de "las gratuitas", y aquellos moñetes y trenzas tan bonitas que me hacía Carmen, me acometían toda clase de "dolores y males". Y cuando acompañada al comienzo por Leona, y después de caminar junto al muro de San Bartolomé, subíamos las cuestas o escaleras que conducían al colegio, los dolores se acrecentaban: un día era la pierna, otro era el corazón... Siempre había algo que me impedía llegar. Con su habitual sentido práctico, mi madre puso fin a esta primera fase. Empezó por llevarme al pediatra don Enrique de la Riva, al que en ocasiones especiales le consultaba (ya que en mi casa no se acudía demasiado al médico) y después de que este dijese que "la niña no tiene nada, salvo el peso de todo el colegio (¡y mira que era grande!) sobre el corazón", mi madre determinó que con dolor o sin él (y salvo en caso de fiebre) no se podía faltar un solo día al colegio. El remedio funcionó, los dolores remitieron y durante cinco cursos, hasta que lo dejé para acudir a la Escuela de Comercio, asistí al colegio, aunque en conjunto el recuerdo que tengo de él no es bueno.

Desde el principio, sin esforzarme mucho, resulté una buena estudiante que sacaba buenas notas, algo que provocaba la satisfacción de mis tíos que se reían y decían: "A pesar de lo tarde que ha empezado... la "buluna" les ha aventajado a todas...". En realidad, eso no era cierto, ya que había otra niña llamada Leonor Gabarain (¿qué habrá sido de ella?) que sacaba mejores notas. Pienso que el empezar a leer y escribir me resultaría estimulante para poder seguir por mi cuenta aquellos cuentos que tenía en casa (recuerdo especialmente *Los cuentos de Andersen*) que tanto me gustaban cuando me los contaban y ya algo más tarde, a pesar de ser muy joven, aquellas noveluchas sentimentales, de vaqueros, etc., que alquilábamos en una tienda cercana situada en la calle Urbieta y que a veces ayudada por una linterna, para que no me viera mi madre, solía leer en la cama. De todas formas, el resto de las materias, tanto números como letras, me iban bien y, creo que la Historia Sagrada (Cosmología e Historia Sagrada como le llamaban y figura en un diploma del año 49, que conservo), aquellas historias, me gustaban. Algo que, según me han manifestado muchos años más tarde, había extrañado a alguna compañera de trabajo antes alumna mía en la Universidad, que (no sé por qué) no me debía ver demasiada relación con "lo sagrado"...

Lo cierto es que a pesar de mis buenas calificaciones, no encajaba bien en aquel ambiente. El primer problema, al poco de empezar, se presentó cuando un día que estábamos en la capilla, al ver que todas las niñas se acercaban al altar y hacían algo que yo no sabía bien qué era pero decidí imitar, comulgué como ellas, sin haber hecho antes la primera comunión, sin haberme confesado, después de desayunar… O sea, contra todas las normas: "¡Tremendo!". Aunque mis tíos se reían al decir…: "¿Sabéis?… ¡Mari Sol ha hecho hoy la primera comunión!". Las monjas se lo tomaban como si fuera algo grave. Otras veces, el problema surgía cuando en los días de fiesta no acudía a algún acto religioso, algo que mi madre me permitía, siempre que luego no intentara justificar con una mentira mi falta de asistencia. Según ella, ante el posible castigo, debía explicar que: la "verdadera razón" de no haber asistido era que tal práctica no debía ser obligatoria, yo no tenía ganas de ir, y mi madre me permitía hacerlo… Es cierto que, un día que había faltado mucha gente y todas inventaban mentiras, seguir el consejo de mi madre me sirvió para librarme del castigo por haber dicho la verdad. Pero otras veces los problemas no terminaban tan bien, como cuando teniendo alrededor de diez años, me descubrieron unos cromos con fotos de artistas de cine, a veces muy escotadas o en posturas atrevidas que estaba coleccionando y me amenazaron con expulsarme del colegio… No tuvieron necesidad de hacerlo, ya que mi madre había decidido que durante el curso 49-50, debía estudiar Peritaje Mercantil en la Escuela de Comercio, por lo que en junio del 49, sin ninguna pena abandoné el colegio.

En él había coincidido con Luchi Mancisidor, hija del buzo que había sacado a mi padre muerto. También coincidí con una niña un poco mayor que yo, que tenía un aspecto delicado, una melena rubia más bien corta y unos rasgados ojos verdes: se llamaba Elixabete Laboa y recuerdo que tanto ella como su nombre, todo, me pareció sofisticado. Entonces no sospechaba todavía que, pronto, iba a conocer a su hermano. También coincidí con Begoña Laboa. Estaba entre las mayores, en aquel grupo formado por Carmen de Antonio, Asunción de Juana, Begoña Laboa y otras, que en aquel gran salón en que las monjas nos agrupaban y las pequeñas, situadas en medio de las mayores, éramos observadas y objeto de sus comentarios, que podían versar por ejemplo sobre aquel raro movimiento de mis ojos...; algo que a mí me hacía sentirme mal y me molestaba bastante. Tampoco sospechaba que años más tarde, Begoña, convertida en enfermera, me iba a animar y ayudar mucho en un momento que estuve enferma y lo necesitaba.

A veces, algunas niñas del colegio que vivían en la Plaza Easo, la parte "elegante" de Amara Viejo, me invitaban a su cumpleaños, algo que no me solía gustar nada, por sentirme desplazada. Solía acudir con más interés (¿y algo de morbo?) a casa de Pili, otra niña del colegio, que vivía junto con su madre y sus hermanos en la esquina de esta plaza con la calle Easo (entonces Víctor Pradera), justo al lado del local de los baños públicos que lindaba con el portal de su casa. En aquella casa a la que acudían muchas mujeres jóvenes que solían estar charlando con su madre, una mujer agraciada, de expresión triste y que era muy amable con nosotras, las niñas, Pili nos enseñaba a escondidas unos libros muy gordos que parecían de medicina y en los que podíamos observar fetos en el periodo del embarazo; en aquellas láminas parecía haber algo prohibido y a nosotras nos intrigaba... No estábamos demasiado descaminadas ya que pasado cierto tiempo, Pili y su familia desaparecieron y muy, muy bajito, se corrió la voz de que habían detenido a su madre por realizar abortos. Nunca he vuelto a saber nada de ellas.

Visto desde ahora, todo esto me recuerda un poco a algunas secuencias del neorrealismo italiano: incluso el ambiente que vivíamos en la calle y los juegos de los críos y crías del barrio eran mucho más atrevidos y menos puritanos que el ambiente del colegio. Además sabíamos que nos bastaba con acudir a confesarnos a la iglesia de los Carmelitas (lugar que me gustaba mucho más que el colegio) para que nuestras faltas fueran perdonadas. Según era *vox populi* entre los niños, el Padre Tobías o el Padre Bernardino, que solían tener una cola muy larga ante sus confesionarios, tenían una "manga muy ancha" e impartían penitencias muy pequeñas cuando te confesabas de hurtos a tu madre u otros "pecados", entre los que en aquella época solían destacar los que por pensamiento, palabra u obra, podías realizar contra el sexto mandamiento que era el peor considerado de todos ellos. Es curioso que entre estas faltas, que quizá no confesé en el momento y es, en cambio, la que más fuertemente me ha quedado grabada como un acto de crueldad, fue la fuerte patada en el trasero que arreé un día a Margaritina, mi amiga, cuando metía las manos en un gran barreño con la colada blanca y la lejía, que estaba situado en la cocina de mi casa. ¿Por qué hice aquello?... Otros actos más tardíos, como ir hacia los once años a "gallito" del Bellas Artes a ver *Gilda*, o las mentiras (fantasías diría Mikel, refiriéndose a Izaro, más tarde), que ya con doce años contaba a las hermanas Aguinaga, sobre mi supuesta asistencias a fiestas en las que llevaba vestidos de noche parecidos a los que Elizabeth Taylor lucía en las películas, no me preocupan demasiado e incluso me resultan divertidos, aunque siempre me pregunto (y Mikel también se preguntaba cuando se lo contaba), ¿cómo era posible que siendo bastante mayores que yo, no me llamasen mentirosa e hicieran como si se creyeran las inverosímiles historias que les contaba?

El ambiente que vivíamos en casa me parecía extraordinariamente agradable y *goxo*. Aunque mi madre por su trabajo estaba fuera de casa casi todo el día, su presencia se notaba en todo, ya que era el centro que aún sin estar presente ordenaba la casa. A la noche cuando llegaba cansada, después de interesarse por lo acontecido, charlar un poco y tomar algo, se acostaba para descansar y leer un buen rato... Una temporada volvió a estar enferma, con ciática. Al principio estaba con dolor y sin poder moverse de la cama; pero cuando empezó a mejorar, a levantarse y actuar, qué placer resultaba para mí y para Félix, encontrarle en casa a la salida del colegio, y poder tomar luego aquellos tazones de crema que aquellos días nos preparaba... Esta temporada pasó pronto y, a pesar del cansancio, la salud resulta normalmente preferible a la enfermedad. Además, nos quedaban los días de fiesta de los que tanto disfrutábamos.

En invierno los días de fiesta comíamos todos en la cocina, sentados alrededor de aquella gran mesa, en la que nos juntábamos los aitonas, los tíos que por el momento estuvieran en casa, la ama, Leona, Joaqui y nosotros dos. La cocina económica estaba siempre encendida y en ella, después de la época de los boniatos, se preparaban unas comidas típicas de nuestra cocina popular y, en ocasiones especiales, platos algo más "exóticos" que nuestra madre aprendía a través de Nicolasa, siempre buenos, muy buenos... El comer bien (aunque no fueran platos caros), algo habitual en el país, era importante en nuestra casa. Me recuerdo en aquella mesa, cuando tenía 6 o 7 años, diciéndoles a los aitonas, que mantenían y mantendrían hasta el final, la costumbre de hablar euskera entre ellos: "¡No habléis así..., que nosotros no nos enteramos!". Afortunadamente, ellos no me hicieron caso y siguieron haciéndolo. Es cierto que por aquellos años, en nuestro barrio, en el que vivía mucha gente que sabía euskera, apenas se escuchaba esta lengua y en el resto de la ciudad, salvo en el mercado, tampoco era corriente hacerlo. Yo no la aprendí hasta mucho más tarde y mi hermano ahora hace pinitos con sus nietos... Mi madre trataba de que nosotros nos formáramos y, por entonces, el euskera no era la lengua que normalmente se utilizaba para hacerlo. Sin embargo, mis primos del caserío y muchas otras familias continuaron hablándolo y manteniéndolo.

Nos recuerdo a veces, sentadas allí, en la cocina, mi madre en un banco y yo en el suelo, agarrando sus piernas con mis brazos y con mi cabeza apoyada en su regazo... Cuando se inclinaba sobre mí, para darme un beso o acariciarme, me decía con frecuencia: "¡Hueles igual que tu padre...!". Por lo demás, no solía hablar mucho de él: trataba de mirar hacia el futuro de forma positiva y nunca quiso volver a casarse.

Cuando yo tenía seis o siete años, se iba a casar mi tío Juan con Maritxu Urrestarazu, sobrina de la dueña de Nicolasa, que había trabajado allí durante años y se llevaba muy bien con mi madre. Se celebró en Panieur Fleuri de Rentería y fue la única boda de sus hermanos a la que asistió mi madre. En los demás casos nos mandaba a mi hermano y a mí, como si fuéramos sus representantes. Los niños notábamos la falta del tío Juan en nuestra casa, a pesar de que seguiría manteniendo un estrecho contacto con nosotros. Era muy alegre, disfrutaba de mil cosas (la playa, el tomate del país, la pintura...) y cuando éramos pequeños, en las fiestas de San Juan, nos llevaba a las ferias... Más tarde, como en el primer capítulo he contado, fue él quien me llevó a mi primer concierto y más tarde todavía, a las óperas que montaban en el Victoria Eugenia. También me llevó a visitar la villa que Balenciaga hizo construir en Igeldo, donde el tío Juan y yo, estuvimos con Agustina, su hermana.

En torno a la época que yo tenía doce años, se iban a casar también los otros tíos; por un lado el tío Manuel con Edurne Ayerdi, que no celebraron boda y partieron para Caracas, donde pasarían bastantes años trabajando. Por otro lado, el tío José Mª, que después de haber pasado unos años jugando en el Real Madrid, había vuelto a nuestra casa, y 1 o 2 años más tarde se iba a casar con Mª Domi Iraola, hija de los dueños de aquella panadería-cerería adonde yo acudía a comprar el pan; el tío se solía enfadar conmigo (no demasiado) cuando me pillaba en la calle leyendo mi novela y retrasándome en llevar el pan que estaban esperando para comer en casa. Algo más tarde, se casó también el tío Baltasar con Esperanza Rueda. La boda se celebró en la parroquia de Rentería y, de nuevo, estuvimos en Panieur. De esta forma, nuestros tíos dejarían nuestra casa, a la que por entonces y después de haber pasado muchos años trabajando en Barcelona, iba a volver a vivir la tía Antonia.

* * *

Poco antes, cuando yo tenía aproximadamente once años, se habían hecho unas obras que sirvieron para reestructurar nuestra casa. Algo antes había habido un fuerte revuelo que para nosotros los niños, y no sé si para otros, envolvía un halo de misterio… Pese a ello, un hecho quedó claro: los aitonas que hasta entonces dormían juntos en una de las habitaciones de la casa, se habían enfadado por la noche y Bartolo había tirado a Ambroxi de la cama. No supimos a qué se había debido el enfado, aunque yo siempre sospeché, al oír algunos comentarios, que el problema surgió porque el aitona quería sexo y la amona se negaba… A partir de entonces, la amona iría a dormir sola en una habitación de "la otra casa" (donde en otra habitación dormían también Leona y Joaqui y, en ocasiones, alguno de mis tíos en otra). El aitona ocuparía una habitación de dos camas, con salida a la terraza, que iba a compartir con mi hermano, en la otra cama.

En la reestructuración de la casa, se hizo por primera vez un cuarto de baño. Antes nos lavábamos en la cocina, en unos baldes grandes o pequeños según las circunstancias. El baño quedaba junto a la habitación del aitona y este pasaba horas lavándose allí, algo que le encantaba (creo recordar que antes se solía refrescar con frecuencia, a veces en el *aska* de los caballos y otras en el fregadero de la cocina, pero a partir de su instalación uno de sus lugares preferidos sería el baño). Se redujo el pasillo (aquel largo pasillo lleno de colgadores, en el que tanto miedo pasé de niña); se amplió y modernizó la cocina (sin quitar la económica, claro) que junto con la terraza era el lugar más social de la casa. Además, en una de las habitaciones con acceso directo a la terraza, se instaló el comedor que cuando se casaron habían comprado mis padres, tan poco habían utilizado y que hasta entonces había estado en "la otra casa". Por último, dos de las antiguas habitaciones se refundieron en una más grande, en donde dormiríamos mi madre y yo, y mi tía Antonia, una vez que volvió de Barcelona para quedarse en nuestra casa y, después de dejar su trabajo allá, empezar a trabajar en la oficina del tío Juan.

Con esta remodelación, la vuelta de mi tía (que según decía quería pasar su vejez junto a su hermana), las bodas de mis tíos y mi entrada en la Escuela de Comercio, me sitúo en el primer capítulo de esta historia, justo cuando al lado de la Escuela, iba a conocer a Mikel... Dado que no deseo repetirme y antes he contado lo fundamental de estos años que terminan con nuestra boda en 1964, me limitaré a añadir algunos comentarios o algún episodio importante que allí no he comentado.

Por entonces mi trabajo, además de estudiar, consistía en hacer recados (alguna vez en la plaza) y ayudar en el trabajo y la limpieza de casa, algo que a veces intentaba eludir diciendo que estaba estudiando, cuando en realidad lo que estaba haciendo era leer novelas, algo que procuraba hacer siempre que podía (y también cuando no podía). Sin embargo, trataba de no faltar a mi compromiso con Leona que para mí era fundamental... Otra ocupación ineludible consistía en que una vez a la semana, normalmente los sábados, tenía que limpiarle cuidadosamente los pies y piernas a mi abuela: una tarea que con el remojo consabido, cambio de medias, etcétera, me llevaría mi media hora, quizá algo más, pero que era ineludible y lo iba a ser siempre que estuviese en casa (incluso cuando estudiaba en Bilbao). Estuviera donde fuera y con quien fuera, abandonaba los amigos para, sin explicar por qué, irme rápidamente a casa... ¡Qué intrigado estuvo Mikel, con aquella misteriosa ocupación, que me hacía dejar todo, para marcharme a casa!

Seguía por tanto allí, con la familia de mi madre, haciendo la vida que en el primer capítulo he contado y que incluía salir con las amigas, ya que en esta época, los domingos por la tarde mi madre solía ir con mi tía al cine (y en ocasiones al teatro). Esta había dejado algún amor, su trabajo y su "elegante" vida en Barcelona, en donde siempre aparecía muy bien vestida, luciendo sofisticados sombreros a la moda y trayendo en sus viajes unas maletas que olían a perfume caro y regalos para mi madre (normalmente libros y vistosas cajas de bombones), a cambio de un trabajo y una vida más sencilla al lado de su hermana. Los domingos por la tarde, cuando todos los demás salíamos, los aitonas se quedaban en casa: jugaban a las cartas (al punto, al tute, al julepe...) que a la amona le encantaba y cenaban juntos algo (con frecuencia sopa de ajo) que la amona preparaba. Hablaron entre ellos euskera hasta el final.

Las relaciones con la familia de mi padre (hasta algo más tarde en Bilbao y mi hermano en Eibar con el tío Eladio) iban a ser muy limitadas. A veces, Eladio venía a visitarnos, pero mi madre que utilizaba el domingo para descansar y disfrutar, tampoco fomentaba estas visitas y relaciones. Nuestra boda, como he dicho, iba a ser para ellos algo que les iba a sorprender y alegrar. Cuántas veces me han hablado mis primos Bastidas (y, sobre todo, Juanita, la mayor) de lo que habían disfrutado sus padres ese día; y cuántas veces, años más tarde, vendrían ellos a escuchar a Mikel cuando actuaba en la zona del Duranguesado, haciendo su papel en serio, no como en una mera reunión de cortesía, en la que solía ser deferente con la familia y dejaba que ellos ocuparan el lugar principal... Hoy en día, con mis primos Bastida hablo en euskera; con mis primos Querejetas, salvo algunas excepciones importantes, hablamos en castellano. En euskera, *kerexetan*, nuestro apellido, significa "lugar de cerezos"… ¿Lo sabrán ellos?

En general, en casa no se hablaba de política, aunque algunas veces se elogió el valor o habilidad que había tenido Franco para imponerse o "parar los pies a Hitler" y evitar así entrar en la Segunda Guerra Mundial. Se creía en aquel bulo extendido por la historiografía franquista para ganar a la población, y cuya falsedad no se descubrió hasta que hacia 1960 pudo conocerse el protocolo secreto Hitler-Franco de 1940, que dio a conocer el pacto real. Por otra parte, hasta que empecé a ir a Bilbao y sobre todo a frecuentar a Mikel, yo iba a ignorar prácticamente todo lo relativo al País Vasco, tanto a nivel histórico como real, con una salvedad: aquella pequeña parcela en que había vivido mi niñez y mi adolescencia.

En 1954, cuando estaba haciendo Profesorado Mercantil, murió Leona. Aquellos días, en que yo preparaba los exámenes, ella estaba enferma (siempre lo había estado pero ahora estaba peor) y yacía en la cama de su habitación de "la otra casa". Durante la noche, dormía con ella Joaqui, su sobrina, y durante el día, íbamos a verle y llevarle lo que parecía necesario, mi hermano y yo. La última vez que subí, la vi muy mal, con mucha dificultad para respirar… Llamé a mi hermano, que al verla así, la tomó en sus brazos y la sacó al balcón para que allí el aire la ayudara a respirar… Murió en sus brazos y conmigo a su lado.

La muerte de Leona fue para mí muy triste y aquellos días mi madre procuró estar a mi lado, casi sin decirlo, sospechando lo que sentía y tratando de ayudarme… Cuando estaba estudiando en Bilbao, solía contar a Mariví Dolara, mi compañera de estudios, la muerte de Leona…, le hablaba de cómo había sido su vida y cómo su muerte. Con frecuencia las dos terminábamos llorando. Sin embargo, durante su vida con nosotras, Leona había tenido dos amores (mi madre y yo) algo que siempre compensa: y murió en brazos de mi hermano, cuando este trataba de ayudarle. Cuando ella nos dejó, vino a vivir a casa Maritxu Dorronsoro, que a partir de entonces se ocuparía de hacer los trabajos de la casa.

Tenía 28 años, había estado muchos años trabajando con las monjas de Lamorousse y salir del convento y vivir una vida más normal hizo que en poco tiempo pareciera físicamente transformada. Era muy habilidosa y se llevaba muy bien con mi hermano y la tía Antonia. Yo añoraba a Leona.

Tres o cuatro años más tarde, cuando estábamos estudiando en Bilbao, murió el aitona Bartolo. Tenía diabetes, se le infectó una herida y tuvieron que cortarle una pierna... ¡Qué contento se ponía cuando mi hermano y yo íbamos a la clínica a visitarle! Intentaron cuidarle lo mejor que pudieron. Nos contaban que soportaba las dolorosas curas con una entereza enorme.

En 1961 como he contado ya en el primer capítulo, murió mi madre. No voy a volver a referirme a su muerte. Solo insistir en que al fallar el núcleo central de la familia, la casa y el puesto, todo se vino abajo. Se dejó el alquiler de "la otra casa". La amona, que hasta este momento había seguido trabajando junto a ella, dejó de hacerlo. Desconozco el carácter del trato, pero "las chicas" se hicieron cargo del puesto. La amona fue a vivir a casa de los tíos (estuvo en casa del tío Balta y del tío Juan); nosotras (la tía Antxoni y yo) estuvimos unos meses en casa del tío Juan. Yo, como ya he contado, me fui a Inglaterra, y a mi vuelta, la calle de la Salud estaba de nuevo abierta: la tía Antonia (acompañada por Tomás e Isabel, sus inquilinos y amigos) vivían en ella. Más tarde, hacia el año 67, la tía llevó de nuevo a la amona Ambroxi a aquella casa donde había vivido tantos años. Para ella (para la tía) era importante conseguir tenerla junto a ella, en su casa de siempre, hasta el final. Algo después de estar allá, la amona murió tranquila (o así lo parecía, cuando la vi todavía viva y consciente) en su casa.

Hacia 1962, antes de irme a Inglaterra o quizá en el viaje que hice desde allí para pasar las vacaciones de Navidad, cuando todavía no tenía demasiado clara cuál iba a ser mi actividad profesional, la tía Antonia, que en ocasiones podía ser muy salsera y entrometida hasta el punto de provocar graves problemas, me sugirió (creo que delante de mi hermano) la posibilidad de que dado que Mikel era hijo de una familia que tenía una empresa importante y yo era economista... quizá podríamos sondear la posibilidad de que yo trabajara en la mencionada empresa. Evidentemente esto no entraba para nada dentro de nuestros planes que a pesar de no definirse más claramente hasta 1963, iban por un camino muy distinto. Resultado: desde el principio les dije que nuestras ideas no eran esas y no hicimos ningún caso de su sugerencia.

Hacia finales de los setenta, la tía Antonia, después de una fuerte depresión (según ella decía, la muerte de mi madre le había dejado "huérfana") y después de decirnos a lo largo de los años y en numerosas ocasiones que vivir no le interesaba, tomó una fuerte dosis de pastillas y puso fin a su vida. Entonces, se vendió la casa que previamente ella había comprado. Luego, a lo largo de los años fueron muriendo el resto de los tíos. De toda aquella familia, que vivimos allí, tan apretados en ocasiones, solo quedamos mi hermano y yo... Con frecuencia recordamos y disfrutamos muchos de los episodios que he contado. Luego, también nosotros nos convertiremos en sombras.

Osto ta abarren artean
goizeko izarra
haurra lotan dago ta
ez jo adarra...

"There is a light that never goes out..."

III- La Parte Vieja: los Laboa

Mikel nació el 15 de junio de 1934, en el segundo piso del número 15 de la calle San Juan (Parte Vieja) de Donostia y es posible que, como acostumbraba a hacer y contar, su padre cantara la marcha de San Juan para "animar" a su madre durante el parto, ya que ambos, Feliciano Laboa San Miguel y Estefanía Mancisidor Ibarguren procedían y eran naturales de Pasajes de San Juan, la pequeña localidad costera que formaba parte del puerto de Pasajes. Seguramente Feliciano ya acostumbrado entonaría bien la marcha, pues el niño iba a ocupar el sexto lugar en una familia de siete hermanos: Garbiñe, Pedro Mª o Pello, como normalmente le llamábamos; Karmele, Andoni, que iba a morir muy joven, y Begoña, Mikel y Elixabete, la hermana menor, que nació dieciocho meses después de su hermano. Aunque le bautizaron con el nombre de Mikel Jon (o Miguel Juan), en familia siempre le han llamado Mikel.

Feliciano, hijo de Eduardo Laboa Etxegarai (natural de San Juan, al igual que sus hijos) y María San Miguel Ezkurra (natural de Zubieta, Navarra), nació en dicha localidad durante la última década del siglo

XIX, ocupando el tercer lugar en una familia de seis hermanos (hubo un séptimo, Norberto, que debió morir joven y del que apenas he oído hablar): Bonifacia (o Boni); Antonio (entre cuyos hijos figuraría Josetxo Laboa que más tarde se convertiría en el famoso monseñor Laboa y años después realizaría una labor diplomática importante); Feliciano; Miguel (padrino de Mikel, socio de Feliciano y como él, del PNV); Carmen; y Teodoro, que, según testimonio familiar, durante la dictadura franquista fue alcalde de la pequeña localidad.

Eduardo Laboa, el aitona de Mikel, era un hombre poco corpulento, de físico agradable (en un cuadro pintado por Salaberria, muestra a mi juicio parecido con su nieta Elixabete); vivaz, con bastante mal genio y que, según contaba Feliciano, antes de casarse solía ir hasta Zubieta a visitar a su novia María San Miguel, andando por el monte a través de Oiartzun. Era carpintero de ribera, y construía pequeñas embarcaciones bien diseñadas, entre las que figuraba el Carmentxu, una *txalupa* a la que puso el nombre de su hija y cuyo modelo o patrón serviría más tarde para construir el Jontxu, aquel bote de remos (y luego con motor) que Mikel (y más tarde también nosotros) utilizaríamos tanto. Además, Eduardo enseñaría solfeo a todos sus hijos; algo que más tarde permitiría a Feliciano tocar el fiscorno en La Constancia, la afamada banda de su pueblo natal a la que alude Oteiza en su *Quosque tandem* y cuyo quiosco situado en la plaza del pueblo ha sido recientemente derribado. Según contaba Feliciano, Eduardo, su padre, era monárquico, aunque hacia el final de su vida, según él insistía (ante el escepticismo de Estefanía...), le había "medio convencido" y miraba con simpatía al nacionalismo vasco.

Eduardo tenía un hermano que debía de ser su antítesis: más bien rechoncho y reposado, le apodaban "tío Machet" y era patrón de la trainera de San Juan cuando hacia 1920 estableció aquella legendaria y discutida marca del 19:17, tal como muestra la fotografía de la trainera que conservamos todavía.

Según contaba Feliciano, María San Miguel, su madre, era una mujer trabajadora y fina, a la que quería mucho y ayudaba todo lo que podía. La descripción concuerda con la apariencia de sus sobrinos, Marcelino San Miguel y sus hermanos, a los que Mikel y yo tuvimos ocasión de conocer hacia mediados de los años sesenta, en su casa (y taller) de Zubieta, donde les visitamos en diferentes ocasiones, antes de que la familia se trasladara a vivir a Doneztebe (Santesteban). Tuvimos allí la oportunidad de comer con ellos y ver cómo se comportaban los tres hermanos (solo uno casado) haciendo entre todos con delicadeza los trabajos de la casa. Tuvimos, sobre todo, la posibilidad de tratar con Marcelino y ver el ordenadísimo taller en el que fabricaba los cencerros (*joareak*) y los papeles, según recordaba Mikel, que le servían (además de aquel gran oído que tenía), para poder contentar a los pastores, de forma que a través de los diferentes sonidos que lograba, cada uno de ellos pudiera reconocer al oírlo el sonido que caracterizaba a su rebaño. Era hermoso ver cómo cuidaba y se esmeraba, haciendo pruebas diferentes, hasta lograr el sonido de los cencerros que buscaba.

Además de ayudar a su madre y aprender solfeo, según él nos contaba, de niño Feliciano había trabajado limpiando las calderas de los barcos y de joven había viajado a pie por la costa de Bizkaia, tratando de vender "aceite inglés" para las máquinas de los barcos. Al haber recibido una denuncia que ponía en duda el carácter "inglés" de aquello que elaboraban, el aceite en cuestión fue sometido a análisis, aunque logró superar la prueba (¡no sabemos muy bien cómo…!) y salieron con éxito del atolladero en el que se encontraban. Hacia 1925, junto con su hermano Miguel y otros socios, comenzó con el negocio de los barcos y se convirtió en armador, la profesión que mantuvo hasta el final.

A su vez, Estefanía Mancisidor Ibarguren, de la misma localidad y edad que su marido (o un año más, según Feliciano con malicia y gracia solía señalar), era hija de Juan José Mancisidor Sistiaga (también natural de Pasajes San Juan) y Antxoni Ibarguren Ugartemendia (natural de Lezo o más exactamente de un caserío situado en sus alrededores) y ocupaba el cuarto lugar en una familia de cinco hermanos: Iñasi, la mayor, que era costurera y, según Feliciano y Estefanía, "¡una auténtica santa!"; Raimunda tenía fama de ser una gran belleza y se casó con el "bello Trecet", un pelotari conocido en su época y que viajó por diferentes lugares; Maurizio, que según diferentes testimonios tocaba muy, muy bien, la trompeta en la banda La Constancia y murió siendo muy joven; Estefanía y, por último, Joxe, el más joven, que era también del PNV y después de ser denunciado estuvo prisionero en Ondarreta. Se llevaba muy bien con su hermana. Ella procuró ayudarle mientras estuvo en la cárcel y también luego.

Estefanía tenía un primo llamado Tomás Ángel Dadie que era compositor y organista de la iglesia de Pasajes San Juan. Ella, la madre de Mikel, tenía una hermosa voz de *mezzosoprano* (que creo estaba relacionada con su propia voz) y cuando era joven cantaba en el coro de la citada iglesia. Un coro que según decían (y yo he podido comprobar) tenía, aún dentro de un país como el nuestro que ha sido caracterizado por cantar y bailar a ambos lados de los Pirineos, una particularidad que le caracterizaba. Como diría Victor Hugo, ilustre visitante de esta localidad hacia 1834: "*À Pasages... quelques-uns travaillent, beaucoup dansent, tous chantent*" (citado en *Kantuketan: L'univers du chant basque* página 104).

De niña estuvo en la escuela del pueblo y solía contar una historia vivida por ella que Mikel nunca olvidó y que solía impresionar a aquellos visitantes suecos cuando se la contaba: "La historia del anillo...". Estefanía solía contar cómo para castigar a los niños que hablaban en euskera les ponían un anillo que les diferenciaba y les marcaba; para librarse de él tenían un remedio: delatar a otro niño que hablase en euskera... Procediendo de esta forma, la delación les salvaba. De hecho, ella tenía una fuerte tendencia a hablar euskera y solía decir que siempre había hablado a sus hijos en dicha lengua. Sin embargo, en algún momento, algo raro debió de pasar, ya que en los tiempos difíciles los pequeños llegaron a perderla.

Cuando era joven, junto con su madre, debieron de poner un bar en el que daban muy bien de comer, pero como decía con sorna Feliciano, cobraban tan poco, tan poco, que tuvieron que cerrarlo. Posteriormente trabajó como sirvienta en casa de los Louit y después, hacia 1920 o 21, se casaron. Feliciano solía contar con mucha gracia cómo durante el viaje de bodas viajaron en un coche de caballos que, al subir ciertos puertos empinados, tenían que ayudar empujando el carro con esfuerzo, ya que el exceso de peso le impedía hacerlo... Se bajaban los hombres para empujar y quedaban las mujeres dentro, acompañadas de un fraile muy, muy gordo, principal causante del sobrepeso y que quedaba plácidamente sentado, mientras ellos sudaban copiosamente para que el carruaje lograra al final subir la cuesta. También nos contaba que poco después de casarse estuvo un tanto deprimido, pero no debió de ser una depresión fuerte, ya que una receta a base de *ardo-goxo* (vino dulce) sirvió para ahuyentar su tristeza.

Los dos hijos mayores de la pareja nacieron en Pasajes de San Juan. Hacia 1926 se trasladaron a Donostia, donde iban a nacer el resto de los hermanos. Por esta época Feliciano montó junto con su hermano Miguel y otros socios, llamados Olagasti y Luis Carrasco, una sociedad denominada Olasaboa con la que se dedicarían a la construcción de barcos y al negocio de la pesca. También montarían otra empresa denominada Laboa y Cía, en la que trabajarían como empleados Antonio y Teodoro, sus hermanos. No hay duda de su carácter emprendedor (Mikel solía decir que "el aita, salvo para los negocios..., era bastante despistado"). Junto con sus socios, a lo largo de los años llegaron a tener una flota importante integrada según testimonios familiares por los siguientes barcos: Itxaropena (bou), Gure ametsa (bou), que se movía en una zona cercana y traía un pescado fantástico que consumían y compartían con amigos, vecinos y empleados; también traía aquellas espléndidas cigalas que sacaban a los que acudían a visitar a Mikel en su enfermedad del 60-62 y que a mí entonces no me gustaban... Más tarde, cuando me empezaron a gustar, ya se habían acabado. Según testimonios familiares, a los bous siguieron las parejas Punta Sabinal y Punta Alcázar, Uzturre y Buruntza, Izarraitz y Udalaitz y, por último, Aitzgorri y Aralar. Las primeras parejas irían a pescar a Gran Sol y Pequeño Sol y más tarde a Terranova.

* * *

Mikel fue un niño de salud delicada y, según me contó su madre, a los pocos meses de nacer estuvo ya a punto de morir como consecuencia del contagio que experimentó cuando ella contrajo fiebres tifoideas estando amamantándole. Siempre he pensado (con base en mis lecturas) que parte de los problemas intestinales que con edad avanzada tendrían Mikel y ella (y no el resto de los hermanos) pudo ser una secuela que en el caso de Mikel se complicaría por más razones. Pero cuando se lo comentaba a Mikel y otros médicos, no me hacían demasiado caso... De todas formas, esto pasó y el niño sobrevivió, aunque como más tarde contaría Garbiñe, su hermana mayor, ella y él serían "los tuberculosos de la familia", problema que en el caso de Mikel iría acompañado de otros males a los que ya me he referido o tendré que referirme más adelante.

Durante su niñez y adolescencia los Laboa, especialmente los hermanos mayores, tuvieron una estrecha relación con su primo Josetxo que, según contaba Garbiñe, disfrutaba mucho oyéndoles cantar los villancicos de Navidad. La verdad es que los Laboa, incluso en los malos tiempos también solían cantar... La relación (con Josetxo y el resto de la familia) se mantenía todavía cuando yo empecé a frecuentar su casa. Más tarde, ya después de nuestra boda, sus relaciones se enfriaron bastante... Años más tarde, como ya he dicho, la figura de monseñor Laboa adquiriría un gran relieve gracias a su actividad diplomática.

* * *

Al empezar la Guerra Civil, Feliciano Laboa, que a la sazón era concejal del PNV en el Ayuntamiento de Donostia, donde le apodaban "pico de oro" por su escasa inclinación a hablar en las juntas municipales, se exilió a Burdeos donde iba a permanecer hasta el final de la Guerra, en un *château* con viñedos y vacas, que se ocupaba de cuidar y pertenecía a Ventura Elizondo (que más tarde sería su consuegro). También estuvo refugiado junto a ellos el músico José Olaizola, con quien según nos contaba con gracia Feliciano, mantuvo una buena y en ocasiones divertida relación que tenía que ver con los "supuestos privilegios" de los músicos que Ventura, el dueño de la finca, no debía valorar demasiado, lo que le hacía volar y tirar manteles y platos por encima de la mesa cuando don José se acercaba a comer sin haber antes colaborado en el trabajo de la granja.

Por su parte, Miguel, su hermano, se exilió a Milford Haven en el país de Gales, donde con su mujer Encarna iba a residir bastantes años y donde junto con un escocés (al que cuando años más tarde venía a visitarles llamaban don Enrique) establecería una pequeña empresa pesquera que liquidarían años más tarde.

Hacia el 12 de septiembre de 1936, Mikel, junto con su madre y hermanos se trasladaron a un caserío de Gardata que por razón de Ayuntamiento debía formar parte de Ispaster y por razón de parroquia a Lekeitio y quedaba cerca de esta localidad. Pertenecía a la familia Zabala-Maguregi y permanecieron alojados allí durante 9 o 10 meses. Cuando estalló la Guerra, Julia Maguregi llevaba años trabajando en su casa (el nombre de Begoña, su niña mimada, debió ser propuesta suya) y junto con ella, se trasladaron al caserío en que vivía el matrimonio formado por Antonio Zabala y Seberi Maguregi (una mujer delgada, a diferencia de su hermana, vestida de negro y con unos ojos que llamaban la atención por su fuerza y su brillo, según pude apreciar cuando le conocí casi treinta años más tarde).

Pocos días después de llegar, el 29 de septiembre (día de San Miguel), murió su hermano Andoni, víctima de una peritonitis: solo tenía ocho años. Debió ser un golpe muy duro para los mayores y especialmente para Estefanía, su madre, del que le costó muchísimo recuperarse. Sin embargo y a pesar de la difícil situación que atravesaban, el trato de la familia que les había acogido y también el de los vecinos de la zona (como "Txirtxilu", un vecino de un caserío lindante, al que Mikel por entonces consideraba su padre), iba a ser realmente inolvidable: "cosas que en la vida nunca se pueden olvidar...", tal como aquel día de finales de noviembre del 2007, al presentar la recopilación de los *Lekeitioak*, el propio Mikel manifestaría ante el público.

Seberi debía de ser una mujer extraordinariamente trabajadora. Antonio, su marido, opuesto a ella en lo tocante al trabajo, era en cambio el complemento ideal para los que vivían allá. De carácter divertido y fabulador, tanto que siendo motorista de la Diputación de Bizkaia y habiendo matado (realmente) un buitre que iba a atacar un rebaño, nadie lo creyó hasta verlo en el periódico, debido al recelo que, después de haber sido engañados tantas veces por sus mentiras, sentían sus vecinos cuando les contaba algo nuevo (como cuando acudieron a ver "los monos de la Guinea" que según él tenían en casa, la carne de Argentina…, o mil historias más que a pesar de no creerlas les divertían). En el caserío tenían una taberna pequeñita en la que también organizaba bailes para entretener a sus huéspedes y vecinos, como el "baile de la pescadilla"… o aquel otro en el que después de colocarse un papel en el trasero, empezaba a bailar, provocando a los chicos y chicas para que también bailando con velas en la mano, procurasen alcanzarle y si llegaban a poder encenderlo, ganaran el juego. Los niños (y desde luego Mikel) tenían un gran recuerdo de él y se estremecían cuando más tarde les contaba, que al salir desde Gardata andando por el monte hacia el Santo Cristo de Lezo para cumplir una promesa y, muy asustado al comienzo, escuchaba cómo alargada, amplificada y mezclada con el viento le llegaba la voz de Xeberi, su mujer, que le decía: "*Antoniyoo, Antoniyoo… Nora zoyaz…?*".

Durante aquellos meses que pasaron allí se mezcló todo: lo bueno y lo malo; y allá permanecían todavía cuando los aviones alemanes, que en un primer momento creyeron republicanos, sobrevolaron Gardata rumbo a Gernika. Desde el caserío oían el estruendo del bombardeo, algo que Mikel nunca olvidó e hizo que a través del relato familiar, y a pesar de las mentiras oficiales, conociera "desde siempre" la verdad sobre Gernika.

Hacia mayo o junio volvieron a Donostia y encontraron la cuidad, ya ocupada por las fuerzas fascistas, extraordinariamente cambiada. Muchos amigos habían desaparecido: exiliados, encarcelados o muertos. Una gran escasez planteaba problemas para poder comer y una extensa red de prohibiciones (que podía aparecer por ejemplo utilizando la voz de una telefonista que, cuando su madre se comunicaba en euskera con Lekeitio, le advertía que hablase en cristiano, fórmula muy utilizada por entonces para denegar o prohibir el uso de la lengua), hacían muy difícil poder comunicarse en esta lengua que había sido su forma normal de comunicación familiar, que Mikel había hablado casi en exclusividad hasta los 6 o 7 años y a partir de este momento perdería en gran parte para a partir de su estancia en Iruña tratar de volver a recuperar de nuevo.

* * *

Según contaba Garbiñe, cuando Mikel estaba en torno a sus tres años era un niño muy bueno que hablaba mal y con frecuencia seguía a su hermano mayor diciéndole: "*Pololari, Pololari... goazen amatxon etxera*"; o que algo más tarde, en aquella época de escasez, entusiasmado al ver llegar comida a su casa, salía al balcón para gritar ante el apuro de la familia: "*Tomaxa, Tomaxa, etxean ba ditugu potitoak...*".

Hacia 1941, Mikel y Elixabete, su hermana menor, comenzaron sus estudios en casa de doña Manolita, una maestra con título o sin él (no estaban seguros de ello) que vivía junto con su madre (doña Celedonia) y su hermana en el tercer piso de San Juan 15, justamente encima de su casa, y les dio clases particulares durante varios años. De hecho los Laboa y el resto del vecindario vivían en una casa propiedad de la Iglesia de San Vicente, cuyo primer piso ocupaba el párroco. En el segundo derecha vivía don Miguel, un sacerdote al que la familia apreciaba mucho y tuve oportunidad de conocer hacia el 60-62, cuando Mikel estuvo enfermo y él acudía a visitarle. En el segundo izquierda estaban ellos, en aquel piso que antes había ocupado un inquilino inglés que vivía en Donostia y tenía en la sala una *chimeneta* de mármol también estilo inglés, que solo dejaba apagar el 15 de agosto, según contaban. La *chimeneta* era de color tabaco con vetas blancas; la encendían en invierno y era uno de los "tesoros" y delicias de la casa. En el tercer piso vivían el resto de los vecinos. Unas camiseras a cuya casa solían acudir Mikel y Eli a limpiar el suelo: dudo que limpiasen mucho pero según decían debía de necesitarlo... En el piso de al lado, doña Manolita y su familia, como ya he contado. Los balcones y miradores de la casa, daban a la calle Iñigo, y justo en frente de la casa estaba la tienda-frutería y vivienda (todo en uno) de Tomasa, en buena parte proveedora de la casa.

Durante estos años, y desde el final de la Guerra con su padre de nuevo en casa, los niños deambulaban y jugaban por la Parte Vieja: cerca de San Vicente, en la Plaza de la Constitución (donde luego iban a tocar los *txistularis*), por el castillo, el muelle… En cierto sentido eran niños de barrio como yo, pero se trataba de barrios muy distintos. La Parte Vieja de entonces, con su vecindario de pescadores, artesanos…, no tenía nada que ver con mi barrio; en comparación, resultaban casi, casi, aristocráticos. Seguían manteniendo la relación con la familia de Lekeitio, donde acudirían luego anualmente y de donde vendrían a visitarles las sobrinas de Juli, que en Navidades pasaban días en su casa. Esta era una época que celebraban y valoraban mucho y en la que según Mikel, tenían que llevar besugos como regalo a casa de muchas de sus amistades. Otras veces les visitaba Antonio, como aquel día en que acudió con Mikel a ver un partido importante al Frontón Urumea y él, que disfrutaba haciendo casitas de papel y utilizaba pegamento para formarlas, fue tan, tan reiterativo en su petición de "pegamín" para terminar "su casa", que consiguió sacarlo del frontón antes de que el partido terminase para llevarle a comprar lo que el niño necesitaba… Muchos años más tarde, cuando Mikel insistía en algo, Pello su hermano le llamaba "pegamín". Como solía contar, le gustaba también jugar con mecanos y arquitecturas, algo en lo que le ayudaba su hermano y los amigos de este (entre ellos Juan José Rodríguez) que debían hacer construcciones bastante complicadas. Unos años más tarde, debió de ser también aficionado a realizar experimentos químicos, una materia que le interesó mucho.

La playa debía de ser algo que no estaba entre las aficiones de Estefanía, su madre, y los veranos solían acudir a Berastegi, donde se alojaban en Casa Caco, jugaban y hacían excursiones. También más ocasionalmente acudieron a Doneztebe. Muchos años más tarde, Mikel iba a componer un tema instrumental titulado *Denbora galduaren bila (Doneztebe)* que, según él, era una evocación de esta época de su infancia.

Durante la primera mitad de los cuarenta estuvo enfermo en diferentes ocasiones y cuando tenía alrededor de 10 años debió de estar tan mal debido a una otitis de repetición, como él solía decir, que estuvieron a punto de tener que practicarle una trepanación. Se salvó de la operación gracias a la penicilina, por lo que siempre se ha considerado en deuda con Fleming, en particular, y con la ciencia médica, en general; ciencia que, a pesar de los pesares, nunca ha dejado de admirar. Era justo al inicia de la comercialización de este medicamento que pasaban desde Francia y que le tenían que inyectar cada tres horas. José Antonio Barandiarán, un practicante amigo de la familia y hermano de Agustín (más tarde nuestro pediatra de confianza), se quedaba a dormir en su casa para poder cumplir el horario e inyectarle las dosis necesarias.

Durante el curso de 1945-1946 realizó el ingreso al bachillerato en el colegio católico de Santa María (Marianistas) de Donostia y, como he dicho ya, en el libro de calificación escolar figuraba como Miguel de Laboa y Mancisidor. Se volvió a matricular en el colegio para realizar primero durante el curso de 1946-1947, pero de nuevo una enfermedad le impidió presentarse y le forzó a abandonar los estudios durante casi dos años. Le diagnosticaron una hipertrofia cardiaca (o corazón grande, lo que motivaba cierta duda y cierta risa en su cuñado Lasa). Según Mikel creía recordar le había tratado el doctor Bravo. Después de superar la enfermedad y dar clases particulares con un sacerdote llamado don Tomás Atauri (y quizá con Ander Arzelus, un amigo cuya casa solía frecuentar), en junio de 1949 (curso 48-49) se presentó por libre (y superó) el primer curso de bachillerato en el Instituto de Peñaflorida. Durante el curso 1949-1950 y 1950-1951, un par de años, siguió asistiendo al citado instituto, donde iba a realizar segundo, tercero, cuarto y parte de quinto curso. En 1951, volvió de nuevo a los Marianistas para hacer sexto y en junio de 1953, terminó el bachillerato (séptimo y reválida) en el colegio mencionado.

* * *

Mikel me ha comentado en algunas ocasiones que lo que él denominaba "el cambio" se produjo hacia los 16 años, cuando dejó de tocar la armónica y se pasó a la guitarra. Cuando hablaba del cambio, creo que se refería a una especie de apertura que experimentó en el sentido de superar la niñez y su estricta ligazón con aquel mundo de "lo viejo" a lo que sin renunciar (de hecho siempre ha considerado que parte de la semilla de su obra estaba en su niñez y en su experiencia de Gardata), iba a ir ampliando para consolidar su adolescencia y abrirse a un mundo más amplio. Creo también que hacia el año 49 y 50, vivió unas experiencias que le iban a marcar y ayudar en la evolución que se advierte claramente al ver la diferencia entre las dos fotos de su libro escolar, hechas hacia los once y diecisiete años. Una de estas experiencias que ya he explicado en el primer capítulo de esta historia, relacionada con su mayor apertura a la atracción del sexo, comienza cuando empieza a perseguirme en los años cincuenta. Es posible que más o menos por entonces su madre abandonase aquellos sueños que tenía, según decían, acerca de que Mikel se pudiera convertir en fraile franciscano. Resulta curioso que en la primera crítica del disco de Herri-Gogoa de 1969, José Mª Aguirre resaltara su "sencillez franciscana" en la forma de interpretar *Haika mutil.* Puede que del todo, del todo, "lo franciscano" no le hubiera abandonado.

Otro factor previo al anterior e importante a su juicio, fue la boda de Karmele y Juan José Lasa (el médico neuropsiquiatra que iba a desempeñar un papel importante en su vida) que después de unos años de noviazgo, se celebró en 1949 y contribuyó a estrechar la relación ya existente entre ellos y la familia: la fotografía del día de su boda en Igeldo, en la que falta Begoña, que debía estar en casa de sus tíos en Gales, es tremendamente reveladora...: Mikel muestra ya un aspecto de adolescente "desenvuelto" muy diferente del que tenía solo cuatro años antes.

Juan José Lasa Albaitero, después de haber hecho la Guerra primero en el batallón Saseta y luego en el Amaiur, terminó la carrera de Medicina en Santiago de Compostela (estando prisionero en un campo de concentración) y después de trabajar como médico general se dedicó a la neuropsiquiatría. Su criterio como médico y también en otros terrenos, aunque no siempre compartido, sería algo que en casa de los Laboa tendrían casi siempre en cuenta. Creo que fue querido por todos ellos y sin duda por nosotros.

Mikel ha solido reconocer muchas veces la influencia que Juan José iba a tener sobre él; por ejemplo a la hora de estudiar Medicina en lugar de Químicas, con lo que tuvo cierta duda, dejando de lado, por supuesto, Derecho (¡si en algo no me imagino a Mikel, es ejerciendo como abogado!) que según parece era lo que Feliciano pretendía. También ha hablado de su influencia a la hora de empezar con la guitarra… Influyó también en su estrecha relación con el Baztan: nos ha contado muchas veces cómo empezó a frecuentar Arizkun, poco después de la boda de Juan José y Karmele. Estos (más tarde con sus cinco hijos y más tarde todavía con sus nietos) acostumbraban a pasar largas temporadas en Inda, la vieja casona situada junto a la plaza del pueblo y perteneciente a la familia materna de Juan José. A partir de su juventud y durante años Mikel empezó a acudir a Inda y a conocer el valle, sus costumbres y sus habitantes. Fue por entonces, cuando una víspera de San Juan, en la que se celebró aquella fiesta que reunió a medio pueblo, y a la que Mikel tantas veces se ha referido, escuchó a Xabier Larralde aquellas versiones de las canciones de Mendiage, Otxalde, Harlouchi… que recordaría durante años y grabaría mucho más tarde. Después de casarnos, nosotros (más tarde con nuestros hijos Agurtzane e Izaro) acudiríamos también al pueblo y a Inda; luego a la fonda Etxeberria y posteriormente a otras casas distintas. Hoy día nuestra relación con el valle y sus habitantes se mantiene viva.

Juan José era un hombre amante de la ciencia y de la historia (además de la medicina): Izaro siendo niño escribió una redacción sobre él titulada "Un Sócrates en la familia". Era vasquista, antifranquista, liberal e izquierdista, y Mikel a lo largo de su vida ha comentado muchas veces que, en cierto sentido, había tenido dos padres distintos: uno era el suyo propio, Feliciano, al que quería mucho y con el que sin duda Mikel tenía muchísimo que ver y estaba fuertemente relacionado. Otro, en el sentido de "influencia espiritual", había sido Juan José Lasa, su cuñado.

Por otra parte también hacia esta época (o quizá algo más tarde), su hermano mayor empezó a mejorar de su grave enfermedad. Pello era diez años mayor que Mikel y, según diferentes testimonios familiares procedentes de sus hermanos, y en ocasiones del propio Pello que, con una mezcla de serenidad, tristeza e ironía, se solía referir en ocasiones a ello, después de terminar brillantemente el bachillerato en el colegio de los Marianistas (donde debía sacar muy buenas notas), empezó a estudiar la carrera de Química. Durante el primer año enfermó mentalmente. El diagnóstico que siempre he oído de neurosis obsesiva no da una idea adecuada de la gravedad de su enfermedad. Durante aproximadamente ocho años de su vida iba a permanecer enfermo de gravedad. A veces en casa junto al resto de la familia. A veces internado en un sanatorio llamado Villa Cinza, en el que el doctor Larrea (psiquiatra) se ocupaba de su enfermedad... ¡Cuántas veces le he oído referirse a la manía que tenía a las hortensias, que debían abundar en el jardín de la villa! Otras veces hacía referencia a las duras sesiones de electroshock que le habían aplicado... Hacia 1948 le hicieron una lobotomía. A partir de ella, según unos testimonios más rápidamente y según otros, más lentamente, empezó a mejorar. Según dijeron, fue uno de los casos en que esta operación produjo un resultado mejor. A pesar de ello, se convirtió en una persona gris que se ponía extremadamente nerviosa cuando tenía que tomar una decisión. Tuvo la suerte de poder dedicarse a un trabajo de oficina en la empresa familiar (en los locales que tenían en la Plaza de la Constitución de Donostia) y poder vivir junto a una familia, padres, hermanos, cuñados, sobrinos, que le querían y a quienes quería. Disfrutaba comiendo, bebiendo y vistiéndose bien. Le encantaba la música clásica, frecuentaba conciertos y compraba discos (que también le regalábamos el día de su cumpleaños) y junto con otros muchos compositores, valoraba y disfrutaba con la música de Maurice Ravel. Hacía de chófer para la familia y era muy prudente conduciendo. Le gustaba mucho el fútbol y cantar. Tenía un carácter normalmente tranquilo, cariñoso con los sobrinos, algo irónico y a veces utilizaba un tipo de sarcasmo "algo maligno" que era su forma de desahogo habitual. En alguna ocasión me confesó que lamentaba no haber tenido (o conocido) mujer alguna.

Aquellos años que según he oído a través de diferentes fuentes pero siempre "muy bajito", salvo a Mikel que quizá era más natural al referirse a ello y al propio Pello en cuya voz al hacer sus comentarios, sonaba un cierto lamento levemente irónico, debieron ser muy duros para la familia y, según cuentan, Estefanía, su madre, los supo llevar con una gran entrega, calma y entereza, haciendo gala de aquel estoicismo que demostró también en otras ocasiones y, según creo, fue su virtud fundamental. Feliciano, según contaban sus hijas mayores, estaba más nervioso y lo llevaba peor. Sin embargo, cuántas veces le hemos oído expresar su gran preocupación: "¡Qué será de Pello cuando nosotros faltemos!". Pero Pello, acompañado por su hermana Garbiñe, pudo vivir tranquilo. Cuando murió, Garbiñe nos dijo: "¡El aita se habrá quedado tranquilo!... Hemos estado con él hasta el final".

* * *

Como ya he dicho en el primer capítulo con más detalle, Mikel hizo primero de Medicina en Madrid; en segundo enfermó, con aquellas "fobias" que me imagino después del duro proceso que habían vivido con el hermano mayor, para la familia serían *peccata minuta*. Luego se trasladó a Iruña donde siguió estudiando... y hacia 1960 enfermó de nuevo. Quizá esta nueva enfermedad les iba a preocupar más, pero la familia sabía revestir su preocupación de calma a la vez que, siempre asesorados por Lasa, trataban de poner en práctica todos los medios posibles para combatir la enfermedad. Años más tarde (hacia finales de los sesenta), Garbiñe su hermana mayor iba a contraer una tuberculosis ósea (mal de Pott) que por cierto le detectó Mikel, y que le iba a mantener durante muchos meses en casa de sus padres, ayudada especialmente por su madre, por Juanita, aquella encantadora y eficaz chica de Régil que entonces trabajaba allá, y por Saseta su marido que compaginaba su trabajo y su cuidado. Fue un proceso durísimo, en el que estuvo durante mucho tiempo metida en una especie de cajón sin poder moverse y dependiendo para todo de los demás. Pero logró curarse. Para mí resultaba admirable ver cómo eran capaces de afrontar y en muchas ocasiones superar esas duras situaciones que con frecuencia tuvieron que soportar.

Mientras tanto, entre el 49 y 59, se habían ido casando el resto de sus hermanas. Garbiñe con Joxe Miguel Saseta, hermano del Comandante Saseta, según decían único militar de carrera del Ejército Vasco. Después de participar en el batallón del mismo nombre, se exilió a Francia y formó parte del grupo Eresoinka. Al volver estuvo en un campo de concentración en Andalucía. No tuvieron hijos y mantuvieron una relación estrecha con la familia de Mikel y también con nosotros. Begoña se casó con Antxon Azpiazu, natural de Azkoitia y de profesión abogado. Tuvieron tres chicos, muy seguidos y hacia mediados de los sesenta (después de la muerte de Miguel, creo), empezó a trabajar en la empresa (como gerente) con Feliciano. A pesar de que este solía decir que no quería yernos que fueran militares, futbolistas, ni pelotaris... Cuando se enteró de que Elixabete, la pequeña, andaba con Andoni Elizondo, jugador (y más tarde entrenador) de la Real Sociedad, quedó encantado. Andoni y Elixabete se casaron, tuvieron cuatro hijos (bueno, fueron cinco pero uno murió de niño) y, sobre todo, las pequeñas eran (y son) muy amigas de Agurtzane (y en menor grado, por cuestión de edad, de Izaro).

Hacia verano u otoño del 60, me parece, empecé a acudir a casa de Mikel para visitarle durante la larga enfermedad (tuberculosis seguida de nefritis) de la que ya he hablado. Mientras duró la enfermedad le instalaron en lo que llamaban "el cuarto grande", habitualmente la habitación de sus padres. Era un cuarto amplio con muebles de estilo inglés y que tenía dos grandes balcones: uno se abría a un hermoso mirador que daba hacia la esquina de la calle Iñigo con San Juan y el otro a un balcón sobre la calle Iñigo. El resto de la casa estaba integrada por un comedor también de estilo inglés que entonaba con la "*chimeneta* inglesa" a la que ya me he referido y que se abría a un amplio mirador desde el que se podía ver la Plaza de la Constitución y daba a la misma calle. En frente de la *chimeneta* había entonces un arco amplio y unas cortinas que daban a una salita en la que había un mueble con dos camas recogidas, que se abrían por la noche para que habitualmente durmieran los chicos y tenía un amplio balcón que se abría también sobre la misma calle. Poco antes de casarnos (y debido a que al casarse las chicas) ya no necesitaban tantas camas, unieron el comedor y la sala. Quedó entonces un salón comedor muy agradable y amplio con moqueta beige en el suelo, tipo estilo inglés clásico, en el que cerca de la *chimeneta* de mármol quedaba la sala (armarios-biblioteca a los dos lados de la *chimeneta*, sillones, mesita baja...) y en la parte más lejana quedaba el comedor, donde comían (comíamos) y cenaban a diario. De hecho, esta parte de la casa, salvo por los miradores que no tenían nada de inglés, recordaba bastante a la casa de Mrs. Nelson que yo conocí en Londres, aunque algunos muebles hubiesen sido elaborados por Esnal u otros fabricantes de la zona. En la casa había además otras dos habitaciones exteriores más pequeñas, otra interior para la chica, cocina, baño y un retrete amplio cercano al patio.

Cuando empecé a visitarle, solían estar allí Begoña (que por cierto era clienta de mi madre) y/o Elixabete, a las que conocía algo ya de antes. Poco después conocería a sus padres y a sus hermanos Pello, Garbiñe (y Joxe Miguel). Hacia enero del 61, cuando Elixabetxu, hija mayor de Andoni y Eli, cumplió su primer año, Mikel (que creo había superado la tuberculosis y empezado con la nefritis) y yo estuvimos en su casa de visita para celebrarlo: Juan José nos captó en unas imágenes en Súper-8 que se han publicado en un DVD y tienen su gracia... Cuando murió mi madre en mayo del 61, la madre de Mikel acudió al funeral al Buen Pastor y vino a saludarme. Después de la muerte de mi madre fuimos a Iruña en coche con sus padres y Pello al volante, para que le hicieran a Mikel unas pruebas de riñón. Creo que fue entonces cuando Ortiz de Landazuri habló a sus compañeros, entre los que estaba Iñako Pagola, sobre la gravedad de las nefritis de origen tuberculoso como la que él padecía y pronosticó que era difícil que aquel chico viviera más de 2 o 3 años. Afortunadamente no acertó.

En aquel viaje Mikel, sin conocer el pronóstico, estuvo animado. Juntamente con sus padres, acudimos a visitar a mi tía Jesusa en aquella hermosa casa, con jardín y una amplia galería de cristales (más fábrica de jabón colindante con la casa) que tenían en La Rochapea. A la vuelta, aprovechando que había salido por un día, fuimos a Pasajes de San Juan y visitamos Casa Cámara, ese restaurante que luego hemos frecuentado tantas veces y era el único lugar, como solía decir yo, en el que la tradición de Mikel y la mía se juntaban. Ellos lo conocían y lo habían frecuentado desde niños. Mi padre, en su época de PYSBE, había sido compañero de trabajo del marido de Angelita, la dueña de la casa, y también lo había frecuentado, algo que Angelita y mi hermano, que debía de ser muy niño cuando acudió allí con nuestro padre, no olvidaban. En realidad "nuestras tradiciones" y el trabajo de nuestros padres, parecen estar unidos a la fuerte expansión pesquera experimentada por el puerto de Pasajes desde 1920, muy vinculado en sus primeras décadas con Pasajes de San Juan.[2]

Durante el resto del 61 y la primera mitad del 62, hasta que me fui a Inglaterra, iba a visitar mucho a Mikel y a frecuentar su casa y el trato con su familia, aunque la relación con los Lasa en su casa de la calle Hernani, iba a ser mayor a la vuelta de mi estancia en Inglaterra. Cuando me fui a Londres, los padres de Mikel, Pello, Garbiñe y Joxe Miguel, me despidieron en Hendaia, después de haber cenado con champán.

Sin embargo, la diferencia entre nuestras ideas (ya bastante perfiladas en el 62) y nuestra forma de vida, era fuerte y aunque Mikel tenía mucho de ellos, era al mismo tiempo muy distinto. En aquellos años en que empecé a conocerles y frecuentarles, no me sorprendí de su estatus social muy superior al mío y no digamos al de mi barrio, ya que por referencias conocía que era una familia bien situada económica y socialmente (era *vox populi* que tenían una flota importante y a la vez tenían fama de ser sencillos). Por lo que pude ver, en conjunto ambas hipótesis

2. Ver el interesante trabajo *El puerto pesquero de Pasajes 1920-2000* de José Gabriel Zurbano Melero.

se confirmaban. Lo que más me sorprendió positivamente (en Navidad del 61, 62 y también más tarde) fue la finura de aquel pequeño coro cantando villancicos, algo que he dicho ya muchas veces y nunca dejó de gustarme.

Lo que menos me gustó fue ver que Purita, la chica que por entonces se ocupaba de hacer los trabajos domésticos de la casa, tratara a Mikel y sus hermanas de "señoritos y señoritas". Entendía que el estatus era distinto al que yo conocía, veía normal que comiesen separados..., pero lo de "señoritos" (algo que también me chocaba en el caso de los Lasa), no me entraba... Lo comenté con Mikel y pronto le dijo a Purita (una chica que entonces tenía más o menos mi edad y era muy eficaz) que dejara de darle a él ese tratamiento y le llamara simplemente Mikel, como le llamaban los demás.

* * *

¿Cómo eran los padres de Mikel? Recuerdo que cuando empecé a frecuentar la casa decían que Garbi, Mikel y Elixabete, eran más parecidos al padre. Luego, pasados los años, hablarían de que él se parecía a la madre o quizá al tío Joxe, con quien él mismo, un tanto extrañado, se encontraba parecido en el retrato que mucho más tarde le haría Balerdi. Imagino que sería una mezcla de ambos. No voy a tratar de describir físicamente a Feliciano y Estefanía. Cuando yo les conocí estarían alrededor de los 65 años y creo que su mejor descripción es la foto de la boda de Karmele, a la que ya me he referido, con aproximadamente doce años más para cada uno, que, por cierto, no se les notaba demasiado. Lo que sí me interesa, tratando de profundizar en Mikel, son sus caracteres y la parte de los mismos que puedo reconocer en él.

Feliciano era emprendedor. Admiraba el talento y el estudio y en ocasiones, en broma, solía decir: "¡Qué gran filósofo hubiera sido... si hubiera estudiado!". Admiraba mucho a Juan José, y en mí valoraba la capacidad de trabajo y estudio que demostraba. Con frecuencia, ya casados, si veía que no iba a alguna excursión por estar ocupada con mis traducciones, estudios..., me traía a la vuelta un regalito tratando de agradarme. Era muy simpático y abierto y normalmente se mostraba jovial, divertido y con buen humor y sintonizaba fácilmente con los niños que le recuerdan con agrado. Sin embargo, su familia más cercana solía decir que si faltaba el periódico, un trozo de mármol de la *chimeneta* o había una mala noticia en el negocio, podía mostrar un fuerte genio que les dejaba asustados. Le gustaba la pelota y solía apostar en el frontón. Cuando ganaba enseguida lo notaban porque llegaba cargado de regalos para la cena familiar; cuando perdía también lo notaban enseguida: no decía ni traía nada.

Estefanía era muy distinta: muy buena cocinera y ama de casa, ordenada, muy limpia y buena administradora. Paciente con los niños y el marido, no era fácil verla enfadada salvo en los comentarios apasionados que podía hacer cuando una conducta o persona le irritaba. Feliciano solía decir de ella que era una "santita". Carecía de ambición intelectual y no parecía valorar (quizá por las experiencias que le había tocado vivir) el conocimiento, el estudio, el esfuerzo, el arte y el riesgo... Lo manifestaba en su actitud y en momentos diferentes le he oído también manifestarse en este sentido de forma muy clara: "*ondo lo egin, bapo jan, majo jantzi eta dirua poltsikoan... hori da...*" y terminaba la frase acompañando sus palabras con ese gesto tan conocido por entonces, consistente en alzar algo la mano derecha y cruzar o frotar repetidas veces los extremos de los dedos índice y pulgar. De esta forma parecía resumir su filosofía vital; pero en realidad era injusta con ella misma que era mucho más que esto que decía. Pese a ello, en otras dos ocasiones, por lo menos, le volví a oír manifestarse claramente en el mismo sentido.

La primera me molestó especialmente por parecer una crítica a la actitud de mi madre, aunque su comentario se centraba en otra persona de origen humilde que se había sacrificado para que sus hijos estudiasen. Estábamos comiendo juntos, y dijo: "Sí, como esas orgullosas que aspiran a que sus hijos sean más que lo que ellas han sido". Su comentario nos sentó fatal pues además de resultar "excesivamente cercano", parecía no reparar en ese otro tipo de orgullo que algunas personas que, ascienden en la escala económico social, muestran, en ocasiones, y que, a nuestro juicio, era peor que el afán de ascender a través del estudio. La segunda vez, ya en el 84, cuando Mikel después de 5 años ausente del directo proyectaba volver a los escenarios, hizo un comentario ante mí cuando él no estaba, que en parte por estar más acostumbrada o conocerle mejor, no me importó tanto: "¿Estaba acaso loco?..." decía refiriéndose a él, "¿En qué estaba pensando... para estar dispuesto a sus cincuenta años a volver de nuevo al escenario?". De hecho, aunque tardía, la actitud que mostraron sus padres ante la actividad artística de Mikel fue diferente y el reconocimiento mostrado por parte de su padre, que más tarde contaré con detalle, fue para él muy importante.

Sin embargo, estas frases reflejaban a Estefanía solo en parte. En la primera no se hizo justicia a sí misma, dejando de lado algunos de los valores y virtudes características que a lo largo del tiempo pude apreciar en ella. Por supuesto, su paciencia: recuerdo por ejemplo cómo en los años setenta, comiendo en torno a aquella mesa sobre el suelo enmoquetado, Izaro se empeñó en llevar a la cocina una fuente con un pollo cubierto de grasa. Sin duda, nosotros no se lo debíamos haber permitido pero le dejamos... La fuente y su contenido se le cayeron sobre la clara y limpia moqueta. En su caso, a mí me hubiera dado un ataque contra el niño y sus padres. Estefanía lo aguantó con tranquilidad y le quitó importancia. "Se podrá limpiar", decía... sin apenas inmutarse y enfadarse con el niño, y sobre todo con nosotros, con sus padres, que fuimos los principales culpables. Su lealtad y valor en las causas que consideraba importantes: como su actitud con la familia, su postura antifranquista y su fidelidad a sus ideales religiosos y políticos que, al igual que los de su marido y su hermano Joxe, eran los del Partido Nacionalista Vasco. En sus años finales, se convirtió en una tremenda fan de Carlos Garaikoetxea cuya foto adornaba su cuarto. Su actitud tolerante a lo largo del tiempo, que compartió con su marido y tal vez no se refleje demasiado en las frases citadas u otras que a veces podía decir, pero se mostraba principalmente en el terreno de lo religioso, ideas políticas... Y especialmente lo que, a mi juicio, fue su principal virtud, aquel estoicismo que le caracterizaba y supo mostrar en situaciones difíciles que, como la Guerra o la mala salud de sus hijos, tuvo que superar. De hecho, su actitud a lo largo del tiempo le llevó a defender la vida, a pesar de que en esta, el conocimiento y los valores intelectuales y artísticos, apenas tuvieran cabida.

Su hijo que es "el Laboa" protagonista de mi historia, además de ser personalmente un tanto anárquico, reunía rasgos de ambos: resultó emprendedor como su padre y, aunque en un terreno muy diferente al suyo, abrió muchos caminos. Fue generoso para compartir, invitar (cuando podía) y reconocer habilidades y talentos ajenos. Tenía buen carácter (que integraba un poco de la paciencia de su madre) y era muy abierto, divertido y con un gran sentido del humor: en todo esto se parecía mucho más a su padre. Verle jugar con los niños, cuando tenía más o menos la edad en que conocí a Feliciano, parecía a veces una repetición de lo mismo. Compartió la fidelidad a lo que para él era importante, que por supuesto en algunos casos no coincidía en absoluto con los valores de sus padres; y durante gran parte de su vida mostró por lo menos algo de ese estoicismo que había caracterizado a su madre, junto a un cierto hedonismo más relacionado con su padre. Como gran parte de su familia, disfrutaba como espectador de diversos deportes, en los que en su caso destacaban las regatas (en las que al igual que sus padres y Pello siempre estaba a favor de San Juan), la pelota, el atletismo, el fútbol, el ciclismo… A diferencia de Feliciano (y Juan José) a quienes les gustaba mucho andar por monte, Mikel andaba algo, pero fundamentalmente en coche.

Sin embargo, además de las diversas influencias familiares (incluida la de Juan José), Mikel iba a recibir también otras que llegarían por caminos diferentes: a través de sus estudios, de la música, de su lectura de poesía, o de esa "sensibilidad especial" a la que se referiría Zumeta a principios de los noventa, y que hacía que tuviera una intuición especial para captar y valorar detalles, sonidos o experiencias que a otros se nos escapaban y que, en muchos casos, luego, de forma paciente y reiterada conseguía que los demás también captaran. Valoraba la experiencia humana diversa y, a veces, extraña; valoraba el talento y el genio en la ciencia y en el arte; valoraba el humor, la objetividad, el trabajo (alguna vez dijo que el peor insulto que le habían hecho fue llamarle vago, aunque claro, para él, cuando paseaba, también estaba trabajando…). Como ha solido afirmar públicamente, entre sus primeros maestros (luego habría muchos más) estaban Violeta Parra y Yupanqui, cuyas canciones cantó tanto entre 1955-1960. Creo que su filosofía vital tenía que ver con mucho de lo que decían estas canciones. Especialmente las de Yupanqui: de él interpretaba (y vivía) tantas que no es fácil mencionarlas. Sin embargo, sin duda *Preguntitas acerca de Dios*, *Piedra y camino*, *Los ejes de mi carreta*, *Duerme, duerme, negrito*, *El alazán*, *Pampino*… son canciones que, aunque luego dejó de cantar, formaban parte de su filosofía vital en lo que decían, ya que la "forma" de Mikel era más distante, más Brechtiana (y en ocasiones más abstracta): las letras (quizá más importantes) pueden encontrarse con facilidad y, por ello, solo me voy a referir a una que yo ya había olvidado y hace poco me recordó Iñako, la titulada *Pampino*:

La pampa mata de abajo
el sol castiga de arriba,
y entre sol, pampa y salitre
se gana el pobre la vida…

Me muestro desnudo al viento
para que aprenda de mí,
me han dicho que el viento llora
y a mí me gusta reír…

Pampino de mano fuerte
siempre tentando al destino
hombre que baja la frente
nada tiene de pampino,
nada tiene de pampino…

También creo interesante señalar que normalmente cuando más tarde Mikel elegía los poemas con los que al ponerles música (o adaptándolos a la que previamente había hecho) hacía sus canciones, trataba de que le sirvieran para expresar sus ideas o experiencias: por decirlo de alguna manera, con frecuencia eran "autobiográficas". Ello explica, en parte, que muchas resulten tan creíbles y, digo en parte, porque creo que la forma en que lo hacía era esencial para el resultado.

Tratando de conocer mejor a Mikel, me he referido a su familia más cercana que más tarde volverá a salir en estas páginas, ya que como decía Juan José en un poema que escribió a la muerte de Feliciano (y que gustó mucho a Pello, que lo tuvo años en su habitación), una parte de nuestra vida estuvo (y sigue estando) ligada a ellos.

Para terminar me gustaría señalar cómo a partir del declive de la fuerte expansión pesquera que se había iniciado muy, muy suavemente, al final de los sesenta y más claramente desde 1976,[3] la "fortuna" de los padres de Mikel también empezó a declinar, pero lo que nosotros empezamos a percibir más claramente a partir de este año fue que después de estar bien (o muy bien) hasta los ochenta años, su padre, víctima de una demencia senil según decían, iría perdiendo paulatinamente su luz hasta morir cinco años más tarde, en 1981, sin sufrimiento y en su propia casa. Como veremos, su madre iba a vivir cuatro años más, manteniendo su lucidez hasta el final, que fue también tranquilo y en casa.

Durante sus últimos años tuvieron lo que fundamentalmente necesitaban: sus necesidades, que no eran excesivas, estaban cubiertas, y alrededor tenían ayuda, calor, y un entorno familiar que les proporcionaba afecto y atención. No creo que el declive de la pesca fuera muy importante para ellos… Su valor esencial estaba en ellos mismos y en la red de mutua ayuda que habían sabido prestarse.

---

3. Ver el trabajo de Zurbano Melero antes mencionado.

Izarren hautsa egun batean
bikakatu zen bizigai,
hauts hartatikan uste gabean
noizpait ginaden gu ernai.
Eta horrela bizitzen gera
sortuz ta sortuz gure aukera
atsedenik hartu gabe...

... "gizonen" lana jakintza dugu:
ezagutuz aldatzea,
naturarekin bat izan eta
harremanetan sartzea...

... Gu sortu ginen enbor beretik
sortuko dira besteak...

IV- 1964-1980

A pesar de la tranquilidad del lugar, en Otsagabia los días pasaron rápido. No recuerdo que notásemos esa sensación que tantas veces hemos sentido y comentado (más en los últimos años) durante nuestras vacaciones de verano o primavera en el Baztán, cuando al acercarnos en coche hacia el valle jugando a ver si yo acertaba el nombre del pueblo siguiente, era como si retrocediéramos en el tiempo y luego, una vez allí, como si este se detuviera o simplemente avanzase de forma más lenta, pues incluso al contemplar el tranquilo discurrir del río Bidasoa desde el puente de Lamiarrita, notábamos también el "todo fluye" atribuido a Heráclito.

Durante las dos semanas que permanecimos allá, nos hicimos amigos de las dueñas del hostal Orhy-Alde, Mª Jesús y su madre, aquella mujer menuda y fina, con su trenza de salacenca que todavía recordaba palabras en euskera aprendidas durante su niñez y que hacía unos flanes extraordinariamente buenos (los flanes de la abuelita), al igual que el resto de la comida, que era excelente. También nos relacionamos con algunos huéspedes, con los que a veces hacíamos excursiones en coche que nos permitieron conocer el Roncal (Erronkari), el Valle de Belagua y Juan Pito, una posada situada en la carretera que subiendo desde el valle por un paisaje montañoso, en el que destacaba el Anie o Auñamendi, llegaba hasta el Béarn (Bearne) al otro lado de la frontera. En otras ocasiones íbamos a conocer el Orhy: qué hermoso nos pareció y nos iba a parecer en la muchas ocasiones que volvimos a visitarlo y a hacer aquel camino hacia (o desde) Larraine (Larrau), según la dirección en que viajáramos, que tanto nos gustaba y emocionaba, a pesar del vértigo y cierta sensación de miedo que sobre todo con el peligro que añadía la niebla, sentíamos con frecuencia. Nos parecía que aquella cima, cuando estaba despejada, encajaba con *Belatsarena*, esa melodía que tarareaban los pastores de la zona, imitaba el vuelo del milano y, más tarde, Mikel y Luis Mª Bandrés iban a interpretar juntos en diferentes ocasiones.

También hacíamos excursiones solos, andando hasta la ermita de la Virgen de Muskilda, o acudíamos a visitar el bosque del Irati, donde una vez, no recuerdo si en la primera o segunda ocasión en que estuvimos allí, comimos en la casa del guarda con su familia. Tomamos truchas y fresas silvestres. Mikel quedó encantado y con la sensación de estar en una situación y vivir un momento especial, con aquellos niños en los que le parecía advertir un halo diferente: aquella sencillez y candor unidos a un cierto tímido retraimiento, que resultaba tan atractivo… En otra ocasión cogimos el taxi del pueblo para que nos llevase a conocer Donibane Garazi (Saint-Jean-de-Pied-de-Port) : atravesamos las Aezkoas, Auritz, Orreaga… Zonas que Mikel conocía ya pero que yo veía por vez primera y a las que luego volveríamos con frecuencia. Orreaga me pareció hermosísimo y siempre he pensado que era una pena que no cultivasen más la música y las lenguas clásicas del entorno, para conseguir un ambiente cultural más acorde con la arquitectura y belleza natural e histórica del lugar.

En Donibane Garazi tuvimos nuestra primera discusión acerca del color de una mantelería típica que compramos allí. Al final se impuso el criterio de Mikel (otras veces se imponía el mío) y nos llevamos una en la que domina el fondo rojo al que se añade el blanco y verde tradicional y que hoy, 46 años más tarde, sigue siendo una de las que más utilizamos.

Disfrutamos mucho con estas excursiones, que luego de una u otra forma repetiríamos con frecuencia. También nos hicimos amigos de Cambra, el dueño del comercio del mismo nombre que ya entonces enseñaba euskera a sus hijos en la tienda, o de Eugenia Mikeleiz (tía de Itziar) que tenía una hermosa casa en el pueblo. En posteriores estancias estaríamos también con Jorge Cortés, y Esther, su mujer, a los que Mikel conocía desde Iruña y que también tenían una casa allá. El pueblo tenía encanto y disfrutamos de él, de sus alrededores, de las relaciones con la gente del lugar y los huéspedes del hostal, y nunca olvidamos aquel delicioso sonido del río que, atravesando el pueblo cerca de nuestra habitación resultaba, sobre todo en el silencio de la noche, un murmullo armonioso y continuo que ayudaba a dormir y soñar… Cuando no íbamos de excursión para todo el día, después de comer nos quedábamos en nuestra habitación y en aquellas "largas siestas" (yo no acostumbraba a dormir por la tarde, pero Mikel sí solía hacerlo) escuchábamos los discos de Bach y Vivaldi que habíamos llevado, Mikel tocaba la guitarra y cantaba… Una vez, unos huéspedes le pidieron que cantara ante ellos e interpretó aquellas canciones que iba a grabar en otoño y otros temas de su anterior repertorio.

Pasaron los días ("*egunak badohazi egunen ondotik*"…) y volvimos en el coche de un matrimonio de edad avanzada que vivía en París y había ido allá a pasar las vacaciones. Hicimos el viaje por Auritz y Orreaga hasta Donibane Garazi y siempre hemos recordado cómo a lo largo de todas aquellas vueltas y revueltas del camino, la mujer, un tanto asustada, advertía continuamente al marido: "¡pita, pita…!". Se refería claro a que tocase el claxon para advertir nuestra presencia; unas palabras que más tarde, medio en broma medio en serio, repetiría con frecuencia a Mikel a través de nuestros viajes: "¡pita, pita…!". Nos llevaron hasta Biarritz. Allí nos esperaban los padres de Mikel y Pello, su hermano, que haría de chófer para llevarnos hasta Donostia y dejarnos en la casa donde íbamos a vivir casi un año.

Se trataba de un piso situado en la esquina de la calle General Primo de Ribera (hoy Gran Vía) con Paseo de Colón, donde vivían su hermana Garbiñe y Joxe Miguel Saseta, su cuñado. No tenían hijos, el piso era grande y no les importó alojarnos. Nos dejaron una amplia habitación que ellos habían utilizado como sala, en la que instalamos un sillón cama que permitía dormir plácidamente durante la noche y, recogido durante el día, me dejaba un amplio espacio para trabajar en mis traducciones. Teníamos también acceso al baño, cocina (que apenas utilizábamos) y a una pequeña habitación que nos servía para dejar la ropa y estar más desahogados. En la casa había un característico olor a apio que Garbiñe utilizaba para cocinar y desde entonces siempre he relacionado con ella.

Al volver todavía nos quedaban unos días de vacaciones y hacia septiembre empezamos con nuestros respectivos trabajos. Comencé a traducir *Lecciones del pasado* de Jan Tinbergen, que Ediciones Ariel de Barcelona iba a publicar en 1965. Mikel empezó a trabajar en el Hospital Provincial de San Sebastián, de nuevo como médico interno. Pasaba muchas horas en el hospital ya que normalmente comía allí y además, los días que le tocaba guardia, tenía también que quedarse a pasar la noche. Cuando este no era el caso, podía venir a dormir a casa.

Fue una época tranquila y agradable en la que yo acostumbraba a trabajar durante la mañana y, hacia el mediodía, iba paseando por la Zurriola, el puente del Kursaal y el Paseo Nuevo hasta casa de los Laboa, en la calle San Juan, donde comía a diario. Después volvía de nuevo paseando para seguir trabajando. Al anochecer, cuando Mikel tenía guardia en el Hospital, yo me quedaba en casa. Si él estaba libre, íbamos al cine o a algún concierto. Éramos socios de Cultura Musical, donde era posible oír buenos programas de música de cámara, que se celebraban en el Victoria Eugenia, donde nos solíamos situar en "gallito", como llamábamos al piso más alto, lugar desde el que se oía bien, había poca gente y, a diferencia de lo que sucedía en butaca, palcos… podías prescindir de la "parte social" del evento. Aunque teníamos muy poco dinero (yo cobraba unos interesas del dinero que me había dejado mi madre, que pronto dejarían de fluir cuando lo dediqué a la compra del piso de Juan de Olazabal al que nos íbamos a trasladar en verano del 65), apenas teníamos gastos: piso, comida… todo gratis. Nos arreglábamos bien con la familia de Mikel cuyos pisos y comida compartíamos: disfrutábamos y podíamos seguir perfilando nuestros proyectos además de ir conociéndonos y formándonos.

El hecho de que nos lleváramos bien con su familia no quiere decir que no discutiéramos de política con Feliciano, su padre, que como he tratado de explicar en el capítulo tercero, nos parecía un encanto, pero que no concebía posturas izquierdistas fuera del PNV que, según él, era un partido muy amplio en el que podía tener cabida todo: derecha, centro, izquierda… Cuando las discusiones subían de tono, Estefanía, su madre, procuraba hablar del tiempo o de cualquier otro tema que permitiera desviar la discusión. También teníamos diferencias en el terreno religioso, profesional… Pero de estos temas no discutíamos y respetaban nuestras ideas.

* * *

Mikel continuaba con sus canciones y su guitarra. Tenía un contacto bastante estrecho con algunos miembros del grupo de teatro Jarrai e iba a ser Iñaki Beobide, director del grupo por entonces, quien le iba a poner en contacto con Jacques Abeberry y la Editorial Goiztiri de Baiona para que durante el otoño pudiera grabar en los locales de Radio France el disco con cuatro temas tradicionales (*Oi Pello, Pello*, *Bereterretxen kanthoria*, *Amonatxo* y *Aurtxo txikia*), que publicarían hacia Navidades de 1964. A la grabación le acompañó su hermano Pello, ya que yo estaba enferma aquel día, que una vez más hizo de chófer. La portada del disco la hizo Mikel Forcada, integrante del mencionado grupo y a quien Mikel conocía desde la época del colegio.

Probablemente esta grabación y publicación no hubieran sido posibles si antes (hacia el Aberri Eguna de 1963, ver el libro *Gazteri berria, Kantagintza Berria* de B. Oronoz) Labegerie no hubiera publicado su primer disco (al que seguiría el segundo unos meses más tarde), con un éxito extraordinario. El disco de Mikel no iba a alcanzar el mismo éxito, ni tan siquiera de lejos... Indudablemente se trataba de un disco totalmente diferente, integrado, como hemos dicho, por temas tradicionales que podían interesar mucho a una pequeña minoría, pero que a la mayoría le resultaban raros, poco directos, en un euskera que apenas entendían... Sin embargo, el disco iba a marcar una dirección respecto a la necesidad de ir conociendo nuestra canción tradicional, algo que poco a poco se iba a ir imponiendo y pronto tendría consecuencias en el grupo Ez Dok Amairu. Además los discos se tenían que pasar de contrabando, lo que hacía su difusión más lenta y, si cabe, aún más minoritaria. Pese a ello, algunas personas como Saizarbitoria, también del grupo Jarrai y muy joven por entonces, me comentó una vez, no sé si él lo recuerda, que era el disco de Mikel que más le había impresionado... Si a todo esto añadimos las características políticas de la época en que vivíamos, no resulta extraño que la primera referencia escrita respecto a este trabajo no apareciera hasta el 1-8-65, cuando en *Zeruko Argia* hacían una entrevista a ese joven médico que era Mikel por entonces, que resulta interesante tanto por la importancia que él atribuye al conocimiento de la canción tradicional como por la forma en que prefigura el futuro de la canción vasca. Creo que es un documento clave en relación a la "nueva canción" que normalmente apenas se menciona. ¿Por qué será?

En otoño de 1964, Mikel hizo un breve viaje a Barcelona para acudir a un cursillo de neurología que duró tres o cuatro días. Allí asistió a un concierto celebrado en Montjuich en el que participaron miembros de Setze Jutges y Raimon. Quedó muy impresionado por la actuación de este y la repercusión del concierto, algo que iba a reforzar la admiración que ya tenía por el movimiento de la Nova Cançó e influir en los pasos que pocos meses más tarde empezaría a dar para formar en nuestro país un grupo "parecido", algo a lo que me referiré un poco más adelante.

* * *

Por aquellos días, además de hacer muchas excursiones en coche con sus padres y Pello, Garbiñe y Joxe Miguel, su cuñado, empezamos a cultivar la relación con otros amigos: como algunos cantantes de la coral Sine Nomine; Evaristo y Tere Urrestarazu, muy aficionados a la música y en cuyo domicilio pasamos muchas tardes de domingo escuchando discos de Brassens y música clásica; también estaba Joxean Ayestarán, un joven médico muy inteligente y aficionado a la música, que había militado en EGI y ELA y estaba también muy interesado en temas históricos, políticos y culturales. Con ellos íbamos a hacer meses más tarde ya en nuestra casa, aquellos guateques tan atípicos en los que sonaría con frecuencia la música de los "discos rojos" del museo de Baiona. Ya por entonces, y más en años posteriores, íbamos a frecuentar el bar Urbieta (en realidad bar Aurrera), lugar de encuentro de muchas personas y amigos de diferentes colores políticos pero que coincidían en ser de "la oposición", algo que entonces a todos aunaba.

Aunque a veces con Mª Aurèlia, Juan José... nos gustase cantar aquello de: "Si las cosas de Fidel, son cosas de comunista, que me apunten en la lista, que quiero ser como él...", Mikel y yo nunca fuimos comunistas. Él solía bromear diciendo que centralismo... ni democrático. Se refería a la idea del partido único, que por entonces atribuíamos a Lenin, al que considerábamos también padre de muchas ideas ejemplares, entre ellas las anti-imperialistas, pero que, en este caso, intentaba sintetizar la democracia y la mencionada unidad algo que Mikel no terminaba de encajar. Pese a ello, su inquietud social se podía vislumbrar ya en bastantes textos del repertorio Yupanqui, Parra..., que entre 1955-60, de manera continuada solía cantar. Desde el periodo 62-63 (o incluso antes) compartíamos una ideología socialista que iba a ir fortaleciéndose con los años y a la que, desde aproximadamente el mismo periodo, iban a ir sumándose una ideas "*abertzales*" e internacionalistas, que en este caso irían fluyendo de Mikel a mí y que iba a terminar por compartir con él, quizá con diferente intensidad y de forma menos "sentida". Era él, y poco a poco sería yo, *abertzale*, en el sentido de "patriota" o defensor de ese pequeño país, entonces casi invisible e inexistente para muchos, pero que él conocía, sentía profundamente y consideraba el suyo. A la vez, defendía y amaba las características culturales de países diferentes. Era totalmente contrario a la uniformidad y le encantaban las diferencias. De ahí, esa mezcla que ha sido una constante en su vida y que a mi juicio se advierte claramente en el conjunto de su obra, aunque al integrar estos elementos con una mayor complejidad, humor, sorpresa…, quizá aparezca más sencilla y directamente resumida en *Apuntes para una marcha* (*Martxa baten lehen notak*). Se trata de un tema compuesto algo antes de las primeras elecciones que se celebraron después de la muerte de Franco, con un título y una idea muy clara tras ella: no a las marchas chovinistas o a las que negaban la existencia de los pequeños países; no a la miseria y sí a la solidaridad global. Con estas ideas *in mente*, después de hacer la música y ponerle el título, pidió a Artze que las enunciara de forma poética e hizo el tema que iba a grabar en 1980. Recuerdo que pasados aquellos días de las elecciones, después de ver lo que había estado haciendo, Amaia Lasa nos dijo: "Ahora entiendo por qué Mikel ha estado tan callado y sin apenas hablar de política, durante esta temporada".

A pesar de que él era una persona politizada y de que, por decirlo de alguna manera, su público se situaba más en la izquierda, nunca militó en ningún partido político. Le parecía que la actividad cultural que desplegaba (y no digamos la médica, en la que le guiaba su humanismo y su gran respeto por la ciencia) tenía que estar abierta a todos, absolutamente dirigida a todos. Y que ese tipo de compromiso con un partido determinado podía obstaculizar esa idea. Sin embargo, miraba con muy buenos ojos que, durante unos años, en la década de los setenta, yo militara en ESEI (siglas de Euskal Sozialistak Elkartzeko Indarra), un minúsculo grupo político en el que estuve afiliada y al que brevemente me referiré más tarde. A nivel sindical, a partir de los setenta, siempre he estado vinculada al sindicato ELA.

Por otra parte, nuestras ideas respecto a los roles familiares, no coincidían demasiado con las ideas por entonces predominantes en nuestro medio. En aquella época, entre nosotros lo normal era que después de casarte tuvieras hijos, la mujer se dedicara a cuidarlos y el marido a ganar dinero para satisfacer las necesidades familiares. Nuestros planes eran diferentes: no descartábamos tener hijos, pero no considerábamos a los niños como una especie de reyes de la creación a los que hubiera que subordinar todo lo demás. Sabíamos que entre los dos teníamos que proporcionarles afecto (en este sentido, por su manera de ser, Mikel iba a jugar un papel muy importante: a veces iba a parecer que él era la madre y yo, más disciplinada y disciplinante, el padre) y subvenir a sus necesidades (alimentación, sanidad, educación…), pero teníamos también muy claro que los dos queríamos dedicarnos a nuestros trabajos profesionales. Para mí era fundamental hacerlo y Mikel compartía mis ideas. Además él consideraba esencial seguir con la música, aunque económicamente pudiera ser algo ruinoso, una idea que yo apoyaba y compartía totalmente. En este sentido creo que nuestra relación de amistad y colaboración no se ha quebrado seriamente nunca (o casi nunca). En resumen: aunque por el momento no supiéramos muy bien cómo podríamos compaginar todo esto, estaba claro que teníamos que aplicar métodos anticonceptivos para controlar la natalidad, algo de lo que yo estaba convencida desde el principio y Mikel se convenció tan profundamente como yo misma a partir del nacimiento de nuestra primera hija, al ver las dificultades con que tropezaban nuestros intentos.

Como consecuencia de todo lo dicho y quizá de algunos factores más que en nuestro caso confluyeron, dejamos de ser convencionales en otro sentido: confirmar esa especie de estereotipo que se publica tantas veces, no sé bien con que base empírica, y que sostiene que el enamoramiento, la pasión sexual… o lo que sea, entre la pareja, solo puede durar como máximo un intervalo de dieciocho meses, siete años, etcétera, etcétera. En nuestro caso no fue así; y puedo asegurar que nuestras relaciones a partir de los diez, y durante los veinte, treinta e incluso más de cuarenta años (después de una dura crisis a la que sobrevivimos), fueron en ese sentido más apasionadas e intensas que en la primera década de nuestra relación. Dado que este factor es importante en la vida de pareja y de momento no me he referido a ello, voy a intentar explicarme algo más procurando no sonrojarme demasiado por ello y teniendo en cuenta que, según imagino, en cada caso influirán muchos factores distintos.

Cuando Mikel y yo nos casamos éramos bastante inexpertos en materia sexual, pero sabíamos que no éramos frígidos, que nos atraíamos mutuamente y que no teníamos inhibiciones, salvo las que se podían derivar de ese deseo de controlar la natalidad, algo de lo que en la práctica tampoco sabíamos demasiado, pero en lo que yo, como ya he dicho, era más beligerante al principio y él compartiría a tope a partir del nacimiento de nuestra hija. Resumiendo: al principio nos limitamos a seguir más o menos el desacreditado método Ogino, aquel sobre cuya ineficacia en el control de los días fértiles e infértiles tantos chistes se hacían por entonces... La consecuencia fue que aproximadamente a los tres meses de casarnos, un día en que la pasión se impuso a la prudencia, quedé embarazada de Agurtzane, nuestra primera hija. Después de su nacimiento, empecé a tomar pastillas anticonceptivas, pastillas que funcionaban muy bien para mucha gente pero que a mí no me iban: reducían mi sensibilidad, mi libido, mi apetencia sexual o lo que fuera. Con determinados intervalos de tiempo, debido entre otras razones a que bastante más tarde íbamos a ir en busca de nuestro segundo hijo, Izaro, o a que íbamos a probar otros procedimientos anticonceptivos que no nos iban a resultar satisfactorios o suficientemente seguros, hasta la mitad de los setenta no conseguiríamos un método que fuera seguro y satisfactorio para ambos. Creo que este factor, unido a nuestro aprendizaje compartido, a esa falta de inhibición mutua a la que ya me he referido (nos parecía que el placer, incluidas las fantasías sexuales que a veces podían ser muy divertidas y otras no tanto, era siempre deseable, si era compartido e intenso mejor, pero deseable de cualquier manera); y, sobre todo, a que nuestro afecto, enamoramiento, ilusión, admiración mutua, e incluso misterio (con Mikel se mantuvo tanto tiempo…), hizo que nuestra relación a partir de los setenta fuera mucho más profunda e intensa. Con esto no quiero decir que al principio no sintiéramos placer, orgasmos compartidos… pero esa especie de éxtasis, esa comunión física y espiritual o fusión de cuerpo y alma casi única que la relación sexual y afectiva intensa, al darse uno a otro mutuamente, puede deparar, fue mucho más frecuente y fuerte para nosotros a partir de los diez o once años de nuestro emparejamiento. ¡Quién sabe, quizá fuéramos un poco lentos…! Pero practicamos sexo hasta muy pocos meses antes del final y aunque no íbamos a alcanzar las "cimas" del 2005, que siguieron a la crisis, nuestra relación sería tranquila y satisfactoria y, en los meses finales, de inmensa ternura, algo que no era nuevo para nosotros pero que entonces se intensificó, como si vislumbráramos un final que yo me resistía a ver pero que Mikel iba teniendo muy claro y en forma sutil iba a ir advirtiéndome.

* * *

Volviendo a situarme a mediados de los sesenta, debo decir que por entonces (luego menos) discutíamos bastante y cuando lo hacíamos el problema normalmente surgía por nuestra diferente forma de expresarnos y abordar los temas. Yo era más lógica. Mikel, muy creativo a otros niveles, tenía mayor dificultad para expresarse verbalmente salvo cuando se refería a anécdotas, chistes, expresiones (como "su" tantas veces repetida "riqueza de lujo"), sensaciones producidas por lugares o películas… ¡Cómo me contaba lo que para él era Lekeitio, la costa vizcaína o Baztan, o lo que le había parecido *El acorazado Potemkin*, *Milagro en Milán*, *Viridiana* u otras películas que tanto recordaba! En esos casos sabía trasmitir algo que luego, al conocer la realidad, al principio te podía incluso defraudar. De todas formas, los enfados no solían durar mucho; y resulta paradójico que siendo a veces estas diferencias la causa de los mismos, a mí en cambio me molestase tanto que otras personas (que debido a esa dificultad de expresión verbal, unida a su tendencia a no colocarse medallas y ser capaz de reírse de sí mismo) fueran incapaces de valorarle como a mi juicio se merecía.

En ocasiones, mucho más raras, los enfados podían deberse a otras causas. Recuerdo por ejemplo cómo hacia principios de primavera de 1965, cuando mi embarazo iba avanzando claramente a pesar de las pérdidas que había tenido (pérdidas que serían mucho mayores en el caso de Izaro) y me habían obligado a reposar en cama sin dejar por ello de continuar trabajando, Mikel organizó una cena en el apartamento que tenían sus tíos (Miguel y Encarna) en Pasajes San Juan. Según me contó, asistieron bastantes amigos médicos de la época de Zaragoza, entre ellos, creo, Óscar Unanue, apodado "el negro" y que luego sería durante años "don Óscar", el querido y afamado médico de Arrasate. La juerga que montaron debió ser fenomenal, ya que al día siguiente Mikel estaba muy apurado, no sabiendo cómo justificar ante su tía, la falta de una imagen de la Virgen, que aunque luego repusieran, "alguien" había lanzado a la bahía donde rápidamente había desaparecido en el agua… La "cena" le iba a llevar a dormir al hospital sin estar de guardia ya que aquella madrugada, le iba a cerrar la puerta enfadada, cuando después de que me despertase el teléfono y, entre un gran jaleo pude oír la voz de Mikel que se había equivocado de número y llamaba, a gritos, a un taxi para que le pudiera traer a casa; muy enfadada le contesté que evidentemente un taxi era algo que no le podía proporcionar, y que en caso de venir no le iba a abrir la puerta, por lo que podía irse al hospital para continuar la juerga.

Al día siguiente, me llegó a casa un ramo de flores felicitándome mi cumpleaños, algo que evidentemente aquel día no era, y que un enfermo que padecía úlcera y debía de tener muy mal genio, se había empeñado una y otra vez en advertirle; pero él, considerando que el paciente debido a la pérdida de sangre estaba obnubilado…, insistió una y otra vez en la fecha equivocada, enviándome aquellas flores que otras veces, podía tranquilamente dejar de mandarme en la fecha correcta. Sin embargo, entre enfados, risas y flores, seguíamos pasándolo bien y estableciendo entre nosotros una entente cada vez más fuerte.

* * *

Después de grabar su primer disco, Mikel continuó recibiendo clases de guitarra y preparando nuevas canciones. Y hacia primavera de 1965, empezó a dar los primeros pasos para poner en práctica esa idea de grupo que tenía como referente a Setze Jutges y la Nova Canço. A través del periódico se enteró de que un joven de Orio llamado Benito Lertxundi, había quedado finalista en un concurso de canción. A través de Mikel Forcada (como he dicho, amigo del colegio, miembro del grupo de teatro Jarrai y autor de la portada de su primer disco), de Juan Mª Indo y una joven llamada Manoli, que trabajaba con ellos en la tienda de muebles Espiral y vivía en Orio, pudo enterarse del número de teléfono donde localizar a Benito. Le llamó y habló con él acerca de la idea de formar un posible grupo de canción "parecido" al que había conocido en Barcelona.

Poco después, y al saber a través del grupo Jarrai que una chica llamada Lourdes Iriondo cantaba con gran éxito en diferentes localidades, le llamó por teléfono. Acudió (acudimos) a escucharle en Asteasu y quedó con ella para hablarle de esa idea. En una ocasión, cantaron juntos en Zarautz y, lo que es más importante, un día de verano del 65 en que Lourdes y Mikel fueron juntos a casa del pintor Sistiaga (que, según contaba Mikel, conociendo ya su primer disco, le había invitado a escuchar unos discos de una cantante americana que resultó ser Joan Báez y que, según seguía diciendo aunque pueda resultar poco creíble, Sistiaga le había confesado le recordaban algo al propio Mikel...) encontraron allí a alguien que grababa gritos en un magnetófono. Se trataba de Joxean Artze que había vuelto del viaje que, a veces en compañía del pintor Zumeta (también de Usurbil como Artze) y otras solo, había realizado por Europa. Al final de la reunión, les preguntó qué hacían... Ellos le hablaron de la idea y de los pasos que estaban dando para formar un grupo de canción y, al conocer su proyecto, Joxean se unió a ellos.

* * *

Aunque enseguida continuaré refiriéndome a esta fase inicial de Ez Dok Amairu y al papel que Mikel desempeñó en ella, quiero primero referirme a un acontecimiento que tuvo lugar ese mismo verano (un mes después de que se publicase en *Zeruko Argia* la entrevista con Mikel ya citada): me refiero al nacimiento de nuestra hija. Hacia principio de agosto y después de realizar juntos (en un coche que nos habían prestado) un viaje de pocos días por Navarra e Iparralde (en el que según decía Mikel, a pesar del pequeño espacio recorrido, habíamos visto seis o siete tipos de paisajes diferentes y que a mí, que estaba ya en un estado de gestación muy avanzado, se me hizo algo largo), habíamos dejado la casa de su hermana para trasladarnos a un pequeños piso que habíamos comprado en Juan de Olazabal 24 (hoy Paseo de Vizcaya), junto al Puente de Hierro. Para poder comprarlo habíamos invertido las 350.000 pts., que me había dejado mi madre; las 185.000 restantes (el piso costaba 535.000), nos las "dejó" la Caja de Ahorros a un plazo muy largo, tipo de interés cómodo y, según creo recordar, sin pagar intereses al comienzo, lo cual nos iba a venir muy bien ya que durante los dos años que mediaron entre otoño del 65 y 67 solo íbamos a contar con los ingresos que se derivaban de mis traducciones (y comida y otro tipo de género en especie, ropa… que nos enviaría la familia de Mikel), con lo cual nuestra supervivencia iba a ser casi un "milagro". Ayudó también la férrea administración que yo llevaría durante bastantes años y que Mikel aguantó estoicamente, a pesar de no haber estado acostumbrado a ello.

El sitio al que nos trasladamos era, por entonces, agradable: sin autopistas, junto al río Urumea y lleno de árboles plataneros que contribuían a que, a pesar de vivir en un primer piso, apenas se oyeran ruidos que no tuvieran que ver con el canto de los pájaros y el sonido de los trenes, no lejanos. Apenas teníamos muebles pero el pequeño piso nos gustaba. Nos trasladamos allí a primeros de agosto de 1965. Aproximadamente un mes más tarde, el uno de septiembre de dicho año, nació nuestra hija mayor: Agurtzane. Me acompañaron a la clínica Mikel y Maca, mi cuñada, que junto con sus dos hijos mayores había venido unos días antes para ayudarme, con su experiencia, en aquellos momentos para mí desconocidos. Mikel debía de estar muy nervioso y, a pesar de ser médico, le dijeron que era mejor que no entrara en la sala de partos. Según solía contar, después del nacimiento, llamó a su madre para decirle que había sido una niña: "*oso polita*", debió de añadir; a lo que su madre contestó: "Se parecerá a su madre...". Se equivocaba, ya que, aunque como es natural veo a los dos como una fuerte mezcla de padre y madre, físicamente me recuerda más a su familia, algo que luego pasaría de nuevo con Izaro. Así cuando yo me lamentaba del escaso parecido, Mikel, en broma, ya que no tenía ninguna intención de hacerlo, me decía: "¿Quieres que encarguemos el tercero?... ¡A lo mejor se parece más a ti!".

Maca ayudó a que yo superase un poco mi inexperiencia y a los pocos días nos quedamos solos en casa, donde yo me lamentaba porque la niña no comía nada... Al principio empecé a darle pecho, pero como apenas ganaba peso (siempre estaba por debajo del mínimo, tanto que la amona Estefanía le llamaba "Esperantxita" comparándole con sus primas que eran las "amapolas"), Agustín Barandiarán, nuestro pediatra de confianza, me recomendó que optase por la lactancia mixta: ¡en balde, antes mal y luego peor! La niña, que afortunadamente dormía bien, seguía sin comer y sin ganar peso, lo que causaba mi preocupación, a pesar de que Mikel tratase de evitarlo insistiéndome en que, tal como decía Agustín Barandiarán, la niña estaba muy, muy, sana. El nombre fue otro truco de Mikel, ya que yo quería llamarle Rosario, como mi madre y él me decía que sí, claro, pero que si ella hubiera nacido en el 65, se hubiera llamado Agurtzane... Total: que quedó en Agurtzane-Ambroxi, esto último en honor de mi amona Ambroxi, que estaba encantada, aunque hubiese preferido que el Ambroxi figurara en primer lugar. A mi pesar, años más tarde desapareció del todo, cuando Agur decidió quedarse con un solo nombre: Agurtzane.

* * *

Hacia primeros de octubre, cuando llevaba ya unos meses implicado en el proceso de formación del grupo, Mikel volvió a Barcelona para hacer la especialidad de Neuropsiquiatría Infantil. Antes de tomar la decisión final se plantearon algunas dudas (que para nosotros no lo fueron), cuando Juan José Lasa, su cuñado, que veía que Mikel se debatía entre la medicina y la música, le aconsejó poner un laboratorio para hacer análisis clínicos (algo que requería instalaciones costosas que, según Juanjo, quién sabe si después de comentarlo con ellos, sus padres le hubieran pagado...), con lo cual tendríamos asegurados unos ingresos que le permitirían dedicarse a la canción con más facilidad. Mikel tenía claro lo que quería hacer y yo no dudaba en apoyarle, sin que los posibles problemas económicos nos agobiaran demasiado. Como consecuencia y he dicho ya, a comienzos de octubre o días antes, marchó a Barcelona (mientas la pequeña Agur y yo nos quedábamos en Donostia), para organizar su trabajo en diferentes hospitales, buscar alojamiento para los tres...

Cuando llegó allí, además de ocuparse de estas cosas, se puso en contacto con el cambiante grupo de los estudiantes vascos en Barcelona, que al saber los pasos que estaban dando para formar un grupo de canción, le aconsejaron ponerse en contacto con Jorge Oteiza, que pocos meses antes había estado allá dando una conferencia (dentro de un ciclo en el que iban a participar Aresti, Lasa y otros muchos conferenciantes), y les había hablado de sus ideas acerca de la creación de una Escuela Vasca de Arte Contemporáneo. Algo después, Mikel acompañado por Xabier Anza, conocido de Oteiza y por entonces estudiante de Arquitectura en Barcelona, se trasladaron a Irún para poder verle. Mikel ha contado con frecuencia la impresión que Jorge le produjo en aquella primera entrevista. Según solía decir, solo había entendido una pequeña parte de lo que les había dicho, pero le había parecido increíble: una especie de torbellino, un huracán lleno de ideas y proyectos nuevos. Además mil veces nos ha contado cómo aquel primer día, en cuanto supo los pasos que estaban dando para crear un grupo de canción vasca, ideó el nombre para el mismo: Ez Dok Amairu. Como solía contar, después de escucharles, Jorge se levantó de su asiento, se dirigió a la biblioteca, cogió un libro de R. Mª de Azkue en sus manos y, después de localizar la leyenda de Martintxo o Martinico y leérsela, les dijo: "Ez Dok Amairu

(No hay trece). Este es el nombre adecuado para el grupo, adecuado para conjurar el maleficio que pesa sobre la cultura vasca".

Mikel nos ha contado también muchas veces cómo el proyecto cultural de Jorge, del que les habló aquel día, era muy amplio y abarcaba mucho más de lo que ellos como grupo realizaron. Desde luego, si se consulta *Ejercicios espirituales en un túnel*, libro que Oteiza escribió en esta época aunque por problemas de censura se publicó más tarde, se observa que no concede demasiada atención al grupo. En una entrada de la página 199 de la segunda edición, integrada en el Apéndice 1, Documental, curiosamente subtitulado *Algunas Operaciones prácticas en Política cultural*, menciona como al "*grupo para la renovación de la canción catalana Setce juges* (o Setze Jutges) *al que ha seguido aquí el nuestro, en nuestro Frente cultural, con Mikel Laboa y Arce, el Estok amairu*". Más adelante, en la página 239 (escrita sin duda cuando después de volver Mikel a Barcelona a principios de 1966, Artze iba a seguir manteniendo la relación con Oteiza), se refiere a "Arza" como "*director del Estok-Amairu*". Por último, en la página 244 comenta que "*Arza me propone reuniones como esta* (se refiere a las que hace con el grupo de Urbeltz) *con el Eztok-Amairu. Ya hemos tenido...*". Según mi información acudió una vez a hablar al grupo. En este libro abandonado en 1966, como dice, pero publicado en 1984 (2ª edición como he dicho), no he vuelto a encontrar ninguna otra referencia al grupo[4] o a cualquiera de sus miembros, a pesar de que el libro tiene un índice de nombres que facilita la búsqueda y a que algunos miembros del grupo, por separado, iban a volver a relacionarse con él.

Me he alargado un poco en este comentario porque creo que en nuestro país damos mucha más importancia a las entrevistas individuales que, a veces contienen errores claros y no resisten la mínima evidencia o contraste adecuado, que a las opiniones contrastadas y a las fuentes bibliográficas fiables que, cuando existen, apenas consultamos.

---

4. Salvo alguna interesante digresión en torno al nombre y al dualismo *Ez dok-Ba dok*, en las páginas 263 y 412.

En este sentido, me gustaría decir que el libro a mi juicio más objetivo sobre este tema (me refiero a *Gazteri berria, Kantagintza Berria* de Belén Oronoz, Erein 2000) apenas se consulta; y dado que en la portada la autora nos agradece a Juan Mª Lekuona, a Mikel y a mí nuestra ayuda, me gustaría aclarar cuál fue nuestra participación en el mismo. Belén llegó un día a nuestra casa para explicarnos su proyecto: trataba de hacer una tesina sobre este tema que iba a dirigir Juan Mª Lekuona y deseaba entrevistar a Mikel hacia el comienzo. Como era habitual en él, Mikel no se animó a hacerlo y le dirigió hacia otros "actores de la película" que tanto aquí como en Catalunya habían participado o conocido el tema. Pasado cierto tiempo, Belén volvió a llamar y venir a casa para decirnos que, después de hacer muchas entrevistas, todas (o casi todas) le volvían a remitir a él. Entonces Mikel delegó la mayor parte del trabajo en mí, diciéndole más o menos que sería interesante que hablase conmigo, ya que tenía muchas notas escritas, sabía del tema "casi tanto como él" y se lo explicaría más claramente.

A partir de ese día Belén acudió a veces a mi despacho. Mi consejo esencial siempre era el mismo: la opinión es libre (aunque algunas estén más fundamentadas y las valores más que otras), pero los datos tienen que verificarse. Además de hacer diferentes entrevistas, le decía, procura buscar artículos, consultar una bibliografía fiable... Si no somos capaces, insistía, de verificar los datos y acercarnos con cierta objetividad a un tema de hace apenas cuarenta años, ¿cómo seremos capaces de hablar de épocas más remotas? Ella tuvo en cuenta lo que le decía y, además de entrevistar a muchísimas personas, hizo un trabajo de hemeroteca (la relación aparece al final del libro) que creo no ha sido igualado. Por ello es un libro que a pesar de su "pequeñez" siempre me parece recomendable y esencial para tratar este tema y esta época. Recuerdo que Jexux Artze, cuando lo leyó, me dijo que le había parecido muy interesante ya que desconocía en gran parte los datos iniciales.

Volviendo a mi historia: estábamos en otoño de 1965, y después de establecer los contactos médicos en Barcelona, buscar un alojamiento bastante cutre para los tres, hablar con Oteiza..., Mikel iba a pasar cierto tiempo en Donostia, en nuestra nueva casa. Me ha explicado muchas veces cómo por entonces solía quedar con Joxean Artze para hablar de diferentes cosas relacionadas con el grupo: entre ellas, de la conveniencia de utilizar el nombre ideado por Jorge cuanto antes, aunque Joxean prefería esperar. De hecho, el nombre del grupo se utilizó por primera vez en Irún, en el tercero de los *jaialdis* que ofrecieron parte de sus miembros en 1966, cuando ya los Hnos. Artze habían sustituido a los Hnos. Zuaznabar, a la *txalaparta*, y cuando, según creo, Saizarbitoria había sido sustituido por otro presentador.

Es importante señalar que aquel año de 1965, Mikel había contactado también con Julen Lekuona. No recordaba bien el momento (aunque pensaba que había sido hacia el otoño), pero sí el lugar: Aizpurutxo. Allí conoció a aquel joven sacerdote que también cantaba en euskera y también se integró al grupo desde el principio. Procedía de Oiartzun y conocía a Xabier Lete desde su niñez.

Durante el otoño del 65 se hicieron muchas reuniones a las que acudieron muchas otras personas que tenían que ver con el tema, eran avisadas de lo que se hacía y, más o menos marginalmente, a pesar de los muchos méritos que con frecuencia se adjudican, participaron o tuvieron que ver durante cierto tiempo con el grupo. Muchas de estas reuniones se celebraron en los bajos del Kursaal.

El 9 de enero de 1966, Mikel y algunos miembros del grupo (entre los que contaban los Hnos. Zuaznabar y Saizarbitoria como presentador), actuaron en Hernani. Poco después, Mikel, Agurtzane y yo, nos trasladamos a Barcelona, donde íbamos a permanecer hasta el verano de 1967. Desde allí Mikel mantenía su vinculación con *Ez Dok* y en Semana Santa, verano y Navidades, cuando veníamos al País Vasco, actuaba con él. En enero de 1966, nos llevó hasta allí (tanto a nosotros como a nuestros numerosos cachivaches), el mismo taxista que nos había llevado a Otsagabia cuando nos casamos. El resto de los viajes los haríamos en tren.

En Donostia, al frente del grupo quedaba Joxean Artze que mantendría las relaciones con Oteiza ya iniciadas. Durante el año 1966 (y más tarde) se integrarían en el grupo otras personas que iban a ser importantes: Jexux Artze, que llevaba unos meses aprendiendo junto con Joxean a tocar la *txalaparta*, que recogerían de los Hnos. Zuaznabar; Xabier Lete, poeta, amigo de Julen y que trabajaba como actor en Jarrai; José Angel Irigarai, otro médico que jugaría un papel en la dirección del grupo; Luis Mª Bandrés, Jean Paul Arregi, Oskarbi, Urrikatz…; Nekane Oiarbide (secretaria del grupo), los técnicos (Julian Beraetxe y Kepa Garbizu, si no recuerdo mal). Y hacia 1969, a partir de un primer contacto con Mikel, J.M. Zabala, que fue el último en integrarse en él. La lista no pretende ser exhaustiva: hubo otras personas que de manera más o menos fugaz pasaron o integraron el grupo, pero ninguno de ellos (y tampoco algunos de los citados), llegaron a su fase culminante ni tomaron parte en su aportación esencial: *Baga, Biga, Higa, (sentikaria).*

* * *

De nuevo en Barcelona, nos alojamos en un piso bastante cutre situado en la calle Industria, muy cerca del Hospital de la Santa Creu i Sant Pau, que Mikel después de dar muchas vueltas para buscar un piso necesariamente "barato y amueblado" había encontrado y donde íbamos a permanecer hasta julio de aquel año 1966. El piso de Donostia que poco antes habíamos comprado, apenas tenía muebles y era pequeño pero resultaba nuevo, alegre y acogedor. Según decían el piso de la calle Industria estaba "amueblado", algo que resultaba un eufemismo ya que además de una cama amplia en cuyo jergón metálico se escondía un ejército de chinches bien organizado que en primavera iba a hacer su aparición, teníamos una "sala de estar" con una "biblioteca" (en realidad, una baldas metálicas sujetas por una patas patitronchas…) y una mesa con algunas sillas donde yo trabajaba en mis traducciones, Mikel tocaba la guitarra y adonde a veces venía Pi de la Serra (cuyo disco y su *L'home del carrer*, acompañado por René Thomas, tanto escuchábamos), para vernos y jugar con Agurtzane que solía estar allí sentadita dentro de un parque circular que me habían dejado, y a la que Quico, que parecía un niño grande, divertía y mareaba mucho.

A veces organizábamos algunas cenas con nuestros amigos; fue un día de esos cuando Joxean Albisu, un amigo médico que, además de saber de niños, siempre ha sabido mucho de animales, le dijo a Mikel que había sentido una picadura, a su juicio, de chinche. Sin decirme nada al principio, Mikel tuvo que ocuparse de capturar un ejemplar por el procedimiento de encender súbitamente la luz por la noche y poder atrapar alguno en la pared cuando se deslizaba por ella (algo que a mí me chocaba bastante pero no me impedía volver a dormirme). Después de atrapar un ejemplar y llevárselo a Albisu, se confirmó la sospecha: las picaduras que mostraba Agur no eran de pulgas como pensábamos, sino de chinches. Para aliviar mi disgusto, Mikel me decía: "no es para tanto...; Juan José y sus compañeros, cuando estaban presos en el campo de concentración, organizaban carreras de chinches para distraerse...". Aconsejados y ayudados por Albisu, que era un experto, hicimos una super-limpieza a base de verter muchos cubos de agua hirviendo en los entresijos que les servían de guarida. Al parecer el remedio funcionó. Pudimos permanecer allí hasta julio; y Arantza Gurmendi que pasó algunos días en nuestra casa, durmiendo en un camastro de una habitación interior cuando vino a Barcelona para asistir, creo, a algún cursillo de teatro, no debió de notarlos...

A pesar de la cutrez del piso, los meses pasaron con rapidez y están repletos de buenos recuerdos. Como ya habíamos comprobado antes, Barcelona era por entonces una ciudad muy atractiva desde un punto de vista científico, cultural y artístico, y nosotros directa o indirectamente procurábamos disfrutar de este ambiente. Mikel trabajaba con diferentes médicos, neurólogos, pediatras, psiquiatras... y acudía a diferentes centros para su formación. Aprendió de muchos profesionales: el neurólogo Luís Barraquer Bordás (cuyas hijas Nuria y Edelmira cantarían luego en euskera canciones como *Oi Pello, Pello* o *Goizuetan*); el también neurólogo Lamote de Grignon (que le regaló un libro de síntesis de técnica musical que todavía conservamos); Emilio Fernández, pediatra y neurólogo infantil; Folch Camarasa, psiquiatra infantil; Angulo y Campos, psiquiatras y psicoanalistas; Mª Dolors Renau, psicóloga… Frecuentaba el Hospital de la Santa Creu i Sant Pau y, en otras ocasiones, acudía al Clínico; a diferentes consultas particulares, al Hospital de San Juan de Dios… Con frecuencia se refería a una especie de "hospital-hospicio" para niños abandonados, hijos de madres solteras donde, según él contaba, se veían cuadros muy duros: niños con balanceos, ausencias y gestos extraños, autistas con sus posturas características… Con muchos de estos médicos (y con Mª Dolors que era psicóloga) estableció una buena amistad que en algunos casos iba a durar años y no se limitaría al campo profesional.

Por otra parte, y desde su vuelta a Barcelona en octubre de 1965, había estrechado fuertemente la amistad que también mantendríamos durante años, con Mª Aurèlia Capmany y Ricard Salvat que, en 1965, habían participado junto con Juan José Lasa (su cuñado), Joxe Azurmendi y muchos otros intelectuales en la Conferencia Mundial de la Paz que se había celebrado en Helsinki. En general los participantes eran personas de izquierdas y algunos simpatizantes del Partido Comunista. Estos contactos permitieron a Mikel estrechar su relación con el mundo del teatro que le interesaba mucho y ayudar a establecer un puente que vino muy bien al grupo Jarrai. Por entonces conoció también a Albert Boadella, que más tarde hacia finales de los sesenta y más en los setenta, acostumbraría a venir al País Vasco para estrenar los espectáculos de Els Joglars, grupo del que era director. La relación más estrecha la establecimos con Mª Aurèlia y Ricard, sobre todo con la primera, autora entre otros libros de *La dona a Catalunya*, y a través de la que empecé a conocer la obra de Virginia Woolf que con el tiempo se convertiría en una de mis autoras preferidas. En casa de Mª Aurèlia, aquel ático de Rambla de Catalunya al que ya me he referido, y más tarde en nuestra casa de Donostia cuando venían a visitarnos, pasamos montones de veladas hablando de cultura, historia, política, feminismo…

Seguiría también manteniendo su relación con el mundo de la canción, con Jamboree y La Cova del Drac, donde actuaría hacia 1967 y donde conocería a otras personas del mundo de la cultura, por ejemplo a Lluís Llach, amistad que profundizarían en la década de los setenta. Conocería también a Serrat que hacia 1967 estaba ya muy de moda. Aproximadamente por entonces, Guillermina Motta empezaría a cantar *Oi Pello, Pello* en catalán y también en 1967, Raimon y Guillermina acudirían a cantar a nuestro país, estancia que les encantó y a partir de la cual Raimon compuso *El Pais Basc*, esa canción que tantas veces ha interpretado a lo largo de los años. Por aquellos años conoceríamos también las canciones de Paco Ibáñez que nos gustaron desde el comienzo.

Otra relación que cultivábamos era la del grupo de estudiantes vascos, en el que por entonces proliferaban los estudiantes de Arquitectura: entre los vizcaínos estaban Joxemi e Imanol Abando, buenos amigos nuestros, cuya amistad mantuvimos luego en Bilbao y que nos contaban unas historias preciosas acerca de la postura antifranquista de su madre, una señora de la burguesía bilbaína que desde el final de la Guerra, en actitud de protesta, apenas pisaba la calle y a la que pudimos conocer en su casa: con su aspecto distinguido (como si estuviera envuelta en sutiles velos) y manteniendo una tenaz oposición al régimen franquista, era una figura poco habitual. Iñaki Peña, apodado "Peñita", Antón Aguirregoitia (que algo más tarde, creo, compró una de las primeras guitarras de Natxo de Felipe, cuyo hermano Xabier también estaba allá estudiando Arquitectura), Periko Basáñez… Entre los navarros estaban Miguel Ángel Garaikoetxea, hermano de Carlos, y Fermín Modrego, director del coro, que procedían de Iruña; Xabier Anza (al que he citado antes, al comentar que acompañó a Mikel a casa de Oteiza) era de Donostia. Y ya fuera del campo de la arquitectura, había otros, como Txomin Lasa, Patxi Amuchastegui, Mikel Barriola, Joxean Albisu y Juan Ignacio Llorente que procedían de Gipuzkoa y, en el último caso de Araba (Álava), y estudiaban o, terminada la carrera hacían la especialidad de Ingeniería, Medicina… A esta larga lista, en la que sin duda faltan nombres, tendría que añadir la de Luis Gorostiaga, también vizcaíno, que creo estudiaba o ejercía ya como abogado laboralista, y al que también conocimos por entonces.

Entre todos estos amigos y alguno más que me he podido dejar, algunos más íntimos que otros, tendría que destacar a uno que no era estudiante pero que se relacionaba con nosotros y con ellos, a quien Mikel había conocido en octubre de 1965 y cuya amistad íbamos a frecuentar y cultivar durante esta época. Me refiero a José Mª Arrizabalaga, natural de Markina, que llevaba tiempo viviendo en Barcelona casado con Pilarín, una chica catalana con la que ya tenía varios hijos y a cuya casa acudíamos con frecuencia. Por entonces José Mª trabajaba en Ars Sacra, una tienda de objetos religiosos situada en el centro de la ciudad muy cerca del Paseo de Gracia. Más tarde se dedicaría a restaurar y construir órganos. Tocaba el órgano y la espineta y, entre otros temas, había compuesto *Egun da Santimamiña*, una canción con letra de Gabriel Aresti (a quien Mikel conoció también en otoño de 1965 cuando Aresti participó en aquel ciclo de conferencias al que ya me he referido) que Mikel empezaría a interpretar hacia finales de 1965, grabaría en su segundo disco y popularizaría durante la década de los sesenta. Me atrevería a decir que entre las canciones interpretadas y compuestas por él durante esta década, fue la única que resultó verdaderamente popular en este periodo. El resto eran "minoritarias", como ya he dicho.

* * *

Mientras tanto yo traducía mi segundo libro para la editorial Ariel. Se trataba de *El desarrollo económico en la perspectiva histórica* de Alexander Gerschenkron; un libro de más de 400 páginas que me dio trabajo pero también satisfacciones, ya que era muy variado e interesante y, además de hablar de economía, trataba también de historia, literatura... El tercero que iba a traducir, este para Editorial Labor, se titulaba *Las expectativas en teoría económica* de S.A. Ozga y, aunque no era tan largo como el anterior, me dio un trabajo enorme. Era tremendamente técnico y complicado, y no sé cómo fui capaz de acabarlo (seguramente mal). Estos dos libros se publicaron en 1967 y 1968.

Además cuidaba de Agurtzane que seguía sin comer nada; ni frutas, ni purés… ¡nada! Cuando Mikel volvía del hospital, trataba de ayudarme pero, al comprobar lo vano de sus intentos y de los míos, optaba por intentar tranquilizarme y me repetía: "¡Esta niña está muy, muy, sana…!". Él, por su parte, seguía con su guitarra y sus canciones y, hacia principios de 1966, me dio una alegría cuando oí *Apur dezagun katea*, la primera canción que hizo a base de poner música a un tema de Aresti y que también incluiría en su segundo disco. Entre Aresti y Mikel harían también otro trabajo conjunto que presentaron a algún concurso, en el que no quedó nada bien. Algo que no me extrañó dado el mal recuerdo que tengo del tema. De hecho, Mikel nunca quedó contento del trabajo y no lo grabó nunca. El caso de *Assentiré de grat* fue muy distinto. Fue la segunda canción que hizo, en este caso con letra de Espriu y en homenaje a Catalunya; y aunque no la grabó hasta 1994 (en el *Hamalau (14)*), siempre nos ha gustado.

Los días de fiesta metíamos a la niña en un capazo de mimbre, habitual por entonces en Iparralde pero que chocaba mucho allí, y nos lanzábamos a hacer excursiones por Barcelona y la costa. A veces en tren, con frecuencia en tranvía y otras a pie. En ocasiones acudíamos a casa de José Mª y Pilarín (en Sarria, según creo recordar), donde además de escucharle tocar la espineta (mucho Bach, que nos encantaba), discutíamos de arte, de política… en fin, de casi todo lo divino y humano. Recuerdo, por ejemplo, cómo a veces criticábamos las interpretaciones sofisticadas de algunos coros que apenas permitían entender las, en algunos casos, hermosas letras; y cómo reivindicábamos la sencillez. A veces acudía más gente, y en alguna de aquellas ocasiones en las que discutíamos de política, tomó parte Paco Letamendía (Ortzi), que era muy brillante y convenció a la mayoría de los reunidos (muchos de los estudiantes que he citado), mucho más que yo, que era la que llevaba la voz cantante en la discusión con él. Creo que solo convencí a Pilarín (además de Mikel que ya estaba convencido) que decía entender mis argumentos, mejor, mucho mejor, que los de Letamendía que, por supuesto, eran mucho más sofisticados... Hoy en día, creo que los dos nos entenderíamos con más facilidad.

Durante la primera mitad de 1966, cuando estábamos en la calle Industria, únicamente pudimos salir juntos y solos en una ocasión, en la que dejamos a Agurtzane al cuidado de Miguel Ángel Garaikoetxea y otro compañero. Es posible que acudiéramos a ver *Ronda de mort a Sinera*, una obra de Espriu dirigida por Salvat, que vimos por entonces y nos impresionó mucho. Cuando ya de noche, bastante tarde, volvimos a recoger a Agur, la encontramos sentadita, con una servilleta del bar La Condal a modo de babero, mientras que ellos trataban de hacerle gracias y darle algo de comer... En primavera vendrían a visitarnos los padres de Mikel y Pello, su hermano, y nos invitaron a pasar unos días en un hostal del Montseny. Hacia julio íbamos a dejar la casa de la calle Industria para trasladarnos a Donostia, donde íbamos a pasar unas largas vacaciones al cabo de las cuales volveríamos de nuevo a Barcelona.

Durante aquella época, como antes, Mikel acostumbraba a escuchar música de diferentes tipos y recuerdo cómo por entonces, allí, y gracias a la grabación dirigida por Boulez que nos dejó un amigo, tuvimos la oportunidad de conocer el *Pierrot lunaire* de Schöenberg, que nos impresionó e impactó mucho.

Parte del verano lo pasamos en Donostia, al igual que solíamos hacer en Semana Santa y Navidad y probablemente fue en uno de esos viajes cuando según Mikel me ha contado una y otra vez (y hace poco me confirmó Iñaki Beobide), a petición de algunos componentes del grupo Jarrai, acudió a los bajos del Aurrera (por entonces, bar Urbieta) para escuchar a Xabier Lete y dar su opinión acerca de si cantaba o no de forma adecuada para poder dedicarse a ello... Mikel, un poco avergonzado ante la situación, se apresuró a decir que sí; algo que evidentemente para él, era cierto.

Durante las vacaciones, Mikel mantenía su colaboración con Ez Dok Amairu y a nuestro piso de Amara Nuevo, poco amueblado todavía, pero que a partir del 67 se iba a ir acomodando a base de los saldos de Espiral, venía mucha gente... amigos como Evaristo Urrestarazu y

Tere, su mujer, Joxean Ayestarán y otros, con los que seguíamos haciendo guateques "al son de los discos rojos"; reuniones con miembros de Ez Dok; audiciones de discos; reuniones de contenido socio-político con gentes de ELA, en la que pronto surgirían dos tendencias diferentes (ELA, la de siempre pero renovada, y los Eladios). En otros casos, algo más tarde, Rafa Balerdi vendría a hablarnos de su experiencia en la India, de la filosofía de Aurobindo... En fin, las posibilidades eran amplias y a partir de 1967, cuando ya nos instalamos en el lugar, se iban a ampliar para poder alojar a amigos, como Mª Aurèlia Capmany, a la que acogeríamos en casa, enseñaríamos el país, presentaríamos a amigos y, con la que además de pasarlo muy bien, podríamos seguir hablando de lo divino y, sobre todo, de lo humano.

* * *

Hacia finales de verano de 1966, volvimos de nuevo a Barcelona, donde Mikel seguiría con su especialidad, su música y sus contactos culturales; yo continuaría con mis traducciones, y Agurtzane iría aprendiendo a jugar y a vivir. Sin embargo, durante este segundo curso íbamos a tener una gran ventaja respecto al primero, ya que nos trasladamos a vivir a un amplio piso situado en la calle Diputación cerca de la esquina con Balmes (¿o era Aribau?), que íbamos a compartir con cuatro estudiantes vascas: Nicole que era de Iparralde, daba clases de francés y luego se iba a casar con Txomin Lasa; Mª Carmen Azaldegui que después de acabar Medicina, estaba haciendo la especialidad de Cirugía Estética, era de Tolosa, preparaba unas alubias buenísimas y se iba a casar con Mikel Barriola; e Itziar y Adeli, las más jovencitas, que eran de Oñati, la primera estudiaba Medicina y la segunda, Adeli, había empezado Biología, aunque no se lo tomaba con demasiado interés, abandonó la carrera y más tarde se casaría con Juan Ignacio Llorente, quien a su vez años más tarde lideraría la primera expedición vasca al Everest. Nos llevábamos muy bien con ellas y para nosotros fue un gran alivio compartir el piso ya que, además de salirnos más barato, ser nuevo y no alojar chinches, nos permitía salir juntos al atardecer con cierta frecuencia porque casi siempre había alguien que se quedaba en casa y podía cuidar a la niña, que tenía ya un año y se arreglaba muy bien con ellas, sobre todo con Adeli e Itziar que aunque le hacían mil barrabasadas, eran las que más jugaban con ella.

Durante este curso 66-67, nuestras actividades y amistades siguieron siendo las mismas que he comentado, aunque como ya he dicho, pudimos intensificarlas. Mikel grabó su segundo disco con dos temas tradicionales (*Goizuetan* y *Urtsuako kanta*) y los dos temas de Aresti (con música de Arrizabalaga y Mikel, a los que ya me he referido). Le acompañé a la grabación que se realizó en un estudio de la ciudad, en aproximadamente dos horas. La portada, en la que bajo su nombre aparece ya el anagrama de Ez Dok, la hizo de nuevo Mikel Forcada; y aunque se pensaba publicarlo en el Estado español, problemas de censura (por los dos temas de Aresti) lo impidieron. Como consecuencia, Goiztiri de Baiona, lo publicó de nuevo. Aunque carezco de datos, pienso que se vendería mejor que el primero, pues como ya he dicho *Egun da Santimamiña* iba a hacerse muy, muy popular. Nosotros, que coincidíamos más con los gustos de los más "minoritarios", no lo entendíamos muy bien, pero era así.

Además de continuar con mis traducciones, hice con Milagros García Crespo un trabajo sobre el puerto de Barcelona. El dinero que cobré nos vino bien ya que como he dicho esos años andábamos muy, muy justitos. Los padres de Mikel y su hermano Pello, nos volvieron a visitar y fue entonces cuando tuvo lugar aquella historia que conoce medio país, porque Mikel la ha contado muchísimo: un día que fueron a una sala de un multicine de Diagonal a ver *Un hombre y una mujer* de Lelouch, Feliciano al ir a comprar las entradas y ser preguntado por la taquillera que le dijo: "¿Para *Un hombre y una mujer*?", había contestado tranquilamente: "¡No, no… somos matrimonio con un hijo!". Había que ver además qué hijo tan grande era Pello y cómo se reía la taquillera ante ellos… Por aquellos días, en un pequeño accidente, Mikel se rompió la nariz, pero no quiso, a pesar de las facilidades que tenía, que a base de cirugía estética se la enderezaran. Algo que puede advertirse claramente en las fotografías de antes y después del hecho.

Los padres de Mikel nos solían mandar paquetes de comida: latas, bacalao, que comíamos de todas las formas imaginables; con patatas, con tomate, con arroz, en tortilla... En fin, de todas formas. Nos mandaban también jamón, un jamón muy bueno, que la administradora, que era yo, guardaba para la niña que seguía inapetente. Además solía hacer unas pequeñas tortillas francesas para nosotros, lo que hacía que Mikel pasara una gran envidia de las suculentas tortillas de patatas que hacían "nuestras chicas". Recuerdo que ellas le invitaban encantadas y yo solía enfadarme y le decía: "¡Qué exagerado, ni que pasáramos hambre!".

También hacíamos algunas juergas. Una víspera del día San Juan traicionamos a Agurtzane; la dejamos dormidita, salimos de la casa (este día todos) y junto con otros amigos, hicimos una buena juerga por los alrededores de casa, en la que Mikel cantaba *Diguem no* y *Al vent* de Raimon y formábamos cadenetas, bailando *kalejiras*, *mutil-dantzas*... Los catalanes se quedaban pasmados al vernos y se unían encantados a nosotros, sumándose a nuestros bailes y cadenetas. Lo pasamos muy bien y cuando volvimos con un grupo de amigos a casa y vimos que Agurtzane seguía plácidamente dormida, nos comimos su jamón, el queso y las demás *delicatessen* que guardábamos para ella, ¡Creo que fue el único día que le fallamos...! Otro día, hacia mediados de curso, vino a visitarnos Juanito Celaya que era tío de Adeli. Hizo el viaje en su avioneta particular y nos trajo champán francés que tomamos acompañado por las alubias de Tolosa preparadas por Mª Carmen y el bacalao en salsa verde que preparé yo. Me da la impresión de que la combinación de la comida y el champán no resultaba muy ortodoxa, pero hablamos de muchos temas y lo pasamos bien.

En resumen: a veces hacíamos juergas pero no debían de ser la clase de juergas que nuestros vecinos parecían imaginar, ya que un día la dueña del piso citó a Mikel para hablar "en serio" con él, diciéndole que los vecinos se quejaban de la cantidad de gente sobre todo chicos (los novios citados y otros amigos que también nos visitaban, ya que aunque también venían algunas amigas estas parecían no preocuparles tanto), que pasaban por nuestra casa y que aquellas costumbres tan libres (o libertinas) no le gustaban: "No sé bien que imaginaban…", comentaba Mikel que solía bromear diciendo que vivía con seis mujeres, "¡menudo harén!", solía añadir. Sin embargo, en este caso, poniendo en duda el posible sentido del humor de la propietaria, se limitó a explicar, garantizar y responder que nuestras costumbres nada tenían de libertinas y que allí no pasaba nada especial… Bien porque lo dijera muy serio, por tener aspecto formal o por lo que fuera, le convenció y durante el resto del curso no volvieron a plantearnos problemas.

En aquella casa practicábamos el bilingüismo, algo en parte obligado porque yo apenas hablaba euskera a pesar de que al casarme hubiese hecho un pequeño curso de aprendizaje, oyera hablar mucho en dicha lengua y acostumbrara a leer ediciones bilingües de poesía (euskera-castellano). Mª Carmen y Nicole, tampoco sabían demasiado, mientras que Itziar y Adeli lo hablaban con soltura. Como consecuencia, Mikel hablaba con Agurtzane y las chicas (especialmente las dos de Oñati) en euskera, y conmigo y las otras dos chicas que estaban aprendiendo, en castellano, aunque por supuesto, a veces las lenguas se mezclaban. Además, por las tardes, Agurtzane solía salir con Oriol, que era un niño catalán muy fuerte (hijo de Mª Dolors, la psicóloga) y daba unos enormes abrazos a "Agurzane", como él entusiasmado le llamaba, cuando acompañada por Mikel llegaba a su casa. Les cuidaba una prima de Mª Dolors que les hablaba catalán. En definitiva, cuando iba a cumplir dos años, Agurtzane hablaba un poco de todo…

Hacia finales de julio, íbamos a dejar Barcelona para volver a vivir en nuestro país y aunque era algo que teníamos firmemente decidido, nos costó abandonar Catalunya. Recuerdo uno de los últimos días allá, en casa de Angulo, el psicoanalista amigo de Mikel que luego vendría a visitarnos. Nos había invitado a comer en su casa. Vivía en La Floresta, un lugar muy hermoso, especialmente aquel día radiante de luz, esa luz tan habitual allí en aquella época, y repleto de aquella vegetación tan mediterránea. Pusimos alto, para poder oírlo bien, *Las cançons de la roda del temps* aquel disco de Raimon (de Espriu, Raimon, portada Miró y prólogo de Fuster), que a Mikel y a mí nos gustaba tanto y tan profundamente nos hablaba y nos hacía sentir Catalunya.

Este recuerdo, junto con otros, nos ha acompañado durante años y llevaba también mezclada con él una parte cómica que tenía que ver con Angulo y su actividad psicoanalítica. Pese a ser muy simpático y tener mucho humor, interpretaba con frecuencia el comportamiento de su hijo, que junto a Agurtzane pululaba por allá, en clave psicoanalítica, algo que a nosotros nos chocaba bastante a pesar de que Mikel hubiera dudado en algún momento acerca de la conveniencia de psicoanalizarse. ¡Menos mal que no lo hizo, igual hubieran terminado con aquellas "rarezas" que le caracterizaban...! La contrapartida se dio cuando Angulo algo más tarde vino a visitarnos. Le llevamos a Pasajes San Juan, al pequeño apartamento que tenía la tía de Mikel junto al mar, y cuando pasaban barcos tocando fuertemente la bocina, sirena o comoquiera que se llame eso que los barcos tocan, le decíamos que aquel sonido era la protesta de los clientes psicoanalizados por el elevado precio de las sesiones... En fin, el tema del psicoanálisis y otros relacionados u opuestos a él, también nos interesaban mucho. En definitiva, aunque más tarde volveríamos a Catalunya con cierta frecuencia y mantendríamos muchas amistades y relaciones que nos iban a visitar a lo largo de los años en el País Vasco, aquella estancia durante los sesenta, que en diferentes fases había durado casi tres años, iba a resultar para nosotros una experiencia inolvidable.

* * *

Hacia agosto o primeros de septiembre, ya de vuelta en Donostia, vino un anochecer a nuestra casa Joxean Ayestarán para decirme que Vicente Jiménez, un antiguo compañero mío de facultad que había trabajado como profesor en la Sección de Económicas de los Estudios Universitarios de Gipuzkoa o EUTG (hoy Universidad de Deusto), iba a dejar su puesto para trasladarse a la facultad de Bilbao. ¿Por qué no me animaba a sustituirle...? Me animé. Logré el puesto y en otoño de 1967 empecé a trabajar como profesora de Teoría Económica en la universidad, labor que en diferentes centros, realizaría durante 41 años. Al principio (y también luego) estaba asustada ya que debía dar clases de Teoría Microeconómica en segundo cuso y Teoría Macroeconómica en tercero. Eran asignaturas duras, en las que se exigía mucho. Nuestros alumnos tenían que examinarse en Bilbao y tuve que estudiar muchísimo para poder dar de forma mínimamente digna dos horas diarias de clase. En aquel momento (y luego) acudiría a autores diferentes situados en tradiciones económicas distintas y la lista podría ser tan larga que no voy a citarla. Una primera e incompleta aproximación a ella se podría encontrar en la bibliografía de mis oposiciones de 1981.

Respecto a la Micro, la bibliografía de la facultad me vino bien, aunque tuve que añadir libros de matemáticas para economistas para rellenar mis huecos y, más tarde, algún otro complemento algo menos abstracto (Lancaster), cuya referencia procedería de la facultad de Barcelona. Respecto a la Macro, que me gustaba más pero que tuve también que estudiar mucho más, la bibliografía de Bilbao que forzosamente tenía que utilizar no me sirvió demasiado (salvo en el campo de la teoría pura del comercio internacional). Sin embargo, me fueron de una gran utilidad: la *Teoría general del empleo, el interés y el dinero*, de Keynes, con otros dos libros que facilitaban su lectura, que era compleja; la *Teoría Macroeconómica* de G. Ackley y los *Apuntes de cátedra* (que luego se convertiría en libro) de L. A. Rojo. Luego, a lo largo de toda mi carrera, he seguido estudiando tanto estas materias y tradiciones como otras diferentes y, entre ellas, la historia del pensamiento económico y la filosofía han ocupado un lugar relevante. Poco a poco, a base de estudio, lectura y el gran interés que puse en ello, he ido aprendiendo algo más hasta poder alcanzar satisfacción y también cierto éxito y reconocimiento en la actividad docente que inicié entonces.

* * *

Por su parte, Mikel (que en noviembre hizo un breve viaje a Barcelona junto con Lourdes Iriondo y Benito Lertxundi, para actuar en el Palau de la Música), empezó a trabajar por las mañanas en el Patronato San Miguel como médico neuropsiquiatra. Un trabajo que iba a desempeñar durante casi veinte años. Además, al comienzo hizo una pequeña prueba para poner por las tardes una consulta privada. Para ello, y a base de más saldos de la tienda de muebles Espiral, hicimos unos cambios en nuestra habitación para que pudiera desempeñar dos funciones: dormitorio y consulta. Y en la entrada de la casa que era amplia y tenía una puerta que la aislaba del resto, pusimos una *kutxa* que compramos muy barata en la tienda de antigüedades que tenía Joseba Elosegui, junto con unas sillas, algún cuadro, unas flores y una luz agradable, para que pudiera servir como sala de espera. Por entonces apenas había neuropsiquiatras infantiles y la clientela estaba asegurada, lo que podía ser rentable e interesante para Mikel, a quien el trabajo como médico le gustaba. Sin embargo, a poco de iniciar el ensayo y después de consultar conmigo que una vez más estuve de acuerdo, decidió cerrar la consulta privada, no porque no tuviera sillas… como a veces decía en broma, sino porque enseguida vio que si se dedicaba a la medicina a jornada completa, le iba a resultar muy difícil seguir con la música. Por lo tanto, y salvo ese breve paréntesis de prueba, Mikel iba a seguir trabajando por las mañanas en el Patronato como médico y el resto del día lo dedicaría a la música.

De hecho, los dos ganábamos poco con nuestro trabajo pero podíamos satisfacer nuestras necesidades familiares básicas. Además nuestras ambiciones no eran de tipo económico. Éramos bastante idealistas y pretendíamos (¿quizá un poco tontamente?) aportar siquiera un poco a la construcción de un mundo más libre, más justo y más humano, y contribuir a la recuperación y desarrollo de la cultura vasca; tratar de que ese pequeño país nuestro "casi inexistente" se fuera haciendo poco a poco algo más visible… Además estaba clarísimo que aunque a Mikel el trabajo médico le gustaba (y siempre creyó y, a veces, manifestó públicamente que había sido una ayuda para su labor artística), su principal afición a lo largo de los años iba a ser expresarse a través de la música, la canción y las actuaciones y *performances* en directo. En consecuencia, estaba claro para los dos que aunque no fuera rentable, esta actividad debía cultivarse.

Al principio hubo más problemas de los habituales, ya que al "miedo escénico" que con frecuencia le iba a dominar durante los años sesenta y principios de los setenta, se iban a sumar las trabas impuestas por la censura y prohibiciones gubernamentales. Estas últimas afectaron tanto a las actuaciones individuales como de grupo y, tanto él como otros cantantes de Ez Dok (además de los *bertsolaris* Lopategui y Azpillaga, creo), estuvieron prohibidos en Gipuzkoa y Bizkaia durante años. A veces las prohibiciones eran más específicas y afectaban a cantantes y lugares concretos; otras eran más generalizadas. Tratando de eludirlas, un día fue a actuar a una sala de fiestas. Le habían comentado que Benito había podido actuar allá y le había ido bien. Nos trasladamos, junto con Agurtzane, Tere y Evaristo Urrestarazu acompañados de su hija mayor, a Goiko Benta en Arantzazu, para pasar el fin de semana y situarnos más cerca de la "sala" en cuestión, que estaba cerca de Bergara. Cuando volvió nos dijo que nunca más volvería a actuar en una sala de ese tipo... Según él, su estilo y repertorio no era nada adecuado para conseguir la atención del grupo que aquel día, después de una boda, había acudido al local en plan de juerga. Algo parecido iba a contar Xabier Lete con regocijo, refiriéndose a un pueblo de la Ribera Navarra donde algo más tarde actuarían junto a algunas joteras y otros grupos. Cuando Mikel, según contaba Xabier, salió cantando *Haika mutil*, el público extrañado y descontento, pedía casi a coro: "¡Qué suelten la vaquilla! ¡Qué suelten la vaquilla...!". Quizá sea exagerado, ya que Lete que tenía gracia contando las cosas, solía exagerar bastante, pero en aquel caso, Mikel que había vivido la experiencia y tenía un gran humor que le permitía reírse de sí mismo con frecuencia, la contó durante años, divertido, como si fuera algo bastante próximo a lo que aquel día había vivido.

Afortunadamente no todo era así, ya que tenía admiradores que de una u otra forma querían eludir las prohibiciones y deseaban escucharle. Por ejemplo hay una grabación bastante atípica para la época, ya que por entonces Mikel no cantaba en público en castellano y, además, teniendo en cuenta las condiciones técnicas en que se grabó, refleja aunque solo sea de cierta manera lo bien que cantaba a Yupanqui... Se hizo en Hernani, avanzado el año 67, cuando en una de sus sociedades organizaron un homenaje al *bertsolari* Xalbador que había sido pitado o abucheado en Donostia poco antes y, Gabriel Aresti, que estaba entre los asistentes, pidió a Mikel que cantase *Preguntitas acerca de Dios*, canción que le había escuchado antes y le gustaba mucho. Pusieron a Mikel sobre una mesa y cantó el tema. Quizá fuese aquel mismo día cuando, según Mikel solía contar contento, Xalbador le pidió que le cantase *Aurtxo txikia*, aquella canción tradicional grabada en su primer disco y cuya melodía le había gustado mucho y quería utilizar en sus actuaciones. En otra ocasión, hacia 1968-69, el grupo Oargi de Irún con José Manuel Alberdi entre los organizadores, intentando soslayar las prohibiciones, organizaron un concierto de Mikel en el local de los Pasionistas de Irún, creyendo que los locales pertenecientes a órdenes religiosas podrían hacerlo. No fue así. Al poco de empezar el espectáculo llegó la policía que se lo llevó directamente desde el escenario hasta la comisaría, a pesar del numeroso público presente y de la exhibición por parte de Mikel de su carné profesional. Nos retuvieron allí a los tres (ya que Alberdi y yo le acompañamos) el tiempo suficiente para que el concierto no pudiera celebrarse.

Más o menos por entonces y a pesar de que los miembros de Ez Dok parecen no recordarlo ya que nunca lo mencionan, estuvieron durante una temporada reuniéndose y ensayando en el piso (entonces deshabitado) que los Lasa tenían en Hernani 12, encima de su casa. Nuestras sobrinas Lasa-Laboa, que solían esperar el final para observarles y charlar con ellos, recuerdan muy bien lo emocionadas que estaban.

* * *

Mikel continuaba tomando clases de guitarra y haciendo nuevas canciones. A los poemas de Aresti y Espriu seguirían los de Brecht, Artze,

Landart, Lete... Seguía con los temas tradicionales y hacia 1968, empezó con la serie experimental de los *Lekeitios*: el primero lo pudimos escuchar en casa, pero no llegó a grabarlo ni estrenarlo y lo dio por perdido. A mi juicio, fue una especie de preparación para el segundo titulado *Baga Biga Higa (Lekeitio 2)* que iba a estrenar en 1969. Pero lo que me parece más interesante subrayar es la época en que comenzó a trabajar continuadamente en esta serie que cultivaría durante años y, que según él nos ha dicho mil veces, tenía su semilla en aquella primera experiencia infantil vivida en Gardata (Lekeitio-Ispaster) durante la Guerra que luego reviviría una y otra vez en su adolescencia y juventud, cuando de vuelta a esa zona volvía a escuchar la "música" de su lengua.

Hacia 1969 o principios de los setenta, aquellas prohibiciones que afectaban a varios miembros del grupo y le incluían, fueron atenuándose y, aunque seguiría siendo necesario pasar las canciones por censura (algunas eran autorizadas y otras no) y en algún lugar o caso pudiera surgir una prohibición concreta (como según Mikel ha contado tantas veces, paso más tarde, en Elorrio, cuando estrenó *Bedeinkatua* con letra de Lete, estando este presente y prohibido; o bastante más tarde, en el 76, le sucedería a él mismo en Madrid...), continuaron actuando en la medida que podían, cantando las canciones que autorizaba la censura o las que camuflaban como si estuvieran permitidas.

En 1969, grabaron en los salesianos de Urnieta con un equipo técnico catalán diferentes discos. Mikel grabó dos: uno con cuatro poemas de B. Brecht a los que había puesto música y que, al no pasar la censura, tuvo que ser de nuevo publicado en Goiztiri de Baiona. Había conocido y se había interesado por la obra de Brecht (teatro, ensayo...) en Barcelona y estos cuatro poemas los había encontrado en su libro *Poemas y canciones*, editado en castellano por Alianza Editorial en 1968. Encargó su traducción a José Ángel Irigarai (en los setenta encargaría la traducción del alemán de otros poemas de Brecht a Joxe Azurmendi) y después de ponerles música, los publicó en el 69, como he dicho. La portada era de Mikel Forcada. Los temas con letra de Brecht (especialmente dos de los grabados en este disco y dos hechos en los setenta) iban a formar parte de su repertorio a lo largo de los años, con alguna excepción importante, como sería *Denak ala iñor ez*, un tema que nos parecía fuerte y nos gustaba, especialmente si, considerando el disco como un todo, se escuchaba seguida de *Liluraren kontra*. Pero mediados los setenta Mikel dejó de cantar la primera; la razón para hacerlo fue que, dada la situación política y el clima de violencia existente, pensábamos que era un tema que podía inducir a confusión e interpretarse mal. Sin embargo, *Liluraren kontra* (*Contra la seducción*) formaría parte de sus recitales, bien dentro del programa o entre los bises, desde que la empezó a interpretar en los sesenta hasta el final.

El segundo disco con dos temas tradicionales (*Haika mutil* e *Iturengo arotza*) y dos nuevos hechos por Mikel, con letra de Artze (*Zilbor hesteak*) y de Landart (*Zure begiek*), fue editado por Herri Gogoa en Donostia. La portada era del pintor Zumeta, natural de Usurbil y amigo de Artze, al que Mikel había conocido hacia 1966, con quien iba a mantener una gran amistad a lo largo de su vida, y que a partir de este momento, se convertiría en el autor de todas sus portadas y también de la mayor parte de sus carteles, cuadernillos, libros…

Probablemente el caso de *Haika mutil* merece unas palabras. Se trata de una canción que Mikel encontró en el libro de Riezu. Le gustó mucho y la hizo sonar. La grabó por primera vez en 1969, cuando "solo Evaristo Urrestarazu y yo la apreciábamos" como yo le solía decir en broma… Se trataba de una exageración, claro… Pero lo que sí es cierto es que por entonces se trataba de un tema súper minoritario que, poco a poco, a lo largo de los setenta iría adquiriendo un cierto carácter simbólico y ampliando su audiencia. Probablemente influiría en el cambio el hecho de que Mikel incluyera su melodía al final de su *Gernika* en 1972, volviera a grabarla en 1974 y la cantara continuadamente a lo largo de dicha década. Lo cierto es que a partir de los ochenta, intérpretes o grupos más jóvenes y el propio Mikel, volverían a grabar nuevas versiones de ella, dándole vida de nuevo y ampliando el número de sus adeptos.

Este mismo año 1969, Mikel estrenaría dos "canciones" que con el tiempo se iban a hacer famosas: *Baga Biga Higa (Lekeitio 2)*, un tema fonético-musical, segundo de su línea experimental, que contiene juegos de sonidos y palabras carentes de un sentido lógico determinado y que haría tomando como base dos poemas onomatopéyicos tradicionales publicados por D. Manuel Lekuona, en su obra *Literatura oral vasca* (Auñamendi, 1964). Este tema iba a dar título y se iba a incluir en *Baga, Biga, Higa (sentikaria)*, espectáculo que casi un año más tarde estrenaría Ez Dok Amairu, llevando la labor del grupo a su cima estética antes de deshacerse a finales de 1972. La otra canción sería *Txoria txori*, que hizo poniendo música a un poema de Artze que aparecía impreso en una servilleta de papel del bar Aurrera que yo recogí porque me gustó y llevé a Mikel, como él tantas veces ha contado. A él también le gustó y pronto le puso música.

Mikel estrenó *Baga Biga Higa* en Ávila (en 1969 como ya he dicho), en un concierto organizado por los estudiantes vascos en el que iban a actuar Benito y él. Hicimos el viaje juntos, en coche, y hacia la salida del País Vasco tuvimos un reventón de una rueda que milagrosamente Mikel percibió justo antes de que se produjera. Después de parar y arreglarla, continuamos hasta Salamanca. Allá, Mikel y yo, dormimos en casa de Koldo (y Matilde) Mitxelena (ese intelectual que tanto admirábamos), donde conocimos a Itziar y José Manuel Castells. Algo más tarde, volvió a interpretar la canción en las fiestas de invierno de Bakio, donde una cuadrilla de chicas se divirtió y rió muchísimo con el "*xirristi-mirristi*", dejando a Mikel algo alucinado... Recuerdo que al principio a mí me pareció rara (algo que Mikel que normalmente confiaba mucho en mi criterio, me solía recordar para poner en duda mi "infabilidad"), pero logró entusiasmarme a partir de la tercera vez que le oí cantarla en público. Fue un concierto que se celebró en el Teatro Príncipe de Donostia, en la primavera de 1970 (meses antes de que estrenaran el espectáculo del grupo), organizado para conmemorar un aniversario de la Sociedad Artesana. Aquel día hubo mucha gente que quedó pasmada con la interpretación de Mikel: una de esas que, en principio, quedan para siempre en el recuerdo, pero si no están bien grabadas se pueden olvidar. Sin embargo, entonces y también mucho más tarde, escuchar a Mikel "transpuesto" interpretar en directo lo que él llamaba "la improvisación fonética", ese largo *crescendo* que al modo de una "plegaria laica" se iba elevando repleta de misterio, lograba que muchos de sus oyentes pudieran trasportarse con él a ese mundo extraño que nos podía descolocar y elevar.

* * *

Estamos ya en 1970 y posiblemente he avanzado demasiado rápido, omitiendo muchos detalles de nuestra vida desde nuestro retorno de Barcelona. Al volver Agurtzane estaba a punto de cumplir dos años y al tiempo que nosotros empezamos a trabajar (en los EUTG y en el Patronato), Mikel tuvo una idea que iba a resultar fundamental tanto para nuestra organización familiar como para nuestro bilingüismo. Para él, el hecho de que nuestros hijos aprendieran bien euskera iba a ser, entre otros, un objetivo fundamental. Para ello, se puso en contacto con Herri Gaztedi, tratando de que alguna joven de la provincia que conociera bien la lengua y quisiera estudiar en Donostia, pudiera venir a nuestra casa a modo de *au pair*, más o menos como yo había estado en Londres: o sea, viviendo con nosotros, ocupándose de la niña y teniendo aproximadamente media jornada libre para poder estudiar. A cambio tenía alojamiento, manutención y algo de dinero para estudios y gastos menores. Esta fórmula iba a durar aproximadamente doce años.

Para empezar vino Jone Odriozola. Una chica de Azpeitia que tenía entonces 16 años. Era más bien alta, esbelta y fina, y tenía una larga melena oscura que peinaba con raya en medio, dejando la frente despejada y suelta sobre su espalda. Sus ojos azules ("de gato", según uno de mis sobrinos), entonaban con el jersey azul claro que, junto a una falda gris plisada, vestía cuando llegó a nuestra casa. Iba a permanecer con nosotros casi seis años y nuestras relaciones fueron óptimas. Según ella, le tratábamos como si fuera la hija mayor de la casa. Se llevaba genial con Agur (y más tarde, y menos tiempo, con Izaro). A partir de su venida, se estableció una relación bilingüe en la que Jone, Agur y Mikel hablaban en euskera entre sí, y conmigo en castellano. Sin embargo, en la segunda etapa de Jone, después de nacer Izaro, yo había ido aprendiendo y podía hablar con ella en euskera, como el resto; algo que hoy sigo haciendo. En otoño de 1967 Agur empezó a ir a la ikastola durante las mañanas. Acudía a la calle Euskal Herria y le recogía Axen Egaña (casada con Iñaki Beobide) al mismo tiempo que recogía a Olatz, una de sus hijas. Algo más tarde, al terminar la jornada en el Patronato, Mikel iba a recogerla y la traía a casa. Mientras tanto yo daba mis clases y al volver preparaba la comida para los cuatro.

Agur era una pizpireta. Con frecuencia acudía con nosotros a los conciertos de Ez Dok y se entendía con Lourdes, las chicas de Oskarbi, Xabier... Según la madre de Mikel, vivía como una gitanita, pero a pesar de que con frecuencia heredaba la ropa de sus primas y primos, no le faltaba nada de lo necesario y, como ella suele decir, lo pasaba bomba... El año siguiente empezaría a acudir al Liceo Santo Tomás, entonces en Juan de Olazabal, y solía ser yo la que después de terminar mis clases acudía a recogerla. La solía encontrar sentadita en un banco esperándome muy formal; con un jersey azul marino herencia de los primos Bastidas y por encima aquel pichi escocés, tan bonito, que le había regalado la amona y a ella le gustaba tanto, y aquel flequillo geométrico que le daba un aire especial, un poco afrancesado. Desde muy pequeña, yendo ya al Liceo, situado en Ibaeta, en autobús, se levantaba, se vestía, se lavaba, nos hacía los recados y nos contaba los chismes del barrio: "¡Esta niña escribirá *El Caso*, en euskera...!", solía bromear Mikel al verla. En la época de las ferias, que ponían al lado de nuestra casa, se montaba en todos los tiovivos con los vales que le regalaban los feriantes que solían venir al Belari, un bar situado bajo nuestra casa y donde alguno de ellos conocido de Mikel, le solía hacer trucos que terminaban sacándole una peseta rubia de la cabeza, algo que la dejaba fascinada.

En ocasiones venía a visitarnos Feliciano, el padre de Mikel, y se quedaba a comer en nuestra casa. Antes de la comida, Agurtzane, que sabía que aquel día iba a haber un festejo, le cogía de la mano y le llevaba a la carnicería y a la pastelería para que, acompañado por ella, comprara una buena comida para todos: "¡No lo pongáis en la cuenta de casa!", solía advertir a Pablo, el carnicero, "Hoy paga el aitona...". Feliciano, que era muy niñero y jugaba mucho con los nietos, se quedaba encantado y nosotros también. De hecho él era un encanto y nuestros hijos, y creo que el resto de los nietos, tienen un gran recuerdo de él.

Por aquellos años viajamos a Londres (de donde trajimos algunos libros que nos había encargado Artze, material médico para Mikel y algunos discos que nos parecieron de interés) y a veces también a París. Siempre que era posible (a veces no lo era) viajaba con Mikel y con frecuencia dejábamos a Agurtzane (y luego a Izaro) en Gerra Handi, el caserío familiar de Jone. Más tarde, dejaríamos a los dos niños allí o en Amezketa (en casa de Iñake o Ima), lo que unido a la ayuda que suponía poder dejarles a veces en casa de mi hermano, donde jugaban con los primos, o en casa de Eli, donde jugaban con las primas, nos permitía una notable movilidad. En ocasiones, no le podía acompañar y él viajaba solo o con otros miembros del grupo. Recuerdo un viaje a Tarrasa que hizo por entonces, donde junto con Lete iban a actuar con Paco Ibáñez, que tenía ya gran fama y a nosotros nos gustaba mucho, algo que no sucedía con todos los famosos.

En 1969, Mikel conoció a J.M. Zabala, que vino a nuestra casa a hacerle unas fotografías que no se llegaron a publicar y todavía conservamos. Zabala y Mikel empezaron a hablar de música. Algo más tarde, Mikel iría a Irún a escucharle y pronto empezaron a tocar juntos. José Mª, que por entonces llevaba unas melenas muy largas tipo *hippy* y era admirador de Jimmy Hendrix, tocaba la flauta, la guitarra acústica y eléctrica (al poco, Félix y Maca le iban a traer de Nueva York una Fender Stratocaster que todavía conserva). Durante años vendría mucho a nuestra casa, donde se arreglaba muy bien conmigo y con Agur, a la que llamaba "Floripondita". Poco después de empezar con Mikel se integró en *Ez Dok* y tomó parte en el espectáculo *Baga, Biga, Higa*, hasta la disolución del grupo. Más tarde continuaría actuando con Mikel durante unos años.

Este espectáculo (o *sentikaria*) que se estrenó hacia agosto de 1970, fue la cima que alcanzó el grupo en su labor conjunta. La dirección artística corrió a cargo de Joxean Artze y en él insertaban poesía, música, canción y danza (la *mutil-dantza* que bailaban todos). Alcanzó un gran éxito tanto en el País Vasco, como en Barcelona (donde se representó en el Romea durante tres días seguidos) y en Bretaña. Sin embargo a medida que alcanzaban esta cima, se iban desarrollando los problemas que iban a terminar con su labor conjunta. Quizá, simplemente, porque hubieran alcanzado el objetivo que les unía.

* * *

Sin embargo, siguiendo un orden cronológico, tendría antes que hablar del nacimiento de nuestro segundo hijo, Izaro, que iba a tener lugar a principios del setenta y uno. Volviendo más atrás todavía, hacia principios de los setenta, nos encontramos con que a pesar de que nuestra hija parece estar muy bien, a mí empieza a preocuparme la imagen del hijo único, una imagen un tanto triste (algo que no era el caso de Agur) que aparecía en un librito de Mikel que todavía conservamos. Empecé entonces a tratar de convencer a Mikel sobre la posibilidad de tener un segundo hijo, algo que en caso de decidirnos tenía que ser rápido para que la diferencia de edad no fuera exagerada. Al principio Mikel, que ahora veía mucho más claro que tener más hijos y llevar adelante nuestros proyectos no era nada fácil, no estaba demasiado animado, pero no me costó mucho convencerle y, así, el 29 de enero de 1971, iba a nacer nuestro segundo hijo: un niño que, según me pareció, tenía una nariz muy grande al nacer y al que pusimos de nombre Izaro (en realidad, Izaro-Mikel, pero solo ha utilizado su primer nombre: Izaro). Pronto advertí que sus ojos también eran grandes.

El embarazo no fue fácil. Si con Agur había tenido pérdidas, con Izaro tuve unas tremendas hemorragias que hicieron que durante meses los análisis no dejaran claro si el embarazo continuaba... Con el paso del tiempo fue haciéndose evidente que sí; el embarazo avanzaba y después de hacerse esperar bastante, el niño nació a finales de enero. Dadas las dificultades que había tenido con la lactancia mixta, desde el principio y, después de consultar con Agustín, el pediatra, decidimos darle biberón. A diferencia de su hermana, comía muy bien y, dormía tan bien como ella. Recuerdo que por entonces me solía levantar muy pronto, hacia las 5:30 de la mañana, para lavarle, darle de comer y poder preparar luego mis clases antes de ir a los EUTG. Por las tardes, mientras Agurtzane estaba en la ikastola y Mikel trabajando en casa, daba largos paseos con él. Luego, a estudiar de nuevo. Jone estaba con nosotros, aunque pronto tuvo que dejarnos. Le sustituyó Itziar Otamendi, de Abaltzisketa, que por problemas familiares solo estuvo unos meses en nuestra casa, dando paso por poco tiempo a Jone de nuevo y, más tarde, a Iñake Goñi, de Amezketa, que iba a estar con nosotros aproximadamente tres años. La atención a los niños la compartíamos Mikel y yo, junto con Iñake que se llevaba muy bien con ellos. Mikel se ocupaba de traerlos y llevarlos, de jugar con ellos y de su atención médica ordinaria, aunque en los casos preocupantes acudía a Agustín, su pediatra de confianza. Yo compartía algunas de estas tareas y me ocupaba de la parte escolar, además de la limpieza y algo de cocina. Las compras eran sobre todo misión de Mikel, ayudado por Agurtzane.

La elección del nombre del niño planteó ciertas dudas y fue Joxean Artze quien animó a Mikel diciéndole: "Admiras y hablas tanto de Lekeitio, Izaro… ¿Por qué no le llamáis Izaro?". A Mikel y a mí la idea nos gustó, pero cuando fue al registro le pusieron pegas: que si había una Virgen de Izaro… que si era nombre de niña… Consultó entonces con Koldo Mitxelena, que le vino a decir: "¡Adelante…! ¡No hay ningún problema…! Si en euskera no se distingue el género… ¿por qué había de haberlo?". Le pusimos el nombre, y aunque hoy hablan con frecuencia de nuestras "dos hijas", Izaro no ha tenido, creo, ningún problema por ello; además, apenas ha utilizado el "Mikel" que, por si acaso, le pusimos en segundo lugar.

Otra cuestión importante con la que tuvo que ver Joxean Artze, y siempre le he agradecido, tuvo que ver con mi aprendizaje, en serio, del euskera. A pesar de ser beligerante en el caso de los niños, Mikel siempre pensaba que mi timidez haría que me costase hablar la lengua; yo desconfiaba de poder llegar a hacerlo decentemente y fue Joxean quien me animó muchísimo para que me decidiera. Así, poco antes de nacer Izaro, en verano del setenta (y luego durante uno o dos años), hice en el EUTG un curso intensivo en el que aprendí muchísimo. Seguíamos el método de Altuna y tuve a Mª Carmen Garmendia como excelente profesora. Recuerdo que la estructura lógica del verbo me interesó profundamente (no me extraña que Mitxelena la considerase como una gran creación cultural de nuestro pueblo). Me fascinaba el hecho de que añadiendo a la raíz del verbo unas cuantas partículas diferentes, se pudieran generar tantas posibilidades distintas y aunque, al final, el condicional y el subjuntivo, pudieran plantearme problemas, iba a llegar casi a dominar el presente, pasado y futuro, fundamentales para poder expresarme. En consecuencia me lo tomé con entusiasmo. Tenía además muchos factores que me ayudaban. A mi alrededor escuchaba mucho euskera, tanto en familia como en las juntas del Liceo, con los amigos y el grupo, especialmente en Usurbil, adonde Mikel y yo acudíamos muchísimo y, allí, con Joxean, Jexux, Txaro, Itziar, Mª Carmen, Zumeta (y su familia)..., hablábamos en euskera. Otra facilidad adicional fue que a partir del nacimiento de Izaro pude empezar a practicar con él sin que me diera vergüenza. Llegué así a entender bien a nivel oral y escrito (salvo algunas cuestiones que por mi trabajo siempre cultivaba en castellano y, a veces, inglés) y a poder expresarme en euskera con bastante soltura (sobre todo en las épocas en que leo y escucho más intensamente dicha lengua). Sin embargo, mi trabajo profesional siempre (o casi siempre) se ha desarrollado en castellano y tengo más facilidad para expresarme en esta lengua, especialmente a nivel escrito en el que salvo notas sencillas y muy pensadas, me resulta difícil hacerlo en euskera.

A partir de mi aprendizaje intensivo de la lengua vasca, el bilingüismo de la casa se hizo más intenso. Con frecuencia, las conversaciones generales (al igual que con determinados amigos, ambientes...) se desarrollaban y se siguen desarrollando en euskera, pese a que entre nosotros dos la lengua dominante fuera la que habíamos utilizado desde el comienzo. Yo que lo he vivido, puedo asegurar lo que mucha gente sabe pero con frecuencia no practica. Pese a no llegar a dominarla totalmente (¿quién lo hace…?), aprender una lengua, especialmente la del lugar donde habitas, supone un enriquecimiento extremo y, simplemente llegar a entenderla, es como si ante ti se descorriera un velo… Siempre animo a la gente a que, por lo menos, intente comprenderla.

* * *

En 1971 se celebró en las campas de Larraitz el primer gran concierto al aire libre que pretendía ser una réplica de los grandes conciertos de folk-rock que habían tenido lugar en Inglaterra o EE. UU., afamados por agrupar a muchos intérpretes de prestigio y reunir a muchos espectadores. Junto con muchas otras personas, allí acudimos los cuatro: Mikel, que debía cantar, Agur, el pequeño Izaro y yo misma. Habíamos alquilado una habitación para quedarnos a dormir, en la posada-bar situada junto a la ermita. El concierto tuvo éxito en el sentido de que fue multitudinario y agrupó a muchos jóvenes, y a otros no tan jóvenes, que trataron de escuchar con interés e incluso devoción (según muestra la imagen que conservamos del mismo) lo que allí se cantaba. A otro nivel, resultó un gran fracaso ya que la megafonía no funcionó adecuadamente y apenas se oía. Sin embargo, la repercusión que tuvo el concierto fue tremenda. Se dijo y se escribió de todo: que había sido un "*akelarre*" en el que la gente desnuda practicaba todo tipo de sexo; que se habían profanado imágenes en la pequeña ermita allá situada… Según pudimos ver, lo cierto es que se trató de una enorme concentración de gente joven, deseosa de escuchar lo que allí se cantaba, deseo que no se pudo cumplir por la escasez y mala calidad del sonido. En general muy abrigados, ya que hacía mucho frío para poder desnudarse y con muy pocas ganas de profanar nada. Posiblemente algunos habrían abusado del alcohol como suele suceder en estas ocasiones y más, si como en este caso, se tiene en cuenta el intenso frío.

Esta fue más o menos la versión que Mikel dio a la policía cuando unos meses más tarde le volvieron a llevar a la comisaría, en este caso la de Donostia, después de que dos policías le vinieran a buscar a casa y él llamara por teléfono para asegurarse de que verdaderamente lo eran. Después de la comprobación se trasladó allá con ellos y, un tanto extrañado por el tiempo que había pasado entre medio, contestó a las preguntas que sobre el supuesto "*akelarre*" le formularon.

De todas formas, sobre este asunto corrieron ríos de tinta y, en algunos periódicos, las falsas crónicas se mezclaban con las críticas que se hacían al espectáculo *Baga, Biga, Higa*, en una operación que parecía querer desprestigiar al grupo y, en ocasiones, a los individuos que lo integraban, como es el caso entre otros de la revista *Redención* que se cebaba contra Mikel y, especialmente, contra el disco con letras de Brecht que había hecho. El texto era tan duro que no me sentí capaz de guardarlo, pero, según creo, utilizaba aquella cita evangélica que más o menos decía: "Más vale que te arrojen al fondo del mar con una rueda de molino al cuello, que escandalizar a los inocentes...".

Este mismo año, 1971, Mikel y yo viajamos a París donde iba a actuar junto a Lluís Llach y otros cantantes (de Iparralde acudieron Etxamendi y Larralde), en un concierto titulado: *Cinco pueblos cantan su lucha*, en referencia a corsos, bretones, occitanos, catalanes y vascos. Lo pasamos bien; Mikel cantó *Dialektikaren laudoria (Lekeitio 3)* un nuevo tema de la serie experimental al que me voy a referir enseguida. Sin embargo, tuvimos la sensación de que este tipo de conciertos molestaban a personas situadas tanto fuera como dentro de nuestro movimiento cultural. Recuerdo que entonces conocimos a Edurne Alegría, que hacía de traductora de francés y, aquel día, conocería a quien iba a ser su pareja durante muchos años.

Mikel seguía recibiendo clases de guitarra y haciendo nuevas canciones. En 1971 terminó y estrenó *Lekeitio 3*, un nuevo tema de la serie experimental que se inicia con el recitado del poema de Brecht más arriba citado y que le da el título. Este tema sería censurado y no podría grabarse hasta 1980 (en el *Lau-Bost*). En 1972 iba a estrenar *Gernika*

(Lekeitio 4), tema que durante los setenta y ochenta (y ya en versión sinfónica en los 90) sería importante para su público y que para él iba a tener, hasta el final de sus días, un significado especial... Por ello, y aunque más tarde me volveré a referir al tema y a las motivaciones que según Mikel dijo en una entrevista concedida en 1977 a la televisión sueca, le habían impulsado a hacerlo, me gustaría recordar que tal como he comentado en el capítulo anterior, cuando tuvo lugar el bombardeo, él estaba en Gardata con su familia, y que la obra es una especie de relato básico del mismo: introducción, narración-grito, lamento, elegía a las víctimas y, al final, trabajosamente, un canto de esperanza... La hizo, la estrenó y normalmente la interpretó sin basarse ni acompañarse de ningún poema, aunque excepcionalmente en la primera grabación realizada en 1974 (*Bat-Hiru*), pidió a Joxean Artze que superpusiera al solo de guitarra inicial, el recitado de su poema *Arrano beltza*. En su "canto", en el que lo predominante y esencial es el sonido, hay un momento en que se oyen las palabras "*kate-hotsak*": Mikel nos ha dicho muchas veces que, según le habían contado y aunque cueste creerlo, la gente de la zona creía que las bombas eran lanzadas con cadenas: de ahí el ruido ("*kate-hotsak*" o sonido de cadenas) que, después del paso de los aviones, escuchaban desde abajo. Indudablemente, y desde un punto de vista simbólico, estas dos palabras pueden significar mucho más. Sin embargo, Mikel (¿casualmente?) no nos ha hablado de ello.

Estrenó el tema en Gernika en 1972, preocupado por la reacción que podía suscitar, pero se sintió mejor cuando al final del concierto se le acercaron dos testigos directos del bombardeo de 1937, para expresarle la emoción que habían sentido al escucharle... En otros conciertos realizados por entonces la reacción fue diferente: en un caso, parte del público le silbaría mostrándole su rechazo y, lo que es peor, alguno de los organizadores del acto que se solidarizaba con los silbidos le dijo que la obra era rara y desagradable y añadió: "lo que tú tienes que hacer es seguir cantando *Egun da Santimamiña*". En otro caso que tuvo lugar algo más tarde en Ataun, con ocasión de un homenaje a José Miguel Barandiarán, la reacción fue más divertida. Aquel día acompañamos a Mikel,

Agur, Izaro y yo, que no pudimos presenciar el concierto debido a que el pequeño se puso enfermo, con fiebre alta (algo que de niño le pasaba con cierta frecuencia). Mikel nos dejó instalados en una casa del pueblo y fue al ensayo, aunque estaba preocupado y un tanto descentrado. Cuando volvió a nuestra habitación el niño estaba ya mejor. Entonces me contó que había introducido una variación en la interpretación de *Gernika*, dejando que J.M. Zabala, tal como le había pedido, improvisase y distorsionase con su guitarra eléctrica junto a él. El resultado, según me dijo, debió de ser bastante fuerte y desconcertante y, como supo bastante tiempo después, algunos asistentes debieron de comentar: "¡Qué pena, que aquel equipo de sonido tan bueno que habían llevado desde Donostia... no llegara a funcionar!".

Pese a estos incidentes, Mikel seguiría interpretando el tema, con frecuencia a petición del público. Muchas veces su interpretación alcanzaba una intensidad extraordinaria, "capaz de poner los pelos como escarpias", como ha dicho algún crítico, y haciendo que algunas de esas interpretaciones formen parte de ese conjunto de actuaciones a cambio de cuya buena grabación en imagen y sonido estaría dispuesta a dar un brazo y con las que desgraciadamente no contamos. Como el público o parte de él comprendió y Mikel siempre sintió, era una "canción símbolo" muy difícil de interpretar, particularmente en los registros más agudos. Volveré a referirme a ello más adelante. Él solía decir que el primer *Lekeitio* (perdido) y los *Lekeitios 3* y *4* eran "los más *Lekeitios*" de toda la serie, en el sentido de que los sonidos que aparecían en ellos eran para él los que más se aproximaban a "la música" del habla de la gente de aquella zona, tal como él la recordaba.

* * *

A finales de 1972 y, después de varios meses de reuniones, discusiones, malestar... el grupo Ez Dok Amairu se disolvió definitivamente, sin llegar a publicar la grabación del espectáculo *Baga, Biga, Higa (sentikaria)* realizada meses antes. Sin duda, en la decisión y discusiones previas, influyeron varios factores: eran tiempos revueltos y muy politizados y las diferencias políticas y sindicales, junto con las estéticas, aparecían por doquier. Pero probablemente el principal detonante fue la falta de acuerdo final sobre la publicación de la grabación mencionada. Quizá influyó también que hubieran concluido la tarea que les había impulsado a unirse y el momento de separarse hubiera llegado. Por un lado quedaron Joxean y Jexux Artze, J.M. Zabala y Mikel (junto con el técnico José Luis Zabala, hermano de José Mª, que solía bromear diciendo que "había entrado en el grupo, el mismo día que este se rompía"). Por otro lado, quedó el resto.

Las rupturas suelen ser dolorosas pero, a veces, son también necesarias y fructíferas. Mikel hizo bastantes canciones nuevas a partir de poemas de Artze y siguió cultivando las tradicionales. A partir de 1973 seguiría actuando, acompañado normalmente por J.M. Zabala. Muchas de estas actuaciones fueron muy interesantes y quizá haya que mencionar explícitamente las que tuvieron lugar en Mairulegorreta, aquella cueva del monte Gorbea, donde los instrumentos resonaban más por el eco y algunos recuerdan tanto… Yo les solía acompañar hasta la entrada pero, debido a mi claustrofobia, me quedaba fuera; José Mª, por esta misma razón, lo debía de pasar mal, pero entraba y tocaba; y según testigos presenciales, como Xabier Montoia que en uno de sus relatos se refiere a ello, tocaba muy bien. La música se debía imponer al miedo… Yo les acompañaba casi siempre a los conciertos que hacían juntos, y normalmente disfrutaba mucho con ellos, pero a José Mª le gustaba introducir cambios y variaciones cada día y, a pesar de mis consejos (nuestra relación era muy buena), no solía conseguir que repitiera algunas actuaciones que a nosotros nos parecían estupendas.

* * *

Quizá sea interesante aclarar algo más el proceder de Mikel al hacer sus canciones, aunque se traten de aclaraciones marginales, ya que la parte inicial y esencial de sus momentos creativos solo los experimentaba él y, cuando trabajaba, esencialmente en esos primeros momentos, era muy celoso de su soledad. Como creo queda claro a través de estas páginas, carecía de una formación musical, salvo la que se derivaba del aprendizaje de la guitarra que había iniciado hacia 1950 y de forma discontinua y con diferentes profesores, mantendría hasta aproximadamente principios de los ochenta. Su último profesor fue Juan Pradillo, con el que comenzó sus clases hacia finales del 67 (después de volver de Barcelona) y mantuvo, más o menos informalmente, hasta esa época. Por su parte, leía mucha poesía, paseaba por lugares poco concurridos (lo que según decía formaba parte de su trabajo y era, junto con otras experiencias, fuente de ideas) y tocaba por su cuenta a diario. Estas prácticas solían comprender una parte de ensayos de tipo más convencional y otra diferenciada en la que procuraba buscar acordes y sonidos distintos que le permitieran conseguir esa expresividad que le interesaba, pero cuyo sentido con frecuencia, y según él solía decir, al principio no sabía bien cuál era, aunque se le iba haciendo más claro a medida que iba completando el tema, en respuesta a lo que este mismo le iba pidiendo...; en el caso de los *Lekeitios* o las instrumentales, solía poner el título al final... Para principios de los sesenta había aprendido a leer partituras sencillas, algo que le vino muy bien para poder manejar esa pequeña "Biblia" que para él fue el libro de Riezu (y más tarde otros cancioneros) en los que aparecían las partituras y las letras de las canciones tradicionales. Nunca aprendió a escribir música y para componer sus canciones se ayudaba de un magnetófono, primero uno bastante grandote, regalo de boda de su cuadrilla de amigos del colegio cuando nos casamos en 1964, y luego otros más pequeños y manejables que utilizaría hasta el final. En ellos grababa las melodías o ideas musicales que quería recordar y, que como él solía decir, a veces surgían con rapidez y otras tardaban en formarse y requerían mucho más trabajo. En estos casos dejaba las ideas en reposo, a veces bastante tiempo y, si volvían a él y le seguían interesando, las iba trabajando y completando poco a poco hasta lograr algo que daba por bueno.

Una vez que tenía el tema completo o bastante claro, le gustaba interpretarlo en directo en repetidas ocasiones, introduciendo a veces algunos cambios o completándolo mejor. Después de haber estrenado e interpretado con cierta frecuencia los temas en directo, llegaba la grabación del disco que, en algunos casos, podía ser años después del estreno. Con frecuencia hacía versiones diferentes de los temas (especialmente de algunos y en directo) que a veces grababa y otras no. Durante los setenta (y más ocasionalmente en los ochenta), a veces simulaba con la voz el efecto que luego quería conseguir con un instrumento de diálogo o acompañamiento. En general no le gustaban los arreglos formales que podían ser interesantes, pero a la vez podían cambiar mucho el tema respecto a lo que él pretendía conseguir. Había tenido una experiencia en este sentido hacia finales de los sesenta, cuando José Ramón Careche, un médico amigo que solía acudir con Ayestarán y otros al Aurrera, muy aficionado a la música clásica y también a las canciones de Mikel, le animó a probar con un arreglo realizado por un músico y conocido director de orquesta. Mikel no utilizó el "arreglo" que para él desvirtuaba lo que él pretendía y la experiencia aumentó su desconfianza... Pienso que la libertad y parquedad (o ese "carácter *minimal*") que para él eran importantes en su forma de expresión, hacía que normalmente los arreglos formales no le gustasen.

En general era muy raro que después de tener un tema más o menos elaborado y estrenado ante el público no llegara a grabarlo, pero en algunos casos podía suceder: uno de ellos se dio hacia 1973, creo, cuando estrenó en un concierto celebrado en Iparralde, al que asistimos Jexux Artze y yo entre más público, una canción que había hecho sobre la base de *Nire aitaren etxea*: el súper conocido poema de Gabriel Aresti. Recuerdo que Jexux y yo le comentamos que nos había gustado. Sin embargo, apenas lo volvió a cantar y no lo grabó nunca. Muchos años más tarde le pregunté por qué no lo había grabado. Me contestó que creía que su canción no tenía el suficiente nivel. Hace poco (finales del 2010) oí en la radio una versión de dicho poema que no me gustó nada (por resultar a mi juicio exagerada y sobreactuada) y me pregunté a mí misma: ¿Era Mikel muy exigente o simplemente era cuestión de gustos y la versión que escuchaba ahora era mejor de lo que yo creía?

Hacia 1972, después de haber terminado *Gernika*, tuvo la oportunidad de asistir en Bilbao a una actuación de Roy Hart. Le habían hablado del importante trabajo realizado por este estudioso de las posibilidades de la voz y estaba interesado en verle. Volvió encantado: su espectáculo le había interesado e impresionado mucho. En cierto sentido, el hecho de comprobar que había artistas importantes que hacían aquellas cosas tan raras con la voz, le reafirmó en sus ideas, animándole a seguir por la senda experimental emprendida.

* * *

Mientras tanto nuestros hijos seguían creciendo y, pese a los cinco años que les separaban, se llevaban bien a pesar de los pellizcos que Agur sigilosamente le daba en ocasiones y los "fuertes enfados" de Izaro como respuesta. Normalmente era un niño muy plácido que seguía con admiración a "Agurzane", como le llamaba por entonces. Vestido con aquella minúscula batita de lana, a cuadros grises (herencia de sus primos Bastida) que todavía conservo, llevando colgado de su brazo a "Timoteo", el muñeco de trapo que había pertenecido a Agur y, colgado de la mano de su hermana, como si fuera un pequeño apéndice suyo, le seguía incondicionalmente. Ella, con sus casi ocho años, tan pizpireta como siempre, con el mismo flequillo geométrico (cortado con frecuencia por su madre) y aquellos vestidos de cuadros o rayas blancas, sobre fondo rojo, que a veces le hacía o regalaba Maca, le manejaba con mucha soltura. Podía ser la *andereño* que en la gran pizarra que ocupaba la pared de su pequeña habitación, enseñaba a Izaro y Ainitze (la hija mayor de Feli y Antxon Etxeberria que vivían arriba) a hacer cuentas, admirada de los "aciertos" del pequeño ("*aita, ama, asmatu du…! Bi + bi = lau*", nos decía…). Otras veces, le llevaba al Bar Belari (propiedad de Luis y Charo, buenos conocidos nuestros y lugar de encuentro de la gente del barrio y, en temporada, algunos feriantes), donde sentaditos en las escaleras del bar, les dejaban ver en la televisión determinados programas infantiles (aunque luego nos achacasen ser unos padres duros que no querían comprar una televisión para sus hijos); otras veces, los feriantes clientes del bar y amigos de Mikel, además de hacer juegos de manos con ellos, les regalaban vales para montarse en aquellos "cachivaches"; y Agur conducía de la mano a Izaro como si fuera una pequeña feriante acostumbrada a aquel ambiente. Un día se asustó mucho ya que con su vale se montaron en una gran noria que por algún fallo en su funcionamiento quedó parada, dejando el vagoncito en el que estaban los niños, suspendido en lo alto: Izaro asustado y llorando desconsoladamente quería bajar y salir; mientras Agur, la pequeña responsable, gritaba desde arriba: "¡Pare señor, pare... que mi hermanito está llorando!".

Nuestro piso era el primero de una casa de nueve; y Calixto y Corpus, un matrimonio encantador procedentes de la Ribera de Navarra, que trabajaban como porteros de la casa y estaban siempre dispuestos a ayudar cuando lo necesitabas, querían mucho a los niños y vigilaban sus idas y venidas: "aquella niña tan lista...", como decían, y el "rollito de mantequilla" que era Izaro.

Nuestras ideas educativas nos llevaban a no hacer diferencias entre los niños por razón de sexo, regalarles juguetes educativos... Pero con el paso de los años, el ambiente social dominante se iba a ir imponiendo y aquellos dos niños (Mikel Azpiroz y Ainhoa Agirre) que, al cuidado de Sagrario, una eficaz y cariñosa chica de Aizarna, habían compartido junto con Izaro la primera "guardería" euskaldún de Donostia, y trío inseparable al comienzo de su asistencia al Liceo Santo Tomás, irían poco a poco estableciendo la separación típica, o casi, que entre niños y niñas, en razón de juegos, cuadrillas, etcétera, solía tender a imponerse hacia los siete u ocho años. En nuestro caso, la presión impuesta por el ambiente social parecía también imponerse a la práctica familiar pero, quizá pasada la adolescencia, en algunos casos muy larga, esas primeras ideas y prácticas vistas en casa, lleguen a aflorar de alguna forma y ayudar algo a que muy poco a poco, las diferencias se vayan acortando.

Hacia 1968 Mikel había comprado a su cuñado Andoni Elizondo, a cambio de muy poco dinero, un coche (Dauphine-Gordini) de segunda mano. Duró poco y, a continuación, compramos un *4L*, al que más tarde iban a seguir dos *2CV* descapotables (el primero blanco y el segundo amarillo) que iban a durar hasta 1989 aproximadamente. En ellos (por la época que estoy contando, en el *4L*), los días de fiesta que Mikel estaba libre hacíamos montones de excursiones con los niños. Excursiones anuales por la costa vizcaína; vacaciones en el Baztán, donde los niños disfrutaban de lo lindo en compañía de sus primos (sobre todo con Koro y Aran que eran de la edad de Agur) y del resto de la familia… Al principio dormíamos en Inda, la vieja casa familiar de J.J. Lasa en Arizkun, a la que Mikel acudía desde su adolescencia. Más tarde y durante muchos años, en la Fonda Etxeberria, propiedad de Ángeles y Javier Larrarte, el *txistulari* que había tocado con el famoso Mauricio (y Félix, el atabalero) y que ha desempeñado un papel importante en la conservación de la *mutil-dantza* y otros bailes del lugar, y del cual Mikel, en edad muy temprana, en alguna de aquellas "juergas populares" de vísperas de San Juan, había escuchado ciertas canciones que le dejaron un gran recuerdo y luego publicaría en la década de los ochenta.

Acudíamos también a visitar diferentes lugares de Iparralde o a ver las pastorales, cuyos bailes nuestros hijos "reproducían" en casa; también íbamos hacia Otsagabia… Estas excursiones, más largas, a los niños les cansaban más, aunque luego de mayores hayan vuelto con frecuencia a esos lugares. En uno de esos viajes, después de subir por Larraine, hasta el Orhy, nuestro *4L* nos dejó tirados en la cima y dejó de funcionar para siempre. Al poco le sustituyó el primer *2CV*. El chófer solía ser Mikel (yo no sé conducir) que disfrutaba conduciendo y normalmente era muy prudente, aunque a veces, cuando por una u otra razón era necesario, podía lanzarse y ser muy atrevido, como en el viaje que hicimos en coche a Londres cuando, alternando al volante con mi hermano, no solía tener ningún reparo para conducir él, metiéndose con gran desparpajo en la gran vorágine que eran sobre todo París y Londres, las dos grandes ciudades…

Entre 1973-76 estuvo con nosotros y los niños Iñake Goñi. Era de Amezketa e iba a seguir el bachiller en nuestra casa. Se llevaba muy bien con los dos y a veces les dejábamos en su casa (o más tarde, en la de Inma Etxeberria que a partir del 76 sustituiría a Iñake, también era de Amezketa, y vendría a estudiar Historia). En primavera, después de terminar mis clases, esperábamos a que Mikel volviera del Patronato y nos íbamos los cinco a comer a la playa, una *platuxa* rebozada muy rica que Iñake o yo solíamos preparar. Lo pasábamos muy bien, aunque Agur solía protestar porque, según decía, siempre llegaban tarde y llenos de arena al Liceo, para asistir a la sesión de la tarde.

A pesar de que el ambiente político fuese tenso; a pesar de las manifestaciones que con frecuencia terminaban con un gran lío y muchos golpes y eran obligadas en el Primero de Mayo y Aberri Eguna, como aquella primera vez en Bergara, cuando embarazada de Agur y acompañados por Jesús Olarreaga (médico del Hospital por entonces) y su novia Rosalía, fuimos por monte, guiados a veces por los *baserritarras* de la zona y conseguimos por fin entrar en el pueblo sitiado, utilizando el autobús urbano; a pesar o gracias a nuestro trabajo, actuaciones, reuniones, escuelas sociales..., los recuerdos de aquella época son hermosos. Compartíamos una gran esperanza de poder avanzar hacia un mundo más civilizado y mejor, tanto a nivel cultural, como político y social, y con muy pocos medios disfrutábamos mucho. Creo que nunca he visto a Izaro tan contento como aquella mañana en torno a 1974 en que Mikel, que había vuelto en tren de Barcelona después de actuar con Pi de la Serra (según creo) y dado que Agur estaba en casa de los primos, sacó el regalo que había traído para Izaro: ¡qué saltos daba, en nuestro hall de entrada, envuelto en su minúscula batita de cuadros, ante aquella locomotora de colores brillantes y llamativos rojos y amarillos, que al ser puesta en marcha circulaba velozmente, a la vez que en ocasiones dejaba abrirse una trampilla por la que asomaba la cabeza del revisor, tocando un pito que silbaba...! Mikel solía decir que el recuerdo era bueno y la nostalgia mala. Es posible que tuviera razón, pero qué difícil resulta a veces no sentir nostalgia.

* * *

En 1972, mi situación laboral experimentó un cambio. Los Estudios Universitarios y Técnicos de Guipúzcoa (EUTG) decidieron cerrar la Sección de Económicas en la que daba clases y me ofrecieron pasar a ser profesora de Teoría Económica en segundo de la ESTE (Escuela Superior de Técnicos de Empresa) y también una indemnización por el cierre de la sección. No acepté la indemnización, algo que motivaba la risa de mi familia más cercana y, hoy, también la mía, ya que no acabo de entender por qué lo hice: cobrábamos poco, carecíamos de Seguridad Social... En fin, no entiendo por qué no la acepté. Se ve que la jubilación quedaba lejos y que, como he dicho, teniendo lo esencial, el dinero no nos importaba demasiado. Acepté el puesto de trabajo que me ofrecían, lo que supuso un cambio. Muchos más alumnos; más responsabilidad, ya que la elección de los programas, la bibliografía... me correspondía; y además tenía que examinar a los alumnos y valorar y calificar su trabajo. El cambio me vino bien, ya que entre otras razones, tuve que adaptar el mundo de la Teoría Económica neoclásica, aunque solo fuera un poco, a las exigencias de los técnicos de empresa.

Además de las clases, organizábamos seminarios, estudiábamos y discutíamos economía marxista. A los 2 o 3 años de empezar, Rafael Vinader, que formaba parte del equipo de dirección de la Escuela, me ofreció que me ocupara también de la Macro de tercero. A pesar de que la oferta me halagó y era mi asignatura preferida, no acepté, ya que la vacante había surgido debido a que habían despedido al profesor anterior, Jesús Bueno, por presión de los alumnos que decían "repartía" demasiados suspensos. El procedimiento no me había gustado demasiado, ya que según pensaba era a ellos, era a la dirección, a quien correspondía haberle avisado con tiempo. A partir de 1974, iba a simultanear mi trabajo en la ESTE con mi trabajo como profesora en la Universidad Pública, entonces dependiente de Valladolid, y que más tarde se convertiría en la UPV. Durante el curso 74-75, di clase en cuarto año de la Facultad de Informática, donde impartiría un curso de Micro-Macro; y a partir de la primavera de 1975, iba a convertirme en profesora de Empresariales, puesto que hasta 1978 compartiría con mi docencia en la ESTE, escuela que a partir de este año abandonaría, primero de forma provisional y luego definitiva, para poder preparar las oposiciones en la Universidad Pública y dedicarme exclusivamente a la docencia en esta institución. Estos años, y otros que seguirían, iban a ser para mí una época de trabajo y formación intensa.

* * *

A lo largo de 1974 Mikel grabó las canciones que había ido haciendo en los últimos años, a excepción de los temas prohibidos por la censura, hasta poder completar el doble LP titulado *Bat-Hiru*. La grabación se hizo en los estudios de Herri Gogoa, que contaba con un equipo bueno para la época, gracias a la generosidad de Paco Miangolarra, un *abertzale* de origen vizcaíno que había hecho dinero en Venezuela y se convirtió en una especie de mecenas para ayudar a la realización de proyectos relacionados con la cultura vasca. El estudio estaba en Donostia; como técnico operaba Iñaki Beobide, y Mikel pudo tomarse la grabación con mucha tranquilidad. Ensayaba en casa y, con frecuencia, podía grabar cuando estaba más animado para hacerlo. El álbum se publicó hacia finales de 1974 y fue bien recibido desde el comienzo. En él se recogían 19 temas: 2 experimentales (*Lekeitio 2* y *4*); uno instrumental; 7 canciones hechas con base en poemas de Artze y una con base en un poema de Lete. Además, se incluían 8 temas tradicionales. La hermosísima portada era de Zumeta. Cuando después de terminado me lo trajo a casa para que lo escuchara, lo hice con gran atención (pese, o gracias, a que conocía bien todos los temas) en aquel tocadiscos grandote que teníamos en el suelo de la sala. Al terminar de escucharlo, fui a nuestra habitación donde estaba descansando y le dije: "¡Qué regalo…!".

Con el tiempo ha sido considerado un disco mítico, pero ya entonces las críticas fueron muy buenas. Entre ellas, merece la pena destacar la realizada por José Mª Aguirre en *El Diario Vasco*, donde dedicó dos páginas completas para comentar las canciones contenidas en el primer disco (*Bat*). Su pretensión era seguir comentando el contenido del segundo (*Hiru*) de la misma manera, pero según nos manifestó en una carta dirigida a Mikel, no pudo hacerlo por prohibición expresa de la dirección del periódico. En la carta que le envió, incluía también la segunda parte de la crítica. Algo más tarde le despidieron del periódico y no llegamos a saber con certeza, hasta qué punto, este episodio había influido en ello.

Los años que iban a transcurrir entre 1974 y 1980 fueron intensos para nosotros... Durante los mismos, Mikel realizó una gran actividad artística y alcanzó, sin duda, una de las cimas de su carrera: muchos conciertos en directo tanto individuales como de grupo, algunos multitudinarios, creación de nuevos temas fundamentales y grabación en 1980 de un nuevo LP doble, todo ello compaginado con la actividad médica durante las mañanas en la consulta del Patronato San Miguel.

* * *

En 1975 compuso y estrenó tres canciones nuevas. Dos de ellas tomando como base poemas de Artze (*Nahiz eta heriotza*, *Besterik ezagutu ez eta*); la tercera, *Izarren hautsa* (o *Izarraren hautsa* como también figuraría en el doble LP del 80), sería una canción que iba a formar parte habitual de su repertorio y se iba a convertir en una de sus canciones míticas. En este caso, hizo primero la música y buscó intensamente una letra adecuada para ella, que pudiera adaptar a la música previa. Tras consultar numerosos libros, encontró lo que buscaba en el poema *Izarren hautsa* de Xabier Lete, publicado en 1974 en su libro *Bigarren poema liburua* (sin título, en dicha publicación). Después de pedir y obtener el permiso de Lete, que le envió además una estrofa adicional que Xabier había incorporado en una versión alternativa y que Mikel prefirió no añadir porque le gustaba más la versión del libro, hizo la adaptación. Poco a poco la completaría con una parte final, ya sin palabras, en la que acompañándose de la guitarra, utilizaría su voz para perfilar e interpretar la parte que en la grabación de 1980 (*Lau-Bost*) iba a tocar memorablemente al piano Antton Valverde, con el acompañamiento de Antton Fernández al sintetizador. De momento no he encontrado (aunque no renuncie a ello) aquella grabación previa hecha en directo que tanto nos gustaba, solían poner en la taberna Alboka, y con la voz de Mikel a modo de instrumento al final del tema, sirvió de base para la grabación final. La colaboración de Antton Valverde en este tema, y previamente con el *moog* en el *Bat-Hiru* que hicieron siguiendo el mismo procedimiento, es algo que Mikel y yo siempre hemos recordado, agradecido y valorado. También le agradecimos su disco con poemas de Lauaxeta y su versión del otoño de Lizardi.

Estas tres canciones, junto a otros temas ya grabados en el *Bat-Hiru*, iban a incluirse en el espectáculo audiovisual *Ikimilikiliklik* que Mikel, Joxean y Jexux Artze, representarían entre 1975 y 1978. Como puede comprobarse en el programa, se trataba de un montaje con guión de J.A. Artze, en el que las canciones y la música de Mikel se unían al sonido de la *txalaparta* y al recitado y proyección de poemas visuales de Artze y dibujos de Zumeta. A veces, las proyecciones inundaban la sala como en el caso de *Gizona ta lana*, otras se centraban en el escenario o en la gran pantalla situada al fondo del mismo. La parte técnica (sonido, proyección y luces) estaba a cargo de José Luis Zabala y Bixente Karda. De nuevo hubo algunas personas, en este caso Bentura Garmendia y su socio Ayestarán, que actuaron de mecenas y les regalaron la furgoneta que necesitaban para transportar el material.

Este espectáculo se presentó en muchas localidades del País Vasco y también fuera de él, en Madrid, Valladolid (donde, según me contó Mikel, aparecieron algunas pintadas insultantes contra él), Venecia, París... Entre muchas, una de las representaciones que merece la pena destacar es la que tuvo lugar en 1976, en La Biennale di Venezia, en un antiguo palacio que, según me contaron, resultaba un escenario privilegiado, y que alcanzó un gran éxito de público y crítica que destacaba la fuerza del *Gernika* que Mikel interpretaba. A mi juicio, en una parte (aproximadamente media hora) de dicho espectáculo, aquella en la que a las proyecciones en sala de poemas de Artze (como *Gizona ta lana*) seguían las proyecciones sobre el fondo del escenario de su poema visual sobre la familia ("*aita, ama, neba, arreba...*") con aquella estética que cuando vi una monográfica de Tàpies, me pareció de alguna forma relacionada; seguida por el sonido de la *txalaparta* en el que Jexux y Joxean podían ser maestros, y que tras ponerse el escenario en rojo, sobre un fondo de pájaros de Zumeta (a veces líricos, otras estremecedores...) se recortaba la silueta de Mikel interpretando su *Gernika*, de forma dramática y desgarradora: en esa parte, alcanzaban para mí, el nivel más elevado, innovador y emocionante de los espectáculos conjuntos realizados hasta entonces en el País Vasco. En general, los comentarios críticos que les hicieron, publicados o no, fueron buenos o muy buenos... ¡Lástima, de nuevo, de carecer de una buena grabación audiovisual del mismo, en uno de esos días de actuación afortunada!

Hacia 1976, la grabación del *Gernika* contenida en el *Bat-Hiru* sería utilizada como banda sonora del cortometraje *Estado de excepción* de Iñaki Núñez. El corto duraba el tiempo de la grabación del 74 y apenas tenía diálogo. La imagen y la música, que exigía una gran presencia de esta para lo que era imprescindible un buen (y potente) equipo de sonido para la proyección, eran los protagonistas principales. Obtuvo algunos premios en diferentes festivales de cine.

Por esta misma época, la televisión de Suecia iba a realizar un vídeo de aproximadamente una hora de duración sobre la canción antifascista en el Estado, cuyo título definitivo sería *Canciones por la democracia* y se estrenaría en Suecia en 1977. Raimon puso al equipo en contacto con Mikel, al que grabaron este tema en directo (sin demasiados medios técnicos...) y algunas aclaraciones sobre el mismo. Paco Uriz hacía de traductor y formulaba las preguntas. Se trataba de un aragonés muy culto e interesante, que había vivido en Suecia muchos años y venía con ellos. A su pregunta sobre "qué" le había impulsado a crear *Gernika*, Mikel (de forma más completa que en otras ocasiones) señalaba tres motivos:

a) Por un lado, la influencia que había ejercido en él el *Guernica* de Picasso.

b) Por otro, el hecho de que Joseba Elosegi, *gudari* en Gernika y testigo presencial del bombardeo, se inmolara, prendiéndose fuego y lanzándose en llamas ante Franco, durante el Campeonato Mundial de Pelota de 1971.

c) Y terminaba refiriéndose al factor fundamental: los recuerdos familiares acerca del bombardeo. En abril de 1937 poco antes de cumplir los tres años, se encontraba con su madre y sus hermanos en un caserío situado entre Lekeitio e Ispaster, en Gardata, al amparo de la familia Zabala-Maguregi. En su vuelo hacia Gernika, los aviones pasaban por encima y poco después se oía el estruendo de las explosiones. A pesar de las mentiras oficiales (y a través de su familia, cuñados… nos va contando) él siempre había conocido lo sucedido en Gernika: aquel "primer" bombardeo a una población civil utilizando métodos modernos, crimen que luego se repetiría en Coventry, Hiroshima y tantas otras ciudades…

Hoy sabemos que aquel ataque no había sido el primero de ese tipo que se había dado, como entonces él creía y solía contar, pero las circunstancias del lugar y día elegidos, junto a la difusión de la información proporcionada por el periodista británico G. Steer y la inmensa resonancia alcanzada por el *Guernica* de Picasso, han hecho que este episodio se haya convertido en un símbolo universal contra la guerra y la masacre de la población civil que allí y en otros lugares tuvo y sigue teniendo lugar.

En este documental aparecía también otro momento impresionante relacionado con el País Vasco: la narración de los sucesos ocurridos el 3-3-76, en el barrio Zaramaga de Gasteiz, cuando la policía, después de lanzar gases lacrimógenos en el interior de la Iglesia de San Francisco repleta de gente, reunida en una asamblea informativa sobre la huelga, disparó contra una masa indefensa, matando a cinco trabajadores y causando en torno a un centenar de heridos. Como música de fondo se escucha el *Campanades a morts* de Lluís Llach, ese hermosísimo "réquiem-homenaje" que Llach había compuesto al conocer los sucesos.

El grupo sueco que a Mikel le pareció muy eficiente e interesante, pasó en nuestro país 2 o 3 días. Mikel les llevó e hizo de guía y anfitrión en su viaje hasta Gernika, donde los niños de la ikastola iban a realizar los dibujos sobre el tema del bombardeo que aparecen en el vídeo.

Más tarde vinieron a casa, unos daneses que le iban a grabar *Gernika* y *Txoria txori*, en condiciones técnicas bastante precarias, pero a diferencia del caso anterior, nunca nos mandaron su trabajo, ni volvimos a tener noticias de ellos.

Durante esta época Mikel actuó también mucho solo o, en ocasiones, acompañado por J.M. Zabala. Entre estas cabe mencionar: el concierto titulado *24 ordu euskeraz* que organizado por Herri Irratia tuvo lugar en el Velódromo de Anoeta de Donostia, lleno a rebosar (10 o 12 mil personas, más las que quedaron fuera sin poder entrar). Fue en 1976 y en él tomaron parte cantantes, músicos, grupos de danza... de todo el País Vasco. También nos quedó muy grabado otro concierto que tuvo lugar este mismo año, en el que también participaron diferentes cantantes y tuvo lugar en el barrio Santutxo de Bilbao. En el momento en que estaba actuando Mikel, la policía irrumpió en el recinto debido a que alguien había colocado una ikurriña, en la pluma de una grúa, cuando todavía estaba prohibida. Cundió el pánico entre la gente debido a las dificultades para poder salir ya que las salidas eran malas y estrechas; y la suerte ayudó para que no hubiera que lamentar ninguna desgracia.

Aquella misma noche desde Bilbao, Mikel y yo nos trasladamos en tren a Madrid ya que al día siguiente, él tenía que actuar junto con muchos músicos y cantantes del Estado, en el llamado Festival de los Pueblos Ibéricos que se iba a celebrar en una enorme campa de la Universidad Autónoma de dicha ciudad. Cuando por la mañana llegamos medio dormidos al recinto, nos encontramos con un fuerte desconcierto provocado por la magnitud del concierto. Llamaban a gritos a La Bullonera, que tenía que ensayar a esa hora, y al ver a Mikel llegar con su guitarra, le dijeron: "¿Eres del grupo?... ¡Venga, a ensayar...!". Después de aclarar quién era, ya que allí apenas le conocían, y decirles que su ensayo era a la tarde, nos fuimos al hotel. Cuando volvimos, nos encontramos con que habían prohibido la actuación de unos pocos artistas. Curiosamente y a pesar de que allí apenas le conocían, uno de los pocos prohibidos era él. Sin embargo, la solidaridad y presión ejercida por el resto de los participantes, después de aquella "asamblea" realizada en el interior de una furgoneta, consiguió que al final dieran permiso y pudieran actuar todos. Fue un concierto tenso y entusiasta que se desarrolló ante miles de personas en un inmenso escenario al aire libre, vigilado por la policía que patrullando a caballo a cierta distancia, nos rodeaba.

Cierto tiempo después de que se celebrara el concierto, nos llegó una carta anónima, escrita a máquina que habían remitido a Radio Popular, a nombre de José Ramón Beloki (y que ellos a su vez nos volvieron a enviar), denunciando a Mikel como "el ejemplo típico de abertzale?? oportunista que no tenía pega en trabajar al lado del P. Comunista de España" (más tarde se refería a que el festival había sido financiado por el P.C. de España) y cuyas actuaciones (quizá porque le tuvieran miedo...) no criticaban... "Pronto se acabarán todos estos manejos de los que sois participes..." decía al final, para terminar firmando: "GORA EUSKADI ASKATUTA". Hoy en día, al verla ante mí me pregunto: ¿quién enviaría esta carta?

Durante este año, Mikel actuó también junto con Quico en Mallorca. Fue su primer viaje en avión, que antes le había dado pánico y le había hecho negarse a ciertas actuaciones para evitar el viaje, pero que a partir de esta primera prueba, "dura" según él solía contar con detalle y gracia, le empezó a gustar. También actuó en Galicia, a donde acudimos en avión y la supuestamente racional que era yo (cuando le decía "¿miedo al avión?... Bueno, bueno... si estadísticamente está comprobado que hay menos accidentes...") fue la que pasó un miedo enorme. La actuación de Mikel salió muy bien y gustó mucho al público y a la crítica. Luego, ya en tren, fuimos a Portugal y resultó ser un viaje muy interesante. También actuó en otros lugares del Estado, como ya he dicho, representando *Ikimilikiliklik*. Volviendo a nuestro país, hay que mencionar su actuación en Beasain en el primer *Kilometroak*, su participación en los *Galeuskas*, su actuación junto a Raimon en Donibane Lohizune…

A esta última actuación acudió Eduardo Moreno Bergaretxe ("Pertur"). Había sido alumno mío en los EUTG, aunque había dejado los estudios y desaparecido del curso para dedicarse a "otras actividades". Había sido también alumno de guitarra de Juan Pradillo, el mismo profesor de Mikel. Aquel día, al final del concierto, se acercó a nosotros acompañado a poca distancia por dos jóvenes muy fuertes, que luego a raíz de los acontecimientos pensamos podrían ser guardaespaldas… Felicitó calurosamente a Mikel por el concierto y le dijo que había aprendido mucho desde la época (unos años antes) en que los dos habían sido discípulos de Pradillo (Mikel continuaba siéndolo). Nosotros estuvimos bastante secos con él. Poco antes habían matado a Berazadi después de haber sido secuestrado y nosotros que, por supuesto ignorábamos quiénes eran los responsables, pensábamos que tal vez pudiera estar implicado… Poco después, Eduardo Moreno Bergaretxe desapareció para siempre, y todavía no está claro quiénes fueron los responsables de aquella historia siniestra. A lo largo de los años ha habido entre nosotros tantas tragedias y tantos misterios… Entre las muchas cosas que se han dicho con insistencia, y no sé si está o no probado, es que él se oponía radicalmente al asesinato de Berazadi.

* * *

Situándonos en un plano más personal, durante estos años también pasaron cosas de interés para nosotros. En 1975, aprovechando que los hermanos Artze tenían que grabar un disco de *txalaparta* en Milán y tenían los gastos pagados, viajamos en la furgoneta junto a ellos (y Beatriz, la mujer de Jexux) hasta dicha ciudad, donde contactaríamos con los músicos Marchetti e Hidalgo, que iban a resultar muy buenos guías para enseñarnos los alrededores y aconsejarnos determinadas y obligadas visitas, en aquel viaje en tren que desde allí proyectábamos realizar. Llevábamos muy poco dinero y se gastó más rápidamente de lo previsto, debido a que en lugar de comer los pequeños bocadillos que yo había programado, Mikel, animado también por Jexux (que cada noche le decía: "*total, egun batengatik...*"), hizo que cenásemos con ellos con más frecuencia que la que nos podíamos permitir, lo que desequilibró aún más nuestro ya precario presupuesto. Sin embargo, lo pasamos muy, muy bien... Después de dejarles en Milán, nos trasladamos en tren a Venecia, ciudad que nos encantó. También estuvimos en Roma y Florencia. La impresión que nos causó Italia (adonde Mikel volvería más tarde para actuar) fue espléndida, realmente espléndida, a pesar de que hacia el final, en Roma, tuviéramos que limitarnos en varias ocasiones a comer solo una triste manzana, algo que Mikel aguantaba peor que yo e hizo que tuviera que pedir a Eli, su hermana, que le mandara algo de dinero para poder comer algo más y terminar el viaje que, de nuevo en tren, nos llevaría a casa. Italia nos resultó fascinante, tanto por su poso histórico y cultural como por su vida moderna y disfrutamos inmensamente del viaje y del montón de recuerdos que guardamos de él.

También por esta época, Mikel obtuvo un reconocimiento que para él fue muy importante: fueron unas palabras que pronunció su padre, al terminar una representación de *Ikimilikiliklik* que tuvo lugar por entonces en la Plaza de la Trinidad de Donostia. Sus padres nunca habían acudido a sus actuaciones. Probablemente hubiesen preferido que se dedicase exclusivamente a la medicina y no a la canción, a la que solo consideraban un juego. Sin embargo, en este caso, Feliciano acudió a escucharle y al terminar, después de comprobar que Mikel como era habitual en sus buenas actuaciones, interpretaba en una tesitura muy alta, un repertorio difícil (*Gernika*, *Baga Biga Higa*, *Baztan*, *Naiz eta...*, *Izarren hautsa*, *Zaude lasai...*), sin hacer concesiones, lanzándose sin red, como dicen en el circo, le dijo muy impresionado: "*Mutil, mutil, hola jarraitzen badezu, lehertuko zara...*".

En agosto de 1976, y después de pasar algo más de un mes muy prietos en casa de los padres de Mikel esperando que terminaran nuestra casa, nos trasladamos de nuestro piso cercano al Puente de Hierro, que como consecuencia de la construcción de la autopista, corte de árboles, ruido… se había hecho "inhabitable" para nosotros, al barrio de Ayete. Mikel llevaba tiempo buscando un piso nuevo (antes también se había ocupado él de buscarlo) y estaba interesado en que tuviera un lugar que le pudiera servir como un pequeño estudio, ya que en Amara tenía muy poco sitio para poder aislarse. Después de dar muchas vueltas, encontró en Ayete algo que nos gustó. Ocupaba el lugar de Erramondegi, un antiguo caserío, y la Inmobiliaria Solicón (con Álvarez y Muro) había empezado a construir unas viviendas que según le dijeron, en caso de que se decidiera a comprarla incorporaría un trastero o un garaje. A nosotros nos interesaba el trastero que pensábamos unir al piso para que sirviera de estudio. Todo ello nos costaba aproximadamente lo que podíamos obtener por la venta del piso de Amara, que se había revalorizado durante aquellos años. Un día, estando todavía la nueva casa en construcción, acudimos con un amigo arquitecto que nos animó a comprar el trastero de al lado, suponiendo que el propietario del mismo, desconocido por entonces para nosotros, quisiera hacerlo. Era Fermín Múgica, según dijeron a Mikel en Solicón, y estuvo dispuesto a vendérnoslo por una cifra en torno a las 350.000 pesetas. Pedimos un préstamo rápido a Feliciano, que le devolvimos en cuanto pudimos conseguir el préstamo de Kutxa y logramos lo que Mikel quería, ya que junto a nuestra habitación tenía un estudio que podía utilizar para trabajar, grabar, ensayar… Aunque la casa era barata y de construcción sencilla, y además tenía las paredes de papel, con los arreglos que pudimos hacer en obra antes de entrar, le quedó un sitio bueno para poder aislarse y trabajar.

En 1976 aquella zona de Ayete, y el barrio en general, era muy diferente. Había muchísimas menos casas, mucho campo, pocas carreteras y poco tráfico. Como decía mi suegro, exagerando un poco: vivíamos en el monte, algo que iba a hacer las delicias de Izaro y daría mucha pena a Agurtzane, nuestra hija "barriobajera" que ya con once años había medio iniciado su adolescencia, se peinaba y adornaba a su aire, y a la que aquella zona algo aislada no le resultaba nada adecuada para sus correrías. Por el contrario, Izaro estaba encantado. Junto con sus amigos del barrio (los hermanos Balerdi, Iñaxio y Migueli, Javi Arriarán, que vivía en el segundo de casa, Óscar y otros niños de los alrededores a los que pronto se unió Pierre, un niño francés que junto con su familia, al volver de Argelia a Francia, vivió una temporada en nuestra calle) construían huertas, en las que enseñados por Teresa, la madre de Javi, aprenderían a cultivar patatas y otros productos que luego vendían por la vecindad; construían *txabolas* para guardar patos y otros animales… Mikel solía llevarles a la feria de Hernani a comprar semillas y, como hace poco todavía nos recordaba Pierre que tampoco se olvida de esa época, después de las compras, Mikel les metía a todos en el coche y les llevaba de poteo (mosto, fanta, patatas…) en el *2CV* descapotable que a mí tanto me gustaba.

A partir de nuestro traslado empezamos a frecuentar el barrio del Antiguo que nos acogió con los brazos abiertos. Hacíamos allí las compras que, antes de su posterior traslado a casa, íbamos acumulando en el Bar Etxeberria, por entonces centro del barrio y abierto a todas y todos. Aquella relación con El Antiguo, iniciada por entonces, se iba a mantener viva a través de los años.

Entre 1976 y 1979, en esta primera etapa de Ayete, iba a vivir con nosotros Inma Etxeberria, también de Amezketa como Iñake, a la que iba a sustituir durante estos tres años. De nuevo la experiencia fue muy buena. Mientras estaba con nosotros hizo el primer ciclo de Historia en los EUTG, que luego terminaría en Barcelona. Además de estudiar, cuidaba de los niños, a los que con frecuencia llevaba a su casa familiar de Amezketa… La partida de Ima iba a poner fin a la época de las *au pair* que tan bien había funcionado durante años y tantos recuerdos y amistades nos había dejado.

* * *

Por esa época yo militaba en ESEI, e Izaro, que veía que me llevaban y traían para acudir a las reuniones parecía ilusionado con las actividades políticas de su madre… La desilusión llegó para él con las primeras elecciones posteriores a la muerte de Franco, mientras escuchábamos los resultados por radio e iban saliendo los ganadores: "PNV, PSOE..."; Izaro desolado me preguntaba: "*Ama, baina zuek nun...?*". La verdad era que, de tan pequeños, apenas se nos veía... Nos lo había vaticinado el dibujante Juan Carlos Eguillor, en un cuadro que me regaló con aquellas viñetas políticas tan divertidas que solía publicar y en el que en este caso bromeaba a nuestra costa y la posibilidad de trasladar toda nuestra masa fletando dos seiscientos. Acertó plenamente. Lo que nos hizo tener que pagar deudas y cerrar la barraca.

También por aquel tiempo se nos planteó el tema de la comunión de Izaro. Hasta entonces habíamos guardado las formas de bautizos y comuniones, aunque ya en el bautizo de Izaro, el sacerdote, al saber que nosotros no éramos practicantes, hubiera pedido que fueran los aitonas quienes rezasen el credo en nuestro lugar; y Agur, en su comunión, de forma poco convencional, hubiera vestido de calle (incluido un ligero jersey rojo que entonaba con el vestido) y disfrutado de una especie de *picnic* al aire libre, en unas mesas de piedra de un merendero de Ulía, que habían hecho las delicias de la niña y del resto de la familia... Sin embargo, cuando llegó el momento de la comunión de Izaro, yo prefería que la hiciese, dado que en un ambiente en que todos los niños la hacían, mostrarse diferente podría haberlo marginado. Mikel, por el contrario, se mostraba reticente. Su agnosticismo iba siendo (y se mantuvo hasta el final) cada vez más fuerte, a diferencia del mío, que tenía (y tiene) una mezcla más mística, un cierto panteísmo, que considera al cosmos o al universo como una especie de misterio, algo superior e indefinido que nos condiciona y a lo que puedo "rezar" para pedir o expresar un deseo.

En definitiva: después de hablar de ello, Mikel acudió a la parroquia para hablar de la comunión del niño; allí le dijeron que las normas habían cambiado y era necesaria una mayor formación previa: 2 o 3 años de catequesis antes de hacerla. "¿Más adoctrinamiento, todavía...?", me decía Mikel. Al final, decidimos que no la hiciera. No sé hasta qué punto le pudo marcar de alguna manera, ya que algo más tarde, un día, al volver del Liceo, nos preguntó muy serio: "Entonces, ya que soy 'mateo'... ¿tendré que casarme con una 'matea'...?". Cuando nos dimos cuenta de lo que quería decir, intentamos explicarle que no se trataba de que fuera ateo o no, y que cuando fuera mayor podría decidir libremente lo que él quisiera… Desde entonces, y en ese sentido, las cosas han cambiado mucho, pero el problema de la educación y, todavía más de la libertad, sigue siendo complicado.

A principios de 1977 me puse enferma. Jesús Alaba, me diagnosticó una hepatitis y me dijo que tenía que guardar reposo absoluto. Además debía seguir un régimen alimenticio adecuado y, lo que era más importante, había que sacar a los niños de casa para que no se contagiaran (así que uno estuvo en casa de mi hermano y la otra en casa de Eli, mi cuñada). Mikel quedó a mi cuidado, lo que hizo de forma suave, constante y delicada… Me regaló un libro (*El profeta armado*, primer tomo de la biografía de Trotsky, escrita por Isaac Deutscher) que era buenísimo y consiguió interesarme y distraerme. Me animaba cuando yo veía que no mejoraba tan rápido como quería y debía alargar la baja. Me traía de visita a Juan José nuestro cuñado, y a ponerme las inyecciones solía venir Bego, su hermana, que era súper animada y me ayudaba a levantar el ánimo cuando estaba baja… Mikel se ocupaba también de gestionar mi baja. Me subía a la habitación una bandeja con lo que tenía que comer, exquisitamente preparada. Sin embargo, un día que estaba sola y bajé a la cocina, por poco me da un desmayo…, lo que me hizo subir de nuevo a la cama, rápidamente, casi volando. Yo sabía que Mikel podía cocinar, comprar y hacer muchas otras cosas salvo limpiar, pero… ¡El caos que vi allí, me dejó asustada…! ¡Todos, absolutamente todos, los cacharros sucios y totalmente desordenados…! ¡Se debía limitar a limpiar en el momento, aquello que necesitaba para subirme la bandeja "exquisitamente" preparada! Más tarde, después de curarme, muchas veces he pensado: ¿Por qué estaría tan desesperada… con lo bien que lo pasé durante aquella baja?

* * *

En otoño de 1977, en un concierto celebrado en el Pabellón de la Casilla de Bilbao, dentro de la gira que por esos días realizó con Lluís Llach y después de haber realizado un preestreno unos días antes y de llevar más de dos años trabajando en él, Mikel estrenó *Komunikazio-Inkomunikazio(a) (Lekeitio 5)* o, como coloquialmente le llamábamos el *sketch*. Creo que nunca, antes o después, ha habido una obra cuyo estreno me haya impresionado tanto. Los días que mediaron entre el preestreno que tuvo lugar en la iglesia de Agiña (Aguinaga) delante de unos cuantos invitados, que me cautivó, y el estreno en Bilbao, que todavía me impresionó más (ya que además de su gran actuación, al final del concierto y ante la petición insistente del público, interpretó un *Gernika* escalofriante), estuve tan nerviosa, excitada y alucinada, que apenas conseguía dormir... Durante un par de años, llevaba oyéndole trozos y movimientos que me extrañaban, primero en el cuartito pequeño de Amara y luego ya en casa. Pero el día del estreno me dejó totalmente pasmada... No fui la única que entonces o en posteriores versiones que ha realizado del mismo, a veces grabadas y otras no, ha experimentado esa misma sensación. El día del estreno fueron muchos (de aquí y de fuera) los que se lo comentaron e incluso confesaron haber llorado de emoción en determinados momentos, y Lluís Llach ha manifestado una y otra vez que desde aquel día (y también en otros conciertos durante los ochenta y noventa), le dejó fascinado. Carecer de una buena grabación audiovisual de aquella actuación, me produce de nuevo una gran pena.

Al día siguiente actuaron en Iruña. La actuación de Mikel fue floja. Según solía decir, había encontrado una especie de pared de extrañeza y cierto rechazo que le había acoquinado. Al terminar el concierto, Lluís, que había actuado muy bien, mejor que el día anterior, le dijo: "Tú serás géminis... ¿no?". Mikel y yo, que no creíamos en estas influencias, quedamos extrañados ante su agudeza. Al día siguiente, en Gasteiz, los dos (Lluís esos días llevaba en el programa *Campanades a morts*) realizaron una gran actuación; y el cuarto día en Donostia, había tal cantidad de gente, muy por encima del aforo del local y de las mínimas normas de seguridad, que me resultó difícil tener la serenidad necesaria para poder juzgar sus actuaciones. Las críticas que ya entonces y también mucho más tarde se iban a escribir, fueron en general muy buenas y algunas muy hermosas, aunque también hubo alguna en la que atacaban fuertemente a Mikel, reprochándole su atrevimiento y su "exceso de libertad".

En realidad se trataba de un *show* bastante insólito para la época, con un componente autobiográfico, en el que mezclando movimiento y gesto, con la música en directo y el *playback* con música de J.S. Bach, utilizaba diferentes idiomas o simplemente la fonética de los mismos, para plantearnos con humor y dramatismo preguntas y situaciones que a veces son cómicas y otras, en cambio, distan de serlo. Lo grabó por primera vez en 1980 (*Lau-Bost*) y a partir de su estreno lo incluiría en la mayor parte de sus actuaciones, haciendo muchas versiones diferentes del mismo ya que, como él mismo decía, se trataba de un espacio abierto, en el que tenían cabida y podía integrar ideas y vivencias distintas.

Lo concibió para ser representado y, sin el gesto, el movimiento, el vídeo... lógicamente pierde gran parte de su significado. En su primera versión, que él tenía muy clara desde el principio en todos sus detalles, tenía la forma siguiente: en un escenario aparecen dos micros, distantes entre sí e iluminados por dos haces de luz blanca. En uno de los micros un *speaker* que parece hablar inglés nos va presentando unos personajes que en el segundo micro interpretan sus canciones: Amália Rodrigues, Yupanqui, Dylan... En el primer micro el *speaker* mismo se nos convierte a veces en cantante de ópera, niño autista... En versiones posteriores, algunas muy cambiadas y en las que incorpora vídeos, incluye desde un monólogo inventado sobre los presocráticos, el "ser... o no ser..." a la manera de Cantinflas (uno de sus cómicos preferidos), hasta una versión fonética de *Ne me quitte pas* de Jacques Brel, pasando por el caso de una niñita gitana con síndrome de Down que asiste a un módulo escolar en una pequeña localidad vasca, acompañado por música de Bach –fragmentos de la *Pasión según San Mateo*– y sones flamencos.

Siempre he pensado que Mikel alcanzaba en el *sketch* ese equilibrio ajustado entre orden y caos, razón y pasión, habilidad e inspiración que Bennett Simon (en su *Razón y locura en la antigua Grecia,* Akal 1984, pag 178) atribuye al buen dramaturgo que dentro de sí mismo debe localizar el punto de Arquímedes sobre el que gira la sobriedad, el éxtasis controlado y el frenesí lindante con la locura.

A mi juicio (opinión que afortunadamente otros compartían), Mikel poseía ese don de la creatividad que es capaz de dar vida a "entes nuevos" (en el caso del arte relacionados con el espíritu, creo) que van a "poblar" nuestro mundo, ampliándolo, haciéndolo distinto y enriqueciéndolo. Poder vislumbrar ese proceso (que a veces he visto de cerca en otros artistas) y, en ocasiones, poder compartirlo aunque fuera mínimamente, era para mí una suerte inmensa... Sin embargo, el que vislumbrara en él esos rasgos de genialidad que me deslumbraban (y seguirían deslumbrándome a lo largo de los años), no significaba que con frecuencia no me desconcertara y que nuestras diferencias de carácter (que con el tiempo se iban a atenuar) y nuestra diferente forma de argumentar no se mantuviera, llevándonos a esas discusiones que antes he comentado, que normalmente no duraban mucho y daban paso a esa unión y admiración mutua que nos proporcionaba ilusión y fuerza.

* * *

Durante 1978 y aunque ya iba pensando en retirarse del directo por una temporada, estuvo todavía muy ocupado, a pesar de que ese mismo año iban a terminar las representaciones de *Ikimilikiliklik*. Una de las últimas fue en París, se organizó a favor de la Amnistía y volvió contento de su actuación. También por entonces volvió a actuar en París, esta vez solo, y el azar le libró de una mala pasada, ya que pensaba volver en coche con Eduardo Sancho y Kontxi, su mujer, unos conocidos nuestros militantes de ESEI, pero a última hora decidió volver en tren: su decisión fue afortunada, ya que nuestros amigos tuvieron un accidente muy grave en el que murió Kontxi... (algo de lo que se enteró, con tristeza, poco antes de empezar un recital en Erratzu). En uno de estos viajes a París, tuvo ocasión de escuchar en directo y conocer y saludar a Georges Brassens, uno de los cantantes a los que tanto había admirado: se lo presentaron en el Teatro Bovino, sus amigos Paco y Rogelio Ibáñez.

Este mismo año actuaría también en Donibane Lohizune con Atahualpa Yupanqui, el maestro que tanto había admirado y a quien ya conocía personalmente desde años antes. Mikel hizo la primera parte del espectáculo incluyendo el *sketch* y *Los ejes de mi carreta* en él. Yupanqui hizo la segunda parte. Tuvimos además ocasión de charlar y comer con él, en casa de Antxon y Mireille Lafont y, sobre todo, tuvimos ocasión de escuchar sus relatos. Escuchar a Yupanqui, que era un narrador nato, era una auténtica delicia. Más tarde, Mikel le mandó su disco (*Lau-Bost*). No sé lo que le parecería, lo que sí sé es que Mikel le gustó, ya que en sus posteriores visitas a Donostia para actuar por aquí, le llamaba para comer en el Aldanondo, un restaurante cuyo menú y el vino Paternina, banda azul que tomaban, también le gustaban.

También por entonces viajamos a Londres (con las parejas Lete y Lourdes Iriondo, Valverde y Mª Carmen Bilbao), ya que Antton, Xabier y Mikel iban a dar un concierto organizado por la Euskal Etxea que iba a reunir a muchos residentes vascos en dicha ciudad y que se celebraría en Ackland Hall, un local bastante cutre situado, creo, en Portobello Road (y según Xabier, a pesar de su nombre rimbombante, peor que los Luises de cualquiera de nuestros barrios). Disfrutamos mucho del viaje y Mikel tuvo mucho éxito en su actuación, en la que entre otros temas interpretó una variante del *sketch* que preparó y medio improvisó para la ocasión, con mucha gracia. En la crítica que firmada por Marcelino Martín Arrosagaray se publicó en *Punto y Hora*, se reflejaba la impresión que había causado... De todas formas, uno de los detalles que más me alucinó de este viaje, fue encontrar allí, en el concierto, entre un público repleto de gente vasca, y formando parte de un pequeño grupo de ingleses, a Mr. Richard Fletcher, aquel arquitecto que me había alojado en mi primer trabajo como *au pair* en 1962, en South Kensington. ¡No me lo podía creer...! ¡No dejaba de mirarle, pensando... pues sí, verdaderamente parece él...! Al terminar la actuación, le dije a Mikel: "Mira, yo creo que es Fletcher". Inmediatamente, y seguido por mí algo más avergonzada, me tomó de la mano y me llevó hasta él, que al principio se quedó extrañado y sonriente, mirándonos; Mikel le preguntó: "¿Are you Mr. Fletcher?". "Yes", contestó él. A partir de aquí, tomé yo el relevo, y charlamos. Según nos dijo, había acudido acompañado por unos amigos de Amnistía Internacional, organización con la que colaboraba. Me dijo que Piers y Colette estaban bien; no hablamos de Patricia... y, algo más tarde, vino a conocer nuestro país y a visitarnos, acompañado de un joven, su hijo, que pensé era el niño que habían adoptado después de que yo les hubiera dejado. Charlamos de política y otras cuestiones. Mikel se empeñó en llevarles a ver algún partido de pelota que, según dijeron, les encantó; y me quedó marcada una opinión que defendía, en el sentido de que, para él, nuestro problema político tenía que ver más con Escocia que con Irlanda...

Por esta época, Mikel actuó también en Bourges y Montpellier. Le acompañé en los dos casos y tanto su actuación como la respuesta del público (que no siempre se corresponden, aunque con frecuencia suelen estar relacionadas), me pareció fría. Debió de ser muy distinta su actuación, junto con otros participantes en la Semana Cultural que también por entonces organizaron en Barcelona. En este caso Mikel, que además de otras canciones interpretó el *sketch*, tuvo mucho éxito, del que pude enterarme a través de su relato al volver y de las declaraciones de otras personas, entre ellos Ovidi Montllor, que se publicaron en la prensa.

En 1978 se celebró en San Mamés (Bilbao), el Bai Euskarari ante decenas de miles de personas. Allí vivimos una fuerte tensión ya que, precisamente en el momento que tocaba actuar a Mikel, se anunció por los altavoces una amenaza de bomba. A pesar de ella, la inmensa mayoría seguimos donde estábamos; y el concierto continuó a la vez que Mikel cantaba: "*zaude lasai, zaude ziur, askatuko zaituela, kateak itsusiak baitira hilotzaren gorputzean*".[5] Afortunadamente la bomba no estalló,

5. "Si esperas que te liberen / espera tranquilo, espera seguro, que serás liberado... ¡Es tan feo que los cadáveres lleven cadenas!".

el concierto terminó, y ya no tan afortunadamente, y como tantas veces pasaba, la grabación realizada resultó mala.

Antes de retirarse de los escenarios, en ese paréntesis transitorio que estaba anunciando, tomó parte también en algunos otros actos culturales realizados en el País Vasco. Uno de los últimos fue su participación en la inauguración de una hermosísima exposición de Zumeta, que ponía fin o, culminaba, su etapa del expresionismo abstracto o abstracción lírica ("los grises", como de forma más resumida e informal, le llamábamos). Se celebró en La Ciudadela de Iruña hacia 1978 y fue un día verdaderamente hermoso. En él Mikel estrenó un tema sin palabras que más tarde, en los ochenta, se iba a transformar en *Sorterriko koblak*. De hecho, antes he olvidado mencionar que durante los años sesenta y setenta se celebraron en nuestro país, algunas Semanas Culturales, organizadas en pequeños pueblos de la provincia (como Zaldibia, Azpeitia...) que, combinando la expresión plástica, con la poesía, la música y otras manifestaciones de nuestra cultura popular (*txalaparta*, *joaldunak* o *txuntxurroak*...), alcanzaban a veces una fusión de lo apolíneo y lo dionisiaco que quizá al propio Nietzsche le hubiera gustado... y, desde luego, muchos de nuestros artistas plásticos más tarde han echado en falta con insistencia.

Su última (o quizá penúltima) actuación fue mucho menos afortunada. Se trataba de tomar parte en un homenaje a Aresti que se celebró en el local de la Kutxa de la calle Andía de Donostia, en el que junto con otros intérpretes, Mikel tenía que limitarse a cantar los dos temas de Aresti que había grabado. Se trataba de algo tremendamente sencillo para él, que le salió fatal: no daba "pie con bola" o, dicho de otra forma, sus dedos no encontraban las cuerdas de la guitarra... Según él, aquel local, en el que a su decir, se refugiaba la gente que salía de la iglesia de los jesuitas tan cercana para sentarse cómodamente y medio dormir una siestecita, sin preocuparle lo que programaban, no le gustaba y le descolocaba. No lo sé, pero recuerdo bien que lo hizo fatal... ¿Cómo explicar que después de tantos conciertos comprometidos y difíciles tan bien realizados pudiera actuar tan mal, en una actuación tan sencilla, después de que durante estos años parecía haber superado el miedo escénico que antes tanto le había condicionado? Tampoco lo sé, parece formar parte de ese misterio que a veces le envolvía con resultados inexplicables. Sin embargo, lo que sí parece estar claro es que desde aproximadamente mediados los setenta, Mikel iba a ser esencialmente un artista del directo, terreno en el que alcanzaría sus mayores logros y en el que la comunicación que establecía con el público jugaba un papel importante. No obstante, en muchas ocasiones esos logros los iba a alcanzar en situaciones difíciles y comprometidas, en las que se encontraba ante un reto, artístico o de otro tipo, que le estimulaba y lograba superar… Como él ha manifestado muchas veces: "si estás demasiado tranquilo y seguro, si no sientes una tensión nerviosa previa… ¡malo!". Pero no conseguir superarla, todavía puede ser peor.

En 1978, coincidiendo con el 1200 aniversario de la batalla de Roncesvalles, compondría *Orreaga (Lekeitio 6)* que iba a grabar poco después y durante la década de los ochenta, iba a interpretar en directo, mucho y bien aunque en un tempo más lento que el de la grabación inicial. El tema podía entenderse como una narración poco convencional de la batalla, basada en el desarrollo del *irrintzi* (hoy en día grito festivo vasco) y posteriormente, en 1988, haría una segunda grabación del mismo.

Durante estos años hizo otras canciones que iba a incluir en el *Lau-Bost*. También grabó un programa en cinco episodios para Herri Irratia, una especie de relato de su trayectoria vital a través de la música, que resultó interesante para aquel momento. Además, en 1978, y gracias a la insistencia de Joxean Artze que, con razón no quería verse privado de la parte que le correspondía en algunas canciones de Mikel, empezamos a registrar en SGAE algunas de sus canciones. Al principio, los temas con letra de Joxean, alguna instrumental, *Baga Biga Higa*… Más tarde, a partir de mediados de los ochenta, fuimos registrando el resto.

Sin duda en la década de los setenta (y a nivel creativo ya desde finales los sesenta), Mikel había alcanzado una de las cimas más altas de su carrera artística. Probablemente como reconocimiento a ella, la discográfica Ariola le hizo una propuesta para grabar con ellos. Una oferta que parecía interesante para el momento. Después de dudar mucho, decidió decir que no y se decantó por Xoxoa de Galdakao que, por entonces, estaba ya atravesando una difícil situación económica, desconocida para nosotros... Además, como consecuencia del éxito y reconocimiento obtenidos, le iba a acometer una especie de "pánico al estudio de grabación" que iba a sustituir a su (en parte) superado miedo escénico.

De esta forma, ya en 1979 se retiró provisionalmente de los escenarios, según decía, para una temporada, que iba a resultar más larga de lo previsto ya que hasta 1984 no iba a volver de nuevo al directo. Las razones que en diferentes ocasiones ha dado para justificar este intervalo han sido: el cansancio acumulado durante todos estos años, la subordinación excesiva de lo artístico a lo político que últimamente, a veces, se estaba dando y, sobre todo, la necesidad de reflexionar y pensar detenidamente la forma de continuar.

* * *

El mencionado "miedo al estudio" hacía que una y otra vez demorase el inicio de la grabación; y aunque estas cosas nunca lleguen a saberse con certeza, muchas veces he pensado y hemos comentado entre nosotros que, si no hubiera sido por mi firmeza y el convencimiento absoluto de que debía grabar (algo que él también pensaba pero una y otra vez retrasaba), no hubiera llegado a hacerlo. Recuerdo bien la tristeza, e incluso el sentimiento de culpa que sentí, cuando al final, hacia septiembre de 1980, uno de esos típicos días de viento sur habituales aquí en esa época, Pello nos llevó en coche hasta Galdakao, donde Mikel iba a quedarse para iniciar la grabación del *Lau-Bost*. El plan era que yo volviera a casa (para atender mi trabajo, hijos...) y fuera a reunirme con él los fines de semana. A la vuelta, Pello, su hermano, me dijo: "¡Mikel se ha quedado mal... muy mal!". No hacía falta que me lo dijera, porque yo ya lo había notado, pero el hecho de que él también me lo advirtiera, reforzaba mi malestar: casi, casi, parecía que le estaba forzando...

Al día siguiente, cuando hablamos por teléfono, ya estaba mejor. Se había instalado, había paseado y conectado con algunas personas de la zona y había empezado a trabajar con Jean Phocas, el técnico que desde entonces iba a grabar todos sus discos (a excepción de los directos) y con quien iba a trabajar contento. A partir de ahí, el proceso de grabación marchó muy bien y, cuando los fines de semana acudía a verle y a escuchar lo grabado, estábamos encantados. De hecho, también quedamos muy contentos con el máster. El problema surgió al final cuando, debido a los problemas económicos de Xoxoa, el paso del máster al disco no tuvo la calidad técnica necesaria. Algo que en la segunda edición se resolvió pero que en la primera edición perjudicó al trabajo.

El doble LP titulado *Lau-Bost* se publicó en diciembre del mismo año. Recogía dieciséis temas. Tres *Lekeitios* (*Dialektikaren laudoria* de 1971, que no se había publicado antes por problemas de censura; *Komunizakio-Inkomunikazio(a)* en una versión de aproximadamente 16 minutos de duración; y la primera versión de *Orreaga*); siete canciones nuevas (tres con textos de Artze, aunque una de ellas *Martxa baten lehen notak* había sido previamente concebida por Mikel, con anterioridad a las primeras elecciones, como he explicado ya en la página 144; dos con textos de Brecht, uno de Lete y otro de Xalbador) y cuatro temas tradicionales (dos de ellos con letra de Mendiage y Oxobi, respectivamente). Incluye además una canción de Lete (*Haizea dator ifarraldetik*) interpretada por el propio Lete, en homenaje o reconocimiento a su trabajo. La portada y diseño es de Zumeta. Los músicos que le acompañan en los diferentes temas son: Antton Valverde, A. Fernández, J.M. Zabala, Txomin Artola, J.A. Ontoria, G. Muga, J.A. Borbolla e I. Loroño. El técnico de sonido, como ya hemos dicho, era Jean Phocas.

Al comienzo este álbum no alcanzó el éxito del *Bat-Hiru*. Lo consideraban raro e inesperado y, a mi juicio, el problema técnico que se suscitó al pasar del máster al disco, que afectó a la primera edición y ya he mencionado, junto con el hecho de que el *sketch* concebido para ser representado no contase con imagen en el disco, tuvo también su influencia. Sin embargo, algunos de sus temas pasarían a ser fundamentales en su repertorio y otros se convertirían en míticos para el público. Además, con el tiempo, algunos críticos han considerado al álbum como innovador, obra maestra... Sin embargo, la primera crítica que se publicó entre nosotros fue dura, muy dura... Más o menos con esta primera impresión, pero sin inmutarnos demasiado pues teníamos fe en el doble LP y además Mikel sabía recibir las críticas (en realidad no se solía enterar demasiado de ellas ya que, tanto si era malas como buenas, no le gustaba leerlas enteras y normalmente era yo la que acostumbraba a leerlas y guardarlas...), nos fuimos a pasar unos días a Auritz y Orreaga.

Él tenía una enorme ilusión por hacer el viaje y se empeñó en ello. Así que dejamos a los niños con los primos y en nuestro *2CV*, esta vez con muchos libros, ya que yo debía seguir preparando las oposiciones que iba a hacer en Madrid en 1981 y llevando como siempre con nosotros su guitarra, emprendimos el viaje hacia el Hostal Burguete. Hacía mucho frío y cuando estábamos llegando a Aurizberri (Espinal), empezaron a caer los primeros copos de nieve... Al día siguiente, para contento de Mikel, apareció todo nevado y nos tuvimos que quedar allí, cuatro o cinco días, aislados por la nieve. Afortunadamente, el fuego bajo y la calefacción del hostal funcionaban muy bien y nos mimaron mucho, sobre todo a mí que, con tantos libros, debía estudiar tanto... Mikel estuvo encantado.

Mikel en Madrid (1953). En Navidad de 1953 tenía este mismo aspecto, pero sin bigote.

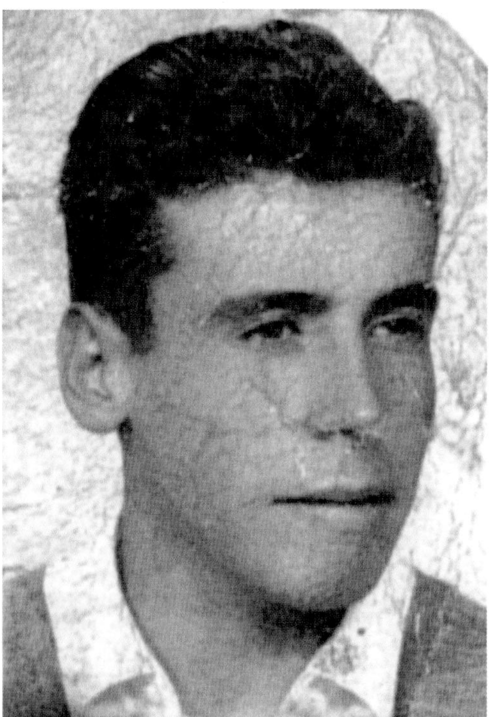

Mari Sol en 1950. A la derecha, este mismo año en la boda de su tío José Mª. Abajo, Mikel en esta misma época.

Mi madre y mi padre entre 1933 y 1941.

Félix y Mari Sol (+gato) en la terraza que unía Salud 6 y Amara 7.

Los Laboa en la boda de Karmele y J.J. Lasa (1949). Falta Begoña que estaba en Gales, en casa de sus tíos.

Antonio Zabala y Mikel en Gardata (1948).

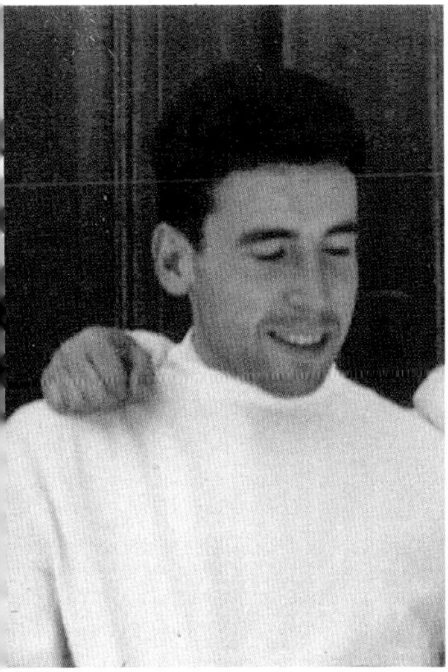

Mikel en Iruña (1956).

Mikel en Zaragoza (1962).

Carné requerido para actuar como profesional de circo y variedades, Zaragoza, mayo de 1963.

C. N. S.
de
Zaragoza

Afiliado n.º 2648882
Hermandad / Sindicato Local: Espectáculo
Sección: Social
Grupo: Circo-Variedades
Subgrupo
Profesión: Cancionista
Zaragoza ... mayo de 1963
Jefe de la Hermandad o Sindicato local,

Apellidos: Mancisido
Nombre: Miguel
Nacido el 15-Junio 193
(Firma del interesado)

Interviene:
Estadística Provincial,

N.º cartilla profesional ....

A la izquierda, Mikel y Mari Sol en la boda de una amiga, octubre de 1964.

Arriba, Mikel y Mari Sol (con un vestido de Eli) en la boda de unos amigos, noviembre 1964.

Carné del Colegio de Economistas (1965).

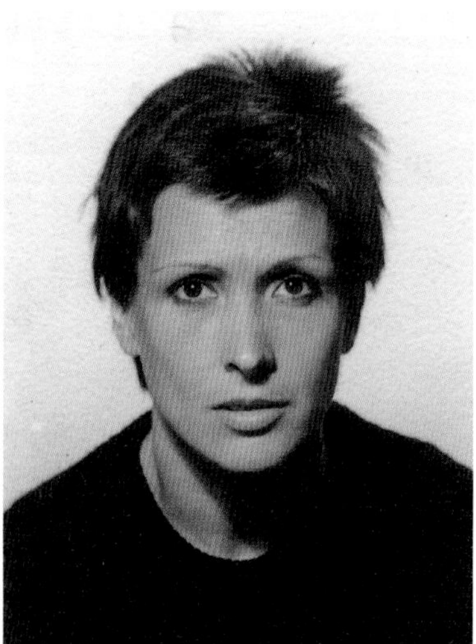

Mari Sol en los 70 y en los 90.

Mikel rodeado de niños hacia 1967.

Grupo Ez Dok Amairu hacia 1970-71.

El mismo grupo en *Baga-biga-biga sentikaria* en la plaza de la Trinidad de Donostia, en la misma época.

Público del "famoso" concierto de Larraitz en 1971.

Público del concierto AEKantuz, Donibane Lohizune, Parque de la Nature, 1986.

En la página izquierda y arriba, los hermanos Artze y Mikel Laboa en *Ikimilikiliklik* (1975-78).

A la izquierda J.M. Zabala.

A la derecha, el técnico de sonido habitual de los directos de Mikel a partir de 1972, J.L. Zabala.

Mikel en 1969.

Mikel en *Komunikazio-Inkomunikazioa*, 1977.

Mikel en *Komunikazio-Inkomunikazioa*, 1977.

Mikel en *Komunikazio-Inkomunikazioa*, 1977.

A la izquierda, Agurtzane, Mikel y Mari Sol hacia 1973-74.

Arriba, Mikel y Mari Sol en Arizkun (junto a Inda) hacia 1980.

A la derecha, Mari Sol, Izaro y Kirru, hacia 1977.

Con los Bastida-Corcuera un día de invierno hacia 1970.

Agurtzane e Izaro con Koro, Aran, Jon y otros amigos en Arizkun (junto a Inda) hacia 1977.

Arriba, Mikel, Jean Phocas e Iñaki Salvador, en el estudio de grabación en 1985.

A la derecha, Mikel, B. Atxaga y J.L. Agote en la inauguración de la exposición *Papiroak* de J.L. Zumeta en San Telmo, en 1985.

1985.

Iñaki, Josetxo, Jexux, Urzelai, Carlos Itoiz y Eduardo en concierto.

Los técnicos J.L. Zabala, Iñaki Elizondo y B. Karda.

Mikel y Mari Sol en el concierto de Galdakao, 1995.

Arriba, Mikel, Ruper Ordorika y Xabier Montoia en Erratzu hacia 1996.

A la izquierda, Mikel, Masi Sol y Félix en New York (1990).

Abajo, Jexux Artze a la *txalaparta*.

Arriba, Mikel en Praga en 2004.

A la izquierda, Mikel y Masi Sol junto a Aizepe (2004).

Abajo, Jon Mikel Orkolaga, Mari Sol y Mikel en 2006.

Arriba, Iñaki, Phocas, Josetxo y Mikel.
Abajo, Mikel e Iñaki con el grupo Lisabö. Grabación de *Xoriek 17* (2005).

Arriba, Gorriti, Txaro, Josetxo, Mari Sol, Mikel y dos amigos en la casa "matriz" (2006).
Abajo, la familia Laboa-Bastida: Izaro, Mari Sol. Mikel y Agurtzane en Lekeitio (noviembre, 2007).

Mikel hacia agosto de
2006, en casa de Gorriti

Zumeta y Mikel hacia 1978.

Invitados por Raimon, Pete Seeger y Mikel actuaron junto a otros músicos y cantantes de diferentes países, en el concierto *30 anys d'Al Vent*, celebrado en el Palau Sant Jordi (Barcelona, 1993).

Mikel con otros dos colaboradores de Elkarri hacia 1996.

Mikel, Zumeta y otras personas del mundo sindical y cultural, llevan la pancarta situada a la cabeza de la gicantesca manifestación organizada por Senideak y Gureak el 30-11-96 en Bilbao.

Actuación de Mikel, en homenaje a Ernest Lluch, el 29-11-00, en la Universidad de Deusto (Donostia), dentro de la "Semana de no violencia".

MUSIKA. Jaialdiaren lehen ekitaldian hartu zuen parte kantariak, Beasainen orduan ere, Jos

Duela 25 urte bezala, Kilometroak-en alde kantatuko du gaur Mikel Laboak

Iazko ekainaz geroztiko lehendabiziko emanaldia egingo du, Beasaingo Antzizar kiroldegian

Juan Luis Zabala | **DONOSTIA**

Duela 25 urte, 1976an, Kilometroak jaialdia lehenbizikoz egin zelarik, Beasainen, Mikel Laboak kantaldi bat eskaini zuen, igandez, zirkuituan bertan. Aurten, gaur zehazki, Kilometroak ekimenarekin kolaboratuko du berriro Laboak, orduan bezala, kantaldi bat eskainiz. Ez, ordea, zirkuituan, Antzizar kiroldegian baizik. 22:30ean hasiko da kontzertua, eta bere ondoan honako musikari hauek izango ditu ondoan kantariak: Iñaki Salvador pianista, Josetxo Silguero saxofoi jolea, Jexux Artze eta Pello de la Cruz txalapartariak eta Javier Area perkutsionista. Laboaren aurretik Ur da Lur taldea ariko da, Tere Irastortzaren hitzei Kilometroak iragartzen duen abestia sortu duena.

Bernardo Atxagaren *37 galdera mugaz bestaldean dudan kontaktu bakarrari* poeman oinarriturik egindako abesti eza-

1976KO KONTZERTUA. Mikel Laboa Kilometroak jaialdiaren lehen ekitaldian kantari. Artean jendeak ez zekien jaialdia zer zen, baina giroa oso atsegina izan zen, Laboak oroitzen duenez.

Mikel junto con su grupo actuaron en Beasain en 2001 con ocasión del Kilometroak. El cartel anunciador utilizaba la fotografía de Arturo Delgado hecha en el primer Kilometroak (Beasain, 1976).

Mikel junto con su grupo actuaron en el *Concierto por la Paz* en la playa de la Zurriola en 2006. Fue su última actuacion en directo.

BAGA, BIGA, HIGA ......

SENTIKARIA

EZ DOK AMAIRU

ikimilikiliklik

b i d e k i d e k a r i a

m i k e l   l a b o a

a b e s t i a k

t x a l a p a r t a

a r t z a   a n a i a k

o l e r k i a k

j a   a r t z e

heuk
heu
HI hi
bi GU GEU GEUK...
NI ni
neu
neuk
HARZABAL
Zumeta
Arza anaiak
Jean Michel Bedaxagar
Lurdes Iriondo
Gorka Knör
Mikel Laboa
Laja-Iturbide
Benito Lertxundi
Xabier Lete
Lupe
Gontzal Mendibil
Baztango Mutildantza
Oskarbi
Peio eta Pantxoa
Sakabi-Egañazpi
Iturengo Ttuntturroak
24 orduak euskaraz
.7 Martxoa 1976 Arratseko 9-etan
JAIALDIA
ALACIO MUNICIPAL DE DEPORTES
DONOSTIAN
NTOLATZAILE DONOSTIA ETA LOIOLAKO HERRI IRRATIAK ELKARTEEN LAGUNTZAZ

Zumeta

Astelehen edo astearte batetan, gogoa higan nuela,
Nire seksoan aurkitzen dun, qué barbaridad, Bagdad
idatzi ninan gauez,
Nire zerebroan hazten ditun Canadako basoak;
Baina hi heu basorik arbatsuena.

v- 1980-1997

Hacía años que frecuentábamos "Bagdad" y durante esta época íbamos a seguir visitándolo con frecuencia... Otras veces viajábamos a zonas más cercanas reales o imaginarias y habitualmente transitábamos por nuestro país en un viaje en el que lo triste y lo alegre se alternaban y mezclaban. Pese a que en esta etapa predominó lo último, el año 1981 comenzó mal. Además de los numerosos y peligrosos sucesos políticos de febrero del 81, que nos produjeron tristeza, incertidumbre y temor, a nivel personal el año se inició con el fallecimiento del padre de Mikel precedido unas semanas antes por el de Joxe Miguel Saseta, su cuñado.

Feliciano murió tranquilo y sin sufrimiento. En su casa; a los 85 años y después de haber vivido una vida satisfactoria y completa. Algo que, creo, deberíamos considerar natural y ser un motivo de alegría, pese a la sensación de vacío y pérdida que pueda dejar entre nosotros... En su caso, debido a su demencia senil fue perdiendo poco a poco la viveza y alegría que había mantenido hasta los ochenta; la "pérdida de su luz" fue lenta y nos fuimos acostumbrando gradualmente a ella. Luego, todos le hemos recordado con cariño, refiriéndonos y contando con frecuencia sus anécdotas, su generosidad y el humor que le caracterizaba.

El caso de Joxe Miguel fue distinto: prematuro. Murió de un infarto, cuando estaba en torno a sus sesenta. Parecía disfrutar de buena salud física y mental, en el momento de aquella jubilación tan deseada por él, para poder gozar más de aquellas cosas que le gustaban: las vacaciones en el Baztán, las salidas en el Jontxu (la *txalupa* familiar), algunas excursiones... Precisamente en aquel momento estaba preparando una para ir a esquiar a Aralar (o algún otro de esos lugares cercanos a los que solían acudir) en la que Izaro iba a participar por vez primera y estaba muy ilusionado. Cuando murió, Garbiñe se trasladó a casa de sus padres (que tanto habían frecuentado antes), donde iba a vivir unos años junto a su madre y Pello, su hermano.

Habíamos mantenido una relación estrecha con ellos y lamentamos su pérdida. Una vida se lleva tantas cosas (grandes o pequeñas) consigo y hay tantos trozos de nosotros mismos que se van tras ella... Sin embargo, Izaro había logrado poco antes conseguir algo que le consolaba, al alcanzar el "mayor" deseo de su vida como insistentemente nos había manifestado una y otra vez; ya que, a finales de 1980 y gracias a la colaboración de su tía Maca, habíamos "adoptado" un perrito de dos meses (mezcla de alaska malamute y algo más) al que pusimos de nombre Kirru. Siete años más tarde iba a morir atropellado por un coche. De nuevo ante el deseo insistente de Izaro, trajimos otro cachorro, en este caso un pastor vasco, al que íbamos a poner de nombre Orhy, e iba a formar parte de la familia durante catorce años.

El perrito (que resultó de "armas tomar") era sin duda el perro de Izaro, tanto que cuando este enfermaba con gripe y fiebre alta, algo que le sucedía con cierta frecuencia, se ponía en su cama en posición de ataque, tratando de impedir que Mikel o yo nos acercáramos al niño que por entonces iba a cumplir diez años. Teníamos que convencerle de que no era cuestión de ataques, sino que solo tratábamos de ayudarle... y entonces Kirru, que era muy listo, dejaba que nos acercáramos a él.

Agurtzane, que ya tenía 15 años y estaba en plena adolescencia, pasaba bastante de él aunque ya entonces (y luego) confesaría con frecuencia que "aunque te quedases sola en casa... si Kirru estaba contigo no pasabas ningún miedo". Más tarde iría acostumbrándose a la sucesiva saga de perros que de una u otra forma iría trayendo Izaro y hoy en día Xola y Xumux le reciben con entusiasmo.

La época de las au pair había terminado y había empezado a venir a nuestra casa Manoli Mesa, una chica de Baena (Córdoba) que 2 o 3 días a la semana me ayudaba en la limpieza y trabajo de la casa y que después de 30 años acaba de jubilarse, dejando un vacío en la casa. Manoli, que cuando recordaba a Orhy decía: "era más bueno..."; y de Xola: "tan lista..."; hablando de Kirru siempre lo mismo: "¡qué malo era, me daba un miedo...!". No creo que fuera malo... pero sin duda se hacía temer.

Yo me arreglé bastante bien con él desde el principio y creo que ocupaba el segundo lugar en su ranking jerárquico ya que, cuando meses después de su llegada tuve que ausentarme una temporada para hacer mis oposiciones, enfermó pese a la presencia de Izaro.

Mikel, que procedía de una familia poco amante de perros, no le recibió nada bien al principio pero luego fue empezando a pasear con él, o a llevarme a buscarle en nuestro *2CV* cuando Kirru se escapaba detrás de alguna perra en celo y tardaba días en volver a casa, en aquellas escenas que según Mikel contaba: "Mari Sol en camisón llamando al perro y yo al volante... aquellas escenas eran como para que nos llevasen al psiquiátrico...". Cuando murió, le dedicó un tema instrumental (grabado en el *Hamabi* (12)) y, más tarde, paseó por medio país acompañado por Orhy. Hoy, Xola reconoce su voz.

* * *

Durante la primera mitad del año 81 nuestra principal actividad se centró en mi oposición al cuerpo de Profesores Agregados de Escuelas Universitarias (en la asignatura de Economía) que por entonces se celebraban en Madrid, con un tribunal desconocido (por lo menos para mí) y a donde acudíamos los candidatos de todo el Estado. Mikel me acompañó a la presentación que fue hacia Semana Santa y luego, hacia finales de mayo, me trasladé y permanecí allí una temporada para hacer los tres ejercicios que eran eliminatorios (y los dos primeros públicos y orales) y que teníamos que realizar sucesivamente los 36 opositores que concursábamos. El primer ejercicio consistía en la explicación, oral como he dicho, ante el tribunal y el público asistente, de la "Metodología científica y defensa del Programa" que cada uno había elaborado previamente. En caso de superar el primero, tenías que realizar el segundo (también oral y público) consistente en explicar durante una hora como máximo (el mismo tiempo que el primero), un tema del programa seleccionado al azar por el tribunal. En caso de superar el segundo ejercicio, venía el tercero, que consistía en resolver por escrito una serie de cuestiones prácticas, que en nuestro caso tuvieron que ver con posibles aplicaciones de políticas macroeconómicas ante diferentes problemas...

Yo pensaba que iba bien preparada. Llevaba catorce años dando clases relacionadas con estas cuestiones y había estudiado a conciencia: tratando no de parecer que sabía, sino de aprender aquellas cuestiones que me interesaban. Según creo y me manifestaron profesores de otras escuelas (alguno me llegó a decir que "daba la impresión de ser la única que sabía de qué hablaba"), el primer ejercicio lo hice muy bien. El tema de la metodología científica, situado a caballo entre la economía y la filosofía, me gustaba y lo había estudiado utilizando una bibliografía que me había interesado y aportado mucho. Además al elaborar el programa había incluido no solo las partes acostumbradas de Microeconomía neoclásica y Macroeconomía keynesiana (o más bien neokeynesiana...), sino que también había introducido algunos temas generales (como por ejemplo, el tema del subdesarrollo) que me parecía tenían que figurar; y una tercera parte relacionada con la Historia del Pensamiento Económico que había trabajado concienzudamente y me permitía introducir otros paradigmas o tradiciones ignorados con frecuencia (no solo la clásica, sino también el socialismo y marxismo, la escuela histórica e institucionalismo, el postkeynesianismo...), que a mi juicio no se podían dejar de estudiar. En definitiva, tenía razones para defender y justificar el grueso del programa con entusiasmo y así lo hice.

El segundo ejercicio me planteó más problemas. Antes de empezar la segunda ronda, había comentado con Sofía Juaristi (profesora de la Escuela de Santander, que también se presentaba) y su marido, a los que conocía de la facultad de Bilbao, que había tres temas (entre más de cincuenta) que no deseaba que me tocaran... Ellos, que defendían la práctica del control mental, me dijeron: "no te preocupes, céntrate en los que desearías que te tocaran". Además, "si nos dices cuáles son los que no quieres que te toquen, nosotros también nos concentraremos (concentración de apoyo) para que estos no caigan...". Así lo hice. Pero a pesar de todas nuestras buenas intenciones, el tribunal seleccionó al azar uno de los tres temas no deseados: el subdesarrollo. Desde entonces dejé de creer (tampoco antes lo había hecho) en el control mental, aunque a veces lo practique de una forma distinta cuando trato de concentrarme en algo que fuertemente deseo. Muy nerviosa, traté de aprovechar el tiempo que nos daban para prepararlo y penosamente superé la prueba, a pesar de que la diferencia entre el primer ejercicio y el segundo fue notoria.

El tercer ejercicio que, como he dicho tenía que ver con las cuestiones prácticas de política macroeconómica, no me planteó problemas y superé las pruebas. De los 36 presentados (eran oposiciones restringidas a los que ya estábamos trabajando como profesores del tema) aprobamos 17 y yo quedé en noveno lugar (en posición de "notable") aunque Juana Mª Lautre de la Escuela de Pamplona me dijo que creía que el sexto puesto que le habían asignado, me correspondía a mí. Le contesté que no importaba; ella sabría más de unas cosas y yo de otras. Se lo dije de verdad. A todos nos gusta que se reconozcan nuestros méritos, pero creía en lo que le decía y, además, mi pretensión no era hacer una carrera académica. Me había presentado a las oposiciones para consolidar mi puesto de trabajo (esencial para mí) y también para aprender; algo que en mi quehacer posterior también iba a quedar claro, ya que en lugar de hacer la tesis doctoral, sobre lo que dudé bastante, pues me hubiera permitido convertirme automáticamente en catedrática en lugar de ser profesora agregada (o profesora titular, como se nos llamaría luego), me iba a dedicar a estudiar y a preparar e impartir mis clases con entusiasmo. Además asistí a dos cursos de Filosofía en la Universidad de Zorroaga, una materia que siempre me había gustado... También colaboré con la Comisión de Euskera de la UPV y la Comisión de nuestra Escuela para poder implantar en esta una sección en euskera (hoy en día, potente). Por último, y de forma continuada, me iba a dedicar a nivel teórico y práctico a la cuestión del arte algo que hacía tiempo venía interesándome.

Cuando después de terminar las oposiciones volví de Madrid en tren, Mikel estaba esperándome en la estación, muy nervioso y emocionado. Nunca he olvidado su recibimiento. Me dijo que estaba tan excitado que había temido que le pudiera dar un infarto... Bromeando le contesté que el temor al infarto se debía a los días que había pasado solo teniendo que ocuparse de Agur, Izaro y el perrito que había enfermado. Cuando bajaba al Antiguo, me paraban para felicitarme. Mikel les había ido contando orgulloso y contento las peripecias de los exámenes y muchas personas se habían enterado.

* * *

Mientras tanto, y durante este periodo del 81-84 al que me estoy refiriendo, Mikel seguía con su actividad médica, sus clases de guitarra y su preparación para volver a los escenarios, que siempre demoraba... Fueron tiempos tranquilos y agradables para nosotros. Seguíamos con nuestras vacaciones en el Baztán aunque ahora Agur apenas nos acompañaba. Prefería los planes con sus primas Koro y Aran que a veces les llevaban allá mismo, a dormir en Inda, la casa familiar de Juanjo en el Baztán; o irse al *udaleku* (campamentos de verano) organizado por las ikastolas, o a las fiestas de Amezketa o Azpeitia; o con sus primos Bastidas, que en una ocasión le llevaron hasta Londres a pasar unos días junto a ellos; o se iba con sus amigas para hacer otros planes. Izaro, sin embargo, disfrutaba mucho con nosotros y los Lasa, en el Baztán... Nos bañábamos en el río; andaba en bicicleta, jugaba a pelota en el frontón; miraba a las estrellas por el telescopio de Juanjo e íbamos al monte con frecuencia. J.J. Lasa (Juanjo) que conocía muy bien los alrededores solía ser el jefe de la expedición, durante la que además de psiquiatría y psicoanálisis, nos hablaba también mucho de la historia de Navarra y de otros variados temas. Nos guiaba muy bien salvo cuando se le ocurría cambiar de camino para innovar. Al final siempre llegábamos, aunque a veces tardáramos más de lo previsto y un poco más cansados de lo que cabía esperar. Salvo en los casos en que la expedición fuera corta, Mikel solía acudir para llevarnos en coche en las primeras etapas o recogernos al final, ya que además de tener una fuerte preferencia por el coche, tenía el problema de que los insectos le asediaban y aunque se diera muchas pomadas para evitar las picaduras, estas a menudo le ocasionaban unas hinchazones y problemas que nos podían preocupar.

Uno de aquellos veranos estuvimos en Ses Salines (Mallorca) invitados por los Bastida que habían alquilado una casita para pasar las vacaciones. Fuimos los cinco (Kirru incluido) hasta Barcelona en nuestro *2CV*. Allí Quico (Pi de la Serra) vino a despedirnos al barco, donde nos jugó alguna de aquellas bromas que a Agur e Izaro (y también a nosotros) nos divertían tanto aunque nos hiciera sentirnos un tanto ridículos, en aquella "ceremonia" (¿inventada por Quico?) consistente en lanzar los rollos de papel higiénico desde el barco hacia el muelle... Allí, con los tíos y primos Bastida y con Dardan (su perro), además de las peripecias del viaje, lo pasamos bien, particularmente Izaro, que al volver se había convertido en hincha del Mallorca Club de Fútbol. A la vuelta pasamos mucho calor y cuando llegamos a los alrededores de Iruña, a la altura de la Venta de Muguiro, donde el sol había quedado cubierto por nubes y el frío había sustituido al calor, Kirru, que al fin y al cabo era un alaska, pareció revivir de nuevo.

El verano siguiente, Mikel y yo estuvimos en Aigua Blava (Girona), invitados por Mercé Llach y Xabier Unzurrunzaga, y pasamos unos días muy hermosos en aquel lugar privilegiado y reservado a unos pocos. Solo los domingos se advertía algo más de gente en la zona de la playa. Con frecuencia salíamos en una canoa de la familia por aquel mar tan intensamente azul y aquel sol que no nos abandonaba... Años más tarde volveríamos a la zona del Cap de Creus y aunque la experiencia fuera más popular, volveríamos a disfrutar de ella. Además en estas ocasiones Mikel no se puso enfermo como había sucedido unos años antes cuando, invitados por Mª Dolors (la psicóloga que había conocido en Barcelona), fuimos a pasar unos días en el apartamento que tenían en el Val d'Aran. Mikel, que había hecho de chófer a la ida, se puso enfermo con fiebre alta y no se repuso hasta el momento de volver, justo para ejercer de chófer de nuevo.

Los días de fiesta (especialmente en invierno) Mikel y yo solíamos quedarnos hasta tarde en la cama y charlábamos… Nuestras prácticas laborales y nuestras lecturas eran diferentes y solíamos tener muchos temas de los que hablar… Las lecturas de Mikel a lo largo de su vida se han centrado especialmente en temas médicos y psicológicos, ensayos sobre arte, teatro, etcétera. También leía poesía; algo, esto último, que era además para él parte de su trabajo y le permitía seleccionar determinados poemas… En mi caso los temas más frecuentados tenían que ver con la economía, la filosofía, ensayos sobre arte y estética y también con la biografía y la novela. Cuántas veces nos hemos reído recordando aquella mañana en que intenté explicarle en qué consistía "el equilibrio general Walrasiano" (y los "precios sombra" de Kantoróvich), una construcción intelectual que yo admiraba y que él trataba de seguir con atención e interés, incluso haciéndome preguntas sobre el árido tema. También le iba contando con detalle las ideas sobre los presocráticos, que luego él utilizaría a su aire en la parodia de Cantinflas en la segunda versión de *Komunikazio-Inkomunikazio(a)*, y que yo iba a conocer a través de aquel curso sobre Historia de la Filosofía que empezaba refiriéndose a Heráclito, tan bien impartía el profesor Ferrán Lobo en la facultad de Zorroaga y a mí tanto me gustaba… En ocasiones, estos domingos solíamos ir luego a pasear hacia San Esteban y a comer a la taberna-restaurante Zumeta, que llevaba Iñasi (la madre de José Luis), donde daban aquellas comidas tan ricas y que tanto frecuentamos con nuestros hijos y amigos durante los años setenta.

Por aquella época tuvimos también ocasión de ver en el Festival Internacional de Teatro organizado en Gasteiz una obra de Tadeusz Kantor que nos impactó fuertemente (posteriormente volveríamos a acudir al Teatro Ayala de Bilbao, para poder verla de nuevo). También nos encantaron y nos reímos muchísimo con los Colombaioni (espectáculo en el que nos refugiamos después de huir despavoridos de otro en el que exageraban y sobreactuaban muchísimo, algo que Mikel no aguantaba...). Vimos también al Living Theatre que a él le había gustado mucho en los setenta y yo no conocía, pero que en esta ocasión nos desilusionó. Nos pareció envejecido y gastado.

A nivel musical, Mikel seguía escuchando diferentes tipos de música, tanto en directo como en grabaciones. Seguía con la música clásica (que en nuestra casa escuchábamos mucho) y la contemporánea que a él siempre le interesaba. En directo había asistido (y asistiría) a diferentes espectáculos de rock como Rory Gallagher, ACDC, Génesis... También nos gustó un disco de Nina Hagen que nos recordó a algunas cosas de Mikel (del tipo *Zaude lasai*) y cuya actuación en directo en Iruña, acudiríamos a ver. En los setenta, solíamos también asistir a conciertos de jazz, pero fue bastante más tarde cuando tuvimos oportunidad de escuchar en directo algunas grandes actuaciones de los grupos de Miles Davis, Keith Jarrett, Dizzy Gillespie, Tony Williams... Mikel iba a escuchar (y más tarde seguiría también yendo) a grupos locales de rock, jazz, contemporánea...; actuaciones que le hacían disfrutar y felicitarles implícita o explícitamente por el nivel que con frecuencia veía en ellos.

Frecuentábamos exposiciones de pintura y escultura (algo a lo que me referiré luego) y también íbamos al cine, sobre todo yo. Mikel solía acudir con frecuencia más tarde, cuando le recomendaba especialmente alguna película que yo podía haber visto en el Festival de Cine, que frecuentaba mucho, o en algún otro contexto.

* * *

¿Cómo era Mikel en su actividad médica? Antes he comentado que en ella le guiaba su gran respeto por la ciencia y su profundo humanismo. Creo que esto es cierto y también lo es la afirmación del neurólogo Iñaki Bidegain que en un trabajo reciente sobre él, dice: "El Laboa médico fue como el Laboa persona: cariñoso, humilde y discreto". Yo añadiría una característica más: su prudencia. Tanto en su actividad médica profesional como en la que ejercía en torno a la familia, era muy difícil que a Mikel se le escapase algo importante por falta de prudencia. Solía decir, y creo que lo había aprendido de J.J. Lasa, que el 80% de las enfermedades se curaban solas, pero "ojo con el 20% restante...". En estos casos había que acudir a lo que se consideraba mejor de la ciencia médica existente, algo que para mucha gente desgraciadamente no era posible conocer ni acceder en el momento adecuado. Como consecuencia de estas características muchos de los niños o adolescentes a los que trataba, le querían mucho y era corriente que, en nuestros paseos por diversos lugares, se acercaran para saludarle cariñosamente.

Recuerdo, por ejemplo, un día que estábamos paseando por la zona de Zorroaga y se le acercó una cuadrilla de niñas y niños, más bien en su temprana adolescencia, que estaban por allí paseando con una monitora y trataban de saludarle con afecto. Yo no sabía bien cómo tratarles; él, en cambio, hablaba con ellos con una gran naturalidad y simpatía. Cuando se despidieron, me dijo: "¿Por qué estabas tan violenta? Solo tienen algunos problemas psicomotores, pero son tan normales como nosotros y algunos muy listos: trabajarán normalmente y podrán hacer cosas muy interesantes...". Evidentemente no lo percibíamos de la misma manera y yo no sabía portarme de forma adecuada. Salvo una temporada en la que estuvo bastante deprimido por la dificultad en "curar" o mejorar algunos casos, Mikel casi siempre veía en ellos algo positivo: o era un caso de parálisis cerebral que al mejorar podría hacer una vida prácticamente normal, o un síndrome de Down, tan cariñosos que se hacían querer; o se trataba de cualquier otro caso en el que generalmente trataba de ver la cara más positiva del problema y la forma para tratar de mejorarlo...

Despreciaba a aquellos falsos especialistas que aprovechándose de la angustia de las familias y su deseo de hacer cualquier cosa por ayudar a los niños, les engañaban y, a cambio de dinero, les infundían falsas esperanzas y les hablaban de tratamientos que no podían conseguir nada. Siempre decía: "Si se trata de un tratamiento inofensivo y gratuito que ayuda a mantener la ilusión, ¡adelante con él!", pero consideraba inadmisibles los engaños interesados que se daban en determinados casos.

Por ello no me extrañó que, cuando en 1985 después de que cerraran la consulta del Patronato San Miguel y aunque le ofrecieran la posibilidad de seguir en un puesto médico alternativo, decidió dejar la medicina para dedicarse solo a la música, siguieran llamándole para preguntarle si no tenía consulta en algún lugar diferente... En estas ocasiones, y según cuál fuera el problema, les ponía en contacto con la psicóloga Tere Arocena con la que había trabajado durante años (y que por cierto, después de la publicación del DVD del 2009, me envió una carta que me hizo ilusión porque me decía que este vídeo le había permitido recuperarle, aunque solo fuera en parte); o con ASPACE; o con algún otro médico que le pareciera adecuado, tratando normalmente de no "psiquiatrizar demasiado" el caso. Tampoco me extrañó que después de que Mikel nos dejase, y según me contó Joxean Artze, un antiguo paciente suyo (actualmente ingresado en el sanatorio de San Esteban) hubiera acudido al párroco de la pequeña ermita cercana para encargar una misa por su alma...

Nosotros, me refiero especialmente a Agur, Izaro y yo, hemos quedado también huérfanos en este sentido. Ahora cuando nos ponemos enfermos, no sabemos a quién consultar ni a dónde acudir. Antes era él quien si estaba en sus manos nos ayudaba y, si este no era el caso, sin alarmarnos, nos encaminaba hacia el médico o especialista que creía adecuado.

Me parece importante señalar el contraste que se daba entre su postura "ortodoxa" en medicina y la "heterodoxia" que podía mostrar (y con gran frecuencia mostraba) en el terreno artístico. Quizá estas diferencias estuvieran relacionadas con dos facetas de su personalidad muy marcadas y que según le comenté a Zumeta (y a Mikel), aparecían en los "dos ojos" del retrato que este le hizo en 1987: uno discreto, humilde, con un leve toque de humor, cariñoso y prudente; otro que parecía más profundo, brillante (tal vez con una chispa de locura), creativo, ingenioso, descolocante, genial, a decir de algunos... En su vida normal podían aparecer ambos aspectos, aunque mucha gente solo conociera el primero. En su actividad médica se hacía más presente el primero de ellos. En su actividad artística, por el contrario, podía predominar el segundo, ese "ojo más oculto" o que se mostraba menos.

Como ya he dicho, estos años que trascurrieron entre 1981 y 1984 fueron tranquilos a la vez que activos y muy agradables, aunque, a veces, solía enfadarme con Mikel porque una y otra vez demoraba el momento de reaparecer ante el público. En una ocasión llegué a "amenazarle" con irme una temporada a Londres para refrescar mi inglés, algo que no era nada verosímil dado que mis clases, nuestros hijos, y él mismo, hubieran hecho que esa temporada tuviera que ser muy, muy corta. Pero trataba de empujarle para que cumpliera la promesa que nos había hecho años antes. Al final lo hizo... Gracias a la información que le proporcionó Txelo Larretxea, un amigo de José Luis Zumeta y también nuestro, con los que conjuntamente con Espe Goikolea (compañera de Zumeta) solíamos salir casi todas las semanas, supo y pudo ponerse en contacto con el pianista que estaba buscando y a principios del 84 empezaron a ensayar juntos.

* * *

Se trataba de Iñaki Salvador, un joven músico que se movía fundamentalmente en el terreno del jazz. Tenía 22 años y, además del piano, tocaba el sintetizador y el acordeón. Iñaki, junto con el saxofonista Josetxo Silguero, que se incorporaría al grupo 3 o 4 años más tarde, se iba a convertir en un colaborador fundamental hasta el final. Como él mismo señala en el DVD del 2009: "Un día sonó el teléfono... y a partir de ahí empezamos a ensayar". Al comienzo Mikel le pidió que escuchara sus discos para que conociera bien lo que hacía y le interesaba. También le solía llevar las letras de las canciones en euskera y castellano para que pudiera captar bien el sentido de lo que decía.

Empezaron ensayando algunas canciones que Mikel había popularizado y grabado en la década anterior pero que seguirían interpretando juntos: como *Izarren hautsa* o *Zaude lasai*, que era un tema de humor negro con letra de Artze que Mikel había estrenado hacia 1973 y aunque entre el público suscitaba reacciones encontradas a nosotros, sin duda, nos gustaba... Afortunadamente en el disco *Txinaurriak* del 2010, entre otras versiones interesantes, la han vuelto a recuperar. Él la había cantado mucho acompañado por la guitarra eléctrica de J.M. Zabala o haciendo sonidos todavía más raros con la voz para tratar de sustituirla cuando esta faltaba, y ahora deseaba que el sintetizador de Iñaki sustituyera a la guitarra. También interpretaban juntos otras canciones previamente estrenadas.

Comenzaron también a ensayar otros temas nuevos hechos por Mikel a principios de los 80 y que iban a grabar en 1985. Como bien dice Iñaki en el DVD señalado: "Mikel solía tener muy claro en qué parte concreta de la canción quería que entrase un instrumento determinado, pero dejaba libertad respecto a la forma de interpretarlo... aunque luego pudiera hacer correcciones en caso de no quedar convencido del resultado". Bastantes años más tarde, algo después de haber estrenado *Kiromantzidxa*, un grupo de Bilbao que había acudido a verles, quedando muy impresionado por el tema, le preguntó cómo lo hacían; Mikel sonriendo les contestó: "de forma bastante libre...". En el caso de este tema que estrenaron en el 98, podía haber añadido: "y con bastante trabajo previo"; ya que entre la primera vez que me lo mostró con la voz y la guitarra, enseñándome al mismo tiempo el poema de Sarrionandia (que yo desconocía) y explicándome las ideas concretas que tenía para el mismo, y el día del estreno conjunto definitivo (después de haber hecho diferentes ensayos parciales y graduales con los diferentes participantes), iban a pasar más de dos años (ver pags 299 y 300, para más detalles).

En otras ocasiones el proceso podía ser más breve, pero siempre (o casi siempre) había un trabajo previo, a veces inadvertido por algunos, que según Mikel ha dicho con frecuencia y yo he podido constatar, en su caso solía ser "intuitivo, a veces más rápido y otras más lento, y trabajado" (ver capítulos 1º, últimas páginas del 3º, 4º, 5º y 6º especialmente). También parece claro que había un grado de libertad que tanto a él como a sus colaboradores más cercanos les gustaba y les permitía aportar más de ellos mismos.

Por otra parte Mikel era más dado a "hacer" que a explicar, algo que entre otros detalles se manifestaba, en su escaso entusiasmo por hacer entrevistas y en la parquedad que, al margen de la representación, solía mostrar en escena. Apenas hablaba. Se podía limitar a un escueto saludo (por ejemplo, "*gabon*") que podía decir al principio, hacia el medio o el final, según el día. Dar el nombre de los autores de los textos de sus canciones (tradicional, Brecht, Artze, Lete, Atxaga… o quien fuera) era para él un rito obligado, salvo que se tratara de una canción súper conocida y lo considerase redundante. En algún otro momento, a veces cuando menos lo esperábamos, presentaba o decía el nombre del (o de los) músicos que le acompañaban; y hacia el final, el de los técnicos. Y con un escueto (y a veces sonriente) "*mila esker*" dirigido al público, y el saludo conjunto de todos los que habían participado, terminaba la actuación. A veces resultaba cómico, sin pretenderlo, cuando al tener algún despiste o confusión que, con su naturalidad no trataba de disimular, nos hacía reír… Cuando alguno de los músicos que actuaban con él, interpretaba (o interpretaban) solos un tema, solía permanecer en la penumbra, sentado en el escenario.

* * *

Su reaparición tuvo lugar el 22 de junio de 1984 en Donibane Garazi. Entre esta fecha y el 1 de febrero de 1985 actuaron en Getxo (Frontón Fadura), Lazkao, Lizarra, Leitza, Oiartzun, Ondarroa, Gernika, Elizondo, Durango, Beasain, Lekeitio, Donostia (en el Polideportivo de Anoeta, junto a Lluís Llach), Portugalete, Iruña (en el Anaitasuna), Ustaritz, Etxarri Aranatz, Azpeitia, Legazpi y Donibane Lohizune. Además dejaron sin poder atender montones de peticiones, dado que Mikel no deseaba realizar más de una media de tres actuaciones mensuales, para poder así singularizar más cada una de ellas. En general, la asistencia a las representaciones fue masiva y salvo en el primer concierto, en el que los nervios y un cierto desconcierto se hicieron notar y, en el caso de Ondarroa, al aire libre y con cambios de temperatura que acusó su garganta, el nivel de las actuaciones (y también la respuesta del público, algo que no siempre va forzosamente unido) fue alto o muy alto.

El programa que ofrecían por entonces era más o menos el siguiente: podía empezar con *Bentara noa*, *Kantuz* o *Gaztetasuna eta zahartasuna*, temas de corte tradicional (con letra de Mendiage y Otxalde) que Mikel incorporó a los directos a partir de los ochenta; seguidas por *Ihesa zilegi balitz* y *Negu hurbilak*, canciones nuevas hechas por Mikel (la primera con base tradicional) a partir de poemas de Lete. Todo ello en un clima blanco y negro, en el que el piano, acordeón y tal vez el sintetizador, jugaban un papel importante. Clima que se alteraría súbitamente gracias al cambio de luz (unos azules muy claros y fríos que iluminaban el escenario), posición y movimiento, que daría entrada a un *Zaude lasai* mucho más "punk" en el que en ocasiones casi percibías "al cadáver encadenado…, a punto de ser liberado", y en el que el sintetizador iba a sustituir a la guitarra eléctrica y la voz de Mikel se iba a mostrar mucho más libre, juguetona y chirriante. Seguía *Lizardi*, un tema nuevo con letra de Atxaga, interpretado micrófono en mano y a ritmo de tango. Luego, en un escenario con dos micros situados a ambos lados del escenario e iluminados por dos focos cenitales en blanco (igual que en su estreno en 1977), vendría el juego escénico y vocal (incorporando grabaciones) de una versión renovada del *Komunikazio-Inkomunikazio(a)*, en la que ahora introducía la parodia de Cantinflas con el monólogo sobre los presocráticos y el problema del "ser o no ser" ("*izan ala ez izan*") que de otra forma había aparecido ya en la primera versión; y aunque las preguntas del niño autista acompañado por la música de Bach u otros detalles pudieran variar según la ocasión y el lugar, normalmente nos descolocaban, interrogaban y emocionaban.

A continuación (a veces con un descanso por medio, según el lugar y la duración total del espectáculo) otro cambio de luces y posiciones; y, ya en rojo, podía venir la versión al piano de Iñaki de *Haika mutil*, seguida por *Sorterriko koblak*, nueva canción hecha por Mikel con letra de Sarrionandia, e *Izarren hautsa*, y para terminar *Orreaga (Lekeitio 6)* interpretada en forma más lenta que en la grabación del 80, pero fuerte, bárbara y poderosa. Pasando ya de rojos a blancos, como bises podían estar: *Liluraren kontra*, *Besterik ezagutu ez eta*, *Gure bazterrak*, *Herria eta hizkuntza*... En las buenas actuaciones, y muchas lo fueron, este variado e innovador espectáculo tenía lirismo, desgarro, humor y una gran fuerza... Entre los numerosos detalles de testimonio y emoción que recuerdo (mucha gente salía "tocada"...), mencionaría dos muy simples: un titular que siguió a la representación en el Anaitasuna (de Iruña) que hablaba de una "sinfonía en rojo y blanco" y el reconocimiento de un adolescente que se le acercó emocionado al terminar el concierto de Getxo, para agradecerle su vuelta a los escenarios.

* * *

De estas actuaciones solo hay una grabación realizada por ETB en Donostia. Es desigual pero hay algunos momentos (incluidos en el DVD del 2009) que están bastante bien, sobre todo si tenemos en cuenta la escasez de dichas grabaciones... ¿Por qué? En parte por nuestra marginalidad, en parte porque nosotros mismos nos las deseábamos teniendo en cuenta que eran una pega para que el público del directo pudiera estar cómodo y atento, algo que nosotros valorábamos mucho y, por último, y esto es importante, porque por entonces no era fácil que aquí grabaran bien, debido a las dificultades técnicas implícitas.

Durante el año 84 y gran parte del 85, actuaron solos Mikel e Iñaki, salvo en el primer concierto y en Oiartzun, donde también tomaron parte los hermanos Artze a la *txalaparta*. Como técnicos José Luis Zabala (sonido) y Bixente Karda (luces) que pronto contarían con más colaboradores; y yo misma, como "mánager *amateur*" (nunca mejor empleada la palabra porque me encantaba lo que hacían y no cobraba nada salvo la satisfacción que sentía con el resultado). Colaboraba en una serie de cuestiones que voy a detallar, pues además de lo que se veía en escena, las actuaciones implicaban mucho trabajo previo, aunque cuando salían bien, quedásemos encantados y la satisfacción recibida nos compensara con creces el trabajo realizado.

Al margen de la parte artística, los preparativos para los conciertos solían empezar meses o incluso años antes, cuando nos llamaban los organizadores (normalmente entidades culturales populares que actuaban sin finalidad de lucro). A partir de ahí, solíamos tratar de ordenar las actuaciones, de forma que espacial y temporalmente no quedaran muy cercanas. Luego se les informaba acerca de cuáles eran las condiciones técnicas requeridas, entre las que incluíamos: un escenario amplio (10 m de largo por 6 m de fondo como mínimo, y si era más grande mejor todavía), algo que a Mikel le parecía fundamental para poder moverse de un lado a otro como él deseaba; cantidad de vatios, tomas y líneas independientes de luz, necesarias para que el equipo de luz y sonido funcionara adecuadamente; algunas sillas de madera clara ("cerveceras" como solía decir él) para el escenario... En ocasiones, él mismo acompañado por J.L. Zabala acudía a observar *in situ* el lugar para comprobar si reunía las condiciones necesarias o cómo podían lograrse.

Estaba también la cuestión económica, ya que aunque trabajábamos con márgenes reducidos (en ocasiones gratis), dado que nos gustaba que las entradas no fueran caras para que el público interesado no tuviera problema de acceso, había que ajustar las cuentas, algo de lo que normalmente me ocupaba yo después de consultar con los implicados (empezando por Mikel, claro). Aparte del posible coste del local (del que normalmente se ocupaban los organizadores), en nuestros gastos entraban: el coste del equipo (luz y sonido) y de los técnicos que como he dicho al principio eran los dos citados, pero más tarde aumentarían a 4 o 5; el coste de los músicos que como he señalado al comienzo serían dos (Mikel e Iñaki) pero luego aumentarían bastante. En este capítulo procurábamos aplicar normalmente la regla seguida al comienzo de las cooperativas: aquella idea del 1-3 o 1-4, como diferencia máxima entre la remuneración de los músicos según su nivel de participación o importancia: primero Mikel; en segundo lugar Iñaki; en tercero, a partir de su incorporación al grupo, Josetxo Silguero, que a pesar de tomar menos parte que Iñaki tenía como él una calidad que para nosotros era muy importante; en cuarto lugar, aquellos que solo participaban en algún tema aislado. Todo esto lo solíamos (lo solía) consensuar con ellos por anticipado (o a posteriori en algunos casos). El resto de los gastos eran menos importantes: coste de imprenta de los carteles (al principio utilizábamos uno en blanco y negro con una fotografía de Mikel hecha por Jesús Uriarte en los setenta y, más tarde, otros de Zumeta que podían o no coincidir con las portadas de los discos y, que los autores generosamente nos permitían usar); coste de alquiler del acordeón hasta que terminamos de pagarlo; costes de los bocadillos y bebidas, cuando no había alguna cena organizada, algo que a Mikel no le solía gustar antes del espectáculo, porque después de las pruebas de sonido prefería poder concentrarse... En algunas ocasiones en que los organizadores contaban con más medios, todos cobraban más y en otras en que el carácter "benéfico-cultural" predominaba, se consensuaban con los técnicos y músicos unas cantidades menores y Mikel actuaba gratis.

* * *

El día del concierto, Mikel y yo solíamos acudir al lugar de la actuación cuatro horas antes de que esta empezara. Al principio Iñaki solía venir con nosotros en coche y, más tarde, acudiría por su cuenta. Cuando llegábamos, dejábamos los trastos (guitarras, ropa...) en el lugar, donde los técnicos tenían que tener avanzado el montaje para poder empezar a hacer las pruebas de luz y sonido algo más tarde. Luego solíamos acudir a algún bar donde Mikel, siguiendo una costumbre que había iniciado hacia mediados los setenta, solía tomar un pequeño bocadillo con un vino y un café con leche y un par de Optalidones de aquellos que llevaban barbitúrico y por aquella época tomaba (o tomábamos) mucha gente, incluidas también muchas respetables amas de casa, por su efecto estimulante. Más tarde le quitarían el barbitúrico y el efecto sería parecido, aunque al principio estuvimos un tanto asustados pensando que la falta del "amuleto" podía resultar preocupante... Recuerdo que Mikel me solía decir: "andamos con tanto misterio con esto del Optalidón, qué no sé qué van a pensar que tomo...". A continuación, él solía dar una pequeña vuelta por el lugar donde tenía que actuar, algo que siempre le gustaba hacer incluso si se trataba de un pueblo o barrio conocido, y yo me solía trasladar al lugar de la actuación para ver si el escenario, luz, sonido... estaban preparados para permitir empezar el ensayo. Entonces distribuía a todos copias del programa que previamente Mikel y yo habíamos consensuado. Normalmente solía ser yo la que programaba (u ordenaba) los temas, a partir del material que él estaba ensayando o me había dicho que quería interpretar. Una vez ordenado, se lo mostraba y a veces me planteaba alguna pega, normalmente de tipo técnico (por ejemplo que dos temas seguidos tuvieran demasiadas "cejillas" y resultasen cansados a la guitarra...); y después de hacer algún cambio y corregir el problema, hacía las copias para los músicos y los técnicos.

Luego venían las pruebas de sonido (y luz) que con frecuencia eran demasiado largas y cansadas, algo que a mí siempre me preocupaba y trataba que remediaran, aunque no era fácil lograrlo. Recuerdo que solíamos decir: "ensayo malo... actuación buena; y viceversa". Afortunadamente no siempre era así, ya que podía haber casos de ensayos relajados y actuaciones muy buenas... ¡Sin duda, lo mejor! Pero lo cierto es que con frecuencia las pruebas de sonido previas al concierto eran complejas, nerviosas y demasiado fatigosas. A continuación, solía proceder a cambiarse de ropa, algo que apenas se advertía porque era prácticamente igual que la anterior (su uniforme sobre tonos azules marinos) y, en los mismos camerinos, tomábamos unos bocadillos, vino, agua y café con leche: Mikel solía tomar un café con leche con una copa de whisky. A continuación: concentración que para él era muy importante y actuación.

Cuando esta había terminado y si todo había ido bien, solía estar contento y relajado y podía charlar con los músicos, con la gente, los organizadores… A mí me quedaban las cuentas con los organizadores (que en ocasiones podían sacar un dinero para ayudar a la ikastola local o seguir organizando actos culturales) músicos, técnicos… También tenía que hacer la declaración de autores, algo que ahora nos iba preocupando más que antes. Cuando terminábamos, estaba la vuelta a casa. Al principio solía conducir Mikel. Más tarde procuraríamos quedarnos a dormir en el lugar de la actuación o, en ocasiones, que nos trajera alguna otra persona ya que para él resultaba demasiado cansado. En conjunto era mucho trabajo, pero la emoción del directo bien hecho era tan fuerte que quedábamos contentos, muy contentos: ¡encantados!

* * *

La "enfermedad" que parecía haberse olvidado de él desde 1962, apareció de nuevo en febrero de 1985 y, 1 0 2 días después del concierto de Donibane Lohizune, comenzó una hemoptisis que nos llevó a Urgencias donde iba a permanecer en observación, para ser luego ingresado en planta, en una habitación ocupada por cuatro camas y cuatro enfermos y donde le mantuvieron hospitalizado durante bastantes días para realizar una serie de pruebas que iba a aguantar con aquel estoicismo del que ya he hablado antes. Al comienzo, mientras estábamos en Urgencias temiendo que pudiera ser un cáncer de pulmón o algo igualmente grave, acudió Lasa nuestro cuñado que trató de tranquilizarme y, por otro lado, Iñaki Salvador (acompañado por Ana Benegas) que también parecía asustado.

Los días que permaneció en planta fueron más tranquilos y Mikel reía las ocurrencias de uno de los enfermos, un señor mayor y de mal genio que protestaba porque, según decía, las visitas acaparábamos el aire que ellos necesitaban para poder respirar. Mikel, poco partidario de visitas, consideraba que tenía mucha razón. Pero yo, y también otra persona que acudía junto a otro enfermo, permanecíamos con frecuencia junto a ellos, procurando acaparar la menor cantidad posible de aire para no ponérselo difícil... Y nos permitían hacerlo. Por entonces entraríamos en relación con el Dr. Daniel Luna (neumólogo) con quien luego hemos mantenido una larga y buena relación. Después de practicarle una serie de pruebas, nos dijeron que la hemoptisis había podido ser consecuencia de las cicatrices de su antigua tuberculosis. Le hablaron de una posible operación a la que él no se animó y le dijeron también que le convenía descansar. Suspendimos hasta mayo las actuaciones que tenían pendientes, pensando que en caso de poder reanudarlas convendría reducir algo más el número de conciertos.

Salimos del hospital. Volvimos a casa. Y aunque quizá pueda resultar sorprendente en aquel momento de convalecencia, recuerdo el impulso frenético que nos llevaba a un contacto sexual fuerte y tremendamente apasionado..., como si formara parte inseparable de esa vida que parecía volver de nuevo. Desde entonces (con o sin impulsos frenéticos) estas hemoptisis se iban a repetir anualmente, al principio en invierno y luego en otras épocas, durante un periodo de siete años.

* * *

En mayo, volvieron a los escenarios, esta vez en el Teatro Principal de Gasteiz y en esta actuación se le notó menos suelto, como si todavía le acompañara el miedo... Una sensación que a mí me iba a durar tanto o casi más que a él, a pesar de que normalmente junto a la ropa para la actuación, acostumbrase a llevar el "antídoto" como yo llamaba al medicamento (Caproamín) que le daban para parar las hemorragias. Sin embargo, el 5 de junio actuó en Araia, con el frontón repleto de público (entre ellos el pintor Carmelo Ortiz de Elguea) y parecía encontrarse en plena forma. Lo mismo sucedió en Usurbil, Abadiño, Tafalla (en los festivales de Navarra), Santurtzi (Santurce), Gernika, Getxo (donde actuó junto a Benito Lertxundi) y algún otro concierto que ofrecieron ese mismo año en el País Vasco.

Por diferentes razones todas estas actuaciones resultaron memorables, pero el concierto de Usurbil organizado por un grupo de jóvenes del pueblo a modo de homenaje (luego seguirían otros), tuvo un carácter especial tanto por el cuadernillo-programa que publicaron como por lo hermoso que resultó: al aire libre, con un gran sonido y un hermoso escenario situado en la plaza con el muro en piedra de la iglesia como fondo. Y también porque al final del mismo recibió otro homenaje importante para él cuando el pintor Rafa Ruiz Balerdi, muy impresionado por el concierto, pidió una cartulina en blanco y después de decirle: "¡Qué noche nos has dado...!", le hizo un retrato muy estimado por Mikel, con una hermosa dedicatoria que decía: "A ese desconocido diamante, con simpatía". Lo cierto es que la relación que Mikel ha tenido con los artistas plásticos a lo largo de su vida ha sido especial, tanto a nivel de colaboración como de admiración (con frecuencia, mutua) expresada de diferentes maneras. Más tarde me referiré de nuevo a ella.

En septiembre grabaron con Elkar y Jean Phocas como técnico, el LP titulado *Sei (6)* que iban a publicar en diciembre del mismo año. Contenía dos temas tradicionales (uno con letra de Otxalde) y las cuatro canciones nuevas que últimamente incluía en sus directos y ya hemos mencionado; tres temas instrumentales (*Haika mutil*, *Denbora galduaren bila* y *Estudioa*, este último un arreglo del estudio de Fortea para guitarra que Mikel tanto había utilizado en sus prácticas); y, por último, *Itsasoa eta lehorra (Lekeitio 7)*, un tema compuesto hacia 1985, en que la voz, la guitarra y en un momento la flauta, se unen a la *txalaparta*. La portada era de Zumeta (e incorporaba fotos de Arturo Delgado y J.M. Zabala). El disco funcionó bien comercialmente y recibieron muchas peticiones para actuar, aunque solo pudo aceptar algunas... Desde finales de 1985 empezaron a actuar en directo junto a ellos, Jexux Artze (gran colaborador y gran amigo hasta el final), acompañado al comienzo por Andoni Alemán (y más tarde por Joseba Urzelai, Aitor Aizpurua y

Pello de la Cruz, Mikel Artola e Iker Muguruza) a la *txalaparta*; y Eduardo Salvador a la guitarra acústica, bajo y flauta.

* * *

El 12 de julio de 1985 había fallecido Estefanía, la madre de Mikel. Su muerte fue también tranquila y en casa. Sus últimos años los vivió junto a Garbiñe y Pello y recibiendo las visitas del resto de la familia. Conservó la lucidez hasta el final y era muy bonito oírle contar con aquella voz y aquel euskera que sonaba tan suave y tan bien, historias de su niñez y juventud vivida en Pasai Donibane… Poco antes de su muerte, cuando después de volver de un concierto acudimos a visitarla, llevando con nosotros las dos guitarras que Mikel solía utilizar en directo y que no le gustaba dejar en el coche por muy cerrado que pudiera estar, ella, que nunca había acudido a escucharle, le dijo que le gustaría oírle cantar *Txoria txori*. Muy nervioso, cogió la guitarra y le cantó la canción.

Por aquellos últimos años, en un momento que estábamos solas en su habitación me había hecho algunas confidencias que en parte conocía pero que me chocaron y agradecí porque en ellas advertí un deseo no de criticar a su marido, con el que había tenido una buena relación hasta el final, sino un intento de prevenirme y aconsejarme en el caso de que a mí me pudiera pasar lo mismo que a ella. Me dijo que en algunas épocas Feliciano había bebido "un poco demasiado" (*gehiegitxo*); y también (y esto último yo lo conocía a través de Mikel, que siempre dudaba que fuera cierto), que en algún tiempo le habían ido con el cuento acerca de las juergas… que solían organizar con unas alegres pescadoras, con las (o la) que tal vez… hubiera podido haber algo más. Ante lo que le contaban, según me dijo, ella pensaba: "Allá él… Yo tranquila junto a mis hijos, en casa". Era una advertencia que por entonces no me preocupaba demasiado pero que bastantes años más tarde recordaría con frecuencia y cuando Mikel, que a veces también se refería a ello, me decía: "¿Qué haría el aita entonces? ¿Habría habido realmente algo de lo que se insinuaba…? Desde luego, ¡él era, sin duda, mucho más espabilado que yo…!". Ante su comentario, yo me solía molestar mucho y le contestaba: "Oye, si se trata de ser espabilado…, ya sabes lo que tienes que hacer: ¡espabila!". También estaba claro que ella (su madre) y yo éramos muy distintas y probablemente yo no era ni tan paciente ni tan hogareña como ella.

En lo que respecta a la afición a la bebida, estaba claro que a Mikel le gustaba el alcohol, lo que unido a su gran sociabilidad y a su tendencia a celebrar los encuentros con uno, otro y otra…, con un vino, un *txakoli* o lo que fuera…, podía hacer que en ocasiones bebiera demasiado, aunque creo que nunca le he visto borracho. Sin embargo, tuvo dos razones que fueron importantes para contrarrestar esta tendencia. Por un lado, su mala salud: lo que hizo que durante temporadas largas tuviera que estar sometido a un régimen que no le permitía probarlo y que había observado a rajatabla. Luego, cuando la prohibición no era tan fuerte y durante cierto tiempo, la moderación le acompañaba. Otra razón era la importancia que daba a sus actuaciones y la consecuente necesidad de prepararse para ellas: ello le impulsaba y le ayudaba a seguir un régimen moderado que consideraba esencial, a la vez que a trabajar, pasear y cuando era posible tomar baños de río y, sobre todo, de mar.

Unos meses después (en febrero de 1986) a los 53 años de edad, murió Andoni Elizondo, su cuñado. Había sido defensa y entrenador de la Real Sociedad. Parecía un modelo de fortaleza y durante unos cuantos meses luchó contra una dura enfermedad que al final no pudo superar. Recuerdo cómo, pocos meses antes de su muerte, en un encuentro muy cerca de su casa, trataba de animarme apostando a favor de que, al final, las hemoptisis de Mikel no iban a resultar tan importantes.

* * *

Hacia principios de los ochenta, Mikel había empezado a utilizar textos de Bernardo Atxaga y Joseba Sarrionandia para hacer sus canciones, algo que, como puede advertirse en su discografía, duraría hasta el final. A Atxaga le habíamos conocido en la primera mitad de los setenta. Según cuenta él, con anterioridad había conocido alguno de los primeros discos de Mikel de los sesenta y le había visto actuar con Ez Dok Amairu, pero personalmente fui yo quien le conocí primero en una reunión de economistas "semi-clandestina" (en aquella época en que cualquier cosa lo era) hacia la primera mitad de los setenta. Poco después asistió a una actuación de Mikel, celebrada en algún barrio de Bilbao (no sé si él lo recuerda), pero iba a ser algo después, con posterioridad a la publicación de *Etiopia* en 1978 cuando, al igual que muchas otras personas, íbamos a quedar deslumbrados por sus poemas. Algo más tarde, nuestra admiración se extendería a sus cuentos, novelas... o sea, hacia el conjunto de su obra y, desde aproximadamente mediados de los 80 se convertiría en un gran amigo que, además, se mostraría muy generoso (permitiendo por ejemplo y entre otros detalles, que Mikel utilizase fragmentos de sus poemas). En el caso de Sarrionandia, por razones obvias, no mantuvimos una relación personal pero desde que se publicó *Izuen gordelekuetan barrena* (1981), Mikel empezó a seguir y utilizar su poesía, y ambos (él y yo) a leer muchas de sus obras... Algo después del estreno de *Sorterriko koblak*, le llegó un cuaderno de "Sarri" con 16 poemas escritos a mano: un pequeño tesoro que todavía conservamos. Para nosotros, ver que en nuestro entorno cultural (tanto en el campo de la literatura como en otros terrenos) surgía gente joven de valía, era un regalo. Los dos escritores habían participado junto con Ruper Ordorika y otros, en el grupo Pott (en la segunda mitad de los setenta) y en 1980, Ruper que más tarde también sería amigo nuestro, grabó *Hautsi da anphora*, un disco con textos de Atxaga y portada de Eguillor que nos pareció estupendo.

El resto de la década de los ochenta se iba a caracterizar por la importancia que (además de nuestra vida familiar, mi actividad profesional y los problemas de salud de Mikel) iba a tener la música y el intensificar ciertas relaciones (en el terreno del arte plástico y de la literatura) que, si bien no eran nuevas, en esta época se iban a hacer más estrechas. Por un lado, seguimos manteniendo una gran relación con Zumeta (y Espe) y, a través de él, con Balerdi (y Jacqueline); y también con Gabi Ramos Uranga (junto con Carmen Erdocia, su mujer; y Agustín Salinas, un amigo común). Según nos decían tanto Agustín como el propio Gabi, este último solía trabajar escuchando música y los *Lekeitios* ocupaban un lugar importante en ese espacio. A Gabi le gustaba bromear y solía llamar a Mikel, "Tintín". Estas estrechas relaciones hicieron que aumentase todavía más la tendencia que, desde principios de los sesenta, teníamos a ver exposiciones, tanto de artistas del país como de fuera del mismo, y a establecer una mayor ligazón con el "grupo de los plásticos" al que más tarde me referiré un poco más sistemáticamente.

De momento solo mencionar algunas de las grandes exposiciones que tuvimos ocasión de ver en la primera mitad de esta década: *Las tizas* de Balerdi, aquella maravilla que muchos pudimos admirar, en 1982, en los salones de la Caja de Ahorros Provincial de la calle Garibay; o dos exposiciones de Zumeta, muy diferentes pero muy fuertes las dos, en el Museo de San Telmo. La primera en 1980, aquel realismo duro y crítico que había desarrollado a partir de las fotografías de Diane Arbús y que, no solo por ser figurativa, suponía un contraste total con la abstracción lírica (*Los grises*) que habíamos visto dos años antes en Iruña. La segunda (hermosísima) se inauguró en 1985 en el mismo museo: *Papiroak*, aquellas témperas sobre cartón que, como decía Balerdi, tenían tanta, tanta fuerza que casi te impedían entrar... Te echaban hacia atrás cuando intentabas atravesar la puerta de la primera gran sala donde se exponían y te asomabas para poder verlas. En el catálogo hay un cuento escrito para la ocasión por Bernardo Atxaga y en las fotos del día de la inauguración (hechas por Arturo Delgado, según creo) aparecen, además de Zumeta, Balerdi y Mendiburu (otro escultor del que hablaré luego), Atxaga junto a Mikel y Agote (del "grupo de Asteasu", como les llamábamos en broma), con los que a partir de entonces estableceríamos una colaboración y unas relaciones más estrechas.

* * *

Siguiendo con Mikel, los años transcurridos entre el 86 y el 89 se iban a caracterizar por las nuevas canciones que iría haciendo para incorporar en sus directos y grabar en el CD *Hamabi (12)* en 1989; por la versión renovada de otras (algunas también incluidas en sus conciertos) que iba a grabar en 1988 en el doble LP titulado *Lekeitioak* (que en el 2007 sería sustituido por otra recopilación más completa); por los nuevos músicos que se iban a incorporar al grupo y por las numerosas actuaciones que hicieron en pueblos y ciudades del País Vasco, a pesar de tener que dejar bastantes sin atender por los problemas de salud mencionados. Por esta misma razón, tampoco pudimos aceptar algunas peticiones para actuar en el extranjero (Alemania, Suiza...), ya que las condiciones normalmente resultaban duras y no nos animamos a hacerlas. Para evitar reiteraciones, voy a tratar de resumir refiriéndome únicamente a aquellos conciertos que por una u otra razón resultaron más peculiares...

El 13-3-1986, actuaron en el Teatro Ayala de Bilbao en un concierto que sin duda merece ser recordado por el nivel de la actuación y la reacción del numeroso público asistente. Sin embargo, durante el periodo al que nos estamos refiriendo, realizaron otros muchos en diferentes municipios de Bizkaia y en distintos lugares de Bilbao (Plaza Nueva, Txurdinaga, Parque de Doña Casilda, Teatro Arriaga en el 88...) que frecuentemente merecen una consideración parecida. Sin embargo, por su particularidad (se trató de uno de esos conciertos por los que daría un brazo a cambio de una buena grabación del mismo...), solo me referiré al que iba a tener lugar en Gernika en 1987.

El 8-5-1986, actuaron compartiendo cartel con el grupo The Chieftains en el festival titulado Folk Araba en Gasteiz. TVE grabó el concierto que iba a ser la base para el programa que TVE 2 iba a dedicar a Mikel, en su espacio titulado *La buena música*. El vídeo resultó desigual y no nos gusto demasiado, ya que junto a algunas partes que resultaban interesantes y acordes con su personalidad, incluyeron otras filmadas posteriormente que a nosotros nos parecían "cursis" y que no concordaban en absoluto con su carácter y forma de actuar. Además de este concierto por entonces dieron otros muchos en Araba, tanto en diferentes lugares de la capital como en otros de la provincia en los que antes no era habitual actuar (Araia, Labastida, Santa Cruz de Campezo, Oyón, Aramaio, Amurrio, Laudio…).

El 22-5-1986 es la fecha del concierto que con notable éxito se celebró en el Teatro Victoria Eugenia de Donostia. Las críticas (ver, por ejemplo, la de Iñaki Zarata, en *El Diario Vasco*) fueron muy, muy buenas. Sin embargo, durante este periodo actuaron también por toda la geografía guipuzcoana y otros lugares de la capital menos habituales (como el parque del Palacio Miramar), siendo frecuente que los resultados fueran tan buenos o incluso mejores, aunque no se reflejasen en los periódicos, debido a la costumbre de reseñar especialmente los conciertos que tenían lugar en determinados locales de las ciudades.

El 24-10-1986, dieron un concierto en el prestigioso San Juan Evangelista de Madrid. La actuación fue muy buena y el resultado artístico excelente. Creo que fue la primera vez que se puso en práctica la idea de Mikel de que, en los casos en que actuaban fuera del país, merecía la pena que un actor (en este caso Xabier Moreno, presentador de radio) leyera en determinados momentos unos pocos fragmentos (u ocasionalmente un poema completo que no fuera demasiado largo) previamente seleccionados por nosotros, para que el público pudiera tener una idea de lo que cantaba y siguiera mejor el recital sin que resultara pesado y que, a la vez, esas cortas lecturas quedaran incorporadas en el conjunto del espectáculo. Sin embargo, acudió muy poco público y ni la prensa ni la televisión hicieron la más mínima referencia al mismo, a pesar de que esta última había grabado previamente partes del ensayo, entrevistas… De forma “extraoficial” nos llegó la noticia de que tal proceder se había debido al atentado cometido por ETA en Donostia un día antes… De todas formas, el director del colegio, que parecía muy impresionado por la actuación, le dijo a Mikel que se sentía en deuda con él e intentó en diferentes ocasiones que pudiera volver a actuar en Madrid de nuevo… Sin embargo, por una razón u otra, sus intentos no dieron resultado.

Entre 1986 y 1989, actuaron en diferentes lugares de Iparralde con muy buenos resultados, pero resulta inevitable citar los conciertos que por lo menos en dos ocasiones tuvieron lugar en el Parque de la Nature de Donibane Lohizune, organizados por AEK. Fueron actos largos y colectivos, en los que compartían cartel con otros artistas (en un caso Lluís Llach). Tuvieron lugar al aire libre, en un escenario y entorno hermosísimos; con una asistencia masiva y un público extraordinario... El resultado artístico muy, muy hermoso. Recuerdo que uno de los organizadores nos mandó una fotografía, en la que se veía a mucha gente, predominantemente joven, siguiendo su representación con enorme atención e interés... Al dorso de la fotografía, había escrito entre interrogantes: "*Inkomunikazioa?*".

Tendría que referirme igualmente a las actuaciones que por esta época se celebraron en diferentes pueblos de Navarra y en Iruña, la capital, donde quizá haya que subrayar las que en diferentes ocasiones tuvieron lugar en el Teatro Gayarre, con repeticiones en los noventa, y que en general (salvo una en el 95, en que Mikel enfermo, tenía mal la voz) alcanzaron un gran nivel. El acto que se celebró en Arizkun con motivo del ingreso de P. Salaburu en Euskaltzaindia tuvo también un carácter muy especial por la afortunada combinación de elementos científicos, populares y artísticos que reunió. Se celebró en el frontón del pueblo repleto de gente de la localidad junto con académicos y otros representantes del "mundo de la cultura". Creo recordar que Salaburu habló de la gramática de Chomsky y la réplica se la dio Koldo Mitxelena. Los *dantzaris* bailaron al son del *txistu* y del atabal, y Mikel, acompañado por Iñaki Salvador, intervino en dos o tres ocasiones... Fue un acto muy hermoso. Hubo también otros muchos que se celebraron en pueblos cercanos del Baztán (donde siempre nos han tratado muy bien) y otros algo más lejanos en los que también fue bien, aunque como ya he dicho las actuaciones tendieron a concentrarse más en Iruña o sus proximidades.

El 25-4-1987, víspera del 50 aniversario del bombardeo de Gernika, organizaron un concierto en el frontón de esta localidad, en el que participaron Benito Lertxundi con su grupo y Mikel con el suyo. Los organizadores nos habían pedido que Mikel actuara en la segunda parte para que la interpretación de su *Gernika* tuviera lugar a las doce de la noche... El resultado fue inolvidable para muchas de las personas que lo presenciamos: fue una de las últimas veces que Mikel interpretó en directo la versión original de su *Gernika* y lo hizo de forma impresionante a pesar de la dificultad que entrañaba, de la alta tesitura en que se movía y, a pesar también, de las hemoptisis que le rondaban... Mientras tanto en el fondo del escenario se proyectaban los pájaros de Zumeta, amenazantes a veces y símbolos de paz y libertad en otras... Al final de la canción parte del público se puso a acompañar a Mikel, silbando melódicamente a modo de coro el *Haika mutil* final. Posiblemente el testimonio escrito más descriptivo del concierto se publicó tiempo después en la revista *Mondo Brutto* donde, en referencia a esta interpretación, entre otros detalles señalaba que: "Ponía los pelos como escarpias...". Más o menos eso fue lo que percibimos y manifestamos muchos de los que aquel día llenábamos el local... Yo, sin comentarlo con Mikel, para que estuviera más tranquilo, había pedido a nuestros técnicos que grabasen el tema, por lo menos el audio ya que no contábamos con medios para grabar también la imagen. Me dijeron que habían tenido un problema técnico que les había impedido hacerlo. ¡Pocas veces he lamentado tanto un "fallo" que nos ha privado de la grabación desde "la mesa" (algo que garantiza cierta calidad) de una actuación así!

Al terminar el concierto y junto a la salida del frontón, el grupo Kukubiltxo presentó *Oraindik Gernika*, un documental de aproximadamente 10 minutos de duración, el tiempo de la grabación de Mikel en el *Bat-Hiru*, que utilizaban como fondo musical de su representación.

En 1999 Mikel tomaría parte en la versión sinfónica de su obra, pero en ella se había reservado cantar la parte más suave, en la que interpretaba el sonido de los "susurros-comentarios del pueblo" que siguen a los gritos y, con el coro, el *Haika mutil* final. Curiosamente unos días antes de que se celebrase el concierto en el Victoria Eugenia donde se iba a grabar en directo, estando sentados y formando un pequeño grupo cerca de la Iglesia de San Vicente, hablando de los preparativos del mismo, Sainz Alfaro, director del Orfeón Donostiarra, comentó a Mikel hablando de la primera parte de la partitura que debían interpretar las sopranos: "Hay una parte..., un *si* que resulta complicado... ¿no sería mejor que lo hicieras tú?". A lo que Mikel contestó: "Si yo lo hacía antes, para las sopranos resultará más fácil... ¿no?". Ciertamente el tema, y sobre todo la primera parte vocal del mismo, era difícil y normalmente hasta 1987 lo había interpretado de forma impresionante, fuerte y tremendamente expresiva.

En este sentido, y aunque como he señalado antes al hablar de la entrevista para la televisión de Suecia en 1976, Mikel siempre había señalado el cuadro *Guernica* de Picasso entre sus influencias para crear este tema, cuando en 2007 leímos *Markak/Marcas*, el dramático relato de Atxaga que nos permitió conocer el texto que Picasso grabó en sus planchas *Sueño y mentira de Franco* (totalmente desconocido para nosotros hasta entonces), me pareció sorprendente la forma en que, sin conocerlo previamente, Mikel se había acercado al texto que el gran pintor había grabado a medida que le llegaban las noticias de la Guerra: "Gritos de niños, gritos de mujeres, gritos de pájaros, gritos de flores, gritos de vigas y piedras, gritos de ladrillos, gritos de muebles, de camas, de sillas, de cortinas, de vasos...".

* * *

La noche del concierto de Gernika, nos alojaron en casa de Mª Dolores, una señora de casi 80 años de edad, viuda de un notario, que vivía allí junto a su hermano Imanol, también de edad avanzada. Dormimos allí Antxon Lafont, que había acudido al concierto, Mikel y yo. Nos trataron extremadamente bien. Nos enseñaron un hermoso retrato que le había hecho Urcelay cuando era más joven y, después de dejarnos un tanto extrañados al ofrecernos whisky para desayunar, algo que evidentemente no formaba parte de nuestras costumbres, y contarnos muchas historias diferentes, nos hablaron de aquel personaje apodado "Errexile", quizá porque procedía de Errezil (Régil), y que a Mikel luego le gustaba tanto recordar... Aquel señor que después de mucho tiempo de dejar de pagar la renta del piso donde vivía por carecer de dinero, contestó al propietario cuando este le anunció que le iba a desahuciar: "¡Hombre..., no me fastidies! ¡Súbeme la renta pero no me desahucies!". O cuando, poco antes de morir, hizo el testamento y "dejó" dinero (que no tenía) a todas las personas que le hubiera gustado favorecer... Cuando contaban estas historias, Mª Dolores añadía: "¡Qué humor, así me gustaría estar en el momento de morir...!". Evidentemente el humor y la marcha la tenían también ellos, y conocerles resultó muy agradable e instructivo. Después de despedirnos marchamos hacia la costa con Antxon y Jexux Artze y su familia (Beatriz, Irati y Mikel) que habían dormido con otra familia de la zona, donde nos quedamos a comer y a visitar Lekeitio. Un hermoso recuerdo aunque falten algunos de sus protagonistas principales y carezcamos de una buena grabación del recital.

Por razones diferentes también fue muy interesante el concierto que el 17-9-1988 ofrecieron en Irún, con ocasión del Kilometroak, Llach y Mikel acompañados de sus grupos respectivos. En él, Mikel, acompañado por los sintetizadores que tocaba Iñaki, ofreció una versión llena de intensidad y fuerza de *Dialektikaren laudoria (Lekeitio 3)*, más o menos en la línea que iba a aparecer en la primera (y segunda) recopilación de los *Lekeitios*, pero con ese plus que solo el directo puede deparar, y en la que los sintetizadores de Iñaki sustituirían a la guitarra eléctrica de J.M. Zabala y a la función que esta había desempeñado en la versión del *Lau-Bost*. También introdujimos otros cambios en el programa y la actuación resultó muy fuerte y muy hermosa. Nos quedó, y no solo a nosotros, un gran recuerdo de ella.

Para terminar este resumen de las actuaciones de este periodo, entre las que sin duda hubo muchas más que también cabría resaltar, voy a señalar tres en las que los resultados fueron francamente malos. La primera se celebró en Pasajes de San Pedro, un lugar en el que había unos organizadores muy eficaces y en el que en otras ocasiones Mikel había actuado muy bien. Sin embargo, en este caso, no sé bien por qué, aunque él me comentó que se había enfadado en el ensayo (algo que yo no vi porque mientras tanto estaba corrigiendo exámenes en un local cercano), cuando apareció en el escenario parecía un fantasma que apenas guardaba parecido con él mismo. Al verle me quedé muy asustada, augurando un recital malísimo... Afortunadamente, al poco rato de comenzar el concierto, que se celebraba al aire libre, empezó a llover y la actuación tuvo que suspenderse: ¡qué suerte y qué alivio...!

Los otros dos casos tuvieron lugar en Idiazabal y Llodio, a finales del 89. En estas ocasiones, la razón estaba clara: Mikel tenía mal la garganta (probablemente en las grabaciones del 88 y 89, de las que ahora hablaré, se había forzado demasiado) y para mí era claro que deberíamos haber suspendido los conciertos; pero se empeñó en hacerlos y el resultado fue terrible. Algunos (tal vez muchos) pensamos que no volvería a cantar... Pero hubo suerte, además de descanso, y durante los noventa volvería a sorprendernos con el gran nivel de muchas de sus actuaciones y grabaciones.

* * *

Por esta época los músicos del grupo, además de Mikel, eran: Iñaki Salvador, su hermano Eduardo y Jexux Artze junto con alguno de sus colaboradores a la *txalaparta*, ya citados. En opinión de Mikel, Jexux era "el gran maestro" de la *txalaparta*; además de ser muy aficionado a la música, particularmente a la percusión, y un gran amigo. Hablábamos con él de muchos temas y entre ellos teníamos costumbre de comentar cómo habían ido los conciertos. Entre 1987-1989 actuó también con el grupo Mikel Valcarlos, a la trompeta. El saxofonista Josetxo Silguero (que junto con Iñaki iba a ser otro colaborador fundamental hasta el final) se incorporó al grupo hacia 1987-88 y, en ocasiones, se sumaron también a ellos el batería Aitor Landeta y Carlos Itoiz, a la guitarra española, especialmente a partir de los noventa.

Respecto a los nuevos temas (o nuevas versiones de los antiguos) que iría incorporando en los directos, y luego en las grabaciones, cabe señalar un tema sin palabras al comienzo, cuando hacia 1987 empezó a interpretarlo en directo y que pronto se convertiría en *Antzinako bihotz*. El proceso seguido en este caso fue más o menos el siguiente: Mikel empezó por hacer la música de la canción y pidió a Atxaga que hiciera la letra. Este le preguntó si tenía alguna idea previa respecto al tema y él le contestó que no. Únicamente añadió que le había gustado mucho una imagen que el propio Bernardo había utilizado en una conferencia reciente, al referirse a "un corazón que se rompía como una hucha hecha pedazos". Antes de que este la terminara, empezó a tocarla en los directos (voz y guitarra, más piano y trompeta, a la que más tarde sustituiría el saxo), poniéndole por título en cada caso el nombre del lugar donde actuaba... Un día podía titularse *Lekunberri*, otro *Araia* y otro... Cuando Bernardo terminó el poema (mientras estaba en Escocia, terminando *Obabakoak*), después de haber incorporado en él unos fragmentos en alemán tomados de Trakl, Celan y Hölderlin, Mikel volvió a adaptarlos a la música de forma más libre y prescindiendo de algunas estrofas. El título (dado por el poema) iba a ser ya definitivo y la canción grabada en el CD *Hamabi (12)*, en 1989, iba a formar parte de casi todos sus directos hasta el final.

Galderak (antítesis de la anterior) fue otro de los temas que hizo por esta época, tomando como base fragmentos de un poema de Atxaga titulado *37 preguntas a mi único contacto al otro lado de la frontera* al que Ruper Ordorika había puesto música anteriormente. La canción hecha por Mikel, e interpretada por él (voz y guitarra), Iñaki al piano y Josetxo Silguero al saxo soprano, resultaba una divertida rareza llena de energía que hacía preguntas y suscitaba reacciones encontradas... En general gustaba mucho a los músicos, a nosotros y a otro tipo de gente que quedaba descolocada ya a partir de las exclamaciones "Ah, ah; eh, eh, ih, ih... Ai ene...", que Mikel no sé de donde había sacado (según me dijo muchos años más tarde, no sabía o recordaba cómo se le había ocurrido hacerlo) y había colocado al comienzo de la canción e intercalado en otros momentos de la misma. Pese a que algún crítico, al comentarla, dijese que al hacerla Mikel había roto todos los moldes, no era un tema mayoritario... Lo que yo puedo decir (y otros corroboraban) es que con frecuencia escucharla en directo, con los tres, Mikel, Iñaki y Josetxo actuando "a cara perro", podía ser extraordinariamente rompedor, fuerte y divertido y, que seguida del lirismo de *Antzinako bihotz* (como aparece en el disco) podía resultar una "descolocante y extraña delicia" y ofrecer un contraste que a nosotros nos llenaba.

Otra canción que también se incluye en el mismo disco y con la que hemos disfrutado muchísimo en directo, al oírles a los tres cantar y tocar a tope, introduciendo a veces, según el lugar y el día, algunas variaciones improvisadas (que sí solían llegar a la mayoría), era *Gaberako aterbea*: un tema basado en un texto de Brecht, hecho por Mikel a finales de los sesenta y grabado en 1969. En esta nueva versión se acentuaba su "toque jazzístico", gracias a la aportación del piano y el saxo alto. En ocasiones (como en la grabación del *Hamabi (12)*) participaba también Eduardo al bajo. El nivel que con frecuencia alcanzaban en los directos, hacía que escucharla resultase una auténtica gozada.

Otro tema nuevo que se iría incorporando en los directos y se grabaría también en 1989 en el disco mencionado sería *Lili bat*, una canción hecha por Mikel en base a un poema de Sarrionandia, siguiendo una sugerencia mía sobre el texto al comentarle que ese "soñarse y apropiarse del otro mutuamente" tenía que ver con la relación de pareja… Ahora tiendo a pensar que el "apropiarse" siempre es malo y que "darse mutuamente" mientras funciona…, me parece más adecuado. Es una canción que gusta a mucha gente, aunque a nuestro juicio la grabación quedó un poco mortecina. En el directo nos solía gustar más.

Cherokee (Lekeitio 8) sería el nuevo tema de esta serie experimental que Mikel introdujo en el *Hamabi (12)*. El título (y lo que trataba de expresar en él) estaba relacionado según él nos ha manifestado en diferentes ocasiones, con una entrevista realizada por Bernardo Atxaga en *El País* (25-3-1984) titulada "Un vasco cherokee cuenta su vida". En el artículo Atxaga aludía a un hecho que ya había sucedido en otras zonas y condiciones y que había hecho "que los antes invisibles nos fuéramos convirtiendo en inexistentes…". En este caso, Mikel mezcló su voz y guitarra con las grabaciones de danzas indias y las que, junto con José Luis Zabala, realizaron en Lekeitio y Larraine (Zuberoa). Aunque quedamos muy contentos de la grabación, es el *Lekeitio* que menos veces ha interpretado en directo.

Por último, el disco incluiría también *Lore sorthu orduko*, un tema tradicional (letra de Harlouchi) que Mikel años antes había recogido de Xabier Larralde, txistulari de Arizkun, y del que solo incluyó algunas estrofas. Nos gustaba mucho, pero resultaba tan triste que, por una serie de circunstancias, le pedí que no lo interpretara en directo y apenas lo hizo. Incluyó también un tema instrumental hecho por Mikel al morir nuestro primer perrito y titulado *Kirru*, y el clásico de T. Monk *Round Midnight* interpretado por Iñaki Salvador, Josetxo Silguero y Eduardo Salvador.

Durante este periodo hicieron dos grabaciones: la primera en 1988, se trataba de una recopilación de los *Lekeitios* estrenados hasta entonces, en la que se recogían algunas versiones diferentes de las grabadas anteriormente. Sería un doble LP con una hermosa portada de Zumeta que a mí al principio me asustó un poco: ese "mono tan respondón", por decirlo de alguna manera, me preocupó; algo que hasta entonces no me había pasado y tampoco después me ha vuelto a pasar. Mikel, que siempre quedaba encantado con las portadas de Zumeta, me dijo que en su opinión: "¡Estupenda!" y que "si quería comentar mis temores con José Luis, por supuesto, podía hacerlo". Lo hice. Y José Luis, tan tranquilo como Mikel, me contestó: "Pero, ¿por qué tiene que molestar o preocupar a nadie…?". Hoy en día, esa portada a mí también me parece espléndida. Sin embargo, cuando en 2007 publicamos la nueva recopilación más completa que la anterior, Zumeta, que no suele ser partidario de repetir nada, decidió sustituirla por otra también muy buena y totalmente distinta, que a Mikel volvió a encantarle.

La segunda grabación se realizó durante la primavera de 1989: el LP y CD titulado *Hamabi (12)* que incluía los temas ya señalados. En los dos casos, la editorial fue Elkar y el técnico de grabación Jean Phocas. Además de los músicos mencionados, el violonchelista Andrzej Olejniczak tomó parte, y lo hizo muy bien, en *Lili bat*. La portada de nuevo es de Zumeta. La maquetación de J.L. Agote. Este disco resultó menos comercial que el *Sei (6)* pese a que la "mayor parte" de las críticas, tanto a corto como a largo plazo, fueron muy buenas… De todas formas, merece la pena señalar algo que es sabido y se observa con frecuencia: muchas veces lo que consideras (y se considera mejor por los "buenos aficionados") no coincide con las máximas ventas.

En 1987 se publicó también el álbum titulado *Homenaje a las víctimas del franquismo*, en el que colaboraron muchos cantantes y músicos de todo el Estado. En él se incluía la grabación del *Gernika* de Mikel hecha en 1974 (*Bat-Hiru*). Colaboró también con Kortatu, tomando parte en la canción *Ehun ginen*, de M-ak y M. Antza que se incluyó en el disco *Kolpez kolpe* de 1988.

En primavera de 1989 falleció Pello, el hermano de Mikel, víctima de un proceso de tipo canceroso. Sin embargo, al igual que había sucedido con sus padres, su muerte fue tranquila (2 o 3 días antes, el último día que le vi vivo, habíamos estado hablando de música en el salón-comedor de su casa, un tema que había planteado él mismo...). Sin dolor, y viviendo hasta el final acompañado de su hermana Garbiñe, a la vez que recibía las visitas del resto de la familia, como ya he dicho.

* * *

En agosto de 1989 (nuestras bodas de plata) nos animamos a hacer un viaje turístico por Holanda y Bélgica. Hacía muchos años que Mikel tenía muchas ganas de conocer Ámsterdam, y aunque habíamos barajado otras posibilidades, por fin nos decidimos por esta. La verdad es que yo no estaba demasiado animada para hacer este tipo de viaje. Normalmente terminaba el curso hacia julio y solía estar bastante cansada. Por entonces tenía cursos muy numerosos, que podían alcanzar una cifra en torno a 450 o más alumnos. Las clases que daba en grupos diferentes me seguían motivando mucho y me seguía entregando con entusiasmo a ellas a pesar de (o gracias al) trabajo que les dedicaba para prepararlas, lo que hacía que siempre tuviera en cuenta nuevo material, nuevos hechos y también las aplicaciones y resultados de diferentes políticas económicas, cuestiones que hacían mi trabajo mucho más interesante. Sin embargo, la corrección de exámenes, una cuestión en la que he sido muy concienzuda pero poco eficaz, no me gustaba; me llevaba mucho tiempo y me dejaba extenuada. Por supuesto a este trabajo se unía el que hacía con el grupo y los viajes frecuentes aunque cortos que debíamos hacer de manera continuada. Por ello, las vacaciones que más me gustaban, teniendo además en cuenta lo malísimo que era agosto para hacer turismo, eran las que nos permitían aquellos baños de mar por la costa (con frecuencia en Getaria) que tanto nos gustaban, además de pasear por el Baztán, hacer excursiones, leer, escuchar música...

Pero quizá la razón que menos me animaba a viajar solos al extranjero era el temor que me inspiraba que se pudiera producir una hemoptisis, que nunca sabías si iba a ser más o menos fuerte y que era algo que desde 1985 se había producido anualmente, lo que nos provocaba bastante tensión e incertidumbre. En bastantes ocasiones nos había obligado a tener que suspender determinados conciertos, pues si bien las dos primeras crisis habían sido en invierno (lo que nos había impulsado a no programar actuaciones en enero y febrero), luego se presentaron también en otros momentos del año, lo que hacía que el temor se hiciera sentir con frecuencia y en diferentes momentos.

Habíamos hecho algunas excursiones junto con Zumeta y Espe a Almería (donde Balerdi y Jacqueline habían alquilado un apartamento) o algún otro viaje corto por Andalucía u otras zonas del Estado; pero eso de trasladarnos los dos solos al extranjero, donde no teníamos médicos u hospitales que conocieran su historia médica y nos pudieran ayudar inmediatamente, unido al problema de tener que explicarte en una lengua que no controlabas demasiado y hacía más difícil explicar un caso que no terminaba de estar claro... En fin, todo ello me creaba una tensión nerviosa que no me animaba al viaje. Sin embargo, al final nos fuimos hacia Ámsterdam en tren, pasando por París, que aquellos días estaba tan abarrotado de turistas que surgían por todos los lados, que te hacían desear huir hacia cualquier otro lugar menos ocupado.

Llegamos a Ámsterdam y en la estación nos esperaba uno de los hijos de Nico y Eva, una pareja donostiarra-holandesa muy simpática, amigos de Mikel, que venían anualmente a Donostia (y se alojaban en

Buena Vista). Nos acompañó al hotel, que era cómodo y confortable, pero estaba lejos del centro. Los días que pasamos allí resultaron agradables. La ciudad resultaba abierta y hacía honor a la fama de "liberal" que la caracterizaba; y a pesar de la época del año en que nos encontrábamos, no había demasiada gente, ni resultaba agobiante. Paseamos mucho por ella: nos desplazábamos hacia la parte vieja, la zona situada junto a la Iglesia Vieja donde podías escuchar conciertos de música barroca y encontrarte a la salida con los famosos escaparates en los que las prostitutas mostraban sus mayores o menores encantos... Luego nos dijeron que era una zona peligrosa... Nosotros no lo notamos. Nos pasó algo parecido a lo que sentimos en Triana, aquella zona de Sevilla que nos había gustado tanto, donde habíamos visto al Cristo apodado "el Cachorro" y a la Virgen de la Esperanza y donde tan a gusto habíamos estado a pesar de que luego nos dijeran que era una zona por donde no se debía transitar. Frecuentamos el Rijksmuseum donde pudimos ver fantásticas obras de Rembrandt, Vermeer... y, además, tuvimos la gran suerte de poder asistir a una magnífica y amplia muestra antológica de Van Gogh que, creo, se había inaugurado ya para celebrar el 100 aniversario de su fallecimiento (en 1890). Hasta entonces nunca habíamos podido ver tanta obra suya junta y nos resultó deslumbrante. Hicimos alguna excursión en tren hacia el norte del país, visitando Hoorn y algún otro pequeño pueblo que, además de gustarnos mucho, nos recordaron a Dinamarca, donde nuca habíamos estado, claro... Mikel tomó arenque y esas cosas propias del país que a él siempre le gustaba probar y que en este caso tampoco le defraudaron. En fin, lo pasamos bien.

La vuelta fue peor, sobre todo para mí. Nos quedamos en Brujas que por lo poco que vi (Mikel pudo visitarla más) era una ciudad hermosísima, llena de tesoros artísticos que yo apenas pude apreciar. Cuando llegamos estaba tan repleta de gente que te sentías, o por lo menos yo me sentí, totalmente mareada. Al poco tuve fuertes dolores y un cólico que me mantuvo encerrada en la habitación que teníamos reservada. Mikel pudo disfrutar algo más de ella y, por lo que me contó y el libro que me trajo, verla sin tanta gente debía merecer la pena.

Volvimos a casa y, casi seguido, nos fuimos a Erratzu, en el Baztán, un lugar que nos encantaba y donde a modo de prueba habíamos alquilado un piso para pasar las vacaciones, que retendríamos durante 2 o 3 años. Aunque la gente del pueblo y su hostal ya inexistente (una de esas viejas, sencillas y hermosas casonas que encierran tantas historias, llevada por unas también sencillas y estupendas cocineras maestras de nuestra cocina tradicional, mezcla que hoy en día ya no es fácil encontrar), resultaban tan agradables y acogedores, la casa que habíamos alquilado me parecía sombría y triste y yo seguía sintiendo dolores y encontrándome mal. Poco después me hicieron una revisión a fondo y me dijeron que se trataba de un problema funcional. Más o menos, según me explicaron, debido al estrés, a la ansiedad y al aire que tragaba al respirar, se me hinchaba la zona de la tripa y del estómago y me provocaba una serie de problemas que me hacían pasarlo mal… A partir del diagnóstico, algún medicamento y algo de régimen, todo aquello pasó. De momento olvidé mis problemas y continuamos con nuestra vida normal.

* * *

La década de los 90 se iba a caracterizar de nuevo por una intensa actividad artística que a veces Mikel debía interrumpir por problemas de salud, y que iba a incluir la composición de nuevos temas, actuaciones frecuentes (algunas de las cuales alcanzaron gran repercusión), algunos viajes y la proliferación de conciertos y grabaciones que a veces iban a tener el carácter de "homenajes".

En febrero del 90 tomó parte en el programa *Farenheit* de ETB, en una actuación que no resultó demasiado afortunada. Los viajes que iban a seguir a la misma, le iban a gustar mucho más. En abril de 1990 se animó a participar en *Habanara joan nintzen*: una expedición que trataba de mostrar en Cuba una parte de lo que era la cultura vasca (literatura, pintura, música, gastronomía…). Viajó junto a un amplio grupo en el que contaba con buenos amigos como Zumeta y Espe; Atxaga, Ruper, Hertzainak, Argiñano, Txelo… Aunque estaba invitada, no me animé a ir, ya que se nos había presentado la ocasión de hacer dos viajes (a Cuba y Nueva York) casi seguidos y mis condiciones de trabajo no me permitían realizar ambos. Me decanté por el segundo, ya que hacía mucho tiempo que tenía ilusión por conocer esta ciudad.

Mikel fue a Cuba bien acompañado y según me contó (y me contaron), lo pasó muy bien aunque su actuación no debió resultar ni interesar demasiado. La Habana Vieja le gustó mucho y quedó muy impresionado por lo bien que cantaban y tocaban en aquellas viejas tabernas (como La Bodeguita del Medio), con guitarras que apenas tenían cuerdas, de puro viejas que eran. Estuvieron con Silvio Rodríguez y Milanés a los que había conocido antes en sus giras por el País Vasco, y con otras personas que vivían allí... Tomó unos estupendos baños de mar y a pesar de las cremas que se daba para evitar la quemazón del sol (tenía una piel muy delicada) que con el agua del mar se le quitaban, vino más rojo que un cangrejo. Disfrutó con aquellos desayunos repletos de frutas tropicales y de los mojitos que tomaban. Cuando volvió a Donostia, nuestros amigos de Buena Vista le tomaban el pelo sobre lo "rejuvenecido" que había vuelto y... ¡Ay! ¡Las aventuras que habría vivido...! Mikel sonriente, me decía: "¡Qué se creerán estos que he hecho...!".

Hacia finales de abril, justo después de regresar de Cuba, nos fuimos a Nueva York. Se trataba de un viaje organizado por el Colegio de Ingenieros al que pudimos sumarnos a través de mi hermano. Se trataba de un grupo numeroso en el que además de Félix y Maca, estaba también Iñako Pagola y otros muchos conocidos, aunque luego allí cada uno iba por su lado. Nos trasladamos en autobús hasta Burdeos y desde allí a Nueva York. El viaje de ida fue corriente aunque creo recordar que hubo algún bache de los de susto y, sobre todo lo pasé mal, cuando ya allí, nos tuvieron más de una hora "encerrados" (o por lo menos yo lo percibí así debido a mi claustrofobia) y sin dejarnos salir del avión antes de poder cumplir los trámites de entrada. Terminados estos, traslado al Hotel Carlton en Manhattan, y unos días de vacaciones que a pesar del desencanto que para mí (no para Mikel) supuso "New York", nos permitieron pasarlo "pipa"... Allí, gracias a aquella combinación que incluía muchas personas que podían ayudarnos en caso de crisis y la independencia que a la vez disfrutábamos, estuve mucho más relajada que en Holanda.

Mi desencanto era normal ya que mis expectativas eran exageradas. Pensaba que la ciudad me iba a deslumbrar de forma parecida a Londres veintiocho años antes, sin darme cuenta que un viaje turístico de 10 días difícilmente puede compararse a la experiencia de vivir tiempo en un lugar determinado (aunque siempre hay excepciones ya que el viaje turístico a Italia del 75 también me había deslumbrado) y, sobre todo, a que yo no era la misma joven que había acudido a Inglaterra ávida de conocer y desconociendo "casi todo". El tiempo había pasado y pocas cosas de las que vi en Nueva York me asombraron. Me resultó un mundo ya conocido antes.

De las experiencias que vivimos yendo al Metropolitan a ver *El oro del Rhin* (nosotros que no éramos wagnerianos, pero considerábamos normal acudir a un lugar mítico como ese); o a Broadway, a un musical que Mikel deseaba ver (y nos desilusionó, claro); u otras actuaciones que tampoco nos llenaron, salvo una que a los dos nos encantó. Fuimos allí, al Village Vanguard por casualidad (o mejor dicho, gracias a la recomendación de la "guía naranja") y tuvimos ocasión de asistir a una magnífica actuación del quinteto de Tony Williams. El concierto, el ambiente, todo..., nos gustó muchísimo. Destilaba autenticidad y calidad por todos los lados. Respecto al arte plástico, que pudimos ver especialmente en el MoMA (The Museum of Modern Art), a mí me impactaron unos inmensos cuadros de Pollock, que desconocía y me parecieron extraordinariamente hermosos.

Mikel disfrutaba mucho viendo el ambiente de la calle por donde tantas vueltas dimos, visitando por supuesto la esquina de "*Broadway eta 26 karrikaren kantoian*"... Hicimos también excursiones para ver otras zonas de la ciudad, en un coche conducido a toda velocidad por mi sobrino Félix (que llevaba años trabajando allí), algo que a mí me daba vértigo, pero que según me aseguraban (y yo creía, dado que mi sobrino era de los que preferían la bici al coche cuando era posible utilizarla...) era algo totalmente obligado por las circunstancias: allá la velocidad mandaba. Sin embargo, disfrutamos mucho del viaje… ¡Aquellas duchas compartidas en nuestra habitación del hotel que tanto nos divertían y nos permitían refrescarnos de "aquel calor" que él había ido acumulando en Cuba…! El viaje de vuelta fue magnífico. Mi experiencia en viajes de avión es corta, pero en ningún otro he disfrutado tanto… Mikel lo comparaba con aquella gran impresión que había tenido al sobrevolar los Alpes, en su viaje a Venecia en 1976. Salimos por la mañana, con un sol radiante, sobre el que parecíamos volar. Con los cascos puestos escuchando a tope una buena grabación de una sinfonía clásica… ¡Qué gozada!

Volvimos en mayo y al poco tiempo, después de haber realizado una interesante actuación en Eibar, se presentó una nueva y fuerte hemoptisis que nos obligó a suspender las actuaciones que teníamos previstas a lo largo de junio, julio y agosto de 1990.

* * *

Consultó de nuevo con diferentes médicos que eran honestos y tenían preparación, criterio y fama. Todos ellos le hablaron y recomendaron la operación de pulmón antes mencionada. Sin embargo, Mikel no se animaba y decidió acudir a Cambó, donde había un centro médico con una larga y amplia experiencia en la lucha contra la tuberculosis, para consultar con un médico ya mayor, cuyo nombre lamentablemente no apunté y no recuerdo (hace años ya que falleció), que tenía gran experiencia en estos temas. Acudimos allá y él le aconsejó no operarse. Nos habló de que había múltiples factores (incluso climáticos) que podían provocar ese tipo de crisis y consideró que era mejor no operar. Mikel, que no necesitaba demasiado para seguir su consejo, decidió no hacerlo y creo que acertó, ya que aunque en el 91 se volvería a presentar una hemoptisis leve, a partir de este año no volvieron a aparecer. Más tarde hubo otros problemas, pero no parecían en modo alguno estar relacionados con ellas.

Aquellos meses volvieron a ser duros o por lo menos preocupantes. Mikel parecía llevarlo mejor que yo, pero sin duda, se preocupaba, ya que por entonces me dijo y dejó claro, cómo en caso de fallecimiento quería ser incinerado y en qué lugar (o lugares) aventar sus cenizas. Sin duda, este tipo de experiencias añadían a nuestra relación un cierto temor y nos hacían pensar que nuestra unión quizá no durase mucho. Ello, además del estrés, añadía más valor a la misma y podía hacer que en agosto del 90, por ejemplo, después de uno de esos momentos de intenso placer y unión que solíamos experimentar, esas cimas a las que a veces llevan los orgasmos compartidos, yo pudiera escribir en mis notas, algo que decía: "Por un momento es como si el tiempo no existiera: como si desapareciera el antes y el después..., y quedara solo la sensación de éxtasis, plenitud y unión extrema. A veces, algo después, sobre todo si es la tarde, siento de nuevo la sensación del fluir del tiempo, finitud y tristeza".

Sin embargo, continuaba "la creación de la vida en compañía", como dice Michel Tournier en su libro *El espejo de las ideas*, que Mikel iba a comprar hacia el año 2000 y cuyos breves ensayos sobre temas diferentes, le iba a gustar leer. En uno de los capítulos de ese libro, titulado "El placer y la alegría", el autor asocia el placer al consumo (una forma de destrucción), a diferencia de la alegría que sería el "color" de la creación... Según un ejemplo que utiliza: "El pastelero que inventa la receta de un pastel y la realiza, experimenta alegría. Si yo tengo hambre y me como el pastel, experimento placer. Pero el pastel deja de existir". Sin embargo, añade: "El placer y la alegría se funden inexorablemente en la sexualidad y ello la hace incomparable", pues (y resumo su idea): si el deseo sexual es un hambre del otro, y en muchos aspectos se parece a una pulsión canibalesca, este impulso destructor es al mismo tiempo un acto creador y el placer sexual se expande en la construcción de una vida en compañía. Pues el encuentro de dos personas que se aman inaugura una vida nueva, imprevista, incomparablemente más rica que la simple adición de sus respectivas cualidades.

* * *

Esta continuidad nos llevaría a proseguir con nuestra vida y trabajo que, durante el resto del año 90 y 91, nos llevaría a actuar en numerosos pueblos de Gipuzkoa, Bizkaia y Navarra y también en Gasteiz y en el Teatro Gayarre de Iruña. Muchas de estas actuaciones volvieron a alcanzar un gran nivel. Normalmente Mikel actuaba acompañado de Iñaki Salvador, Josetxo Silguero, Eduardo Salvador, Jexux Artze y Joseba Urzelai.

Durante los años 90 se iban a producir una serie de homenajes o reconocimientos (que habían empezado ya en los 80 en Usurbil), reconocimientos que Mikel no había sido amigo de aceptar (más tarde también sería reacio a ello), pero que veía con agrado si se concretaban en la producción de algo: discos, libros, conciertos, exposiciones... Así en junio de 1990, y por idea e iniciativa de Xabier Montoia (con la colaboración de Mikel Camino y las editoriales IZ y Elkar), se publicó el disco titulado *Txerokee*, en homenaje a Mikel y a beneficio de Seaska. Tomaron parte once músicos o grupos pertenecientes a la generación del rock de los ochenta que interpretaban temas recogidos o hechos por Mikel, en versiones particulares de las mismas: Delirium Tremens, Tapia eta Leturia, BAP, Kiowak, Pottoka, Karkaxa, Ángel G.K., Su ta Gar, M-ak, Bukaera y Negu Gorriak.

El 14 de diciembre de 1991, en Donibane Garazi organizaron otro concierto homenaje, en cuya primera parte jóvenes cantantes de Iparralde interpretaron temas de Mikel y en la segunda, actuó él acompañado por sus músicos habituales.

En 1992 se publicó el disco *Zilbor hestea* (LP y CD) de Iñaki Salvador con versiones instrumentales de 14 temas hechos o recogidos por Mikel. La música se había estrenado ya en un espectáculo de *ballet* realizado por el grupo de teatro Tanttaka que se estrenó en el Victoria Eugenia de Donostia en mayo de 1991. En 1994, Mikel incluiría la versión instrumental de *Baga Biga Higa* en el disco titulado *Hamalau (14)* y también en algunos conciertos en directo.

Unos años más tarde se organizarían otros espectáculos que tendrían este carácter: como en Baztán en el 96, la Quincena Musical de Donostia en el 99, Hazparne 00, u otros de los que luego hablaremos. Es necesario citar también un reconocimiento que viene desde el exterior del país. Antes (en los 70 y 80) habían llegado otros en forma de artículos y críticas recogidas en periódicos o revistas de fuera del país (que en ocasiones reconocían más la calidad de su trabajo que algunos medios o revistas internas).

En este caso se trataba de la utilización de la música de Mikel que haría el grupo de teatro Atalaya de Sevilla en por lo menos tres de sus montajes: en la mítica *Hamletmáquina*, que con textos de Müller montaron en 1990; y, más tarde, en *Descripción de un cuadro* (a cuyo estreno en Santander en 1992, acudimos acompañados por Zumeta, Espe y Txelo), y *Exiliadas*, que no llegamos a ver. Al hablar de *Hamletmáquina* (en la página 80, del libro titulado *Buscando utopías*, publicado en el XXV aniversario de este grupo de teatro), Ricardo Iniesta, director del grupo, dice: "Supuso también este montaje el primer encuentro con otro referente en nuestros espectáculos: Mikel Laboa que ha sido nuestro cómplice en muchos escenarios del mundo". Ya hemos dicho que Mikel valoraba mucho el teatro, y ver que de alguna manera participaba en aquel hermoso y fuerte montaje, le alegró mucho. Desde estas líneas me gustaría reconocer y agradecer a Ricardo y su hermano Carolo, ya fallecido, su postura artística y el trabajo realizado.

* * *

A partir del 91, como era habitual, Mikel y su grupo continuarían actuando en solitario, pero en ocasiones tomaban también parte en espectáculos colectivos como es el caso del celebrado en mayo del 91, en el pabellón de La Casilla de Bilbao, donde además de los miembros de la expedición a Cuba antes citados (Ordorika con su grupo que estuvo muy bien; Hertzainak también muy bien), Oskorri y Kepa Junkera, tomaron también parte en un concierto celebrado a favor del euskera, en el que Bernardo Atxaga leyó *Minutu bateko manifestua euskararen alde* (Manifiesto de un minuto a favor de la lengua vasca). Otro concierto colectivo en el que tomaron parte fue el titulado *Aspirinas para Cuba* celebrado en el Polideportivo de Donostia en julio del 92, en el que también participaron algunos de los músicos que habían estado en Cuba (como Ordorika y Hertzainak) y otros que no habían estado allí. La actuación de Mikel junto a sus músicos, algo más corta de lo habitual debido al número de participantes, resultó muy bien tanto a nuestro juicio como al de los espectadores, crítica…

Durante esta época, Mikel seguía componiendo nuevos temas que iría estrenando en los directos a partir del 92 y grabaría en el 94. Fundamentalmente se trataba de canciones hechas tomando como base poemas de Sarrionandia y *Mugak (Lekeitio 9)*, un nuevo tema de la serie, que iba a estrenar (todavía algo incompleto) en el Teatro Arriaga de Bilbao en 1992, iba a grabar en 1994 (hizo otra grabación en directo que se publicó en el 97) y cantaría continuadamente hasta finales de 1998. Como todos los demás *Lekeitios*, con matices de un poco más o un poco menos, iba a ser importante para nosotros y también para muchos de los espectadores que llenaban los lugares donde actuaban y disfrutaban de sus conciertos y grabaciones. *Mugak* nos gustaba y, a la vez, debido a la dificultad vocal que entrañaba, nos hacía experimentar cierto temor cada vez que lo interpretaba. Sin embargo, la interpretó durante más de seis años y, salvo una vez en la que hubo una "debacle" (a la que luego me referiré) y a pesar de lo que arriesgaba, salió bien o muy bien y el público solía salir entusiasmado.

Se trataba de un homenaje a Camarón de la Isla y a Cage (que creo se puede generalizar al flamenco y al *minimal*, dos géneros que junto a otros a Mikel siempre le han interesado). A diferencia de los *Lekeitios* que le antecedían, en su interpretación junto con Mikel, tomaban parte otros seis músicos: Iñaki Salvador al piano; Josetxo Silguero al saxo soprano; Carlos Itoiz a la guitarra española (el día del estreno sustituido por Javier Roz); Eduardo Salvador a la guitarra acústica y Jexux Artze (al principio acompañado por Joseba Urzelai y más tarde por el grupo Kirikoketak y sobre todo por Pello de la Cruz) a la *txalaparta*.

Como ya he dicho, en su primera mitad tenía una parte vocal que comenzaba suave pero después de que sonara el "Zeit, Einsamen Helian…" (ya conocido a través de *Antzinako bihotz*), venía otra corta pero fuerte y difícil que nos hacía temblar. Luego seguía una parte instrumental muy hermosa y variada (Iñaki le ayudó a resolver algún problema técnico que le surgía al pasar de una parte a otra), en la que el saxo soprano acompañado por la *txalaparta* daba paso por un momento a la guitarra española y a medida que la *txalaparta* tenía más protagonismo iba siendo acompañada y seguida por el piano, como Mikel según me contó, pidió a Iñaki que hiciera, idea que gustó mucho a Jexux Artze y marcó probablemente el principio de la colaboración *piano-txalaparta* que iba a continuar en los años posteriores y en la grabación del CD titulado *Sakanatik Arbaila Ttipira* publicado por Jexux y su grupo en 1999. En conjunto, el tema resultaba arriesgado, hermoso y espectacular, quizá menos árido que algunos otros temas de la serie y, como ya he dicho, era bien recibido entre su público habitual y también en diferentes críticas que se han hecho desde fuera, como, por ejemplo, en *Kantuketan: l'univers du chant basque* (Elkar 2002) donde califican a *Mugak* de "obra maestra", o en las páginas 339-340, del libro de Fernando González Lucini titulado *Crónica cantada de los silencios rotos*: *Voces y canciones de autor 1963-1997* (Alianza Editorial 1998), donde el autor se manifiesta de forma parecida. No es de la misma opinión Juan Gorostidi que, en la página 131 de su libro *Lau kantari* (Pamiela 2011) al hablar de los *Lekeitios* considera que este tema (*Lekeitio 9*) constituye "el único error de Laboa".

Aunque al principio tenía proyectado estrenarlo en Oiartzun, en un concierto que se realizó en noviembre, al final tuvo que demorarse al mes siguiente en Bilbao en el concierto mencionado, del que en conjunto quedamos encantados. Acudieron un grupo de amigos bilbaínos y con ellos, Juan Carlos Pérez, amigo nuestro y al que Mikel conocía y valoraba desde su época de Indar Trabes.

La volvió a interpretar en julio del 93 en Zarautz. El resultado fue excelente y recuerdo que una pareja francesa de mediana edad, que parecía entusiasmada por el resultado (también nosotros y otros espectadores lo estábamos), le decían: "¡A París, a París...!". El consejo o recomendación para actuar en París resultaba agradable de escuchar pero Mikel había estado ya allí en otras ocasiones, en lugares "marginales o semi-marginales" y no había sucedido nada importante, a pesar de que nos habían llegado testimonios personales de que alguna de estas actuaciones (como *Ikimilikiliklik* en 1978) habían sido muy buenas.

En abril de 1993 en Barcelona, tuvo lugar un concierto de tipo colectivo que sí tuvo relieve (¡qué importante es eso que Atxaga llama "la caja de resonancia"...!) y marcó el inicio de las actuaciones que durante esta década realizarían en la ciudad con tan buenos resultados... En este caso fue invitado por Raimon para tomar parte, junto con otros muchos artistas de diferentes países, en el concierto titulado *Al vent* que celebraba los 30 años del nacimiento de esta canción. Tuvo lugar en el Palau San Jordi con una asistencia multitudinaria. Mikel actuó acompañado por Silguero al saxo soprano; Sorkunde Idigoras (en sustitución de Iñaki que esperaba el nacimiento de David, su segundo hijo) al piano; Jexux Arte y Joseba Urzelai a la *txalaparta* y Eduardo Salvador que interpretó la flauta. Empezaron con *Hegazti errariak*, una canción nueva con base en un poema de Sarrionandia que había hecho a petición mía y que grabaría en el 94 junto con otros temas en los que estaba trabajando; a continuación *Galderak* con Sorkunde al piano y Josetxo al saxo (igual que en la anterior) y para terminar, junto con la *txalaparta* y, en un momento la flauta, *Itsasoa eta lehorra (Lekeitio 7)*.

Tocaron muy bien. El sonido fue excelente y el nivel de su actuación muy bueno. Sin embargo, y salvo a nivel de sonido, en el vídeo que hicieron en directo todo esto no se reflejaba bien debido al desconocimiento que los cámaras tenían tanto de nuestra lengua como del propio Mikel y de sus movimientos en escena, algo que intentamos paliar con un breve ensayo pero no llegamos a alcanzar. Para la mayoría del público, la actuación resultó extraña, pero gustó mucho a un público minoritario integrado por bastantes artistas (como el escultor Alfaro, cantantes participantes u otros músicos asistentes como Michel Portal, que le felicitaba haciendo el signo de la victoria y tarareando el comienzo de *Galderak*, le decía: "¡Diferente a todos, único... diferente!"), políticos como Pasqual Maragall entre otros, que se le acercó para felicitarle y decirle: "Has sido el más actual de todos". Fueron muchos los que parecían entusiasmados y vinieron a decírselo y comentarle que lo consideraban distinto, actual, inclasificable... Esto se reflejó también en las críticas que en general fueron buenas, considerándole el más vanguardista, o hablando de su "magnífica actuación..., toda una declaración de principios musicales y de todo lo demás" (como decía *El Obsevador* 25-4-93, citado en *Mikel Laboa*, 1995). Nosotros quedamos encantados y además lo pasamos muy, muy bien. Nos reímos mucho con el *catering*, los músicos (tanto del grupo como otros que habían participado en el concierto) y también con Zumeta, Espe y Txelo que habían acudido a Barcelona para ver el concierto.

* * *

En primavera del 94 iban a grabar el *Hamalau (14)* (en realidad era la grabación número 13, pero continuando con la idea de la expresión "*ez dok amairu*", lo tituló *Hamalau (14)*). El disco (editado como LP y CD) se iba a publicar el 15-6-94 y la presentación se realizó en Buena Vista, en Igeldo. En él se recogían diez temas: cuatro de ellos hechos tomando como base poemas de Sarrionandia y titulados: *Hegazti errariak*, *Não es tu, faculdade de sentir* (en portugués), *Oroitzen zaitudanean, ama* y *Gure Oroitzapenak;* y *Mugak (Lekeitio 9)* ya mencionado. Además grabó *Assentiré de grat*, una canción en catalán que tomando como base un hermoso poema de Salvador Espriu había hecho hacia 1966, casi treinta años antes, en homenaje a Catalunya y que a pesar de haber estrenado entonces, no había grabado nunca. Además estaba la versión instrumental de *Baga Biga Higa* (estrenada por Iñaki en el 92 y a la que antes ya me he referido) precedida por una versión reducida del original y una nueva grabación de *Goizuetan* y *Gure bazterrak.* Participaban los músicos ya citados. La grabación la había hecho Jean Phocas y la portada era de Zumeta. Lo editó Elkar y la maquetación era de J.L. Agote.

En general, las críticas fueron muy buenas. Algunas, como la de Pablo Cabeza, resaltaban *Mugak*, otras se referían al conjunto, y entre ellas cabe distinguir la que Natxo Sáenz de Tejada le dedicó en *El País.* Este mismo periodista, había hecho ya en el mismo diario una crítica muy buena del *Hamabi (12)* del que entre otras cosas decía que tenía una calidad "no habitual entre nosotros". Algo más tarde (el 16-11-1990, también en *El País*), con ocasión de una actuación y gira de Laurie Anderson por el Estado, hablaba de las "paradojas de la vanguardia" y comentaba como "15 años antes, Mikel Laboa ya actuaba por Euskadi con planteamientos similares".

En el caso del *Hamalau (14)* le dedicó una página completa (*El País*, 27-6-1994), en la que entre otras cosas decía que con este disco había vuelto a revolucionar la música popular y hacía notar también la importancia de los *Lekeitios* al señalar: "Son una forma nueva de expresión musical, inventada por Mikel Laboa y que enseña cómo la tradición puede convertirse en forma artística contemporánea".

A pesar de que antes no lo he citado, también el 31-1-91, Xoan M. Estevez, en la revista *A Nosa Terra*, había publicado un amplio y elogioso artículo titulado "*Mikel Laboa, unha viaxe sem retorno ao fundo da música*", en el que entre otros muchos detalles, señalaba: "*Obviamente como calquer pequeño ou grande xénio o seu rol artístico resulta dificilmente encasillabel*".

Por otra parte y pese a que se publica unos años más tarde, creo que es interesante citar aquí también las páginas que Jordi Turtós y Magda Bonet dedican a Mikel en su libro *Cantautores en España* (Celeste 1998, páginas 105-106).

* * *

Parecía que después de tantos años de trabajo, el reconocimiento que ya se había iniciado antes (sobre todo en los setenta) y su público le había manifestado tan reiteradamente en los ochenta, ahora llegaba con más fuerza, desde dentro y, sobre todo, desde fuera, algo que iba a ser una característica de la década e indudablemente un motivo de satisfacción para él, al comprobar que de alguna manera se confirmaba esa necesidad interna que le impulsaba; y también para mí, pues si bien podía resultar exagerada aquella broma que Izaro con su fina ironía adolescente me lanzaba en la segunda mitad de los ochenta cuando nos decía: "Bueno... es que para la ama, ya sabéis...: primero Bach, luego Mozart y luego... Mikel Laboa...". Lo que sí era cierto es que desde aquella actuación que en la primavera del 64 me había entusiasmado en Barcelona, me había convertido en una fan entusiasta (aunque crítica) que había tratado de ayudarle de una u otra forma a lo largo del tiempo. El trabajo del resto de sus colaboradores ayudaba también mucho, algo que según creo, ellos y nosotros no hemos olvidado nunca.

Sin embargo, a medida que su popularidad parecía ir *in crescendo*, su salud se iba resintiendo. En este caso, Mikel había quedado satisfecho de su grabación, pero su garganta había protestado. En *Mugak* se había movido en una tesitura muy alta. Carlos Itoiz, que tocaba la guitarra española en esa parte, le había dicho en broma: "¡Qué bárbaro, pareces la Callas: solo te falta el *do* de pecho!". Y pocos años más tarde, cuando en agosto de 1998 tuvo aquella "debacle" vocal al interpretar esta canción en Zumaia, Carlos volvió a insistir diciéndole: "Mira... en mi guitarrica, llegas hasta aquí, hasta el *si* natural... es demasiado. Podrías hacerlo más sencillo...". Pero Mikel lo hacía así o no lo hacía. Después de ese día, volvió a interpretarla muy bien una vez más en un concierto que dieron en Oñati, en otoño del 98. Luego dejó de hacerlo.

Después de la presentación del disco, en junio del 94, la lesión de garganta persistía y acudió al otorrino. Este le dijo que tenía una leucoplaquia, cuya evolución debía controlar y tratar de curar para que no se malignizara. Le recetó una medicación adecuada y le dijo que no podría cantar, ni tampoco hablar, durante una temporada. Le dijo también que debía dejar de fumar. Mikel había fumado poco, solo 3 o 4 cigarrillos al día, hacia la noche, pero a partir de este momento siguió el consejo del médico y dejó de fumar totalmente. Durante el verano del 94, acostumbraba a salir a la calle con un pequeño cuaderno en cuyas dos primeras páginas llevaba anotado un breve mensaje en euskera y castellano que venía a decir: "Tengo la garganta mal y el médico me ha prohibido hablar. Lo siento...". En el cuadernito anotaba también las compras o los mensajes mínimos necesarios para entenderse con la gente.

Mikel había dicho muchas veces que seguiría actuando mientras la voz durase (y la salud aguantase, claro; ya que sin salud no hay voz). Sin embargo, y pese a que su gran pasión era actuar, después del susto inicial, este verano del 94 estuvo animado. Siguió estrictamente las recomendaciones del otorrino y una vez más aguantó bien un momento que para él era difícil. Creo que no perdió las esperanzas de volver a cantar, pero sea como sea, llevaba muy bien la situación y pasamos un verano muy bueno. Después de terminar mis clases y exámenes, hicimos ese tipo de planes que a mí (y también a él) nos gustaban. Nos bañamos mucho en el mar, algo que según decía iba muy bien para su garganta e hicimos aquellas vacaciones en el Baztán, con baños de río, excursiones a Iparralde, Auritz, Orreaga...; y otras excursiones también acostumbradas por la costa de Bizkaia... Por entonces hablaba poquito y bajo pero nos entendíamos. Hacia agosto estuvimos en Lekeitio. Nos alojamos en el Hostal Beitia, como desde entonces hicimos con frecuencia. Uno de los recuerdos de aquel verano que me es difícil borrar me lleva a Mikel, un día de calor, tumbado desnudo, todo lo largo que era y mirando hacia arriba, ofreciéndose a mí que estaba de pie junto a la amplia cama de una de las habitaciones del hostal, con el sexo erecto y diciéndome muy bajito pero muy claro: "*zurea da...*". Recuerdo también que a veces, medio en broma, medio en serio, yo acostumbraba a decirle: "*Maite zaitut... infinito!*", y él, un tanto risueño, me contestaba: "¿Solo infinito...?".

* * *

Hacia el año 94, juntamente con Zumeta, Ameztoy, Txelo y otros amigos, empezaría (o empezaríamos) a colaborar con Elkarri, el movimiento social a favor de la paz.

Su garganta fue mejorando aunque todavía le costaría empezar a cantar y durante el otoño del 94, yo volví a mis clases y él siguió tocando la guitarra y empezando a preparar algunos cambios que quería introducir en el espectáculo, algo que haríamos a partir del año 95. El *Hamalau (14)* había tenido, como ya he dicho, buenas críticas y también una buena aceptación por parte de su público (aunque de forma parecida al *Hamabi (12)* y a pesar de lo que a nosotros nos gustaban, tampoco este sería uno de sus discos más vendidos). Como consecuencia, nos pidieron muchos conciertos, aunque por los problemas señalados solo aceptaríamos algunos.

Entre ellos cabe destacar la actuación que tuvo lugar en la primavera del 95 en el Teatro Principal de Gasteiz, organizado por AEK con motivo de la Korrika. En general resultó un concierto potente (salvo el bis final en que se le notaba la garganta mal) que grabó la radio local y José Luis Zabala, técnico de sonido habitual de Mikel en sus directos. Al día siguiente, fue el encargado de llevar el testigo al final de la Korrika que tuvo lugar entre (y ante) miles de personas. Había engordado y se le notaba cansado y, aunque los meses anteriores no lo había advertido, pensé que quizá había tratado de cuidar la garganta pero se había olvidado de cuidar el cuerpo...

Poco después se presentó en los locales de Euskaltzaindia de Bilbao una biografía de Mikel (*Mikel Laboa*, 1995), realizada por iniciativa de AEK y editada por Elkar, que había venido realizando Pello Urzelai a partir de algunas conversaciones mantenidas con Mikel (y también conmigo) en nuestro domicilio. Pese a la dedicación y el interés que puso Urzelai, se resiente de haber sido realizado en poco tiempo, lo que hace que la parte biográfica resulte incompleta y, sobre todo en la primera parte, contenga algunos errores y contradicciones que no supimos corregir a tiempo. Plásticamente es muy hermoso gracias al trabajo realizado por José Luis Zumeta y J.L. Agote y contiene algunos textos importantes sobre Mikel, escritos por Artze, Atxaga, Borda, Montoia, Sarrionandia, Manuel María y Raimon. En la parte de las partituras y datos discográficos hay también algún error. Se hicieron dos versiones: una en euskera y otra en castellano. En esta última aparecía una dedicatoria de Mikel que decía: "A Marisol, Agurtzane, Izaro y a todos aquellos que me han ayudado y alentado". Frente a otras dedicatorias anteriores, sonaba un poco a final y quizá denunciaba el temor que sentía acerca de poder seguir actuando... Sin embargo, iba a hacer todo lo posible para continuar haciéndolo.

En abril de este mismo año actuó en el Teatro Gayarre de Iruña pero no se encontraba bien y su voz no respondía. Durante todo el concierto tuvo una gran ronquera y, de nuevo, además de sufrir mucho en el concierto, algunos (probablemente muchos) pensamos que no volvería a actuar.

* * *

Se hizo una revisión médica y le encontraron el hígado inflamado y unos análisis alarmantes. Él, y también su cuñado Juan José que me lo comentó, quedaron muy preocupados. Durante varios meses descansó y siguió un régimen riguroso: sin probar nada de alcohol, alimentación adecuada, paseos... y, por supuesto, siguió tocando la guitarra, algo que casi nunca dejaba. Adelgazó mucho y, al comienzo, pareció quedarse sin vida... Pero mejoró mucho, muchísimo. Sin embargo, a partir de aquí todavía iba a quedar más claro que necesitaba vigilarse y cuidarse mucho y de manera continuada, algo que seguiría haciendo durante bastante tiempo, alcanzando un equilibrio que se reflejaba en su voz y en su buen aspecto físico. Pero que un par de años más tarde, de nuevo, empezaría a ir olvidando un poco, pese a que las revisiones médicas y los análisis que se hacía, le impidieran olvidarlo del todo.

A partir de septiembre del 95, empezó a actuar de nuevo, al principio un poco vacilante pero asegurándose pronto y haciéndolo durante años de forma continuada, limitando como ya iba siendo habitual, el número de actuaciones realizadas. De nuevo solo me referiré a las que por una u otra razón resultaron de interés especial.

En septiembre del 95, realizó junto a Atxaga y Ruper Ordorika, una actuación que tuvo lugar en Villa Suso de Gasteiz, como colofón de un *Congreso Internacional de Filología*, que había tenido lugar en la ciudad. La actuación resultó divertida y atractiva y lo pasamos muy bien. Buenos comentarios críticos.

El 17-9-95, actuó junto con su grupo en Galdakao (Galdácano). Todavía se le notaba poco suelto. El mes siguiente (19-10-95) viajamos a Lisboa para participar y cantar un par de canciones, en una exposición de obras de Chillida y Balerdi, que a modo de homenaje se organizó en aquella ciudad. Aprovechó para participar en un programa televisivo en donde cantó un par de canciones y aunque a nivel profesional el viaje no tuvo interés, hicimos turismo, pudimos conocer mejor la ciudad y nos divertirnos mucho junto a Agustín Salinas y su familia, en aquellas veladas que pasamos en La Brasileira escuchando y comentando las divertidísimas historias que nos contaban.

En noviembre del 95, nos desplazamos a Madrid para actuar en La Vaguada, con un programa renovado en el que tomaron parte todos los músicos que le acompañaban en este periodo y alguno más que citaré más tarde. Los cambios fundamentales que introdujimos fue incorporar las canciones con letra de Sarrionandia grabadas en el *Hamalau (14)* (salvo *Gure oroitzapenak* que, pese a ser una canción que le gustaba, interpretó poco en directo); incluir *Mugak* como ya en nuestro país veníamos haciendo (que salió y seguiría saliendo muy bien, a pesar de "mi miedo"), y empezar a incorporar vídeos que en este caso iban en una parte del *sketch* que en esta época iba a experimentar grandes cambios.

En este caso, detrás del episodio del autista, introdujo uno del que le había hablado el neurólogo Iñaki Bidegain, pensando que le podía interesar y que efectivamente le interesó mucho. Se trataba de un documento sobre el caso de Itziar, una niñita gitana con síndrome de Down, que vivía en un carromato junto a su madre impedida y que asistía a un módulo escolar de Irún. Se trataba de un caso conectado con el problema de la comunicación (o falta de ella) y después de pedir permiso a la familia, lo utilizó en el espectáculo. Para hacerlo, trabajó primero con Zabala, el técnico, para reducirlo, quitarle el sonido que luego, en directo, sustituiría por la música de Bach que en momentos alternaba con trozos de flamenco interpretados por Carlos Itoiz, a quien previamente, después de haberle mostrado las partes en que quería que tocase, le había dicho: "Cuando baje la música de Bach, mira a las imágenes y toca lo que ellas te sugieran; y no te importe que tu guitarra pueda a veces coincidir con Bach, métete en lo que ves y sientes, y toca. No importa que se mezclen ambas músicas...". Aquellas imágenes en el carromato, en las que la madre tenía que anudar los cordones de las zapatillas de la niña con los dientes, ya que no podía valerse de las manos, o la excursión a la playa de Donostia, o al módulo donde la niña trata de acercarse (y parece bailar) a los otros niños, que a veces la rechazan... el contacto con las monitoras... Resultaba un documento emotivo y tremendamente humano que nos mostraba algunos de los problemas que a él también le movían y tocaba en aquel tema. Justamente al terminar el vídeo y la música de Bach, sin interrupción, seguido, Mikel acompañado por la *trikitixa* de Joseba Tapia, Iker Goenaga, o ambos, interpretaba el *Oroitzen zaitudanean, ama...* Resultaba una relación clara y, a la vez, un hermoso contraste.

Por último, como ya habíamos hecho en el San Juan Evangelista (y en general iba a hacer al actuar fuera del País Vasco), un actor o locutor (en este caso Xabier Moreno) leería en 4 o 5 momentos del espectáculo que previamente habíamos seleccionado, unos fragmentos cortos y elegidos de los textos que Mikel había cantado o iba a cantar, para que el público siguiera el hilo del espectáculo sin romper el ritmo del recital. La acústica del local y el sonido fueron muy buenos y la actuación resultó redonda. No asistió mucha gente (aproximadamente media entrada), pero la respuesta fue entusiasta. No se publicó ninguna crítica.

En diciembre actuaron en Getxo y en marzo del 96 en el Teatro Victoria Eugenia de Donostia. El programa era muy parecido al de Madrid, pero en este caso introdujimos "*Tebas*", como de forma resumida le llamábamos aunque el verdadero título fuese *Langile baten galderak liburu baten aurrean*, un tema grabado por Mikel en el 80, pero que en este caso interpretaba con Montoia y Ordorika, más dos guitarras, piano y saxo. En general quedamos muy contentos del concierto que también gustó mucho al público y recibió muy buenas críticas; alguna particularmente hermosa, como es posible comprobar en *GaztEGIN*, del 8-3-96, titulada "*Mikel Laboa, munduaren sorreran izen berriak jartzen*". El concierto fue grabado por la productora de Jon Intxaustegi que lo utilizaría como base del capítulo que ETB dedicaría a Mikel dentro de la interesante serie titulada *Creadores contemporáneos vascos*, que se iba a proyectar en 1997 y que resultaría uno de los documentos más interesantes que iban a producir sobre él.

A Mikel solo le quedó una pena en relación a este concierto: *Tebas* no estaba tan bien como en el entusiasmo del estreno y antes de escuchar la grabación, había pensado, y al final (en el 2005) grabarían una versión más jazzística, en arreglo de Iñaki Salvador, que a mí me encanta, pero que a él le dejó con el recuerdo de aquella otra más rockera que, al final, no pudieron grabar.

* * *

El mes de junio del 96 fue, de nuevo, tiempo de fallecimientos familiares... Primero falleció Antxon Azpiazu, marido de su hermana Begoña, en un accidente cuando circulaba en bicicleta, algo a lo que era muy aficionado; y el día 14, falleció Juan José Lasa, con quien Mikel, como he contado antes, había mantenido una estrecha relación desde que era un adolescente de 14 o 15 años y yo había conocido y frecuentado más o menos desde que nos casamos. La noticia fue tristísima para nosotros, aunque había dos cosas que nos consolaban mucho. Había muerto a los 80 años, casi sin enterarse, como él deseaba, víctima de un infarto. También nos alegraba el recordarle como poco tiempo antes le habíamos visto, con ocasión de un homenaje al neurólogo Luis Barraquer Bodas que sus colegas vascos habían organizado en Hondarribia (Fuenterrabía) y había consistido en algunas conferencias y una pequeña actuación de Mikel acompañado al piano por Iñaki Salvador. Juan José me había comentado que había salido antes de terminar la conferencia: "Ya no aguanto estas cosas...", me dijo, pero "en cambio, la actuación de Mikel me ha emocionado". Luego, durante la comida, en la que estuvimos acompañados de otros médicos y psiquiatras, Juanjo estuvo en plena forma: animado, ocurrente, crítico, brillante... ¡Qué bien lo pasó (y lo pasamos) y qué buen recuerdo nos quedó de todo ello!

* * *

Durante el año 96 continuaron actuando, haciendo más o menos el mismo programa, en diferentes lugares: Santurtzi, Zaragoza, Baiona, Elizondo (en un concierto en homenaje a Mikel, en el que compartieron escenario con Ruper, y nos trataron tan bien como nos tenían acostumbrados); Iruña (o más concretamente Burlata), Irulegi... El nivel de los conciertos fue alto o muy alto. Y en general, salvo el de Zaragoza que fue algo triste por la poca asistencia (a pesar de que les hicieron una crítica muy buena), quedamos contentos del resultado.

En septiembre del 96, Mikel junto con muchos otros artistas, participó en un concierto colectivo organizado en homenaje a Oskorri, que se celebró en Getxo con ocasión de su 25 aniversario. Lo habían preparado muy bien, haciendo arreglos de diferentes temas suyos para que fueran interpretados por los participantes. A Mikel le tocó cantar *Aita-semeak*. Quedó muy bien. El concierto resultó muy animado, lo que se puede comprobar en la grabación, y nos divertimos mucho. Además se convirtió también en un homenaje al propio Mikel, tanto por la presentación que hizo Natxo, como por la reacción del público que se puso en pie cuando salió. Todo ello y otros muchos detalles... hicieron que el acto resultase emocionante.

Aunque el escenario era muy distinto, la gigantesca manifestación que el 30-11-96 se celebró en Bilbao, bajo el lema *Euskal Presoak Euskal Herrira*, a favor de los derechos de los presos políticos vascos y que agrupó a decenas de miles de personas, resultó más emocionante todavía...

Estaba organizada por Senideak y Gureak y contaba con la participación de diferentes colectivos sociales. En una gran pancarta situada a la cabeza de la manifestación figuraba el lema más arriba mencionado y justamente en el centro de los que la llevaban, entre los secretarios de los sindicatos ELA y LAB, aparecían Mikel y Zumeta, a quienes habían pedido que llevaran la pancarta, junto a los hermanos Iñurrategi, Jon Sarasua y otas caras conocidas de la cultura vasca. La gente que se agrupaba en las aceras y se sumaba a la marcha era muchísima y la reacción del público que, como espectador quedaba en ellas, entusiasta... Los que de forma más anónima, íbamos dentro de ella, sentíamos también la emoción y la esperanza de que tal vez un día, los numerosos problemas de nuestro pequeño país pudieran arreglarse en un clima carente de violencia.

A finales del 96 y principios del 97, además de seguir trabajando en la realización del vídeo de Jon Inchaustegui al que ya me he referido antes, estuvimos también ocupados con el proyecto y rodaje de la película *Haika mutil* producida por SGAE, dentro de la serie *Autor por Autor*. El nombre se debía a que un director de cine debía elegir a otro autor (músico, cantante...) para rodar sobre él un mediometraje de 30 minutos de duración. En este caso, Imanol Uribe eligió a Mikel. Trabajó como guionista Bernardo Atxaga y como cámara Aguirresarobe. En algunos momentos Mikel actuó acompañado por Iñaki y Josetxo; los técnicos fueron J.L. Zabala y B. Karda. Se rodó en Urnieta y Hernani y solíamos acudir a comer a Zaldundegui, donde el equipo quedaba encantado por la comida casera que nos daban. Los "eléctricos" quedaban también encantados con el principio de *Galderak*, "Ah, ah; eh, eh; ih, ih... Ai ene...", que tarareaban al comienzo de su trabajo. Entre todos se creó un buen ambiente y la colaboración funcionó. La película se estrenó en el Festival de Cine de Donostia, en 1997 (antes del estreno, Mikel y yo habíamos ido a Madrid a verla y nos había gustado). Resultó un buen trabajo que se difundió poco y algunos años después ha tenido la posibilidad de conocerse algo más.

En enero de 1997, Mikel acompañado por Iñaki Salvador, actuó en el Círculo de Bellas Artes de Madrid, con ocasión de la presentación del libro-disco de Bernardo Atxaga, titulado *Nueva Etiopía*. Se trató de un acto en el que tomaron parte: Bernardo, Ruper, J.C. Pérez, Gari, Muguruza, Mikel... o sea, algunos de los que habían colaborado en el proyecto citado. Estaba repleto de gente, la actuación resultó muy bien (Mikel e Iñaki interpretaron 2 o 3 temas con letra de Atxaga, entre ellos *Antzinako bihotz* que tuvo mucho éxito) y los comentarios críticos fueron buenísimos... Entre ellos destacaría la columna que V. Molina Foix publicó en *El País*, el 18-2-97 (centrándose especialmente en Mikel, haciendo unos comentarios muy interesantes sobre él y calificando el *Lau-Bost* y el *Hamabi (12)*, dos de los cuatro discos que había tenido ocasión de conocer después de la actuación, de "obras maestras"). En este caso, a diferencia de lo que a veces sucedía en otras actuaciones, "la caja de resonancia" funcionó de nuevo.

Siguiendo con el 97, el 15 de abril realizaron una buena actuación en el Teatro Amaya de Irún. Interpretaron el programa que estaban dando últimamente (vídeo incluido) y con el grupo completo. El público que llenaba el local quedó impresionado.

El 16 de mayo de este mismo año, de nuevo con el mismo programa, actuaron en la Sala Mª Aurèlia Capmany del Mercat de les Flors de Barcelona. Junto con Mikel participaron: Iñaki y Eduardo Salvador, Josetxo Silguero, Aitor Landeta (batería), Joseba Tapia (*trikitixa*) y Jexux Artze, Pello de la Cruz y Joseba Urzelai (*txalaparta*). Actuaron bien y los comentarios críticos, que aparecieron en diferentes periódicos y alguna revista, fueron extraordinariamente buenos: Ricard Salvat en la revista *Assaig al Teatre: Revista de la Asociación de Investigación y Experimentación Teatral*, en su publicación de diciembre de 1997 (números 7, 8 y 9), hacía una crítica muy buena de la actuación, refiriéndose entre otras cosas a: "la increíble originalidad de la propuesta escénica de Mikel", al que consideraba "no solo excelente cantante" sino que lo situaba también en "la mejor tradición de la gente de la Comedia del Arte", para seguir aludiendo a los "extraordinarios músicos" que le acompañaban... Donat Putx en *La Vanguardia* (24-5-97) les dedicaba un artículo titulado "Laboa multimedia", en el que entre otras cosas subrayaba la excelencia de su voz en *Mugak* o la calidad de su propuesta y después de subrayar otras interpretaciones (como *Antzinako bihotz* o *Assentiré de grat*), terminaba diciendo: "Mikel Laboa parece dispuesto a asesinar de una (puñetera) vez ese viejo icono del cantautor poco amigo del riesgo". La crítica de *El Periódico* (27-5-97) titulada "Vanguardia con raíces atávicas" era igualmente muy elogiosa y entre otras cosas decía "que la noche no podía aspirar a más"; la de *Avui* (21-5-97) era también extraordinaria y entre otros detalles muy elogiosos que no cito porque casi da vergüenza hacerlo, hablaba de "una singular *perfomance* que rompía todos los esquemas" para terminar diciendo que su actuación había sido una de esas que "merecen ser guardadas en un lugar privilegiado de las vitrinas de la memoria".

El 31-5-97, actuaron de nuevo con el mismo programa y el mismo grupo en el Polideportivo de Hernani, en un espectáculo organizado por la Ikastola Langile. Buena actuación, lleno a rebosar y público súper-entusiasta... A pesar del éxito, llovió muchísimo y se produjeron fuertes inundaciones, lo que provocó muchas bromas por parte de los amigos.

El 9 de agosto del 97 se iba a celebrar en el Estadio de Anoeta de Donostia, ante miles de personas, un acto que iba a tener una repercusión extraordinaria. Se trataba de un concierto homenaje al Orfeón Donostiarra con ocasión de su centenario, que incluía obras muy variadas: desde el cuarto movimiento de *La novena* de Beethoven hasta temas de Lenon y McCartney, pasando por otros de Sorozábal, Raimon, Laboa... Cuando unos meses antes los representantes de la Quincena Musical le habían propuesto la participación en el concierto y la elección de dos temas para encargar la orquestación de los mismos, Mikel se había decantado por *Txoria txori*, un tema que desde hacía años se cantaba a coro por todos los rincones del país y le parecía fácil y adecuado para ese marco, y por *Baga Biga Higa*, tema que le parecía más difícil pero que si se hacía bien podía resultar muy interesante. Hizo una especie de apuesta (que a mí me pareció bien cuando me consultó) y ganó, dado que el arreglo de Carlos Puig-Hatem encargado por Víctor Pablo Pérez, para realizar las versiones orquestales de los temas de Raimon, Mikel y

Serrat (que iba a cantar con el Orfeón en Catalunya), recogía el espíritu del tema y nos pareció muy bueno. Posteriormente, a la vista del resultado, Mikel le encargaría la orquestación de su *Gernika* y volvería a acertar de nuevo.

Según declaraciones que hizo Puig en el 97 y 99, cuando vino a los estrenos, y se pueden ver en la prensa de la época, los *Lekeitios* le habían motivado mucho... Lo cierto es que cuando la víspera del concierto del 97 (curiosamente un 8 de agosto) escuchamos en el Auditorio de Miramón, a donde acudimos acompañados de Raimon y Annalisa, los temas interpretados solo por la orquesta (sin coros ni voz), ya vimos que aquello funcionaba muy bien y el propio Víctor Pablo Pérez que iba a dirigir a la Orquesta Sinfónica de Euskadi y al Orfeón Donostiarra y solistas, en el concierto del día siguiente, dijo a Mikel refiriéndose a *Baga-Biga-Higa:* "Oye, esto con el coro... puede convertirse en un clásico".

Los problemas empezaron cuando desde el auditorio nos acercamos al escenario gigante montado en el estadio, para ensayar aunque solo fuera mínimamente la actuación, integrada en un concierto en el que participaban montones de solistas, obras diferentes, resultaba difícil de sonorizar... Los 10 minutos de ensayo del viernes resultaron un desastre y salimos con una fuerte sensación de caos. Sin embargo, los 10 minutos de ensayo del sábado al mediodía, día del concierto, resultaron mejores gracias en parte a la ayuda de Iñaki Salvador y del técnico de sonido que había venido con Raimon, que se prestó a ayudarnos. La actuación que se televisó en directo, resultó para la mayoría de la gente un gran éxito y *Baga Biga Higa* se convirtió en un tema estrella. A partir de este día Mikel empezó a existir para mucha gente que hasta entonces lo había desconocido.

Nosotros quedamos contentos del resultado y, al final del concierto, yo que según solía decir Mikel, medio en broma medio en serio, era su mayor crítica le comenté: "Tu actuación ha sido solo de aprobado alto (algo que teniendo en cuenta las dificultades, no estaba nada mal). Pero como siempre hemos pensado, la obra es muy hermosa y esto ha quedado claro... se ha notado". El mismo día y los días siguientes al concierto, durante mucho tiempo, las felicitaciones (y alguna crítica que sonaba un poco extraña...) se sucedieron numerosa y continuadamente.

Durante el resto del año, actuaron con el grupo completo y el mismo programa que últimamente estaban dando (incluidos los vídeos y la música que les acompañaba) en el Kafe Antzokia de Bilbao, en Lekeitio, Ermua..., con mucho público y buenos o, en los últimos casos, muy buenos resultados. *Haika mutil* se presentó en el Festival de Cine. ETB estrenó el vídeo de Inchaustegui sobre Mikel, dentro de la serie *Creadores Contemporaneos Vascos*. Se publicó también el CD titulado *Mikel Laboa, Zuzenean* que José Luis Zabala, había grabado en directo (parte en Gasteiz en el 95 y parte en Donostia en el 96). El disco da una idea aproximada del programa presentado en esta época, pero solo aproximada, pues como es natural, faltan los vídeos que esos años jugaban un papel destacado en el mismo y resulta un pálido reflejo del directo.

Indudablemente el espectáculo montado y el periodo de actuaciones que había iniciado en 1995 (particularmente las realizadas después del descanso que siguió a sus problemas de salud del 94 y 95), habían resultado importantes en su carrera profesional y en el éxito y reconocimiento que en diferentes ámbitos y lugares estaba obteniendo... Pero todo ello se basaba en sus características personales, en esa necesidad interna que le impulsaba a avanzar, y en una historia de trabajo (a veces en solitario y otras compartida) que abarcaba ya varias décadas.

Gero, zakarrontzietako hondakinen balioaz eztabaidatu
gintunan,
eta bidaia luzeren probetxuari buruz...

"Ne me quitte pas"...

VI- 1997-2005

Pese a nuestra estrecha relación y a mi colaboración en su trabajo, Mikel y yo éramos muy independientes, algo que creo venía de siempre y los dos valorábamos mucho. Especialmente él, con su fuerte sentido de la libertad, pensaba (algo que hoy yo también creo) que esa independencia que tanto valoraba añadía frescura e interés a nuestra relación y a nuestros "eternos" encuentros, sobre los que a veces bromeaban nuestras amistades y que en la última etapa iban a ser imprescindibles y fundamentales, salvo unos pocos días finales en los que el encuentro fue prácticamente continuo.

A través de la literatura y de algunos casos conocidos y cercanos sabíamos bien que, en lo que al sexo se refiere, la lealtad entre las parejas podía ser compatible con la monogamia y también con una relación sexual totalmente abierta... Con frecuencia habíamos hablado de estos temas y, considerando esencial que la elección fuera libre, nos parecía que la teoría y la realidad a veces no coincidían ya que basándonos en los ejemplos que podíamos conocer más de cerca, veíamos que salvo contadas excepciones, en las que la lealtad, la apertura y la aparente promiscuidad funcionaban, en general no lo hacían. Más importante que estas consideraciones teóricas era que, pese a que en una relación tan larga como la nuestra siempre pueden surgir otras chispas que te motiven y atraigan, algo que en nuestro caso en ocasiones había sucedido, las "chispas" en cuestión siempre habían resultado menores que la fuerte atracción y amistad que nos unía, lo que había hecho que hasta entonces hubiéramos elegido la monogamia.

Sin embargo, en esta etapa íbamos a vivir una "cierta crisis" (si la comparamos con los anteriores años vividos juntos) que con altibajos, nubes y claros, enfados y desenfados, iba a durar casi seis años, para dar luego paso a un año de auténtica crisis (entre principios del 04 y abril del 05) que, si no fuera porque lo pasé mal, ahora quizá me haría reír (ante el comportamiento atípico y peculiar de Mikel, como era para casi todo) y pensar que la historia de *la obsesión* pudo haber añadido cierto morbo y aliciente y contribuir a evitar el adocenamiento que la costumbre frecuentemente suele generar con los años... Pero voy a tratar de no adelantar acontecimientos y referirme a la época de crisis relativa que se inició hacia mediados del 97 y me hizo preguntarme: ¿habrá acaso terminado nuestro periodo de monogamia o estaremos viviendo un periodo "tonto" de Mikel en su madurez (ya tenía 63 años), parecido al tonto periodo que yo había vivido en mi adolescencia y primera juventud?

De hecho, en esta época me pareció advertir un cambio en el carácter de Mikel (que en ocasiones podía resultar más altanero que antes) y también en su actitud, que a veces se traducía en un cierto entusiasmo y superficial flirteo con aquellas mujeres atractivas, siempre más jóvenes que yo, y especialmente con algunas jovencitas de aspecto encantador que por edad podían ser sus hijas, y que eran muy, muy simpáticas con él, parecían admirarle profundamente, disfrutar tremendamente con su presencia y, en ocasiones, dispuestas a ofrecérsele de manera pródiga y "quizá" generosa... Hay que reconocer que, con frecuencia, él respondía al asedio con total naturalidad no carente de amabilidad y desapego, de una forma que era imposible que pudiera molestar; pero en otros casos su forma de actuar me gustaba menos... Sin duda, lo que más me molestaba era advertir que, en ocasiones, su actitud hacia mí era menos delicada, teniendo menos detalles que antes o incluso haciéndome feos a los que yo no estaba acostumbrada ni quería acostumbrarme.

Esa "altanería" que en este periodo pude percibir en ocasiones y volvió a desaparecer más tarde, se pudo deber a un cierto debilitamiento de las dos fuertes defensas que inmunizaban a Mikel contra la vanidad: su humildad casi congénita (esa que se reflejaba en uno de "sus dos ojos") y que he visto también en otros artistas valorados y conocidos, y una segunda defensa que no he visto en ninguna de las personas famosas que he conocido de cerca tan fuertemente arraigada como en él: aquel sentido del humor que tanto le permitía reírse de sí mismo. Un antídoto ideal contra la altanería y la vanidad.

Sin embargo, lo que a mí me preocupaba más era esa posible falta de detalles, o feos, hacia mí que me parecía percibir. Puede parecer tonto, pero el primero de ellos, que a mí me sentó fatal, se produjo hacia otoño de ese año, un día en que después de acudir a un concierto fuimos junto con unos amigos al bar Nido; allí, pusieron música y Mikel, en plan (a mi juicio) de galán conquistador, sacó a bailar a una amiga nuestra, una mujer guapa y desinhibida de la que nunca he sentido celos y que, antes de bailar con él, le dijo: "Pero, Marisol querrá bailar… ¿no?". Yo, que estaba a su lado, me apresuré a decir: "No, no bailo". Lo cual era cierto solo en parte, pues si bien debido a mi timidez a menudo no bailaba, a veces no era por falta de ganas… La cuestión puede parecer tonta, pero a mí me sentó fatal; y quizá su comentario hizo que me sentara mucho peor. Me sentí menospreciada y pensé que antes, bailando o no, eso era lo de menos, Mikel habría actuado de una forma diferente que habría evitado mi enfado. En el 98, en otro par de ocasiones, me disgusté mucho con él (creo que con razón) y por supuesto se lo dije claramente. Él me decía que era una tontería, que siempre le habían gustado las chicas y había sido un mirón, pero yo advertía en él una postura diferente que me hacía sentirme celosa y molesta y que, al mismo tiempo, no quería fuese represora. Recordaba aquel sueño de su juventud que hacía años me había contado y tanta gracia me hacía entonces. En el sueño aparecía retozando desnudo rodeado de mujeres que también lo estaban… Pero justo antes de empezar a juguetear juntos, aparecía Estefanía, su madre, y el sueño se interrumpía de súbito. Ahora pensaba que tal vez el papel de su madre podría desempeñarlo yo, algo que no me resultaba en absoluto gracioso, sino más bien todo lo contrario. ¿A qué se podía deber aquel cambio?

* * *

Pienso que en lo que a él se refiere, pudieron influir tres factores: su edad era uno de ellos. Estaba más o menos en ese momento en que según Milan Kundera un hombre podría "vender su alma por un pedazo de cuerpo joven" o como de forma más crítica y general, solía decir J.J. Lasa nuestro cuñado: "En la época de la andropausia; cuando los hombres tendían a pensar que con una mujer más joven podrían funcionar mejor…". Por otro lado, y creo que en su caso era (e iba a ser) muy importante, estaban los problemas de salud, que desde 1995 hacían que tuviera que cuidarse especialmente, vigilando el hígado y el riñón. A veces, lo haría a rajatabla y entonces aparecería su parte más humilde, prudente y cariñosa (uno de los dos ojos del retrato de Zumeta); otras veces se cuidaría bastante o incluso mucho, lo que le permitiría encontrar un equilibrio adecuado y las cosas irían bien; otras, se cuidaría poco y las cosas irían peor (como si a la vez sus defensas cognitivas también bajaran). Este fue un factor que motivó discusiones entre nosotros a lo largo del tiempo; pero, claro, debía ser él quien decidiera. El tercer factor que creo influyó también fue el éxito quizá desmedido que alcanzó entre nosotros a partir del concierto de Anoeta (que fue televisado); y cuando digo desmedido quiero decir que a diferencia de lo que hasta entonces a través de los años había sucedido, y le había llevado a llenar teatros y frontones durante años, y a tener muchos admiradores y admiradoras que conocían y valoraban su obra con un sentido crítico, ahora parecía que todo el mundo le admiraba aunque apenas conocieran lo que hacía… Entre sus numerosos fans, como él me decía a veces cuando yo me burlaba de algunos halagos que me parecían vanos o poco fundamentados (ya que con los otros coincidía y me gustaban), podía haber señoras de ochenta años a las que él, por supuesto, como era habitual, trataba muy, muy bien. Sin embargo parecía emocionarse más (o por lo menos así lo veía yo) con aquellas numerosas y en apariencia encantadoras jóvenes o jovencitas (cuyo encanto externo no parecía coincidir a veces con el interno) y que a la vez de halagarle parecían ofrecérsele de esa manera "incondicional" a la que ya me he referido.

Evidentemente estaba celosa. Me había acostumbrado a ser, en todos los sentidos, la más importante para él (algo que nunca puedes dar por sentado) y el cambio que creía advertir me hacía enfadarme con él y ser ácida en mis críticas (e incluso a veces mandona), algo que evidentemente no es bueno y que a él también le molestaba. Además, me sentía acomplejada, algo que todavía es peor, porque además de estar resentida te hace sentirte y actuar mal. A pesar de ser casi cuatro años menor que él y no estar especialmente avejentada, me parecía aparentar más años y en algunas fotografías en las que salía acompañado de otras guapas jovencitas veía o sentía que, siguiendo la moda de la época, parecía emparejar mejor con ellas que conmigo... Esto dependía en parte del momento de cada uno; por ejemplo, en uno de sus días malos en el hospital le preguntaron si yo era su hija (algo que normalmente no parecía ni de lejos). Dependía también de quién era la persona que sacaba la fotografía (o cuál era su mirada) y de los criterios sociales imperantes, que hacían que la valoración de la juventud y la belleza en las mujeres y la visibilidad o estatus en los hombres (incluso que la compañía de una mujer joven pudiera considerarse un adorno para el hombre de edad) resultase normal, algo que en el caso de mujer de edad y hombre joven no estaba tan bien visto, ni se daba tanto.

Este último punto me sacaba de mis casillas... Podías hablar con la peluquera (amiga) de siempre o con el filósofo comprometido, y ambos hacían bromas sobre el gran éxito que él tenía con aquellas chicas jóvenes que estaban tan estupendas (o "buenísimas", como decían a veces). Broma por aquí, broma por allá, nadie parecía reparar en lo diferente del tratamiento y en lo molesto que podía resultar. Estaba tan enfadada con este ambiente (y algunos comportamientos) que hablé con mis compañeras de trabajo, Maite y Verónica, acerca de esta diferente valoración social: "¡Qué diferencia de trato!", les decía. "Estoy aburrida de bromitas. ¡Me parece que a los sesenta años me voy a hacer feminista…!". Verónica, que había sido antes alumna mía, me contestó: "Marisol, tú siempre has sido feminista. No nos hablabas del tema, pero tu apariencia y tu actitud al dar clase, siempre nos hizo pensar que lo eras…". Lo que me dijo me consoló bastante respecto a mi actitud y respuesta hacia el ambiente social dominante. Además (quizá esencialmente) había otras razones que tenían que ver con el comportamiento de Mikel que también me animaban. Algunas pueden parecer un poco tontas pero, dado mi complejo, funcionaban.

Por ejemplo, durante estos años pude constatar con claridad en varias ocasiones que él también podía sentirse celoso, y un tanto abrumado o preocupado, al ver que algunos hombres a los que yo valoraba (y quizá él también) podían mostrar claros signos de admiración hacia mi persona. Otras eran más importantes. Entre ellas, además de su continuo acudir a mí en busca de colaboración y consejo, algunos detalles en la línea que siempre había tenido conmigo, pero que quizá ahora se acentuaron con su empeño en preparar interesantes planes conjuntos que sabía eran de mi gusto. Por último, un detalle no habitual en él, que nunca había mostrado antes y me emocionó (y sigue emocionándome) mucho.

Un día del invierno 98-99, cuando regresé a casa al atardecer algo molesta con él por no recuerdo qué, me quedé abajo en la cocina, sin ir a saludarle, pese a que como era habitual a esa hora, había oído que estaba arriba tocando la guitarra en el estudio. Al poco, él, que me había oído llegar, bajó lentamente las escaleras cantando *Ne me quitte pas*, como si estuviese actuando para mí sola… A mi juicio lo hacía muy bien y el mensaje me quedaba claro, pero me limité a decirle: "Queda bien, ¿piensas incluirla en el *sketch*…? Iría bien, ¿no?". Me dijo que sí que pensaba hacerlo y a partir del 99 lo hizo. Pronto me comentó que había empezado a cantarlo sobre todo por mí (la otra parte sería Brel, que siempre le había gustado y, quizá el público en general, que siempre había valorado). Luego, cuando la grabó en el 05, me volvió a decir varias veces por activa y por pasiva que estaba dirigida a mí... Por supuesto, desde que empezó a incluirla en el espectáculo en el 99 (normalmente muy bien a nivel de sonido, expresividad y movimiento) capté claramente el mensaje que, en su conjunto, y a través de determinadas palabras o expresiones, era para mí clarividente. Al oírla me emocionaba (y me sigo emocionando) profundamente... Conociendo a Mikel, y sabiendo lo poco dado que era a la mentira y grandilocuencia, apreciaba el valor de su mensaje, que por un lado reconocía la posible razón de mis enfados y su "tontera", y por otro, era una confesión de amor. Cada vez que le oía (y le oigo) cantarla, mis enfados desaparecían casi por completo.

* * *

Uno de los detalles que siempre había tenido, pero que en esta época cuidaría especialmente, se refería a esos planes conjuntos que pese a nuestra independencia preparaba con frecuencia, no solo porque le gustasen sino porque conociendo mis aficiones sabía que yo disfrutaba con ellos. De esa forma, por ejemplo en el Baztán, y paseando con frecuencia por separado, estaban nuestros encuentros reiterados: fijos por la noche, en Gontzea (la casa de Marian Larralde, hija de Javier y Mª Ángeles, en donde nos alojamos durante buena parte de los noventa, en la que además de la habitación podíamos utilizar una pequeña sala situada junto a ella, y donde Mikel por las tardes solía trabajar y tocar la guitarra); los desayunos en la taberna-tienda, cuando pedíamos a Marian que nos pusiera aquel disco de Billie Holiday que a ella le parecía triste y a nosotros nos gustaba tanto; o a la hora de la comida, que a veces nos llevaban a la posada de Erratzu, o a Eskisaroi (en Elizondo)...; o a bañarnos en el río, o a encontrarnos en medio de nuestros paseos, o que me viniera a buscar a determinado lugar; o para hacer aquellas excursiones en coche que nos llevaban por el alto de Izpegi hacia Iparralde y en ocasiones hacia Orreaga y Auritz, donde pasábamos el día; o a reunirnos con los Lasa;

o, en alguna ocasión, nos llevaban a Berroa (también llamada "La casa del ahorcado"), donde Emilio Gutiérrez, el médico especialista en anatomía patológica que por entonces la habitaba, nos invitaba a escuchar la *Sinfonía fantástica* de Berlioz que a él tanto le motivaba, y nos contaba historias que a veces tenían que ver con sus dos abuelas: la de Valladolid y la de Amorebieta, a quienes recordaba con nostalgia.

Entre estos planes estaban también las comidas que organizaba en Aizepe, el día de regatas y en Santo Tomas, donde nos reuníamos con nuestros amigos habituales y algunos más; o las frecuentes visitas al Valle de Araiz, donde desde los ochenta solíamos acudir a casa de Gorriti, Txaro y Jon ("la casa matriz" de aquella zona, como solía decir Mikel), valle y casa adonde luego acudirían Zumeta y Espe, Rafa y Jacqueline, Iñigo Altolagirre, los Azkues, Ortiz de Elgea y su mujer, Julio Azkargorta, Salinas, Montxo Goikoetxea, que viviría allí una temporada, y un larguísimo etcétera, y que sería para nosotros un lugar de acogida y encuentro hasta el final.

Otro de estos planes conjuntos me va a llevar a la Rioja alavesa (Remelluri) y a hablar más de nuestra relación con los artistas plásticos que apenas he tocado. Fuimos allí por primera vez el verano del 96, invitados por Jaime Rodríguez y Amaia Hernandorena, propietarios de la Granja Nuestra Señora de Remelluri, y por Vicente Ameztoy que estaba allí pintando "los santos" (como él solía decir) que luego quedarían instalados en la pequeña ermita del lugar.

La primera vez que acudimos fuimos acompañados por Zumeta (amigo de Ameztoy) y Espe Goikolea que hasta el 98 sería su compañera. Conocíamos a Ameztoy y su magnífica obra desde los setenta. Hacía 1990 habíamos visto su exposición *Karne y Clorofila*, que recogía parte de su obra del periodo 76-90: aquella especie de fusión entre lo natural y lo humano, aquellas ensoñaciones, que te hacían (y te hacen) vibrar ante la naturaleza y percibirla y sentirla como un organismo con vida… Acudimos por tanto, con el deseo de conocer los santos (relacionados con lugares situados dentro de la finca) que estaba pintando y atraídos también por el deseo de conocer aquel lugar del que tanto nos habían hablado. No quedamos defraudados. La Granja que se extendía desde las laderas del Toloño, con sus viñedos, sus construcciones de piedra, su capilla-museo..., era una especie de unidad natural y cultural que nos pareció hermosísima. Aquel verano del 96 parecía el paraíso. Y las "clases" de historia de Jaime, junto con las lecciones de arte de Zumeta y Vicente, el trato de Amaia y su familia, el vino (y la comida) que nos pareció extraordinario, hizo que quedáramos encantados, como comentamos a la vuelta cuando los cuatro paramos en el alto de Urkiola para tomar algo.

A Mikel se le ocurrió que era importante que Atxaga (buen amigo nuestro, como ya he dicho) conociera todo aquello. Por tanto, aquel mismo año repetimos la excursión, aunque en este caso los visitantes fuimos cinco. Ahora, al resto de los encantos citados, se añadirían los comentarios de Bernardo, que también iba quedar prendado del lugar, al que luego acudiríamos anualmente para catar el vino, que en tres diferentes toneles de tipo bordelés y con distinta composición, iban a ir criando para embotellarlo cuatro años más tarde con tres nombres distintos: Bernardo Atxaga, José Luis Zumeta y Mikel Laboa. En los viajes que hicimos los años siguientes iríamos asistiendo a los progresos de los *Santos* de Vicente y a los del vino que iba madurando en las bordelesas. Los temas que tratábamos eran variados, aunque la historia, el arte y la literatura siempre estaban presentes. Y en las catas para juzgar la calidad de los tres tipos de vinos (según olor, color y sabor como decían los expertos), nos divertíamos mucho. Cambiaban de un año a otro, pero a lo largo del tiempo (en varias catas anuales) y al final, el que llevaba el nombre de Mikel quedó muy bien situado, lo que motivaba mis sospechas de que el hecho de que el enólogo que estaba en el 96 fuera de Iruña y entusiasta del *Lau Bost*, pudiera tener que ver con el resultado... Fueron días hermosos (incluyendo alguna noche que Mikel y yo también nos quedamos allí) los que pasamos en aquella compañía y aquel lugar que, como decía Atxaga: con buen tiempo parecía La Toscana, y con malo parecía el País Vasco. Desplazarse allá para ver el lugar y la capilla-museo que recoge la obra (santos y paraíso) pintados por Vicente y terminados hacia el 99, es algo muy hermoso, que nos hizo disfrutar mucho durante aquellos años.

Indudablemente el arte en general, y el arte plástico con el que hemos podido conectar de cerca a lo largo de los años, es algo que ayuda a vivir o por lo menos a nosotros nos ha ayudado a hacerlo, al añadir desconcierto, emoción, divertimento, conocimiento, consuelo… A mi juicio, lo más importante para familiarizarte con él es frecuentarlo (además de tener una cierta sensibilidad, claro). Acudir con frecuencia a verlo (escucharlo, leerlo…) y poder disfrutarlo. Que te eleve, te conmueva, te espante… En definitiva: que ese abrir y explorar nuevos caminos (o profundizar en los existentes) de una forma singular consiga "enriquecernos". Sin embargo, a veces, el tener cerca profesionales a los que puedes hacer preguntas (algo que en el caso del arte plástico, sobre todo he practicado con Zumeta, Balerdi y Ameztoy) también ayuda. Cuántas veces les había comentado mi interés en seguir las diferentes formas de las nubes; aquellas grandes masas estructuradas y a la vez dinámicas que me recordaban obras de Rafa (¿los gigantes?); o aquellas que parecían guatas de colores y formas distintas sobre el azul y eran corrientes en los días de viento sur (¿los cartones?); o aquellas fugaces "nubes-búho con ojos de luna", ligeras, que rápidamente se deshacían y se transformaban en otras, que a su vez cambiaban y pasaban a ser… ¡vete a saber qué…! Cuántas veces le había preguntado a Zumeta: "¿Por qué con frecuencia valoráis más a Cézanne que a Van Gogh, a pesar de considerar a los dos muy buenos? ¿Por qué Goya te llega tan fácilmente y Velázquez, al que todos los profesionales consideráis inmenso, cuesta más y resulta frío…?". Pregunta, esta última, que dejé de hacerle, cuando conocí su retrato de *Inocencio X* que despejó todas mis dudas rápidamente e hizo que uno de los proyectos que todavía me gustaría realizar fuera volver a ver a Velázquez con detenimiento. Otras veces hablaba con Ameztoy de los prerafaelitas; o me preguntaba: A pesar de las diferencias entre la música y la pintura… ¿estará relacionada esta "transmateria" de la que me hablaba Ameztoy con el término "metalenguaje" que Mikel en ocasiones había utilizado para referirse a los *Lekeitios*? En alguna de aquellas visitas,

Ameztoy me dijo que "le interesaba mi opinión porque profundizaba mucho", y aunque no era la primera vez que me hacían un elogio de este tipo, proviniendo de él dudé de que fuera mera cortesía, y me hizo ilusión. ¿Sería posible acaso que pese a mi falta de conocimientos técnicos, mi gusto e interés por las disciplinas artísticas me hubieran convertido en una "buena aficionada", en el sentido al que se refiere Coetzee en su ensayo sobre *Qué es un clásico*, a pesar de lo difuso y discutible que pueda resultar el término? En fin, con ellos las preguntas, los comentarios y las reflexiones podían ser variados y a la vez nos ayudaban a interesarnos más por un mundo que nos atraía desde lejos.

Mi primer contacto fuerte con la pintura y la escultura (además de profundizar en música, teatro, cine...), como ya he dicho, tuvo lugar hacia 1962 en Londres. Antes, Mikel por su lado y yo por el mío, habíamos hecho aquellos viajes típicos al Museo del Prado, Toledo..., en los que veías tantas cosas y tan rápido que no terminábamos de enterarnos ni de disfrutar demasiado. Conocíamos por supuesto (sobre todo Mikel) el *Guernica* (y otras obras) de Picasso. Pero fue sobre todo desde el 62 cuando íbamos a interesarnos más estrechamente por el tema y a acudir, aquí y fuera, a ver diferentes exposiciones. Ello nos fue haciendo adquirir un criterio sobre el tema, algo que se iba a acentuar por la estrecha relación que desde 1966, y finales de los sesenta especialmente, mantendríamos con Zumeta y otros artistas plásticos cercanos.

En 1963 se había publicado *Quosque tandem* de Jorge Oteiza, un libro que fue una especie de biblia para muchas personas de nuestra generación, que yo iba a leer hacia 1964 en Barcelona y que creo Mikel no llegó a terminar... Sin embargo, como ya he contado con detalle en el capítulo 4, hacia finales del 65, cuando fue a hablarle del grupo de canción, tuvo la ocasión de escuchar sus teorías sobre la Escuela Vasca y otros temas, además de conocerle personalmente. Por mi parte, pude conocer a Oteiza e Itziar, su mujer, en la primera mitad de los setenta, después de la disolución de Ez Dok Amairu, en Goiko Benta (Arantzazu). Mikel me los presentó y quedé asustada ante los ofensivos y a mi juicio no merecidos términos que utilizaba para referirse a una persona conocida nuestra con la que estaba muy molesto... Itziar que parecía acostumbrada a tales ataques, no daba muestras de inmutarse y Mikel, que le conocía más que yo, tampoco se asustaba demasiado. En los setenta se montó en Hondarribia una exposición sobre su obra que resultó una especie de peregrinación colectiva. Más tarde tuvimos (y tenemos) la posibilidad de verla de nuevo en muchas ocasiones, a veces muy bien expuesta y otras veces no tanto. Sin duda, Oteiza, además de ser un gran escultor ha sido una especie de dinamizador, ideólogo o revolucionario cultural que ha tenido una inmensa influencia en nuestro país, aunque las relaciones con él no han debido de ser fáciles.

En los sesenta ya algunos científicos del país, poco dados a valorar el carácter estético de sus teorías, hablaban en contra de sus ideas sobre el "vacío del cromlech" que como ellos decían estaba ocupado: "¡Qué más da!", diría Oteiza; "¿no se dan cuenta, de que estoy hablando de estética...?". Luego las polémicas por diferentes razones, proliferarían. A lo largo del tiempo, Mikel, que no hacía demasiado caso y a veces se divertía con estas polémicas, le admiró y mantuvo una relación con él, lejana pero buena. Hacia 1997, Jon Inchaustegui se mostró interesado en que pudiera hacer de mediador en la reconciliación entre Oteiza y Chillida, ya que según él decía, ambos le apreciaban. Al final, lo consiguió de otra forma y Mikel afortunadamente no tuvo que intervenir para nada.

Con Chillida, el otro escultor mítico de nuestro país, integrante como Oteiza del grupo Gaur (del que también formarían parte, entre otros, algunos de nuestros amigos más cercanos como Mendiburu, Balerdi, Zumeta...), Mikel mantuvo también una relación distante pero buena a lo largo de los años. Yo le conocí, aunque le traté menos. Ambos admiramos y visitamos con frecuencia su obra, tanto la que veíamos (y vemos) en Donostia cada día (una gran suerte para todos nosotros), como la que podíamos ver en otros museos o exposiciones antológicas (y últimamente en Chillida Leku).

Hace poco (en 2010), el director de cine Antxon Ezeiza, amigo de Rafa Balerdi y Mikel desde joven (a este último le conoció en el colegio), me dejó una parte de las memorias que estaba escribiendo (y no sé si llegará a acabar), en las que hablaba de Mikel, de Rafa y también de mí cuando me llamaban "Jatoma". Solo voy a contar uno de los detalles en ellas citados. Se refiere al año 92 y su encuentro con Chillida, a la salida del funeral de Rafa Balerdi en la Iglesia de Santa María, repleta de gente, ya que Rafa además de tener fama de ser un gran pintor y una gran persona, había muerto en condiciones trágicas. Ocurrió cuando estando en Gandia e ir a calentar el café, se desmayó sobre el fuego como consecuencia de un ataque epiléptico. Después de quedar gravemente herido, falleció a los pocos días a consecuencia de las quemaduras. Según cuenta Ezeiza, Chillida le dijo: "El último bueno, bueno... se ha ido". A continuación, mirando alrededor y viendo a Mikel, algo más lejos, charlando con unos amigos, añadió: "No, mira; todavía queda uno...".

* * *

Hacia 1966 se habían creado los grupos: Gaur, Emen, Orain y Denok, que en Gipuzkoa, Bizkaia, Araba y Navarra, agruparían a pintores y escultores de los mencionados territorios. A lo largo de los años, mantuvimos estrechas relaciones con algunos de ellos, especialmente con los guipuzcoanos, entre los que además de los dos grandes escultores citados y otros con los que mantuvimos una vinculación menor, estarían Mendiburu, Balerdi y Zumeta. De Zumeta he hablado y seguiré hablando, ya que fue amigo de Mikel (y también mío) hasta el final. A Balerdi me he referido ya en varias ocasiones.

De Remigio Mendiburu, ese gran escultor cuya obra, importante desde el principio, va ganando valor a medida que pasa el tiempo y podemos ir apreciándola mejor, solo voy a contar una anécdota que creo sirve para resumir su larga relación, ya que Remi y Mikel se conocían y apreciaban desde finales de los años sesenta y, sobre todo, desde mediados los setenta. En muchas ocasiones estuvimos con ellos y con su familia; y cuando mediados los noventa (4 o 5 años después de la muerte de Remi hacia 1989) acudimos junto con Zumeta, Gorriti y Charo a ver a Mª Carmen, su mujer, ya muy enferma (tanto que solo duraría unos días), la encontramos tumbada en un sofá de la sala acompañada de varios de sus hijos. Pasamos un rato agradable hablando con ellos y, en medio de la charla y entre otras cosas divertidas, Mª Carmen dijo: "En esta casa, se ha escuchado (y escucha) a Mikel a diario... tanto que hasta el perro le conoce". Y tratando de probar lo que decía, trajeron a un enorme rottweiler que a la entrada nos había impresionado, haciéndonos dar un rodeo para evitarlo, y nos dijeron: "Veréis lo que hace... al oír algo determinado". Pusieron *Orreaga* y efectivamente en un momento de la canción, el enorme perro levantó suavemente la cabeza y mirando hacia arriba, empezó a emitir un suave lamento, una especie de gemido, que contrastaba fuertemente con su aspecto. Nos comentaron que solo lo hacía con aquella canción y en aquel momento. Remi, Mª Carmen y uno de sus hijos nos dejaron... Seguro que el perro hace mucho que ha muerto... Pero (además de la familia) queda la obra de Remi que espero sigan mostrando y continuemos pudiendo ver, forma importante para un artista de seguir vivo.

Entre los integrantes del grupo vizcaíno, tuvimos una relación especial a la que ya me he referido, con Gabi Ramos Uranga (que según nos decía tanto escuchaba los *Lekeitios*). Poco antes de su muerte, mediados los noventa, Zumeta y Mikel, acompañados por Agustín Salinas, gran amigo de Gabi y Carmen Erdocia, acudieron a visitarle. Hoy de nuevo tenemos la posibilidad de ver su obra: aquí, en el ayuntamiento de Lekeitio, en la hermosa casa que los Salinas tienen sobre la ría de Bilbao... ¿En dónde más?

También a lo largo de los años hemos tenido (y hoy tengo) relación con Carmelo Ortiz de Elguea y otros pintores del grupo Orain. He hablado algo de él y aunque podría seguir haciéndolo, solo me voy a referir a una anécdota relacionada con Mieg, otro pintor del grupo de Araba, al que Mikel recordaba con frecuencia. Nos encontramos con él a principios de los ochenta (algo antes de reaparecer en los directos), un día que fuimos a Gasteiz para que Mikel hiciera una breve aparición en un homenaje a una persona que había trabajado en la radio, y en la que como en algunas (afortunadamente pocas) ocasiones sucedía, Mikel no había dado pie con bolo, mostrándose incapaz de encontrar las cuerdas de su guitarra. Después de salir muy desanimados, fue cuando nos encontrarnos con Mieg y le contamos lo sucedido. Entonces, él le dijo: "¡Qué suerte tienes! ¡Poder volver a empezar de nuevo...!". Su comentario fue importante para los dos. Nos animó. Y Mikel nunca dejó de agradecérselo.

Por supuesto, ha habido más pintores y escultores de las jóvenes (o no tan jóvenes) generaciones a los que también tendría que citar: Añíbarro; Nagel, cuyo caballito con equilibrista encima, situado junto a la Facultad de Filosofía, tanto me consolaba en ocasiones, al ayudarme a relativizar los equilibrios que a veces tenemos que hacer para vivir; Koldobika Jauregi y su obra; Goenaga, cuyo cambio hemos visto a lo largo de los años; aquella hermosa exposición de Rosa Valverde de finales de los setenta que tanto tiempo recordamos... Tamayo, Arocena, Tapia, Carlos Zabala y tantos otros amigos a los que Mikel apreciaba... En fin, es difícil seguir con la lista y menos cerrarla, ya que es seguro que me he olvidado de muchos.

* * *

Los años 98, 99 y parte del 2000, iban a volver a ser una época de mucho trabajo y de realización de proyectos, a veces complicados, no solo por los conciertos y el nuevo material que iría preparando y quedaría en parte incorporado en un CD publicado a principios del 2000, sino también por la necesidad de formalizar determinados contratos. Empezando por lo último, me referiré a un trabajo en el que colaboré con Julio Azkargorta, y que sumado a mi tarea habitual en la Universidad, conciertos..., iba a hacer que durante este periodo estuviese bastante ocupada.

Hacia mediados de los noventa, Mikel había empezado a manifestar insistentemente su deseo de llegar a formalizar un contrato general con Elkar, para aclarar y concretar una relación que hasta entonces se basaba en la palabra. Consideraba que dado que esta editorial venía explotando comercialmente todas sus grabaciones y nosotros íbamos cumpliendo años, era importante dejar claro para nuestros hijos sus futuros derechos respecto a los resultados de su trabajo. De llevar a la práctica esta idea (y siguiendo su deseo), nos íbamos a ocupar Julio Azkargota, un buen abogado y amigo nuestro durante años (a quien Mikel valoraba y apreciaba mucho) y yo, que era la que estaba al tanto de las características del material implicado. A finales del 99, después de muchas reuniones, conversaciones y buena dosis de trabajo, terminamos por firmar el contrato general mencionado. Poco después, llegaríamos a un nuevo acuerdo con Elkar para que se ocupasen de comercializar el nuevo CD que iban a grabar en directo a finales de ese año.

Mikel había terminado el año 97 bastante cansado y se había comprometido para dar pocos conciertos en 1998, pero había que realizarlos. Además, como era habitual, seguía trabajando tratando de elaborar e incorporar nuevos temas en los directos y tenía un proyecto que poco a poco iría madurando.

Durante el 98 actuaron en Mungia, Leioa (en la Universidad), Villabona, Zumaia, Oñati, Urrugne y Elorrio. Además participó en dos conciertos colectivos que tuvieron lugar, uno en Donostia, donde actuó con su grupo en un concierto celebrado a favor del diario *Gara* y otro que se iba a celebrar en diferentes ciudades del País Vasco, con motivo del Bai Euskarari.

El programa, normalmente ofrecido en los espectáculos del grupo durante el 98 y 99, iba a seguir la línea del 97, con algunos cambios en el *sketch* que ya desde el 98 incorporaría un nuevo vídeo de 5 minutos de duración: concretamente la parte del documental realizado por la televisión de Suecia en 1977 que mostraba a Mikel y su *Gernika*, más las explicaciones que en respuesta a las preguntas daba sobre su proceso creativo, y los dibujos de los niños de la ikastola de Gernika sobre el tema del bombardeo (que algunos espectadores pensaban eran de Zumeta). A finales del 98, incorporaría un nuevo *Lekeitio* (*Lekeitio 10*); y ya en el 99 (en la parte del *sketch* o sus prolongaciones) *Ne me quitte pas*, *Assentiré de grat*...; y en otros momentos, el trabajo con Tapia y Goenaga, sobre Elgeta, y la canción *Gure hitzak*.

Actuaron en Leioa en abril del 98. Nosotros fuimos de víspera y pasamos la noche en Tamarises, en la playa de Ereaga. Al anochecer fuimos a dar un paseo por el Puerto Viejo de Algorta, en una especie de pequeño homenaje a la memoria de Gabi Ramos Uranga, ya fallecido. El concierto que se celebró el mediodía siguiente en el paraninfo repleto de público, salió bien, a pesar de que a Mikel normalmente no le solía gustar actuar por la mañana. A la vuelta, paramos en Getaria.

El concierto, que se celebró en julio al aire libre en la Plaza de Villabona, sonó y salió muy, muy bien. Quedamos muy contentos. Entre los espectadores estaba Vicente Ameztoy acompañado de algunos amigos (entre ellos, Juan Cruz Unzurrunzaga). Vicente se mostró encantado con el espectáculo. A pesar de que sus disciplinas eran diferentes, antes habían conectado y seguían conectando bien entre ellos. Puede que en un plano distinto, Vicente apreciara en Mikel algo parecido a aquello que en las explicaciones que me había dado en Remelluri, él llamaba "transmateria"... No lo sé. Según nos dijo al final del concierto, entre otros numerosos momentos, le habían gustado mucho los dibujos de los niños de la ikastola de Gernika que se mostraban en el vídeo. En el 2000 volvería a acudir a otro concierto que dimos en Tolosa, del que también quedamos satisfechos.

¡Qué enorme diferencia entre el concierto de julio en Villabona y el de agosto en Zumaia...! En este último caso, vi desde el principio que Mikel tenía la voz tomada. A pesar de que ello se notaba, actuó bien hasta el final, donde al cantar *Mugak* tuvo una inmensa debacle vocal. ¡Fatal! Yo, que lo pasé muy mal ante el gran fallo y que aquel día estaba enfadada con él, le hice una crítica dura, tal vez demasiado dura... Carlos Itoiz estuvo, en cambio, práctico y atinado. Resumiendo sin repetir lo que en el capítulo anterior he contado con más detalle, le vino a decir que "pretender seguir llegando al *si* natural, era excesivo". Entre los espectadores estaba también Xabier Lete acompañado de José Ángel Arbelaitz, y me chocó que entre otros detalles más adecuados le comentase: "Lo curioso es que, luego, tras el fallo, los bises los hayas hecho bien".

¿Es posible que no se diera cuenta de la diferencia de dificultad existente en la interpretación de los distintos temas?

El concierto de Oñati en septiembre del 98, al que asistieron Montoia y Ruper como espectadores, salió bien o muy bien. Fue la última vez que interpretó en directo *Mugak*... Al final, Mikel vino hacia mí que estaba bastante asustada, escuchando desde la zona de los vestuarios y, con cierta ironía, me dijo: "No sé si he llegado al *si*..., pero he cantado bien". ¡Qué alivio!

El 29 de noviembre de 1998 tuvo lugar en el Velódromo de Anoeta de Donostia, un concierto colectivo a favor del diario *Gara*, en el que junto a otros, tomaron parte (por orden de actuación): Mikel con su grupo, Enrique Morente con el suyo y Lluís Llach, al que además de sus músicos y, por sugerencia de Mikel, en algún momento le iba a acompañar un coro de niños de Hernani. El concierto sonó muy, muy bien..., aunque a veces, a pesar de la buena actuación de los intérpretes, resultase un tanto frío o distante. Después del intento fallido de Urrugne, Mikel estrenó aquí *Kiromantzidxa (Lekeitio 10)* que a partir de este momento iba a formar parte de su repertorio habitual. La actuación que junto a sus músicos realizó este día, algo más corta de lo habitual por exigencia del programa, fue excelente, tanto para mí como para otras muchas personas de aquí y de fuera que la presenciaron.

* * *

Antes he comentado ya que para mí era un enorme privilegio, y causa de una gran emoción, poder asistir a parte del proceso creativo de Mikel, aun cuando solo pudiera seguirlo en parte y una vez iniciado, sin asistir a su verdadero comienzo (algo solo experimentado por él): ese germinar de la idea que transforma la "nada" en un ente nuevo que, normalmente a través de un proceso, va cobrando vida propia y ocupando un lugar, más o menos importante, en nuestro universo. Como también he dicho, durante la mayor parte de su vida, Mikel iba a ser muy celoso de su soledad, de la necesidad de estar solo, sin testigos, en ese inicio o primeras etapas del proceso. Sin embargo, por entonces, con frecuencia me decía que cuando tenía las ideas más claras (después de la soledad absoluta de la primera etapa) era yo la primera que lo escuchaba... Quizá esto pudo alterarse algo en su último disco en el que, en algunas ocasiones, Iñaki le escucharía antes que yo.

En relación a este tema que, como he dicho terminó por estrenarse a finales del 98, tengo una nota escrita en Arizkun en noviembre del 96 que dice: "Mikel ha vuelto a sorprenderme de nuevo... Anteayer al anochecer, cuando estábamos en la sala (anexa a la habitación de Gontzea), ha empezado a tocar y dejarme oír algo que me ha parecido hermoso, distinto y nuevo. Le he preguntado: '¿Un *Lekeitio...*?'. Y él me ha respondido: 'Un *Lekeitio*, no; *Lekeitio 10*: *Kiromantzidxa*'. Más tarde, me ha dado para leer el poema de Sarri (en el que a pesar de conocer el libro que él llevaba cierto tiempo leyendo, yo no había reparado) y me ha explicado que quería que lo recitase una voz femenina habituada a utilizar ese dialecto vizcaíno". También me habló de todos los instrumentos que deseaba participaran en determinados momentos. Para entonces, dos años antes del estreno, tenía el esqueleto y muy pensado el resto.

A partir de este episodio, el proceso fue largo. Mikel se impacientaba y me lo comentaba mucho. Según me dijo, empezó por hablar con José Llerandi, un amigo de Lekeitio que conocía muy bien el dialecto vizcaíno. Este le comentó que el poema estaba escrito en la forma utilizada en el Duranguesado ("lengua materna" de Sarri, como suele decir Agote) y le puso en contacto con Leire Zorrazua, que podría recitarlo. Ensayó con ella una o dos veces, pero por razones de trabajo, según le dijo, abandonó el proyecto. Le sustituyó Izaskun Ellakuriaga, que tras ensayar repetidamente el recitado con Mikel, su voz y su guitarra, se iba a convertir en la voz femenina que él estaba buscando. Grabaron los ensayos y a continuación pasó a ensayar con Josetxo Silguero, al saxo soprano. Después de pasar la grabación a Luis Camino (Mikel quería para esta canción un tipo de percusión diferente a la *txalaparta* y creo que fue Josetxo el que le habló de Luis), ensayaron y volvieron a grabar los cuatro juntos. Para terminar pidió a Iñaki que en la parte final añadiera el sintetizador. Pese a que en Urrugne no salió como Mikel deseaba, en el Velódromo de Anoeta quedó satisfecho del resultado. A partir de este momento lo introduciría en todos los directos (en los que en ocasiones Javi Área sustituiría a Luis Camino, cuando este estaba fuera) y lo grabarían a finales del 99 en el Victoria Eugenia.

* * *

El 26-12-98, Mikel, desde Biarritz (Aguilera), en conexión con los campos de fútbol de Donostia, Bilbao, Gasteiz e Iruña, participó en la campaña Bai Euskarari. Un momento especial del acto consistió en poner en práctica una propuesta hecha por él y que consistía en interpretar las diferentes estrofas de *Herria eta hizkuntza* (letra de Xalbador y música de Mikel) de manera conjunta y siguiendo este orden: comenzaba él desde Agilera y seguían B. Lertxundi (desde Donostia), Oskorri (desde Bilbao) y G. Knör (desde Gasteiz), para terminar interpretando el verso fundamental (que cierra la versión de Mikel) Erramun Martikorena desde el campo de El Sadar, en Iruña... En la preparación del concierto surgieron algunos problemas, pero al final quedó bien, tal como pudimos apreciar los que lo seguimos y se puede comprobar a través de las reseñas.

Durante el 98, Mikel trabajaba en otro proyecto que se iba a plasmar en el concierto y grabación que tendría lugar en 1999, en la Quincena Musical. Para ello se había puesto en contacto con Carlos Puig, autor del arreglo de *Baga Biga Higa* que tanto le había gustado, para encargarle la orquestación de *Gernika*. La financiación del trabajo de Puig y de la grabación del directo que iba a encargar a Ángel Katarain, la asumimos nosotros. Como era habitual, aunque la idea era suya, ambos estábamos de acuerdo con el proyecto, que iba a ser una de nuestras principales ocupaciones durante gran parte del 99.

En parte por ello cuando, hacia principios del 98 y varios meses después del concierto de Anoeta, llamaron a Mikel desde Tolosa para proponerle una colaboración con la Orquesta Sinfónica de Euskadi para interpretar algunas de sus canciones arregladas para orquesta por un músico de Tolosa que vivía en Alemania, iba a contestar que no. Como solía ser habitual en él, se tomó unos días para pensarlo y comentarlo conmigo. Luego les contestó que no: les dijo que estaba con otro proyecto distinto y prefería no hacerlo. Le comentaron cómo veía que lo hiciera Benito Lertxundi (tal como se hizo) y por supuesto contestó que bien. La razón que les dio respecto a su proyecto alternativo, era totalmente cierta, como acabo de contar. Había una segunda razón que no manifestó y que era su secular desconfianza a "arreglar" los temas, algo que venía de lejos.

* * *

El año 99, siguiendo una vez más con nuestra política de comprometernos para pocas actuaciones, iban a actuar en: el Teatro Gayarre de Iruña, Eibar, Azkoitia, Donostia (en el Victoria Eugenia), Bera y el Palau de la Música de Barcelona. Todos los conciertos fueron por una razón u otra importantes, pero algunos de ellos nos dejaron una gran satisfacción, un gran rastro y, en algunos casos, de nuevo, la gran pena de que no quedaran satisfactoriamente grabados.

El programa era parecido al del 98, pero iba incorporando cambios. Además de los vídeos referidos, que en ocasiones se proyectaban y en otras no, dependiendo del lugar u otras circunstancias, y la incorporación de *Ne me quitte pas* y *Assentiré de grat*, en ambas acompañado por Iñaki Salvador al piano, pero con un movimiento escénico lleno de sutiles diferencias que acentuaban el contraste entre los mismos y los hacían totalmente distintos (algo que me cautivaba y en Barcelona como luego contaré, supieron apreciar); *Mugak (Lekeitio 9)* había sido sustituido por *Kiromantzidxa (Lekeitio 10)*; y en ocasiones actuarían los *trikitilaris* Tapia y Goenaga que, prolongando aquella colaboración con Tapia iniciada en la primera recopilación de los *Lekeitios* en 1988, a la que había seguido *Oroitzen zaitudanean, ama*, ahora incorporaba *Elgeta.*

En Eibar, a partir de mayo, estrenaron e incorporaron *Gure hitzak*, una canción hecha por Mikel y Atxaga de la forma siguiente: Mikel hizo la música y pidió a Atxaga que hiciera la letra, que en la parte del estribillo debía de estar medida y ser libre en el resto. Atxaga hizo el estribillo y le sugirió diferentes trozos de poemas o canciones que podían servir para la parte libre. Mikel aceptó algunas de las sugerencias, prescindió de otras (yo le ayudé en el proceso), añadió alguna más..., lo mezcló a su aire y el resultado fue la canción que se estrenó ese día e iba a grabar en directo y publicar en el disco de principios del 2000 al que me referiré enseguida.

A lo largo de los años, Mikel ha colaborado con la *txalaparta*, *trikitixa*, los *txuntxurros* (o *joaldunak*) y, en una ocasión, en el Teatro Arriaga, con una pareja de *dantzaris* (Oskar y Arantza), cuya actuación a lo largo del escenario incorporó en el *sketch* (en el que aquella ocasión la música popular se mezclaba con un fragmento de *La pasión según San Juan*, de Bach), algo que me recordó el otro día en Usurbil, la mujer de Oskar, recientemente fallecido, y que me hizo preguntarme por qué Mikel en este caso, a pesar de lo bien que resultó, no siguió incorporando a los *dantzaris* en determinadas ocasiones.

El recital celebrado en el frontón de Eibar, en mayo del 99, resultó interesante no solo por el estreno de *Gure hitzak*, la incorporación de algunos de los cambios antes citados y la forma de realizarlos, sino también por una colaboración improvisada de Mikel y Silguero que a mí me gustó muchísimo y que siempre le pedía volvieran a intentar... Jexux Artze quedó encantado con la actuación y los cambios incorporados.

* * *

En junio del 99 murió Montxo Goikoetxea, un amigo nuestro de Tudela al que Mikel había conocido junto con Iñako Pagola en los tiempos que acudían a examinarse a Zaragoza (2ª mitad de los cincuenta), donde Montxo estaba estudiando. Más tarde, por motivos políticos, se exilió en Francia, donde tomó parte en los programas de Radio París emitidos en español. Hacia los ochenta, vino aquí y vivió años en Usurbil, donde sin duda seguirán recordándole. Solía comer en el Patri y charlaba mucho con Joxean Artze y otros amigos de la zona. Escribía en *Egin* una columna que se titulaba "Teléfono, rojo, blanco y verde". Nosotros le solíamos ver con frecuencia. Era sobrino del compositor Remacha y muy aficionado a la música clásica, uno de los temas de los que más hablábamos. Luego vivió una temporada en Donostia, donde solía acompañarnos al Ormazabal cuando íbamos con los amigos (Zumeta...). De Donostia se trasladó a casa de Gorriti y Txaro, donde pasó un tiempo con ellos y por fin, pocos años antes de su muerte, volvió a Tudela. Había vivido algunas desgracias familiares importantes (especialmente la muerte violenta de su única hija Manuela) y estaba muy deprimido... Poco antes de su muerte, nos regaló como recuerdo una cinta en la que había grabado los últimos cuartetos de Beethoven... A Mikel no le solía gustar escucharlos.

* * *

En agosto del 99 actuaron en el Victoria Eugenia dentro del marco de la Quincena Musical donostiarra. El concierto (que tuvo un carácter de homenaje y en el que además de José Antonio Etxenike, participaron muchísimas personas a las que agradecimos y debemos volver a agradecer su colaboración) fue complejo y su preparación iniciada bastantes meses antes, nos dio mucho trabajo. Mikel quería aprovecharlo para poder grabar en directo, de forma no demasiado costosa y asequible para ser financiada por nosotros, los tres temas sinfónicos orquestados por Puig; y, contando con los permisos respectivos, había encargado su grabación a A. Katarain. A la vez y por encargo de la Quincena, ETB también lo iba a grabar. El número de participantes y la diversidad del programa, añadían también dificultad al tema.

En la primera parte Mikel actuó junto a: Iñaki Salvador (piano y sintetizadores), Josetxo Silguero (saxofones), Jexux Artze y Pello de la Cruz (*txalaparta*), Joseba Tapia e Iker Goenaga (*trikitixa*), Izaskun Ellakuriaga (recitadora) y Luis Camino (percusión), para interpretar y grabar los cinco primeros temas que se publicarían en el disco (*Elgeta*,

Txinaurria, *Gure hitzak*, *Ezpata dantza* y *Kiromantzidxa, Lekeitio 10*). A continuación se proyectaron los vídeos: *Haika Mutil* de Uribe y la parte del *Gernika* de Mikel realizado por la televisión de Suecia. Cambio de escenario, y el Orfeón junto a la Joven Orquesta de Euskal Herria, interpretaron unos temas de su repertorio habitual. Luego, estos mismos intérpretes dirigidos por Sainz Alfaro, y Mikel como solista, hicieron *Gernika, Txoria txori* y *Baga Biga Higa*, temas, estos tres, que junto con los cinco primeros, completarían el CD titulado *Gernika-Zuzenean 2* que se iba a publicar a principios del año siguiente, con una portada muy hermosa de Zumeta.

El concierto fue irregular. Demasiado complejo y largo. Además Mikel había tenido un acceso de tos al cantar *Txoria txori*, que pudo arreglar para el CD, volviendo a grabar la voz en el estudio de Katarain. Por otra parte la orquesta no era la Sinfónica, como había sido en Anoeta, sino la Joven Orquesta, que publicó un escrito de protesta en los periódicos porque las partituras les habían llegado tarde y no habían podido ensayar lo necesario... Había también otros detalles, entre los cuales grabar en directo en una única actuación con pocos ensayos previos, una obra de estreno y otra en segunda audición, no eran pequeños. Pese a todo, y aunque al final del concierto no estábamos demasiado animados, después de escuchar poco a poco el resultado y el buen trabajo de Katarain, quedamos relativamente contentos y nos quedó la sensación de que aunque las condiciones no hubieran sido óptimas, había sido una suerte poder hacerlo.

En octubre del 99, actuaron en Bera, con el programa que últimamente venían ofreciendo. En el *sketch* Mikel hizo un pequeño guiño (homenaje-recuerdo) a Antxon Saragüeta, aquel amigo de los tiempos de estudiantes en Iruña que, años después, recordaba mejor que el propio Mikel los temas de Yupanqui, Violeta y otros que por entonces interpretaba. El homenaje fue "pequeñito" pero claro. El concierto salió bien y nosotros (y el público) quedamos satisfechos.

* * *

Para terminar el año, con fecha 30-12-99, invitados por Raimon, actuamos en el Palau de la Música Catalana, dentro de la serie de conciertos que se organizaron en el marco del denominado Festival del Milenio. Fue otro concierto que llevábamos meses preparando (aunque de la parte administrativa se ocuparía Mikel Camino de Syntorama) y, que pese al trabajo que nos dio, nos dejó muy, muy contentos. Uno de los mejores recuerdos de los últimos años.

En la primera parte, de aproximadamente 75 minutos de duración, actuaron Mikel y su grupo; en la segunda, Raimon y sus músicos. Por las características del local (una auténtica joya) no se podían proyectar vídeos. Además el tiempo del que disponían tampoco permitía hacerlo. Mikel actuó junto a Iñaki Salvador (piano y sintetizadores), Josetxo Silguero (saxofones), Luis Camino (percusión), Izaskun Ellakuriaga (recitadora) y Jexux Artze y Pello de la Cruz (que hicieron una exhibición muy corta y concentrada de la *txalaparta*). Una actriz participó en 3 o 4 ocasiones para leer en catalán fragmentos previamente escogidos por nosotros, de algunos poemas que Mikel cantaba en euskera. La acústica del local les iba muy bien y el sonido fue excelente (gracias al buen equipo que pusieron los organizadores y al trabajo de José Luis Zabala, nuestro técnico habitual en el directo). El diseño de luces quedó estupendo: gracias en parte a las posibilidades del escenario y a la ayuda que me prestó Iñaki Elizondo, nuestro técnico (que me ayudó a poder traducir al papel nuestro diseño habitual para que el técnico catalán pudiera comprenderme mejor) y a la entusiasta y competente colaboración del técnico de Raimon que me sugirió algunos cambios para aprovechar mejor las características del local (que eran muy buenas) y la colaboración de las "musas de la música" presentes en el escenario... Estas, sin duda, contribuyeron... Respecto al técnico catalán (cuyo nombre no tengo), además de hacer un gran trabajo, al final, cuando le di las gracias, me dijo que había sido un placer para él poder hacerlo. Gracias a todos, de nuevo.

La actuación fue excelente. Yo quedé con la sensación de que había sido una de esas representaciones memorables y redondas, pertenecientes a ese grupo a cambio de cuya buena grabación audiovisual (que creo no era posible hacer por las características del lugar), estaría dispuesta a dar un brazo. Y las críticas de las que comentaré algunos detalles, fueron tan, tan buenas, que leerlas casi te avergonzaba un poco... Mikel podía quedar satisfecho de su concierto de fin de siglo: del *Mil·lenni*.

Al día siguiente nos trajo en su coche-furgoneta Mikel Camino que, además de conducir, nos hizo reír mucho con diversas historias, entre ellas la celebración de fin de año y los preparativos de la "fiesta", que iba a pasar en su borda del Valle de Araiz, junto a Altolaguirre y Zumeta. Nosotros no estábamos para fiestas. Llegamos cansados y, a la noche, después de tomar algo, nos acostamos temprano.

Unos días más tarde, como solía hacer en ocasiones, Mikel me trajo como si fuera un regalo algunos periódicos que traían las críticas del concierto. Aunque él apenas las leía, sabía que eran buenas y que yo me solía alegrar mucho cuando veía que otros reconocían algo en lo que yo venía creyendo de lejos... Su actitud, sin embargo, solía ser prudente y distante (nada de emborracharse de éxito). Algo así como si pensara: "El reconocimiento está bien, pero lo importante es hacerlo". A mí, esa actitud que conocía y ahora seguía observando, me gustaba, ya que conociendo tanto al Mikel "niño" como al que era capaz de alcanzar una increíble altura, este otro matiz, más prudente, relativizador y razonable, me hacía pensar que él estaba en lo cierto: lo más importante era hacerlo. Aunque yo añadiría: y si fuera posible tenerlo bien grabado en sonido e imagen, mejor todavía. Si no, solo queda el recuerdo (sin duda hermoso) y los comentarios que dan testimonio de ello... En este caso fueron muy buenos y voy a reproducir parte de ellos.

En *El País* (3-1-2000), Luis Hidalgo, comenzaba hablando de los alienígenas de algunas películas de ciencia-ficción que "son capaces de controlar la materia, de viajar en el tiempo sin envejecer, de sublimar lo esencial sin perderse en lo anecdótico", para añadir algo más adelante: "Mikel Laboa, no es un alienígena, pero podría serlo". Y poco después seguir diciendo: "Actuó en el Festival del Milenio y abrumó sin querer hacerlo". Más tarde, señala que "Laboa añadió una intención artística que se tradujo, por medio de piano, saxo, *txalaparta* y percusión, en un fascinante camino por la musicalidad". Para terminar diciendo que: "Todo era música en la aguda voz de un hombre que a veces cantaba como una mujer. Memorable Laboa, cuyo descubrimiento es la gran asignatura pendiente de este país".

Por su parte, Jordi Bianciotto, en *El Periódico de Catalunya* (3-1-00), en su artículo titulado "De la Luna a la Tierra", escribía párrafos como estos: "Laboa vive, de hecho, en otro sistema solar y lo personal y avanzado de su expresividad le convierte en un caso único, no solo de su generación sino de la música popular de las últimas décadas. Digno de ser considerado una figura de culto de máxima magnitud, Laboa descolocó en el Palau de la Música Catalana a quienes esperaban encontrarse con un venerable artesano de la canción de autor"; y algo más adelante, terminaba diciendo "sometió su voz a insólitos encuadres y coronó el pase con un inquietante *Lekeitio 10*. Es un mundo aparte".

Donat Putx, en *La Vanguardia* (3-1-00), en un artículo titulado "Canción entre cielo y tierra", alude a que "el cielo lo puso Mikel Laboa, por abstracción. La abstracción vinculada a su factura musical vanguardista". Algo antes señalaba: "Abrió la velada Mikel Laboa. Le acompañaban en este viaje cinco músicos, con el estupendo Iñaki Salvador al piano" y resaltaba entre lo más importante de su repertorio, *Galderak* (la versión del 89) y *Komunikazio-Inkomunikazio(a)* (la versión que últimamente estaba haciendo). La primera sobre un bello y fronterizo poema de Bernardo Atxaga, con constantes cambios de registro por parte del cantante y remolinos contemporáneos en la partitura. La segunda, famosa *suite* que con lenguaje articulado e inarticulado, con canciones en varios idiomas, con la gestualidad, con el concurso final de la *Pasión según San Mateo* de Bach, dibujó un delirio que casaba bastante bien con la arquitectura del Palau.

Por último, *El Mundo* (11-1-00) publicó un artículo firmado por Ferran Riera y titulado "Compañeros de viaje" del que entresaco un par de párrafos: "Abrió la sesión el cantante donostiarra, quien de principio a fin de su recital mantuvo en vilo al público con un repertorio cargado de tensión y giros estilísticos constantes. Aunque Laboa mantenga la guitarra sobre la rodilla y cuente como principales colaboradores con dos músicos formados en el jazz, sus actuaciones siempre son imprevisibles. Su voz es en realidad, la que destaca por encima de todo, multiplicando sus registros como si en lugar de un cantante quien actuara fuera un ventrílocuo"... y, algo más adelante, continúa: "Laboa es radicalmente distinto a todo lo demás: es único"; para hacia el final de la parte dedicada a su actuación, referirse al *sketch* a *Duerme negrito* o *Ne me quitte pas* y terminar diciendo que "se revela como un sublime creador e intérprete capaz de ponerse en tela de juicio a sí mismo".

En fin, es lógico que después de creer en él durante tanto tiempo y sentirme a veces molesta por ciertas minusvaloraciones (a veces interesadas o poco informadas) que en ocasiones había tenido que escuchar entre nosotros al juzgarle, me sintiera contenta ante este reconocimiento.

* * *

Durante el año 99 había colaborado también con Jexux Artze, tomando parte con el tema *Loha-loa*, en el CD publicado por este y titulado *Sakanatik Arbaila Ttipira* y que más tarde, como le habíamos prometido, volveríamos a incluir en *Xoriek 17*. La portada era de Ameztoy y Zabala. (ver biografía de Jexux Artze).

El año 2000 se inició con la presentación del disco titulado *Gernika-Zuzenean 2*, grabado en directo en el 99 y a cuyo contenido, participantes..., ya me he referido. En el acto que se celebró en el local situado en los bajos de la biblioteca de la Plaza de la Constitución, participó mucha gente (al igual que en el disco). Resultó muy animado y lo pasamos bien.

El día 2-2-00, tuvo lugar en el Palacio Miramar de Donostia el acto de entrega de la Medalla de Oro de la Universidad del País Vasco a los hermanos Artze, Benito Lertxundi y Mikel Laboa. Un año antes le habían "sondeado" sobre la posibilidad de nombrarle doctor honoris causa de la misma universidad, algo a lo que se había negado diciendo que había otras personas que lo merecían más... De todas formas, y como ya he dicho antes, él no era demasiado partidario de este tipo de distinciones y en diferentes ocasiones se negó a ellas. En este caso, y pese a tener muchas dudas para aceptarla, al final, ante mi insistencia y la de algún otro amigo cercano, se animó a hacerlo. Preparó un trabajo corto pero, a mi juicio, adecuado para agradecer la medalla (y que según me dijo Jexux le había parecido especial, como solía ser Mikel). Por la mañana él estaba nervioso, y entre nosotros, medio enfadados... Luego se tranquilizó y estuvo más contento. Él asistió a la comida oficial y yo atendí a nuestros amigos a los que había invitado (ideas de Mikel) a una comida en la Sociedad Aizepe. Como ellos estaban en la Gastronómica, otra sociedad cercana, a veces venía a visitarnos. Al final, creo que quedó contento y entre otras cosas se refirió a ¡lo bien que Jexux lo había pasado!

Durante la primera mitad del 2000, actuó junto con su grupo en: Tolosa (enero); en Donibane Lohizune (el uno de abril); en Basauri (el 15 de abril); en el Teatro Arriaga de Bilbao (el 2 de junio) y en Hazparne (el 25 de junio), en un concierto organizado a modo de homenaje. Solo comentaré brevemente algunos detalles en relación a ellos. En todos ellos (salvo el último en el que actuaron también los niños de la ikastola local y fue distinto) se hizo el programa, más o menos largo que, según las circunstancias, últimamente estábamos representando.

El concierto de Tolosa, al que entre mucha gente que llenaba el local y otros conocidos, volvió a acudir Vicente Ameztoy con unos amigos, resultó bien (o incluso muy bien) y tanto ellos como el público y nosotros quedamos contentos de la actuación.

El concierto de Donibane Lohizune, organizado a favor de la integración escolar de los niños con minusvalías físicas o psíquicas, que en la primera parte contaba con la actuación de Mikel y su grupo, y en la segunda con Kepa Junkera y el suyo, quedó muy bien, tanto por el nivel de las actuaciones (aunque la segunda no la pudimos ver completa) como por la asistencia masiva y el ambiente existente. Es curioso pero en muchas de sus actuaciones en Donibane Lohizune a través de los años, no sé porqué, Mikel ha alcanzado muy buenos resultados. En esta ocasión también quedamos especialmente satisfechos de la actuación realizada. A él le quedó un gran recuerdo del concierto.

Entre los asistentes estaban Julio Azkargorta (nuestro amigo abogado) y Marian Anabitarte, su mujer, médica en el Oncológico durante años y una de las personas más valientes y a la vez amables que he tenido ocasión de conocer. Eran muy amigos de los Salinas (también amigos nuestros) y las imitaciones que hacían y las bromas que se gastaban mutuamente, respecto a ellos mismos y otros conocidos comunes, inducen todavía a la sonrisa a pesar de los años pasados y la desaparición de "nuestro mundo" de muchos de los implicados... Aquel día dormimos en su casa de Urrugne. Marian parecía un poco cansada y salimos antes del final. Sabíamos que llevaba tiempo luchando contra un cáncer pero no sospechábamos que meses más tarde desaparecería de nuestro entorno, después de mostrar hasta el final aquel valor que siempre le había caracterizado.

Dos semanas más tarde, actuaron junto a Ruper Ordorika y su grupo en Basauri. Mikel parecía (y estaba) cansado. Fue sin duda la actuación más floja de este año.

El 2-6-00, actuaron en el Teatro Arriaga de Bilbao en un concierto organizado por Irkus Robles Aranguiz. Aquel día (en época de exámenes) la que estaba cansada y nerviosa era yo, y escuché la actuación desde los camerinos (desde donde la megafonía funcionaba). La impresión que tuve desde allí es que todo había marchado bien. Sin embargo, Mikel también estaba cansado y quería dejar los directos unos meses para ir preparando material para un nuevo disco, ya que parte de lo que había hecho o estrenado los últimos años había quedado incorporado en el *Gernika-Zuzenean 2* publicado a principios de año. Por ello, después de actuar en Hazparne el 25-6-00, en el concierto antes mencionado, suspendimos las actuaciones en directo durante algo más de un año.

* * *

Aquel verano fue bueno para nosotros. En primavera, gracias a la información de Karmele, la hermana de Mikel, supimos de un pequeño apartamento en venta en Arizkun, a muy buen precio. Fuimos a verlo. Estaba situado en la zona de la salida del pueblo hacia Erratzu, y se trataba de un pequeño piso (con dos habitaciones, sala, cocina y baño) muy barato (alrededor de 8 millones de pesetas, más algunos gastos adicionales). Era nuevo. Con orientación al exterior y buenas vistas. Además de tener calefacción y estar frente a la casa del médico, con un hermoso abedul a su entrada y algunos plataneros y otros árboles muy frondosos (cuando no los podaban demasiado), quedaba también junto a la farmacia, algo que, para nosotros, siempre ayudaba... Hicimos una asamblea familiar: Agur, Izaro, Mikel y yo y, por mayoría, ya que Mikel no estaba demasiado animado, decidimos comprarlo. Luego ha resultado un lugar agradable en el que nosotros hemos pasado muy buenos momentos y del que nuestros hijos, y sus múltiples amigas y amigos, han disfrutado y siguen haciéndolo.

En julio, después de terminar los exámenes, Mikel y yo nos fuimos en coche a Girona. Fuimos por Francia, conduciendo Mikel como era habitual ya que como he dicho yo no sabía hacerlo. Nos alojamos en L'Escala, en el apartamento de Surrel, una buena amiga de los tiempos de militancia de Txelo, que ha puesto su apartamento a nuestra disposición y la de nuestros hijos en montones de ocasiones... Estuvimos allí aproximadamente una semana y lo pasamos muy bien. Nos movíamos por la Parte Vieja del pueblo, ya que la parte nueva además de no gustarnos estaba abarrotada. Y a pesar de que estuve dos días en cama con fiebre, fue una especie de gripe que pasó rápido y nos permitió hacer viajes por la zona: Empúries, Cap de Creus, Cadaqués, Figueres, Girona capital... Trajimos algunos recuerdos de la zona para nuestra casa de Arizkun y, a la vuelta, seguimos con nuestras tranquilas y agradables actividades de verano. Las de siempre. Sin tener que preocuparnos demasiado de otras cosas, que no fuera poner algunos pocos muebles para cubrir las necesidades esenciales, en nuestro estilo *minimal* de siempre, pese a que luego al cabo de los años y en nuestro caso, el supuesto "*minimal*" pueda ir convirtiéndose en un almacén de trastos.

El piso está en gran parte anclado en el 2000 (algo que procuro mantener) y vinculado a pequeños recuerdos de amigas, amigos, Girona... Entre ellos voy a destacar: un cuadro de Zumeta hecho ese año y que regaló a Mikel por su colaboración en la inauguración de su exposición de pintura en el Mercado de San Martín. En él, figura una pareja (*Mikel ta Marisol*), que a mí me gusta mucho contemplar... Hay también un cartel que me encanta, hecho para la Quincena Musical de ese mismo año, por Vicente Ameztoy y J.M. Zabala, que muestra una imagen-retrato del joven Bach con los ojos ocupados por los cubos de Moneo. Hay además otros muchos recuerdos que cuando voy, me gusta mirar. Entre ellos se incluyen también objetos inmateriales, como el transporte que Jexux Artze nos ayudaba a hacer en su furgoneta y las charlas que acompañaban a los viajes y podían referirse a la forma de las nubes, o a esos árboles que a mí me gustaban y de los que él sabía tanto; y claro, también, a otros temas variados.

En agosto se estrenó la exposición de Zumeta a la que acabo de referirme, en el Mercado San Martín antes de su demolición. Quedó muy hermosa y Mikel colaboró en los actos de presentación. Precisamente acompañado por Josetxo Silguero, al saxo soprano, estrenó allí una segunda versión de *Galderak* en la que había estado trabajando. Como ha dicho algún crítico era menos *freaky* u osada que la primera, pero nos parecía hermosa y al público le llegaba. Esta es la versión que desde entonces interpretarían en los directos y grabarían en el 2005. El día anterior a la apertura de la exposición, Josetxo y él, estuvieron ensayándola en nuestro estudio de casa, e Izaro y yo escuchándoles encantados desde abajo... El día de la inauguración, Mikel tenía la voz tomada y no quedó tan bien como el día anterior, aunque Josetxo tocó muy, muy bien. Recuerdo cómo aquel día (y también otros en que tocaba con él), Mikel me solía decir que pensaba: "¡Qué bien lo está haciendo! ¡Que suba, que suba... ya entraré yo, cuando baje, de nuevo!". A raíz de aquella actuación, Zumeta le regaló el dibujo que poco antes había pintado.

Cuando nos lo dio, nos dijo que era una representación nuestra, algo que también figura en el cuadro, aunque no resulta fácil verlo... Poco antes habíamos estado en el molino charlando con él y yo llevaba aquella falda larga de colores vivos, que apenas me quité en todo el verano.

En nuestra casa de Arizkun, Mikel se solía meter en el último cuarto con la guitarra, su pequeña radio-grabadora, sus papeles y libros... e iba intentando trabajar. Salía a dar un paseo por el pueblo y volvía a trabajar. En fin, seguía su método normal, aunque a medida que pasaban los años y, a pesar de hacerlo a diario, le iba resultando más difícil hacerlo. Sin embargo, había épocas de gracia y era hermoso poder asistir a ello... Yo leía, trabajaba, paseaba, escuchaba música... Además, en verano seguíamos bañándonos en el río y haciendo nuestras eternas excursiones por la zona, a las que en ocasiones, cuando prefería quedarme en casa haciendo otra cosa, no le acompañaba. Eran nuestras prácticas habituales, pero en conjunto el verano fue para nosotros excitante y también algo diferente. Mikel se mostraba muy apasionado y, a veces, más nervioso y algo más agresivo de palabra que lo normal en él (digamos que en vez de su suave y con frecuencia cariñosa ironía habitual, podía llegar al sarcasmo). Pero en general disfrutamos del descanso y del verano. Además, para mí era agradable observar que a mis 62 años y por diferentes razones podía despertar cierta admiración que, a veces, suscitaba sus celos.

Durante el otoño, mientras yo continuaba ocupada con mi trabajo habitual, me pareció percibir que Mikel trabajaba y se cuidaba menos. De hecho, cuando se hizo los análisis, no fueron buenos y de nuevo se puso a uno de esos drásticos regímenes y a beber solo agua. Llevaba años sin beber alcohol en casa. Pero, normalmente, cuando se encontraba relativamente bien, le gustaba tomar un par de blancos o tintos, antes de comer y cenar, fuera de casa. Sin embargo, en fiestas, celebraciones o ciertas épocas, la dosis podía aumentar, algo que como ya he dicho, le iba fatal. Con el régimen, su suavidad habitual volvió de nuevo.

El 29-11-00, acudió a la presentación de la Korrika 12 organizada por AEK y que tuvo lugar en el Hotel de Londres en Donostia. Desde allí se trasladó a la sede de la Universidad de Deusto (EUTG) en la misma ciudad, donde tomó parte en el acto de homenaje a Ernest Lluch organizado por Elkarri, dentro de la "Semana de no violencia", en la que estaba prevista la participación del propio Ernest. Allí cantó a su memoria dos canciones que sabía le habían gustado en vida: *Assentiré de grat* y *Txoria txori*. Por la impresión que saqué a través de la televisión (ya que debido a mi trabajo no pude asistir), me quedó la idea de que el acto y la participación de Mikel en él, además de ser necesaria (algo que previamente ya habíamos comentado) y emotiva, tuvo una forma que, pese a su gran deseo de vivir, sobre todo vivir... al propio Lluch le hubiera agradado.

* * *

Durante el 2001 continuamos programando el nuevo disco que Mikel proyectaba grabar en el estudio hacía ya tiempo, aunque parte de los temas programados se habían quedado en el directo. A pesar de ello, y de una forma nada habitual para nosotros, en el 01 teníamos ya escrita una posible relación y estructura (que luego experimentaría algunos cambios) integrada por varios temas en los que Mikel estaba trabajando, otro tema que yo le había pedido y una idea que había estado comentando con Atxaga y estaba relacionada con los temas sobre pájaros que a lo largo de los años Mikel había cantado.

Entre los primeros, algunos ya estrenados, estaba la segunda versión de *Galderak*. A Mikel este texto le sugería muchas cosas y yo le solía decir de broma que una frase del mismo, esa que dice: "*Hala esan zaidan, haize boladetan datzala txorien halabeharra*" (o "Se me ha dicho que para los pájaros no hay otro destino que el viento"), parecía estar hecha para él... Me refería a que, pese a que su trayectoria a largo plazo no parecía en absoluto "marcada por el viento", sino más bien lo contrario, las sorpresas y los cambios (unidos quizá a esa personalidad dual a la que ya me he referido) que a menudo introducía y nos descolocaban, a veces, podían hacer pensar lo contrario. También estaban *Ne me quitte pas* y, todavía en ciernes, los temas *Sustraiak han dituenak* y *Tebas* (como de forma resumida, le llamábamos).

En el proyecto aparecía ya *Orduan*, un tema que yo le había pedido con mucho interés que hiciera y que le iba a dar mucho trabajo… En ocasiones anteriores yo le había hablado de algunas letras, como *Txoria txori*, *Lili bat*, *Hegazti erraria*, pero no habían sido encargos sino solo sugerencias que en estos casos le habían interesado (pese a que en otros podía no hacerme ningún caso). Ahora, en cambio, sí que le pedí que pusiera música a este tema y lo hice de manera insistente y reiterada. Ambos conocíamos y valorábamos el poema de Atxaga (publicado en *Etiopia*) hacía mucho tiempo, pero fue a través de una repetida lectura que hice del mismo en el 2000, cuando se lo pedí por primera vez. Además, medio en broma, medio en serio, le decía: "Ahora que te gustan tantas chicas, todos esos nombres te van bien… ¿no?" (¿no se dice acaso en euskera, *izena-izana*?). Y comentábamos la historia o significado de cada uno de ellos. No me dijo que no. Y al poco tiempo le oí una versión que pensaba podía tener que ver con ella, me pareció bastante convencional y no tenía relación alguna con la que al final iba a hacer (y nos gustaría tanto). Sin embargo, no le comenté nada y quedó incluida en el programa del disco nuevo.

A raíz de la charla que tuvo con Atxaga y de los muchos poemas que este le mandó sobre el tema de los pájaros y de la selección inicial que hicimos, al final solo utilizó el de Ungaretti (que desde el principio decidió cantar en italiano) y el de Coppée; y la sección incluida sobre este tema, resultaría más corta de lo que habíamos pensado. En fin, un esbozo de programa y algunas canciones estaban hechas o planeadas desde el 2001, pero iba a necesitar bastante tiempo, introducir cambios y pasar bastantes peripecias, antes de terminarlas.

* * *

Durante la primera parte de este mismo año, estuve pendiente de una operación por unos implantes dentales que llevó tiempo y me produjo bastante estrés. Me han operado en dos ocasiones y he pasado por el quirófano sin miedo. Pero acudir al dentista, a pesar de lo bien que me trata, me agobia… Todo pasó y quedó bien, tanto que a partir de ahí, Mikel empezaría a frecuentar el mismo dentista que yo. Por lo demás y como era habitual, mi trabajo iba a ocupar la mayor parte de mi tiempo.

La segunda parte del año, tuvimos cuatro actuaciones a las que nos habíamos comprometido y que resultaron desiguales. La primera tuvo lugar en Beasain con motivo del Kilometroak. Se celebraba el 25 aniversario del primero, que había tenido lugar en la misma localidad en 1976 y en el que también había participado Mikel. En el cartel anunciador aparecía una foto hecha por Arturo Delgado 25 años antes, que a nosotros nos gustaba mucho. A pesar de que el tiempo no transcurre en balde, el concierto, en el que actuó con todo su grupo, vídeos… salió muy bien y quedamos satisfechos. Entre otros muchos conocidos, Zumeta también acudió a verlo.

En otoño actuó en Bilbao en dos ocasiones. Ambas en el Euskalduna y ambas fallidas. La primera era un concierto en el que Mikel iba a tomar parte junto con su grupo (aunque Iñaki no pudo asistir y fue sustituido por Sorkunde Idígoras) y Enrique Morente con el suyo. La actuación de Mikel no fue buena. Aquel otoño había estado varias veces enfermo con anginas y tomando antibióticos, tanto antes como después del concierto. Se le veía cansado y le faltaban agudos. Quizá lo que mejor les salió fue *Kiromantzidxa*… Creo que, además de su baja forma, también influyó mucho el hecho de que el equipo de luces y sonido fueran insuficientes para el local. En definitiva, en conjunto, el concierto no resultó. Yo, que no había estado muy de acuerdo para comprometernos, lo pasé bastante mal, tanto que al final me perdí una actuación conjunta de los dos grupos que según me dijeron había estado bien. No lo sé: ¡no pude verlo!

Después de la actuación, Mikel volvió a estar con fiebre. Poco después parecía estar mejor y le acompañé de nuevo a Bilbao, donde iba a realizar una actuación más corta, acompañado por el acordeonista Joxan Goikoetxea, para celebrar el 90 aniversario del sindicato ELA. La mañana de la actuación se despertó con la garganta totalmente cogida y casi sin voz. Era tan evidente que no estaba bien, que apenas pudo cantar y se tuvo que limitar a hacer algún pequeño recitado acompañado por Goiketxea, que resultó adecuado y se lo agradecieron con entusiasmo.

En otoño del 2001 murió Vicente Ameztoy. En su funeral, al que yo llegué tarde por mis clases, tomaron parte Bernardo Atxaga y Mikel. Este cantó *Antzinako bihotz.*

El 22-12-01 actuaron en Lezo, en un concierto organizado por la ikastola Pasaia Lezo Lizeoa. Actuó con el grupo completo y fue un concierto memorable por diferentes razones. A pesar del gran frío que hacía en el local, la actuación fue buenísima. Se publicó una crítica del concierto en Internet (*El Portal de las Artes Escénicas*, a nombre de "felipelpayaso" y titulada "Mikel Laboa: el grito") que además de concederles cinco estrellas, a mi juicio reflejaba adecuadamente lo bien que lo habían hecho. La cena, en este caso anterior al concierto, que tuvo lugar en el Bar Juli de dicha localidad fue buena y cálida en todos los sentidos, y muy adecuada, además, para combatir el frío que hacía en el local. Para ayudar a que todo fuera mejor, Mikel hizo de camarero. Fue la última ocasión en que actuó con el grupo completo, ya que Jexux Artze, nuestro gran amigo y colaborador durante décadas, iba a fallecer pocos meses más tarde, víctima de una leucemia.

* * *

Durante el 2002 no aceptó ninguna actuación en directo y siguió tratando de preparar su nuevo disco. Por lo demás, continuaríamos con nuestros trabajos respectivos: él trabajando a diario en sus canciones y ayudando en los trabajos de la casa (compras, algo de cocina, etcétera), en los que, como ya he dicho, colaboraba de antiguo; y yo con mis actividades académicas y el resto de las que iban cayendo.

En febrero del 2002 murió Orhy, nuestro querido perro. Llevaba catorce años con nosotros y era parte de la familia. Fue un gran disgusto para todos: ¡cómo movía el rabo cuando le acariciábamos, a pesar de lo malito que estaba! Al final, tuvimos que llevarle Mikel y yo, ya que Izaro no estaba con ánimo para hacerlo, para que le pusieran una inyección que puso fin a su vida. Probablemente, el veterinario pensó que debía de estar loca, cuando llevándole en brazos y acariciándole, le hablaba de lo tranquilo y bien que iba a estar en el nirvana… Creo que Orhy entendía que aquello era algo bueno.

Poco después, y aunque le dije que después de 21 años yo no quería volver a tener otro perro, Izaro y Eluska, que por entonces eran pareja y vivían en otro piso, cogieron a Xola ("la sabia") y aunque ella y Xumux, su hija, sean de ellos, con frecuencia están en nuestra casa. De todas formas, y a pesar del gran afecto que podemos llegar a sentir por ellos, creo que resultan más fáciles de sustituir uno por otro que en el caso de los humanos. El vacío que algunos de estos últimos dejan parece imposible de sustituir por otro ser humano. Y a pesar del transcurso del tiempo, el vacío es inmenso… y sigue siendo inmenso.

La muerte en mayo de Jexux Artze fue un golpe muy duro para nosotros. Jexux era una de esas personas a las que quería mucha gente y su falta se hizo (y se hace) notar. Sabíamos que desde aproximadamente seis años antes, luchaba contra una leucemia. Pero lo hacía de forma admirable y con frecuencia le veíamos tan bien, que casi, casi, pensábamos que podría seguir así durante mucho tiempo. En el último concierto le habíamos encontrado más triste que lo habitual y luego supimos que era por entonces cuando había empezado a empeorar… Durante los meses siguientes le veíamos en Usurbil y, sobre todo, hablábamos mucho por teléfono. Cuando le preguntábamos qué tal estaba, nos contestaba: "¡Bueno… con goteras!". Cuando nos dejó, perdimos a una gran persona, a un gran colaborador y a un gran amigo.

* * *

El 14 de julio del 2002, cuando estábamos pasando un fin de semana en Arizkun, oí a Mikel que interpretaba partes de temas que no creía tuviera tan preparados y que me causaron muy buena impresión. Últimamente, aún cuando se encerraba a diario con su guitarra, su radio-grabadora y sus papeles, solía tocar y cantar bajo, de forma que yo prácticamente no me enteraba de sus progresos y la sorpresa fue muy agradable... De hecho, creo que él actuó así para que yo le oyese, ya que estábamos enfadados y quería "cautivarme"... Últimamente observaba que cuando estaba abstraído trabajando en temas nuevos, parecía más desconectado del entorno y más despistado que nunca. Observaba también que, aunque durante las primeras fases de su proceso creativo siempre había procurado aislarse, en los últimos tiempos guardaba esta privacidad mucho más celosamente. Así que cuando oía con claridad lo que hacía, porque él deseaba que lo hiciera, era para mí un placer escucharle de nuevo.

El 12-12-02, un domingo que estábamos solos en casa al atardecer, cuando solía trabajar, se volvió a dejar oír... Y en vez de tocar y cantar muy bajo, metido en el estudio, lo hizo tocando y cantando algunos temas nuevos alto, bien y fuerte, como en los buenos conciertos, en una forma que no le había oído desde agosto. Me causó de nuevo aquella impresión de profundidad, diferencia y singularidad que tantas veces había sentido al escucharle... Más tarde se lo dije, él sonrió al escucharme y a mí me quedó la duda: ¿podré volver a oírle así...? ¿Llegará a grabar de nuevo? Este temor me asaltaba con frecuencia, ya que cuando le escuchabas de esta forma, te dabas cuenta de todo lo que perdías al no poder hacerlo.

Durante el 2003 Mikel solo actuó en directo en dos ocasiones. La primera tendría lugar en el Festival de Música Celta de Glasgow, donde actuaría acompañado por el violinista Alasdair Fraser. Era un artista al que llevaba Mikel Camino (o Syntorama, la empresa en que estaba integrado) y con el que ya en el 2000 (a petición de Mikel Camino) había colaborado en el Teatro Gayarre de Iruña. En aquella ocasión él no estaba animado para participar, pero yo le animé a hacerlo, ya que se trataba de cantar solo un tema (*Txoria txori*), iba acompañado y no tenía por qué ser cansado. Aunque el reportaje televisivo no me gustó, la actuación debió tener cierta gracia, a juzgar por la grabación que trajo.

En esta nueva ocasión estaba invitado para ir a Escocia (yo no podía hacerlo), y aunque le costó mucho aceptar, de nuevo le animé muchísimo para que fuera. Le decía que iba bien acompañado (con Joxan

Goikoetxea, Forki, Mikel Camino...) y le podrían ayudar (¡siempre sus problemas de salud!) si lo necesitaba. Era una actuación muy corta (y no cansada), y probablemente disfrutaría del viaje y de poder conocer Escocia. Mi pronóstico fue acertado. Se divirtió mucho, hizo turismo, estuvo en Glasgow y Edimburgo y, según contaron y publicaron en los periódicos, su corta actuación junto al violinista citado y su grupo, fue buena y la gente le recibió muy bien. Dijeron que la BBC había grabado el concierto, aunque no llegamos a conseguir una copia.

Volvió contento de la actuación y de las felicitaciones que recibió y nos contó sus impresiones y algunas anécdotas. Una de ellas tuvo lugar en Edimburgo, cuando estando con el resto del grupo, se dirigió a la barra para pedir un café con leche. Cuando estaba pensando cómo hacerlo, se le acercó una chica y le dijo: "*Mikel, zer nahi duzu...?*". Era una chica vizcaína que trabajaba allí y a la que luego mandaron una postal agradeciéndole su trato. Otra de las anécdotas me la recordó hace poco Joxan Goikoetxea, cuando a raíz de la muerte de Lete, coincidimos en el tanatorio de Hernani. Parece ser que después de la actuación se dirigieron a un club, cuya puerta cuidaba un hombre fuerte y de color negro. Miró al grupo y al ver las zapatillas blancas de Mikel le dijo que él no podía entrar. Mikel, después de mirar sus zapatillas extrañado, le miró a él, y con una sonrisa le preguntó en inglés: "¿Eres racista...?". El hombre se lo tomó a bien y le dijo que por él le dejaría entrar encantado, pero que si lo hacía, al día siguiente, podrían enviarle a la calle y quedarse sin empleo. Le saludaron y se fueron a otro lado. La anécdota cuadra tan bien con él... Creo que el único problema del viaje fue que no se cuidó todo lo que para él era necesario.

La segunda actuación del año, en un contexto totalmente diferente, tuvo lugar en mayo del 2003 en Usurbil, con ocasión del aniversario de la muerte de Jexux Artze. La actuación de Mikel acompañado por Iñaki, Josetxo y al final la *txalaparta* interpretada por los colaboradores de Jexux, duró aproximadamente 30 minutos. Entre otros, Mikel interpretó tres temas del nuevo disco, entre los que cantó *Agonia* por vez primera: la canción con letra de Ungaretti que había hecho para incluir en el disco y había decidido cantar en italiano. Para acercarse a la pronunciación adecuada, le había ayudado Giuliano Mezzacasa, conocido de hace años y que ya les había prestado su ayuda en la década de los setenta, cuando con *Ikimilikiliklik* acudieron a Italia.

Antes de actuar, para poder cambiarse de ropa, etcétera, estuvimos en casa de Jexux y Beatriz. Durante la actuación se le notó tremendamente emocionado. A su vez, su actuación nos emocionó a muchos. Pedí a J.L. Zabala, nuestro técnico, una grabación del acto. Pero supongo que él también estaría emocionado... y la grabación resultó incompleta. Agustín Salinas, aficionado a la música y a la pintura, y buen amigo durante años, acudió a escucharles. Al final le comentó: "¡Tiene buena pinta esa que has cantado en italiano...!".

Durante la segunda mitad del 03, se cuidó mucho. Por entonces hizo una grabación que le pidió el Orfeón para su disco *Canciones*. En septiembre, con ocasión del Festival de Cine de Donostia acudimos al estreno de la película documental de Julio Medem titulada *La pelota vasca. La piel contra la piedra*, con música de Mikel, más concretamente del CD titulado *Gernika-Zuzenean 2* publicado en el 2000. Había regalado el disco a Julio bastantes meses antes y a este le había gustado y le había parecido, según le dijo, muy adecuado para la película. Mikel enseguida estuvo de acuerdo con su propuesta. Luego nos llevó cierto trabajo, que por cierto resultó muy agradable, ponernos de acuerdo con Zuazua, agente de Medem por entonces. Si el proyecto nos gustaba, siempre procurábamos dar permiso, tratando (y este era un tema del que normalmente me ocupaba yo), de no pecar ni de tontos, ni de buitres. Llegamos al acuerdo y quedamos contentos de haber colaborado con ellos. La película tuvo en general buenas críticas, en las que con frecuencia se mencionaba la música, pero su presentación vino precedida y seguida de una tremenda polémica política. Una especie de "nueva caza de brujas" que no cabía esperar... Sin embargo, esta censura sirvió a su vez de propaganda. Se pueden ver críticas, artículos, libro y explicaciones de Medem... En fin, un montón de material relacionado con la película.

No sé si él se ha repuesto de todo ello, pero fue valiente al hacerla y creo que su intento mereció la pena.

Otro proyecto que nos había ocupado, sobre todo a mí, durante el 2003, fue la preparación del recopilatorio titulado *Mikel Laboa 60ak + 2*, que Elkar publicó en noviembre para sustituir a una antigua e incompleta recopilación de sus grabaciones de los 60 (que habían hecho sin nuestro permiso, no nos había gustado y al hacer el contrato general habíamos acordado retirar del mercado). Este CD pretendía simplemente que sus grabaciones de los sesenta, en versiones originales o posteriores, estuvieran en el mercado, pues si bien solo podían ser de interés para algunos, ya que las grabaciones más interesantes habían tenido lugar a partir de los setenta (*Bat-Hiru*, *Lau-Bost*, *Sei (6)*, *Hamabi (12)*, *Hamalau (14)*...), el interés mencionado justificaba el proyecto. A las grabaciones se les añadió tres temas hechos en los sesenta (y grabados más tarde) y dos de los setenta. La portada era de Zumeta, el cuadernillo de Agote y yo trabajé en diferentes y variadas cuestiones que me ocuparon bastante. Es curioso, porque siendo a nuestro juicio un disco marginal de Mikel, no comparable con los citados más arriba y otros posteriores, se vendió mucho más que otros que a nuestro parecer eran y son mejores.

* * *

El año iba a terminar mal, aunque podía haberlo hecho mucho peor, ya que el 25 de diciembre del 2003, el día de Navidad, tuvimos que ingresar a Mikel en la residencia, en estado crítico. Después de comer en casa con los hijos, como solía ser habitual dicho día, salió a dar una vuelta que aquel día fue más corta de lo normal. Cuando volvió, se metió arriba, en el estudio-habitación, como normalmente solía hacer. Agurtzane y yo habíamos pensado ir al cine, pero al final, no sé por qué (¿sería "el viento"...?), decidimos quedarnos en casa. Como solía ser mi costumbre en estos casos, yo estaba leyendo en la sala, cuando me pareció oír que arriba Mikel gemía de una forma extraña. Subí rápidamente y le encontré desvanecido y caído sobre la cama: medio desvestido, como si no hubiera podido ponerse la ropa cuando volvía del baño; casi sin conocimiento y con aspecto de estar mal. Llamé a Agur que avisó rápidamente a una ambulancia medicalizada. Cuando llegaron le encontraron muy mal: con la tensión por los suelos… A pesar de su ayuda, nos resultó muy difícil bajarle hasta la ambulancia para llevarle a la residencia. En el camino, semiinconsciente, Mikel preguntaba por mí…, que iba delante junto al chófer.

Una vez allí, mientras esperábamos, Agur y yo junto a él, estuvo muy nervioso… Le vieron los médicos y decidieron que tenía que ingresar. Agur volvió a casa. Una de las primeras cosas que ya más tranquilo me comentó al quedar sola con él, fue que el médico o la enfermera le habían preguntado si yo era su hija… Según me dijo, contestó que no, que era su mujer y que me pondría contenta al saber lo que habían dicho. Su comentario, por diferentes razones difíciles de explicar, me chocó mucho. De todas formas, aquellos días debía de tener muy mal aspecto, ya que 2 o 3 días después una enfermera me volvió a preguntar lo mismo, algo que normalmente no parecía ni de lejos y hasta entonces no me habían dicho nunca. Estuvo allí unos días. Le diagnosticaron una gastroenteritis con una fuerte bajada de tensión que había hecho que los análisis, antes flojos, estuvieran fatal. No podía orinar y tuvieron que ponerle una sonda para ayudarle. Después de pasar dos días en estado crítico, al tercer día le hicieron una transfusión de sangre y a partir de ese momento, lentamente, empezó a mejorar.

En Nochevieja estábamos de nuevo en casa, pero le costó mucho remontar, ya que en dos ocasiones y, según dijeron, debido probablemente a la sonda que le habían puesto, tuvo infecciones de orina, fiebre… En general, desde que salió del hospital (corriendo como queriendo escapar), estaba quejoso y parecía enfadado conmigo, como si yo fuera la culpable de sus males. Justo al revés de cómo se mostraba conmigo el día 25, antes y poco después de ingresar.

* * *

Hacia finales de febrero o tal vez marzo, cuando ya estaba mejor, empezamos a vivir una crisis como nunca habíamos conocido y que, en su forma más dura, se mantendría hasta abril del 05.

Como ya he dicho, desde que salió del hospital parecía malhumorado y enfadado conmigo, algo que yo no podía justificar, pero nuestra primera discusión fuerte tuvo lugar hacia principios de marzo. Más tarde supe (cuando a mediados del 05, primero él y luego su psiquiatra, me lo contaron) que el problema de *la obsesión*, como ellos lo llamaban, había surgido o hecho su aparición más o menos, por entonces. Sin embargo, quizá porque había muchos problemas mezclados, el motivo de la citada discusión fue otro. Surgió cuando pude comprobar que a pesar de que cuando estaba conmigo parecía cuidarse estrictamente (como a raíz de salir del hospital y para combatir sus dolencias de hígado y riñón, le habían aconsejado), en otras ocasiones no lo hacía tanto. A este problema, se iban a sumar otros: como su fuerte, y a veces insensato deseo (dado su estado de salud) de seguir actuando en directo, una de las pasiones que más le habían movido y a la que más dolor le iba a causar tener que renunciar... Sus problemas de artrosis en rodillas y cadera que habían empezado a entorpecer su movilidad...

Si a todo esto añadimos que en otoño proyectaba empezar a grabar, algo que en principio ambos deseábamos, resulta fácil comprender que estuviera fuertemente estresado. Sin embargo, y a pesar de que cuando luego supe que estaba acudiendo a la consulta del Dr. Urbieta (psiquiatra), le comprendí mejor, a mi juicio respondía mal al estrés y, sobretodo, con frecuencia se comportaba conmigo como si yo fuera la principal culpable de todos sus males; algo que, como ya he dicho, yo no aguantaba.

Hacia mayo empezó a ensayar con Iñaki algunos de los temas programados y me trajo una primera grabación de tres de ellos, que no me gustó. Probablemente se lo dije de una forma inadecuada y hasta llegué a dudar de la viabilidad del proyecto... Lo que le dije le dolió (y molestó) profundamente. Al fin y al cabo, aunque yo siempre había sido una persona crítica (algo que él valoraba), llevaba más de cuarenta años apoyándole... Y en este momento más que nunca, él necesitaba este apoyo. Nunca en su cumpleaños le he visto tan enfadado como el día que cumplió los setenta años, algo, esto de cumplir años, que normalmente toleraba con naturalidad total. Ese verano se cumplía nuestro cuarenta aniversario de boda y, a comienzos de año, yo le había comentado la posibilidad de hacer un breve viaje hacia Catalunya, Mediterráneo... Hacia julio, él me propuso hacerlo. Le comenté que era tarde para organizarlo. Además, siempre habíamos sido poco formales para estas cuestiones y, en este momento, no estábamos para celebraciones... Lo mejor sería ir al Baztán, como tantas veces habíamos hecho. Allí, de nuevo, lo pasamos muy bien en todos los aspectos. Al volver le dije: "Si te hubiera oído cantar y tocar un poco más (dado que quería empezar a grabar en octubre y quedaba poco tiempo), habría sido perfecto".

A principios de septiembre parecía que estábamos mejor, pero discutimos de nuevo. Esta vez la discusión se debió a que quería hacer una entrevista (pendiente desde hace años), algo que a Mikel tradicionalmente no le gustaba, le solía poner nervioso y le quitaba tiempo; y que a mí, en este momento que estaba tan ocupado y agobiado con el disco y la salud, me parecía absurdo hacer. Al final no la hizo. Quería ir a la República Checa (junto con Atxaga y Ruper Ordorika), algo a lo que yo tampoco le animaba por lo difícil del momento. Pero se empeñó mucho en que fuéramos y al final fuimos. Solo había posibilidad de llevar un músico. En su caso, estaba claro que tenían que ser Iñaki o Josetxo. Iñaki tenía las fechas ocupadas y, al final, viajamos hacia allí junto con Josetxo Silguero y Lucía Navarro, su compañera, buenos amigos nuestros.

Actuaron en Olomouc, el 8-10-04, dentro de un festival titulado Poesía sin Fronteras en un espectáculo en el que compartieron escenario con Atxaga, Ordorika, y Luděk Janda (el traductor checo), ante una sala con capacidad para 400 personas que se llenó al completo. Mikel y Josetxo interpretaron tres temas: *Hegazti errariak*, *Galderak* y *Antzinako bihotz*, que quedaron muy bien. Sobre todo *Galderak* salió estupenda... La respuesta del público fue muy buena. Nos dijeron que el acto había sido grabado por la Radio Nacional Checa y que nos mandarían una copia, pero no sé bien porqué (tal vez, por problemas de organización o por no haber acertado con la mezcla), esta nunca ha terminado de llegar. Al final de la actuación Mikel parecía contento y esperaba con interés mi opinión. Cuando le dije que había ido muy bien, quedó todavía más contento.

Al día siguiente viajamos hasta Praga. Fuimos en tren los seis juntos. Bernardo y Ruper se marcharon al día siguiente y nosotros cuatro nos quedamos un par de días más, aprovechando el puente y haciendo turismo. Después del concierto, Mikel parecía más relajado y pasamos unos días agradables. Me regaló un anillo de granates montados sobre un aro de plata, que me hizo ilusión, aunque no lo utilizo mucho (prefiero el brazalete cubano que me gusta más y me trae mejores recuerdos). Tenemos muchas fotos del viaje y hay una junto a la estatua de Jan Hus (aquel personaje histórico que conocíamos por las historias que 30 o 35 años antes nos contaba Joxean Ayestarán, sobre los husitas), hecha por Josetxo, y en la que aparecemos Lucía, Mikel y yo. Me gusta y pese a todo me trae buenos recuerdos.

Unos días después de volver (hacia el 20 de octubre), quedó en Elkar para hacer una parte de la maqueta que pensaba grabar. La idea era hacer una parte de la grabación en otoño y la otra, la menos preparada, en primavera. En la sesión, además de Ruper y Montoia, que iban a participar en *Tebas*, estaban Iñaki y Josetxo, Hasier Oleaga (batería) y Iosu Izaguirre (contrabajo), que iban a tomar parte en los dos temas arreglados por Iñaki: *Tebas* y *Billie Holiday in memoriam*. Quedaron encantados con la sesión, quizá demasiado para ser solo un ensayo.

A finales de octubre (aprovechando una gira organizada por Syntorama, que Alasdair Fraser hacía por aquí), empezó por grabar con este violinista escocés *James Joyce in memoriam*. Habíamos proyectado también que Fraser grabase una versión instrumental de *Txoria txori*, que al final hizo junto a Natalie Haas (violonchelo). Lo hicieron en aquella primera sesión, de una forma que tal como habíamos pensado nos gustó y hoy me sigue gustando.

Al mediodía, antes de la grabación, habían estado junto con Mikel Camino y Cruz, de Syntorama, comiendo en Cámara. A pesar de que Mikel me había insistido mucho para que fuera con ellos, yo no quise hacerlo, ya que un día antes, de nuevo, se había enfadado conmigo ante mi insistencia en que se cuidase, algo que yo observaba no hacía en la cuantía requerida, ni de lejos... Le dije que para estar sufriendo, viendo que no cumplía el régimen adecuadamente, prefería no ir con ellos. Grabaron los dos temas y volvió a casa muy contento. Al día siguiente (lunes), grabó junto con piano, saxo, bajo y batería, *Billie Holiday in memoriam*. De nuevo, volvió contento. El martes tenía que grabar *Galderak* junto a Josetxo... Volvió triste y enfadado: la voz no le respondía y no pudo hacerlo.

* * *

Al día siguiente los músicos aprovecharon para hacer las bases de *Tebas,* dejando las voces para luego. Aquel mismo día le hicieron una revisión médica y comprobaron que tenía una gran anemia (mucho más fuerte que antes) y una úlcera de duodeno. Hubo que parar las grabaciones y dejarlas hasta febrero... Empezaron entonces los dolores de cabeza de Josebe (de Elkar) que se ocupaba de programar y coordinar con Jean Phocas, nuestro técnico de grabación, el calendario del estudio. Quedamos muy agradecidos a los dos, por su actuación a lo largo del proceso.

Durante los meses que siguieron, Mikel seguía mostrándose resentido y enfadado conmigo. Parecía trastornado y actuaba como si yo fuera la culpable de todos sus males... algo que, como vengo insistiendo, yo no aguantaba ni de lejos. Hasta que al final, un día de finales de diciembre que estábamos en nuestra habitación por la noche, le dije: "Mira, no sé lo que te pasa; pero da la impresión de que me has cogido manía". Muy serio, me contestó: "No, no es eso...". Entonces añadí: "Pues no sé lo que será... pero nuestra relación ha sido demasiado especial e importante para poder seguir así. Al fin y al cabo, somos personas civilizadas y lo mejor será hablar con nuestros hijos (que seguramente durante estos meses ya se habrán dado cuenta de que nuestra relación no es lo que era) y plantearnos una separación... Creo que será lo mejor. Yo no quiero ni estoy dispuesta a seguir de esta manera...".

Se enfadó: ¿cómo podía plantearle, me dijo, en un momento en que estaba con la úlcera (tenía problemas más graves, pero en general prefería minimizarlos) y pendiente del disco... semejante propuesta? Ante su postura, le dije que trataría de colaborar con él (como en general venía haciendo) hasta terminar el CD. Pero a partir de ahí, tendríamos que tomar una decisión, ya que los últimos meses habían sido muy duros para mí y no quería seguir de la misma manera.

En febrero y marzo, grabó *Agonia* junto con Iñaki y *Galderak* junto con Josetxo. Por mi parte, seguía colaborando para facilitarle el trabajo y procuraba cumplir la palabra que le había dado acerca de no hablar de la posible separación hasta finalizar el disco, ni tampoco de mis sospechas respecto a la causa fundamental de su actitud, algo de lo que ya habíamos hablado en otras ocasiones y a él no le gustaba escuchar... Sin embargo, a veces incumplía el trato, ya que respetar mi palabra no me resultaba nada fácil, debido a que él se mostraba disgustado, raro y se seguía enfadando conmigo con facilidad. Entonces, yo tampoco reaccionaba de la mejor manera y el lío volvía a armarse de nuevo.

Otro problema que por entonces se añadió a los que ya teníamos (y en el que yo, según creo, reaccioné con muchísima paciencia), era la preocupación por un concierto en directo organizado por Nafarroa Oinez que le habían pedido para el otoño del 05 y cuya presentación proyectaban para junio, después de acabar el disco. La verdad es que yo desconfiaba de las posibilidades de que tal como estaba pudiera actuar en directo, pero me limitaba a comentarle que podía resultar difícil hacerlo... Estaba claro que la decisión tenía que ser suya y, aunque yo y nuestros hijos, no le veíamos en forma para directos (bastante trabajo tendría para terminar el disco, si llegaba a poder hacerlo), viendo su difícil situación física y psíquica, me limitaba a recordarle con paciencia que los directos eran duros y que, quizá, no sería fácil poder hacerlo.

Tampoco veía claro que los de Syntorama fueran sus agentes, tal como él deseaba, con objeto de facilitar las actuaciones en directo. A mí me parecía bien, le decía, que lo hicieran en alguna ocasión especial, en la que su ayuda podía resultar conveniente… Pero, añadía, que "había otro tipo de conciertos con finalidades culturales y benéficas, que siempre habíamos hecho, en los que la presencia de intermediarios aumentaría los costes y dificultaría el proceso". De todas formas, dado que él se empeñaba en ello, tuvimos una reunión con los de Syntorama, en la que traté de explicarles cuál había sido nuestra forma de trabajar hasta el momento. En resumen: además del "tema fantasma", también había otros que continuamente ponían de manifiesto nuestros diferentes criterios (justamente lo contrario de lo que hasta entonces había sucedido), hacían que la situación fuera más tensa y añadían dificultad al "pacto de espera".

En abril grabó tres temas acompañado por Iñaki: *Xoriak*, *Sustraiak han dituenak* (aunque en esta última faltaban las voces en diferentes lenguas, que Mikel había proyectado introducir y que, por fin, se completarían en verano) y *Ne me quitte pas*. Cuando trajo las grabaciones para que yo las escuchase, como normalmente hacía, le comenté que la segunda aunque incompleta estaba muy bien, y la tercera, de la que trajo dos versiones, resultaba de difícil elección, ya que las dos eran muy buenas.

A partir de este momento, se produjo un gran cambio. No sé bien cuál fue la razón del mismo. Quizá la satisfacción de ir adelantando en su trabajo de forma relativamente satisfactoria; tal vez el hecho de que *la obsesión* fuera perdiendo fuerza y le presionara menos… o quizá el haber grabado *Ne me quitte pas*, que, según me iba a repetir en diferentes ocasiones hasta terminar el disco, vinculaba a mí de forma muy estrecha. Realmente no lo sé. Pero pienso que alguno (o varios) de esos factores, causaron el cambio que avanzado abril íbamos a notar y que se iba a traducir en que pese a los altibajos (a veces fuertes), a partir de este mes, volviéramos a compartir aquellos sentimientos y emociones conjuntas que aunaban amistad, complicidad, juego, ternura y pasión, antes habituales para nosotros, y que en cambio durante los últimos meses, por una u otra razón, no lograban coincidir.

La última decena de abril del 05, fue muy hermosa para nosotros... La última semana de mayo y principios de junio, una especie de "volcán apasionado" (aunque resulte cursi decirlo, no se me ocurre otra forma de hacerlo). Pero entre tanto hubo enfados. De todas formas, creo que abril marcó el punto de inflexión en nuestra grave crisis que, a mi juicio, estuvo principal aunque no únicamente relacionada con el problema de *la obsesión*... De hecho, esta sería la explicación que primero él y poco después su psiquiatra, me iban a dar unos meses más tarde.

* * *

En mayo del 05, cuando circulaba en bicicleta por la zona de Ea, murió de un infarto Agustín Salinas, un buen amigo nuestro con el que, especialmente en los últimos años, habíamos tenido una relación muy buena, viéndonos a menudo o hablando, sobre todo con Mikel, por teléfono, a diario. Era muy aficionado a la música, pintura y escultura y hablaban (hablábamos) de muchas cosas... Entre ellos, el tema fútbol (Athletic, Real y otros equipos, solían aparecer en sus conversaciones con frecuencia). Mikel solía reírse mucho con su humor y sus bromas... Su muerte fue triste para los dos, y Mikel se sintió incapaz, esos días no estaba bien, de asistir al acto en que aventaron sus cenizas en Getaria, junto al hostal San Prudencio.

En esta época, en la que con la salvedad de los poemas en que estaba trabajando, leía mucho menos que antes, empezamos a practicar una costumbre que antes habíamos compartido de forma más recíproca y que ahora iba a consistir en leerle o contarle parte de mis lecturas (o incluso sueños), entre los que trataba de elegir aquellos que creía le podían interesar o divertir más... A partir de nuestra "semi-reconciliación", normalmente solía estar muy interesado por lo que le leía. Le gustaban mucho, por ejemplo, algunas partes de la biografía de Joyce hecha por Ellmann, que yo estaba releyendo. Él que había leído algunos libros de

Joyce (no *Ulises*, cuyo último capítulo conocía a través de mí, y cuya alusión a aquel beso tan intenso y que podía llegar tan, tan, dentro…, había sido para nosotros un motivo de broma y juego a lo largo del tiempo), sentía por él admiración y simpatía y sus historias le divertían muchísimo. A veces le leía algunas partes o, más bien, interpretaciones (no era fácil saberlo) de *Finnegans Wake*. También le hablaba de Kutúzov, uno de los héroes de *Guerra y paz* de Tolstói, otro personaje que le fascinaba; o le recordaba los problemas que solía experimentar Virginia Woolf cada vez que iba a publicar un nuevo libro… Yo leía mucho: tanto libros nuevos como antiguos que tenía como libros de cabecera y releía por lo menos en parte, con frecuencia. Ese verano del 05, leí varios libros de Bourdieu (entre ellos *La dominación masculina*), autor que desconocía y me interesó mucho. Gran parte de este material, nuevo o antiguo le iba a interesar y entretener hasta el final.

Los días que iban a transcurrir hasta el 13 de junio, tuvieron de todo, partes muy buenas y otras más complicadas. El día 4 de junio hacia el mediodía, estuvimos juntos en la terraza de Buena Vista, uno de los lugares que frecuentábamos de antiguo, hablando sobre la marcha del disco, lo que todavía faltaba y la posibilidad de terminarlo con relativa rapidez, si las cosas iban bien… Comentamos que entre bastantes otros detalles, faltaba *Orduan* y me dio una gran alegría cuando me dijo que ya veía la forma que quería darle… Según me contó, quería que fueran dos (o tres) partes que tenía ya *in mente*, y se estaba planteando muy en serio la posibilidad de que Lisabö entrara en la segunda… Quedé encantada, ya que era un tema importante del que hacía tiempo no hablábamos.

* * *

Siguieron unos días buenos en los que la relación entre nosotros fue estupenda, pero hacia el día 7 se plantearon más problemas. Llamé a Josebe para decirle que Mikel no quería hacer entrevistas para tratar de concentrarse más en la última parte del disco. Algo más tarde, me llamó Amaia de Syntorama para decirme que la presentación de Nafarroa Oinez iba a ser el día 16, y que tendrían que acudir ellos y los de Elkar, además de Mikel... Aunque yo no era partidaria de la presentación (ni de la actuación), dado que él parecía querer hacerla, traté de ayudarle a organizarse y le comenté que si aprovechaba los tres primeros días de la semana para avanzar con las grabaciones, el jueves 16 podría acudir a la presentación citada (algo que a mí me parecía un lío más, pero que en esta ocasión no le comenté para evitar que se pusiera más nervioso todavía).

Hacia el día 9 o 10, Amaia de nuevo, llamó para decir que los de Elkar no acudirían a la presentación del Nafarroa Oinez, ya que todavía no podían hablar de la presentación del disco, y comentó la necesidad de hacer una reunión general para saber cuándo iba a terminar. Le contesté que no me parecía adecuado hacer la reunión el mismo día que Mikel tenía programada una grabación. Se empezó a poner más nervioso, diciendo que no tenía más que líos, "todos" se los planteábamos... Luego me habló de que podía ser mejor que fuera yo a una reunión con Valdés y Mikel Camino, para hablar del asunto. Le contesté que todavía no veía clara la terminación del disco y me parecía mejor aplazar la reunión hasta julio, después de que él hubiera avanzado más en las grabaciones. Más tarde, después de pensarlo de nuevo, le dije que si quería iría a la reunión para decirles que teniendo en cuenta todo lo que todavía faltaba, consideraba verosímil pensar en noviembre como fecha posible para dicha presentación.

El día 11 estaba más tranquilo y lo pasamos bien. El día 12 (domingo) se sentía mal y tuvo que quedarse en cama. Izaro y yo subimos un rato a Igeldo (Ekaitz), y comentamos que no le veíamos bien y nos parecía absurdo su intento de actuar en directo. Al anochecer, al ver cómo estaba, empecé a temer que tuviéramos que acudir de nuevo al hospital.

* * *

El día 13-6-05, hacia las once de la noche, estábamos en la sala de Urgencias de la Residencia, esperando a que le pusieran suero, sangre… A pesar de su resistencia, y viendo cómo se encontraba, le habíamos llevado a la Residencia hacia las seis de la tarde, donde, después de hacerle el primer análisis y ver lo bajos que estaban los hematíes, le habían dicho que debería ingresar, algo a lo que él se resistía a pesar de nuestro empeño y del rotundo consejo médico. Antes de hacerlo, habló con el doctor García Bengoechea, que le dijo lo mismo. Y después de que Izaro nos llevara a casa para recoger unas cosas, volvimos a la Residencia.

A esa hora, en la sala, estaba más tranquilo y bromeamos sobre *la obsesión*: "¡Qué horror…! Si la interfecta ha reencarnado, y nos sigue hasta aquí…", le decía yo en broma, refiriéndome a una joven médica que físicamente se parecía a "ella"… A Mikel, que no le gustaba hablar del tema de manera tensa, la broma le divertía. De hecho, como ya he dicho, la ironía y el humor era un género que, salvo en algunos momentos raros como los vividos durante el pasado año, le encantaba practicar. Le ayudaba a rebajar el estrés y, últimamente, a partir de nuestra "semireconciliación" lo utilizábamos con frecuencia. También le hablé de la familia de Hywel, nuestro profesor de inglés, con una historia y unos personajes divertidísimos que le encantaban y le hacían desear un posible viaje a Londres con él, para poder conocerles… Seis o siete horas después de ingresar, le instalaron en la habitación 112, 1º-1ª (más tarde le trasladarían a planta), donde se mostraría paciente y con humor.

Al día siguiente, estando todavía en esa habitación, vino Iñaki a visitarnos y al comentar sobre la marcha del disco, relativamente buena, Mikel le contó que había otro tema (por *Orduan*) que tenían pendiente, del que todavía no le había hablado, pero que *in mente* ya tenía claro. Al salir, hablarían de ello… Iñaki, que también tenía mucho sentido del humor y durante toda esta época le ayudó mucho, le animó: "Bueno, bueno, ya terminaremos…", le dijo.

También se puso contento cuando Izaro le comentó que ya estaba arreglado el problema que había tenido con el coche (y del que a mí, sabiendo que era un tema que me preocupaba mucho, no me había comentado nada…). Esos días, Izaro que estaba en casa, nos ayudó mucho, ya que yo estaba de exámenes y andaba a lo loco entre la escuela y el hospital.

A pesar de su humor, estaba bajo mínimos. Le tuvieron que poner suero y cinco bolsas de sangre (cuánto agradezco a los donantes, algo que yo no puedo hacer y en dos situaciones límite le han sacado adelante). Consiguieron así cortar la descomposición y la hemorragia que le acompañaba.

El día 15, su cumpleaños, estaba en planta, donde permanecería hasta el día 21, para practicarle una serie de pruebas distintas (endoscopias, colonoscopia…). Le regalé una camisa azul marino, un jersey del mismo color y un sombrero claro de ala ancha, como le gustaba utilizar en verano para protegerse del sol, que pareció hacerle ilusión. Solía ser muy perezoso para comprarse ropa y con frecuencia era yo la que me encargaba de hacerlo o le acompañaba, cuando su presencia era imprescindible para ello. Nos dijo que teníamos que celebrarlo, y Agur, Izaro y yo acudimos a comer a Ekaitz, en Igeldo. A la vuelta me preguntó si lo habíamos pasado bien. Cuando le dije que habíamos estado un poco tristones, me comentó: "¡Lo que faltaba! ¡Bueno, bueno…!". Salvo algunos momentos en que estuvo inquieto por la fiebre (que atribuyeron a su flebitis), Mikel volvió a mostrar aquel estoicismo y buen humor que antes, y durante la mayor parte de su vida, le ha caracterizado.

El Dr. Vidaur le llevaba el problema de riñón, pero era el Dr. García Bengoechea (un gran médico y una gran persona) el que en contacto con el primero coordinaba todo el proceso y quien después de tener los resultados de las pruebas nos convocó a los dos, el día 21, antes de mandarnos a casa, para decirnos más o menos lo siguiente: "Se trata de una gastropatía hipertensiva y una insuficiencia renal preocupante…". "Si a la fuerte anemia que tiene se le añaden las hemorragias (antes úlcera y ahora estomago), la cosa resulta sería…". Como él nos dijo: "Unas hemorragias se paran, otras no. Y es fundamental atacar la anemia y evitar sangrar". De hecho, al problema del riñón se unía una cirrosis que estaba controlada pero que ahora se había vuelto beligerante, lo que era preocupante. Sin embargo, con el tratamiento que tendría que seguir y un régimen estricto (en el que lo fundamental era no probar alcohol y comer sin sal), podría vivir con dignidad.

García Bengoechea estuvo claro, serio y, sin ser alarmista, nos advirtió de la gravedad de la situación. A mi pregunta sobre la actividad a realizar, contestó que podía continuar con las grabaciones de forma tranquila. Y añadió: "No a los directos, que suponen para ti un alto (o altísimo) riesgo". "Debes evitar situaciones de gran estrés…". Y, de una forma a mi juicio tremendamente acertada (y que coincidía con lo que yo pensaba), añadió: "En el directo tienes que poner todo tu cuerpo y toda tu alma (riesgo grave) y, si no lo haces así, no merece la pena hacerlo…".

Entre el 22 y el 27, Mikel estuvo en casa: reposo absoluto y alimentación adecuada. Todos los días se debía tomar el pulso, la tensión, peso… y anotar los datos que eran necesarios para administrar la medicación. Alguno de estos días estuvo particularmente nervioso al ver en los periódicos que en septiembre iba a ser en Iruña la presentación del disco… ¿A quién se le ocurrió hacerlo…? Cada tres días tenía que llamar a Gª Bengoechea para darle los datos, y le volvió a preguntar sobre el Naforroa Oinez. La respuesta del médico fue que creía que no debía hacerlo. Coincidían los hijos, coincidía Iñaki que llamó después… ¿Quién podía pretender no verlo…? Sería mucho peor seguir adelante y dejarles empantanados luego. No entendía cómo dudaba tanto a este respecto y me sentía triste y agotada, entre la escuela, el tratamiento… y sobre todo, ante esas dudas que tenía sobre algo que estaba meridianamente claro. No se encontraba en condiciones de poder hacerlo. A pesar de que se alimentaba bien, estaba muy delgado y, en ocasiones, cuando estaba más preocupado, volvía a ponerse peor y la recuperación se complicaba de nuevo.

* * *

A partir del 12 de julio, acompañado por mí, ya que todavía estaba flojo, empezó a bañarse en el mar. Empezamos también a ir al Baztán y la cosa empezó a mejorar… Hacia finales, acudió al estudio junto con María Bastida, Beatriz Muñoz, Thamer Birawi y Galina Nedelko, para grabar las partes del *Sustraiak han dituenak* que Mikel quería fuesen en alemán (ya que el poema de Sarrionandia se basaba en una idea de Hölderlin); en castellano hablado por una persona latinoamericana (que al final haría Beatriz una chica colombiana que estaba en casa de Iñaki); en árabe (que hizo Thamer, del que creo le había hablado Irene de Syntorama); y ucraniano (que tenía pensado hiciera Galina, una joven ucraniana que desde niña pasaba temporadas en el barrio del Antiguo con una familia vasca). Después de la grabación, Mikel volvió a casa contento de la sesión.

Un año antes, cuando estábamos en Arizkun, nos había llegado a través de Irene, su compañera, el arreglo de *Negu hurbilak* para cuerda hecho por Juantxo Zeberio. Nos había gustado y parecido indicado como base sobre la que podía ir el recitado del poema de Coppée, en euskera. Mikel había pedido a Atxaga que hiciera la traducción del mismo y, por último, que lo recitara él mismo (a mi juicio, prefería que lo hiciera Bernardo ya que él con *Agonia* ya había tenido suficiente dosis de tristeza… Además el contraste de voces le gustaba). El 22-8-05, Bernardo que acudió acompañado por Axun, Eli y Jone, grabó el poema, después de unos cuantos ensayos… Pendiente pues de las mezclas, *Negua* estaba ya grabada.

Por aquellos días Bernardo y Mikel colaboraron en un acto que tuvo lugar en los Cursos de Verano de la UPV. Este tipo de colaboración con Atxaga siempre solía resultar para nosotros instructivo, agradable y relajante. Estos días no fueron una excepción, aunque las circunstancias por las que atravesábamos fueran distintas.

A finales de agosto, grabaron las voces de *Tebas* (*Langile baten galderak liburu baten aurrean*). Parecía que se acercaba el final ya que solo quedaban las grabaciones de dos temas de Yupanqui que Mikel quería hacer y *Orduan*, mi petición de 4 o 5 años antes, que sería la última en grabarse.

A pesar de que Mikel estaba mejor, finales de julio y buena parte de agosto fueron difíciles para nosotros. Por un lado, y a pesar de lo que había dicho repetidamente, en julio había vuelto a mostrar dudas sobre *Orduan*... Tanto que un día que me fui a Bilbao a ver alguna exposición del Bellas Artes y del Guggenheim, algo que solía hacer que a la vuelta Mikel me esperase con ilusión, le dejé escrita una carta en la que le decía que era mejor esperar más para sacar el disco si ello era necesario, a que *Orduan* faltara en él. Le daba razones para ello, pero las fundamentales eran: lo imprescindible que creía era esa canción para completar la estructura del CD y que, además, se lo había pedido una y mil veces.

La otra dificultad surgió, cuando una mañana, justo cuando me levanté y él estaba todavía en la cama, después de haber estado viendo juntos la noche anterior una película de Alain Tanner, un director que nos gustaba, iba a llegar, por fin, su "confesión" sobre el problema de *la obsesión*. Aunque en parte imaginado por mí y, a pesar de que hoy en día me pueda causar a veces una cierta "diversión" y parecer un añadido de cierto morbo en contra de la rutina habitual, entonces me disgustó mucho y me hizo pasar unos días muy malos. Mikel no era aficionado a dar explicaciones exageradas y lo que me vino a decir fue: que hacia febrero o marzo del 04, cuando *ella*, que siempre había sido "muy, muy simpática" con él, había empezado a mostrarse más distante o displicente, él había empezado a notar un interés y unos sentimientos hacia ella, que le habían preocupado... No habían "salido" nunca juntos, ni habían tenido contacto físico alguno. Pero, ante ese interés y preocupación, había decidido acudir al despacho del Dr. Hilario Urbieta, amigo y como antes he dicho psiquiatra al que habíamos acudido en otras ocasiones, para consultarle... A partir de la primera o segunda sesión, y después de haberle hecho diferentes preguntas, Hilario le había dicho que no se trataba de un enamoramiento sino de una obsesión... Durante algunos meses había acudido a su consulta y ahora iba ya menos (me dijo) porque estaba mejor.

Ella se trataba de una de esas chicas que tan bien parecían dársele..., y que yo siempre había sospechado le gustaba especialmente. Su edad era aproximadamente la de nuestra hija. Y su aspecto físico era muy, muy encantador... Por lo demás, yo no había podido observar en ella otro tipo de encantos; y, en algunas ocasiones, lo que él llamaba "muy simpática", más bien me había parecido un poco pasada o desvergonzada. Aunque, tal vez en este caso, mi juicio no fuera lo suficientemente objetivo, claro. De todas formas, y a pesar de su insistencia que creí (y sigo creyendo) en que físicamente no habían tenido nada, el problema que a mí me preocupaba especialmente, me resultaba duro y una y otra vez se me planteaba, era mi dificultad para distinguir entre "enamoramiento" y "obsesión". No entendía esta distinción... Y claro, si de lo primero se trataba, después de finalizar el disco (como habíamos pactado), tendríamos que volver a hablar de la separación, ya que en esas circunstancias no creía, ni veía, que pudiéramos seguir juntos. Esto fue más o menos lo que le dije, además de darle las gracias por habérmelo contado.

Él insistió en que tal vez no se hubiese explicado bien. Pero que la diferencia era muy, muy clara... Y ante mi dificultad para entenderla, añadió que convendría fuese a ver al psiquiatra, para que él me lo explicase mejor y pudiera comprenderlo.

Una semana más tarde acudí a ver al Dr. Hilario Urbieta, que me vino a decir más o menos lo mismo que ya me había dicho Mikel. Y además de comentarme que era normal que estuviera celosa, insistió como él, en que no era un enamoramiento, sino que se trataba de una obsesión: una enfermedad. Dijo también que dicha reacción se había generado al constatar la gravedad de su estado (durante su estancia en el hospital en la Navidad del 03) y, como consecuencia de la angustia y el miedo a la muerte que había sentido. Añadió que padecía un "fuerte deterioro cognitivo" (algo que yo pensaba era cierto solo en parte) y necesitaba ayuda.

Cuando salí de allí no demasiado convencida por sus explicaciones, pensé que dado que el "deterioro cognitivo" no me parecía ser tan fuerte como decía el psiquiatra, procuraría ayudarle hasta terminar el CD, como le había prometido. Pero frente a su libertad, que a mi juicio era esencial, estaba la mía que también lo era: debía procurar ejercerla... De la consulta, me fui al estudio de Elkar, donde, después de haber hecho bastantes pruebas, justo cuando llegué, Atxaga logró hacer una buena versión del poema que estaba intentando grabar. Cuando terminaron, fuimos a un bar cercano, donde nos reímos mucho con sus hijas y con Axun, que estaban y están hechas un encanto.

* * *

A finales de agosto, estuvimos en casa de Carlos Itoiz y su familia, en Iruña, para ensayar… En septiembre grabaron junto con Baranzano dos temas de Yupanqui. Ninguno de los dos quedó muy bien, comparando con las versiones que Mikel solía hacer antes, pero al final, cuando llegaron las mezclas, pensó que era mejor introducir *Piedra y camino* (a pesar de no estar muy bien) que *El alazán*, que le parecía quedaba peor.

El 25-9-05, después de un día de descanso y cierto optimismo, Mikel parecía un poco triste, pero había quedado con Iñaki por la tarde para ensayar. Al volver, nos encontramos en El Pagadi, en Gros, donde habíamos quedado citados ya que él venía de Pasajes San Pedro y nos venía bien a los dos. Parecía más animado. A la noche, ya en casa, me preguntó si quería escuchar la maqueta de *Orduan*, tal como la habían grabado en el estudio de Iñaki, con el piano a modo de percusión y una simulación de la parte de Lisabö. La escuché arriba y me gustó. Me gustó mucho. Ese recitativo o "habla con inflexiones musicales" de amplia tradición, que ya había practicado en algunos temas y puede alcanzar una gran expresividad (¿no entronca en este caso con la música contemporánea de principios del siglo xx?), unido al post-rock de Lisabö y al piano de Iñaki (que al final fue menos *minimal* que lo que Mikel le había pedido y quedó estupendo, pero que ya entonces me pareció muy bien), me convenció plenamente. Cuando bajé a decirle que me había gustado mucho, él estaba viendo *Tiempos modernos* aquella vieja película de Charlot que tanto nos gustaba… Me animó a quedarme para verla juntos y me quedé. Nos reímos mucho: "¡Qué bueno es Charlot…!", me dijo.

* * *

En general, octubre fue un buen mes para nosotros, ocupados con *Orduan* y las mezclas. Por un lado, Jean y yo (sobre todo él, pero yo también ayudé mucho) trabajamos en las mezclas, ese interesante proceso en el que al final después de unir las grabaciones parciales, ves tan claro el resultado conjunto. Mikel solía venir luego para dar el visto bueno o comentar algún cambio. Iñaki, que se ocupó especialmente de *Tebas* y *Billie Holiday*, también venía a escuchar el resto y mostraba su contento, al escuchar como habían quedado *Sustraiak han dituenak*, *Ne me quitte pas*... O venía Josetxo y me decía: "¿Qué habéis hecho en *Galderak*...?".

Hacia el día 13, Mikel grabó en el estudio acompañado de Baranzano a la guitarra, las dos primeras partes de *Orduan*. Quedó contento. Iñaki estaba esos días en África y habían quedado para que a su vuelta (el 24 y 25) metiera el piano y, además, grabara Lisabö... No entiendo cómo ese mismo día, Mikel pudo meter la voz con ellos, ya que esos días estaba totalmente sordo: ¡lo que le faltaba! Pero, lo hizo... Y después de las mezclas, quedamos en conjunto muy contentos. También grabó Etxekopare, del que por la duración del disco, solo pudimos meter un trozo muy pequeño, algo que a Mikel le dio pena... Sin embargo, decidió introducirlo en la parte que liga *Orduan* con *Xoxo beltza* y, al final, volvió a quedar contento.

Tengo también de ese octubre otros recuerdos muy hermosos. De esos que no se olvidan nunca. Algunos a principios de mes, en Usurbil, donde Mikel me perseguía de nuevo, haciéndose el encontradizo, dejándome recados, y preguntándome mi nombre..., de forma parecida a como lo hacía durante nuestra adolescencia. Estaba sin duda algo "trastornado"... Pero yo entendía la broma y el flirteo previo al ligue y, aunque me mostraba seria, me gustaba... ¿Estaríamos acaso los dos aquejados de un "cierto deterioro cognitivo" o tendríamos más bien una cierta capacidad para poder cambiar de escenario a pesar de los años...?

Otro recuerdo que me gustaría contar, ya que de entonces tengo muchos muy buenos, transcurrió al atardecer de un hermoso día de mediados de ese mismo mes en la terraza de Buena Vista, bajo las acacias, esas que ya de noche permiten ver las estrellas entre sus ramas. Como era mi costumbre, yo estaba sentada junto al seto, mirando hacia la costa y los faros de Gipuzkoa y Bizkaia (aquellos que junto a los de Igeldo y Pasaia, solían guiar a mi padre, en su vuelta a casa), cuando Mikel después de haber grabado las dos primeras partes de *Orduan*, y estando todavía trabajando en ella, vino a buscarme para volver juntos a casa. Al llegar se quedó un rato de pie junto a la silla donde yo estaba sentada y, mirándome embelesado, como si me viera por vez primera, me dijo: "*Atzo gabean ondo… ez?*". Yo le contesté que sí, y como siguiera mirándome insistentemente, de aquella manera tan especial e intensa…, le dije: "¿Tengo acaso monos en la cara…?". A lo que él, de una forma entre tierna, emocionada y broma, me susurró bajito: "¡Casiopea!".

* * *

Al buen trabajo de las grabaciones y mezclas (en el que como he dicho, Jean nos ayudó mucho), en octubre y noviembre, se unió mucho más trabajo (además del de la Escuela) que abarcaba mil cuestiones diferentes, relacionadas con los textos, el cuadernillo (en el que Agote trabajó muy bien), la portada, como siempre de Zumeta, y con la que también como siempre, quedamos muy contentos. Problemas de autores, contratos, detalles de la presentación… En fin, de nuevo un montón de cosas con nervios y, a veces, enfados. A Mikel se le ocurrió la idea de que estaría bien hacer la presentación en el Hotel Carlton de Bilbao, que para él tenía un fuerte carácter simbólico por haber sido sede del Gobierno Vasco durante la Guerra. En Elkar nos dijeron que era caro y sugirieron el Kafe Antzokia. A mí que la idea de Mikel me había parecido muy buena (además de pensar que ya no podría hacer muchos discos), les dije que si era necesario, la diferencia la pagaríamos nosotros… Contestaron que no, que lo harían ellos. Al final, la presentación se hizo allí y quedó muy bien. Sin embargo, yo me enfadé mucho con Mikel porque no agradeció públicamente mi trabajo, a pesar de todo lo que había hecho...

Las críticas que salieron aquí (salvo una) y las de fuera, fueron buenas o muy buenas. No había duda de que Mikel no tenía la voz de antes. Pero muchos de los temas, la sensibilidad, la verdad y el mensaje que trasmite..., hace que para muchos sea un disco importante. Para nosotros sin duda lo era. Ninguno nos había dado tanto trabajo. ¡Una especie de odisea...! Hoy en día lo escucho con frecuencia. Entre varios de los temas que me gustan mucho, hay dos que para mí tienen un significado especial: *Orduan* y *Ne me quitte pas*.

Dos o tres días después de la presentación, hablamos del tema que teníamos aparcado. Yo tenía muy claro que los dos teníamos que mantener nuestra libertad y que si él estaba enamorado de otra yo no quería seguir con él. Además tenía clarísimo que tampoco quería volver a soportar algo parecido a lo que entre marzo del 04 y del 05, había vivido... Mikel me volvió a decir una vez más, lo que más o menos me había dicho ya. Añadió que hacía ya meses que sabía lo que quería, sin tener duda alguna de ello. En cierto sentido, era otra forma de volver a decirme: "Ne me quitte, pas... mon amour, cette soir, *Ne me quitte pas*".

A partir de esta conversación dimos por terminado el capítulo de *la obsesión*. No me he arrepentido de ello.

Nire zerebroan hazten ditun Canadako basoak;
Baina hi heu basorik arbatsuena.

Orain, hire maitale traketsa naun, maitatzen haunat, etcetera,
Negu bezperetan etcetera, etcetera.

VII- 2005-2008: el final

> "Gracias a la vida que me ha dado tanto
> me ha dado la risa y me ha dado el llanto,
> con ellos distingo dicha de quebranto
> los dos materiales que forman mi canto
> y el canto de ustedes, que es mi propio canto…"

Aunque *Orduan* ha sido el motivo recurrente de casi todas las citas de este relato, me gustaría incluir aquí, tal como viene a mi memoria, una parte de *Gracias a la vida*, la canción de Violeta Parra que Mikel cantó tanto durante los años cincuenta, y que me ayuda a expresar el gran agradecimiento que siento en su nombre y en el mío por la vida que pese a las tristezas, y este es sin duda el capítulo más triste de todos, hemos elegido (y hemos podido) vivir y compartir intensamente. Como suele decir con humor Lucía, una amiga nuestra, tiene la impresión de que Mikel dio bastante trabajo a su ángel de la guarda. Pero "el ángel" se portó y nos ayudó mucho.

Durante los primeros meses del 06 seguimos viviendo una historia de amor compartida con momentos muy dulces, en los que para cada uno de nosotros la presencia del otro resultaba imprescindible, algo que se iba a prolongar y acentuar durante toda esta época a la que aquí me refiero. Sin embargo, los problemas y desavenencias iban a continuar dándose, especialmente motivados, sobre todo al comienzo, por los "extravíos" que en este caso él iba a experimentar, debido a su fuerte empeño en actuar en directo, pese a que su salud pareciera empeñarse justamente en marcarle el camino opuesto.

Desde Navidades hasta mediados de marzo, Mikel había estado 5 o 6 veces enfermo y, salvo una de ellas, en la que tuvo un problema de tráquea que le hizo tener que acudir en varias ocasiones a la consulta del Dr. Luna, en los demás casos eran problemas intestinales o digestivos, acompañados de procesos febriles. Estos episodios le daban un buen vapuleo que, en algún caso, unido al problema de no haber seguido bien el tratamiento por un malentendido que no corrigió hasta volver a consultar con el médico, hizo que perdiera parte de lo que hasta entonces había ganado en su lucha contra la anemia.

A todos estos problemas, se unía una pregunta que con frecuencia me hacía a mí misma (y compartía con Agur, mi confidente) acerca de si aquello del "fuerte deterioro cognitivo" del que me había hablado el psiquiatra Dr. Urbieta podía ser más cierto de lo que normalmente pensábamos. Este era un problema que yo había comentado con Mikel meses antes, a raíz de haber estado en la consulta del psiquiatra, y del que él mismo dudaba. Como me dijo, lo que más le extrañaba era el hecho de que tal diagnóstico fuera compatible con su posibilidad de hacer canciones, algo que desgraciadamente no iba a durar mucho tiempo.

Sin embargo, la duda nos iba a acompañar hasta el final. Parecía claro que padecía un cierto deterioro pero que este fuera fuerte resultaba poco creíble, ya que junto a momentos (normalmente de estrés) en que la razón parecía abandonarle y el deterioro se manifestaba, había otros que se prolongarían hasta el final en los que mostraba una clarividencia extraordinaria. Nunca llegamos a saberlo con certeza, ya que no llegó a hacerse unas pruebas neurológicas sobre cuya conveniencia íbamos a dudar algo más tarde. Al fin y al cabo tenía ya tantos problemas, que afinar el diagnóstico de uno más no parecía que pudiera ayudarle demasiado a superar sus dolencias. Incluso cabía pensar que un diagnóstico negativo sin demasiados medios para combatirlo pudiera quebrantar más todavía la relativa estabilidad que sobre todo desde la primavera del 07 iba a mostrar.

* * *

Así las cosas, hacia mediados de marzo del 06, y después de una de esas crisis que le dejaban fatal, seguía empeñado en realizar una actuación en el Museo de Arte Contemporáneo de Barcelona, organizada por FNAC. Evidentemente yo le aconsejaba no hacerla, ya que después de las grandes actuaciones de la década anterior, en Barcelona, me parecía absurdo que acudiera en unas condiciones de salud en las que parecía casi imposible superar la prueba con una cierta dignidad. Agurtzane e Izaro pensaban como yo. Los dos querían mucho a Mikel, valoraban lo que hacía y veían cómo estaba..., cosa que a veces la gente de fuera no sabía, por el interés que él ponía en relativizar o incluso minimizar su mal.

Mikel siempre había sido muy testarudo para llevar adelante sus ideas, pero esa característica había estado atenuada por su razón y por la mía, algo que antes solía tener en cuenta y de lo que ahora dudaba más cuando se oponía a lo que él quería. Mostraba más recelo de que le pudiéramos controlar... Aunque luego, cuando recapacitaba (a veces un poco tarde), se daba cuenta de la validez de nuestra postura y, quizá, sobre todo de la mía, que, al ser la que más cerca estaba y mejor conocía sus problemas, tenía que hacer equilibrios para tratar de aconsejarle bien y a la vez tratar de respetar su decisión. A mi juicio, no había duda de que, aunque pudiera decidir mal, la decisión debía ser suya.

A través de Ana (la compañera de Iñaki Salvador) me había enterado de que el primer ensayo de Mikel había sido muy malo: "¡Como si hubiera olvidado las notas...!". Tanto que el propio Iñaki había tenido dudas sobre aconsejar suspender la actuación. Sin embargo, según Iñaki me contaría poco después, al empezar a ensayar había mejorado mucho y las cosas marcharon de nuevo. Evidentemente estaba preocupada, y al enterarme de que el calendario organizado por Syntorama era muy apretado e incluía en poco tiempo viajes, ensayos y pruebas de sonido, ruedas de prensa, actuación… algo que nosotros no solíamos aceptar ni en las épocas "normales", le dije que me parecía una locura comprometerse a ello. A mi juicio era excesivo, le dije y, si lo deseaba, podía seguir adelante, pero yo no iría con ellos. Él había venido muy contento del ensayo y me dijo: "Bueno, bueno, si no te animas, los de la oficina ya me han dicho que me pondrán dos acompañantes, en vez de una sola, para que pueda hacerlo". Le deseé suerte, aunque en mis notas tengo anotado que sentía miedo, mucho miedo.

Al día siguiente, como si el destino me diera la razón, se levantó con la garganta totalmente tomada. Fuimos primero al hospital, y de allí a la Policlínica, donde le iba a ver el Dr. Altuna (que junto al Dr. Saga, ambos del equipo del Dr. Algaba), eran los otorrinos que últimamente le atendían. Después del reconocimiento, el médico le dijo que en esas condiciones era imposible actuar. Hicieron los certificados necesarios y la actuación tuvo que suspenderse por fuerza mayor. A pesar de la ilusión que tenía por ir, aceptó con conformidad el desenlace. Y creo que hasta descansó al hacerlo. Como si después de haber luchado por ello, al comprobar finalmente la manifiesta imposibilidad de cantar, tuviera que rendirse ante la evidencia forzosamente. Pero los compromisos se asumen por anticipado y… ¿hasta dónde cabe asumir el riesgo?

* * *

A partir de mediados, abril volvió a ser bueno y la tranquilidad y el buen *feeling* entre nosotros, se impuso de nuevo. Normalmente las vacaciones de Semana Santa, que pasábamos en Arizkun, solían ser para nosotros agradables, tranquilas, con un cierto toque de silencio, música y espiritualidad que a mí me gustaba mucho. Según solía decir Mikel, después de ir acumulando el cansancio del curso (de forma parecida a las fatigadas "*folhas amarelas*" de *Não es tu…*), aquellos días me transformaban. Pienso que el efecto estaría también relacionado con aquella época primaveral, que para mí mezclaba el recuerdo de las lilas en flor de mi niñez, aquellas que brotaban en la parra de la terraza que unía la calle de la Salud con Amara, con las *Pasiones* de Bach que escuchaba en Londres, o con el silencio que quedaba cerca de casa, cuando una gran parte de la gente se lanzaba a hacer turismo a través de las carreteras repletas de coches, algo que a mí me horrorizaba.

Aquel año, el día 14 era Viernes Santo y, todavía en Donostia, por la mañana pude contar cien o quizá hasta ciento treinta flores blancas en el pequeño cerezo del balcón traído por Izaro. El resto de los árboles, incluso el pequeño abedul, estaban espléndidos... A la tarde, habíamos quedado en Zarautz, con Bernardo, Axun, Elisabet y Jone. Paseamos por el malecón, vimos a los surfistas, cenamos juntos y charlamos... Lo pasamos muy bien. Al día siguiente, por la tarde, después de que Mikel descansara, nos fuimos a Arizkun. Pasamos allí unos días muy buenos. Resultaba evidente que Mikel estaba mucho mejor, cuando se tranquilizaba. ¡Últimamente abril estaba resultando tan bien! Allí, lo de siempre: paseos, lectura (por cierto, muy interesante *La fragilidad del bien* de Martha Nussbaum, sobre todo los capítulos 2 y 3), música...: "¡Bien, bien, muy bien!". Al volver, entre otras cosas pensaba: "La verdad es que la cama única es mejor que las dos camas aunque sean grandes y estén juntas". Sin embargo, pronto sustituí este pensamiento por otro en el que veía que la tranquilidad y ese "tiempo diferente" menos desquiciado o más lento, esa especie de ritmo de vida propio, era lo más importante y ayudaba a que nosotros también nos transformáramos al ritmo del tiempo.

* * *

Terminadas las vacaciones, vuelta al trabajo, que también cura siempre que no sea excesivo o vaya acompañado de nervios y estrés exagerados, algo que esta temporada se iba a volver a acumular por la actuación prevista para julio, en el concierto con Dylan, pero que en conjunto íbamos a conseguir llevar mejor, gracias a la dosificación del trabajo, los cuidados, baños...

Durante la primavera, Mikel hizo una entrevista larga para *7K*. Se la hizo Mertxe Aizpurua, en casa de Gorriti y en el taller de Zumeta, con Larrukert como fotógrafo. Se puede considerar la última entrevista larga que realizó, ya que las posteriores fueron más cortas o fallidas, en el sentido de que podía contradecirse fuertemente con lo que había dicho (y practicado) durante la mayor parte de su vida. Se publicó a finales de junio y quedó bien. Bastantes amigos nos llamaron para comentarlo. Él quedó contento de haberla hecho.

Mientras tanto, iba preparando la actuación. Habíamos programado entre los dos (creo que con acierto) algunas de sus canciones conocidas o partes de ellas, a capela, más dos temas largos del último disco: la segunda versión de *Galderak*, con Josetxo Silguero, y *Sustraiak han dituenak*. Sin embargo, por iniciativa de Mikel e Iñaki, esta iba a ser sustituida por *Orduan*. El cambio me ilusionó por el sentido especial que esta canción tenía para mí, pero también me preocupó un poco, ya que al comienzo no la habíamos incluido, por pensar que podía resultar más difícil de lograr... Decidieron también que, en este tema, además de Mikel (voz), Iñaki (piano) y el pregrabado de Lisabö, estuviera Unzu a la guitarra, lo que iba a facilitar las cosas. Al comienzo, Mikel pidió a Aida de Lisabö que metiera su voz en directo como lo hacía en el disco, pero ella no se animó, algo que le agradecí mucho, no porque no deseara escucharla, sino porque pensaba que resultaba más fácil que lo hiciera solo Mikel, y además quedó bien.

Además de programar y preparar la actuación, había que cuidar de él, algo de lo que creo todos (incluso los de Syntorama) éramos conscientes. Recuerdo que pocos días antes del concierto, Mikel Forcada, Garay, y otros amigos, me preguntaron: "Pero, al final, ¿actuará?". A lo que les contesté: "Quizá sí, el buen tiempo y el agua salada también ayudan...". Lo que les dije era cierto. Pero hubo también otro factor que, tal vez psicológicamente, nos ayudó. Como antes he dicho, Mikel solía tener unos problemas intestinales que podían ser muy fuertes e inoportunos y un día que yo se lo comentaba a Isabel San Emeterio, una amiga nuestra que era médico, me comentó que el *kuzú* solía ir muy bien a los montañeros u otros viajeros, que lo utilizaban en estos casos. Me dijo dónde podíamos comprarlo y acudí a hacerlo. Eran una especie de yeso en trozos (¿raíces de almidón?) que al mezclarse con agua, daba algo parecido a un engrudo blanco, que iba bien contra la descomposición. Mikel hizo la prueba y le pareció que le iba bien.

Por fin llegó el 11 de julio del 2006, el día del concierto. Aunque entonces no lo sabíamos, iba a ser su última actuación en directo. En un inmenso escenario situado junto al malecón de la Zurriola, desde el que se veía toda la playa de Gros y el barrio de Sagüés, iba a transcurrir el Concierto por la Paz. Después de las pruebas y de los preparativos habituales, empezaron ellos, en una actuación que duró en tornó a 40 minutos, y que los que pudimos escuchar desde cerca pensamos había quedado bien. El ángel de la guarda se había portado, de nuevo.

Otras personas, situadas más lejos, se quejaron de fallos del sonido. Yo estuve cerca; Agurtzane y otros amigos también; Izaro se había ido a hacer en bicicleta el Pirineo, en parte por afición y en parte por miedo... Llamó al final de la primera parte y le dijimos que había ido bien. Del resto del concierto, a decir verdad, no nos enteramos demasiado. Estuvimos rodeados de amigos y, cuando volvimos a casa en taxi, Mikel muy cansado pero satisfecho, el taxista no le quiso cobrar su viaje, a modo de reconocimiento.

* * *

Después del concierto y el trabajo habitual, pudimos disfrutar de las vacaciones de verano y de los baños de mar, que tanto nos gustaban y relajaban y que Mikel iba a poder disfrutar durante poco tiempo... Lo pasamos bien. En parte en Donostia, Getaria y en parte en el Baztán. Las lecturas habituales, que normalmente en vacaciones se centraban menos en economía y más en filosofía e historia de las ideas (que como ya he dicho siempre me han gustado y que ahora estaba trabajando de forma más sistemática para un trabajo histórico), hacía que el campo de elección para poder elegir las historias que luego contaría a Mikel fuera cada vez mayor. Nuestros planes se ampliaban con algún viaje a los museos de Bilbao, las consabidas paradas en Sara, cuando íbamos o volvíamos del Baztán por Iparralde y, hacia principios de otoño, con una visita agradable que nos llevó junto a Ricard Salvat y Nuria, su mujer, a comer a Cámara, en San Juan. Lo pasamos muy bien. Pero no sospechábamos que en un plazo de tres años solo íbamos a quedar dos (Nuria y yo), de los cuatro que entonces estábamos.

En el Festival de Cine de Donostia, se estrenó la película *Nomada TX* en la que Mikel había colaborado. En su intervención se nota que ya no tiene la voz como antes, pero a pesar de ello quedamos encantados de que hubiese participado. En este tipo de colaboraciones que Mikel hizo (y todavía iba a hacer), algunas con Mireia Gabilondo (y otra anterior en *Yuri Sam*), ves que a veces *a priori* resulta difícil poner un límite claro a lo que se puede hacer, ya que si eres muy estricto al ponerlo puedes cortar posibilidades que, a pesar de no estar en plena forma, merezcan la pena. En todos estos casos fue él quien decidió hacerlo.

El otoño iba a seguir con nuestras actividades habituales. Mikel seguía tocando la guitarra, aunque menos tiempo que antes, y estábamos proyectando para el año siguiente la publicación de una nueva recopilación de los *Lekeitios*. Hacia Navidades nos enfadamos de nuevo, al enterarme de que estaba intentando preparar (con Syntorama) una gira por algunas localidades cercanas, para terminar con una actuación en Donostia, hacia primavera: ¿No estaba acaso tentando en demasía a su ángel de la guarda?

Desde luego, yo no le veía en condiciones para hacerla. Era evidente que iba empeorando lentamente. Además, me molestó enterarme a través de terceros. El dilema se planteaba de nuevo y, aunque ya he dicho que la decisión acerca del riesgo a asumir puede ser complicada, para nosotros (Agur, Izaro y yo) estaba claro que no iba a poder hacerlo. Pese a ello, y como ya he dicho, la decisión tenía que tomarla él. Le costó hacerlo; y como solía suceder en las épocas de duda, empeoró de nuevo. Al final, la razón se impuso y decidió no hacerlo. Sabía que era el final de sus actuaciones, y aunque yo procuraba animarle con la idea de la recopilación y poder seguir trabajando en el nuevo *Lekeitio* que estaba haciendo, no creo que en aquel momento, para él, esto fuera un gran consuelo. Sin embargo, en este caso tomó la única decisión que a mi juicio era factible, y la tomó él. Fue dura pero acertada. De hecho, tras ella, volvió a quedar mucho más tranquilo y a iniciar una etapa en la que lo fundamental para él serían los afectos. Afortunadamente eran muchos e intensos.

* * *

Por esta misma época, primavera del 07, se produjo otro hecho, otra despedida dolorosa que le marcaría mucho, como él mismo nos iba a contar un año más tarde. Una noche en la que yo estaba dormida en nuestro cuarto, me desperté sobresaltada hacia la una de la madrugada y vi que él no estaba a mi lado. Bajé para mirar si estaba abajo, y vi que, como solía hacer con frecuencia, estaba en el cuarto de Izaro, con la puerta cerrada, tocando la guitarra suavemente y cantando... Me quedé fuera escuchando el último *Lekeitio* en que estaba trabajando. En la línea de la serie, en este caso, combinaba la guitarra con el canto recitado de un fragmento de una canción clásica de Iparralde, que me pareció muy expresivo, hermoso y triste. Al poco, dejó de tocar, y acercándome le comenté lo que me había parecido. ¿Por qué no seguía trabajando en ella, para incluirla en la recopilación, como *Lekeitio 11*? Los días siguientes observé que no tocaba la guitarra y cuando le preguntaba: "¿Por qué no tocas? ¿Por qué no sigues trabajando en ese tema tan hermoso...?". Él me contestaba: "No sé, de momento no tengo ganas. Ya tocaré más tarde, cuando me anime a hacerlo...". Pero no se llegó a animar. Más o menos desde entonces, dejó de tocar la guitarra y ya no volvió a hacerlo.

* * *

Como nos diría un año más tarde, en agosto del 08, un día que Atxaga y su familia vinieron a nuestra casa, el hecho de haber dejado de practicar con la guitarra después de 57 años haciéndolo, había sido como si algo, alguna pieza, se hubiera roto o desconectado en su cerebro. Desde ese momento, siguió diciéndoles (demostrando al hacerlo una gran confianza en ellos, ya que a pesar de su simpatía, solía ser muy reservado para contar algo íntimo), "he dejado de tocar la guitarra, ni tan siquiera la cojo, algo que he practicado a diario durante años", "¿Verdad (dijo dirigiéndose a mí), verdad que es cierto?". Y terminó comentando: "No sé, es como si me hubieran cortado una pieza aquí, en el cerebro. ¡Quizá tenga que ver con el mal del alemán!...". Y ante la pregunta de Bernardo respecto a qué alemán se refería; respondió: "Alzheimer".

Sin embargo, como antes he explicado, esto es algo que nosotros (nuestros hijos y yo) no creíamos y nunca llegamos a confirmar ya que el mismo verano que siguió a la primavera del 07 (justo un año antes de los comentarios y de la visita mencionada), Mikel me había dicho que había hablado con Hilario Urbieta sobre la posibilidad de hacerse algunas pruebas neurológicas para tratar de comprobar si tenía algún problema de cerebro. Ante su comentario, le dije que si el diagnóstico podía ayudar a combatir el mal, podía estar bien hacerlo. Lo dejamos en duda, y pocos días más tarde consulté con el Dr. Urbieta sobre lo que Mikel me había comentado: "¿Qué conviene hacer?, le pregunté. Él me vino a decir que, tal como estaba Mikel (refiriéndose especialmente a su deterioro físico), parecía mejor no hacer pruebas que le pudieran desestabilizar más. Se lo comenté a él y prefirió no hacérselas. Quizá fuera mejor así, porque la temporada que iba a trascurrir entre primavera del 07 y diciembre del 08, aunque acompañada de bastantes sobresaltos, se iba a caracterizar esencialmente por la gran dulzura, afectividad y lucidez que normalmente (esto último no siempre) iba a demostrar.

* * *

Hacía ya muchos años que Agurtzane (o Agur), nuestra hija mayor combinaba su vida en Azpeitia, (junto con Joxean, su pareja) con su trabajo en Donostia, lo que le permitía venir a comer a casa (con nosotros o solo con Mikel, según mi trabajo), un par de veces por semana. A veces, se quedaba a dormir en casa. Mikel solía estar encantado cuando venía y le contaba cosas de su trabajo, o historias relacionadas con sus amigos, conocidos o familiares, que Agur contaba con mucha gracia utilizando el euskera de la zona de Azpeitia y que había hecho que, a través de sus relatos, Mikel se familiarizase y "conociera" a muchos tipos curiosos del lugar, el autobús... A raíz de la muerte de Garbiñe, la hermana mayor de Mikel en marzo del 07, y el desmantelamiento del domicilio familiar de los Laboa, situado en la calle San Juan, también hablaban mucho de estas historias, ya que durante el proceso, Agur, junto con sus primos y tías, solía acudir allí, a la casa familiar, de donde traía algunas de las cosas que se iban repartiendo o decidían tirar. Durante el curso 06-07 y 07-08, solíamos procurar que Agur viniera, cuando a mí me tocaba estar en la Escuela, evitando así que Mikel estuviera solo a la hora de comer.

Izaro trabajaba también cerca y, aunque habitualmente no vivía en nuestra casa, durante estos dos últimos años estuvo con nosotros con gran frecuencia. Nos ayudó mucho de esa forma que a Mikel le gustaba. Con sentido del humor y sin exagerar. Durante el verano del 07, después de volver de sus excursiones en bicicleta, solía preparar para los dos (padre e hijo), unos platos de pasta con tomate en ensalada y jamón cocido que a Mikel le encantaban, comía con apetito y, a veces, no le dejaban dormir tan bien como cabría desear... Hablaban (y seguían en la televisión) de las carreras de ciclismo, el fútbol y los partidos de pelota, a los que yo a veces me sumaba, sobre todo para acompañarle cuando no estaba Izaro. En otros casos era mejor que no estuviera, porque si no, ante mis comentarios, este solía exclamar: "¡Lo que nos faltaba, que la ama entendiera de pelota...!". En muchas ocasiones le llamaba para que le solucionase algún problema con el coche. Otras veces la que le tenía que llamar era yo, para que me ayudase a levantarle del suelo, ya que dada su debilidad y sus problemas de movimiento, en ocasiones se caía, yo necesitaba ayuda y a Mikel le gustaba la suya.

La muerte de Garbiñe, su hermana mayor, tuvo lugar en Lamorousse, donde permaneció ingresada unos meses a consecuencia de los problemas de demencia senil que desde años venía mostrando, algo que a veces le hacía armarse unos líos que podían ser muy divertidos y otros que no lo eran tanto... De todas formas, en general estuvo bien y a pesar de su inmensa fragilidad física, en ocasiones mostraba un espíritu que era de admirar. La familia: hermanas, sobrinas y sobrinos, y también nosotros, solíamos ir a visitarla. Cuando acudía él, *su hermano*, (con menos frecuencia que los demás, por cierto) le solía hacer un recibimiento increíble... Le encantaba verle y hablar de él. Le veía lleno de virtudes y lealtades que me contaba y repetía muchas veces, sabiendo a veces quién era yo y confundiéndome otras, con "aquella novia tan maja y euskaldún" (que era yo misma), que Mikel se había echado últimamente y le había llevado a ella, a Garbiñe, a la liturgia de San Vicente el día de Sábado Santo. A pesar de sus inmensas diferencias, en ciertos momentos, y debido a su fragilidad física y a su espíritu, Mikel me recordaba un poco a ella.

* * *

El 23 de junio del 07, a diferencia de lo que solíamos hacer tradicionalmente, acudiendo a Oiartzun a ver las hogueras de San Juan, quedamos con el compositor Ramón Lazkano en la terraza del Ezeiza, junto a Ondarreta, para hablar con él sobre el texto (que, creo, Mikel le había pedido), para la recopilación de *Lekeitioak.* La charla resultó muy agradable. Nosotros conocíamos y valorábamos mucho su música, pero estar con él y escuchar lo que nos contó, nos confirmó su talento y, como antes he dicho, para nosotros, percibir esto en la gente joven con una vinculación con el país solía ser algo que nos animaba mucho.

Más o menos por estas fechas, tuvimos una reunión muy distinta en un escenario también distinto, pero que nos hizo pasarlo muy bien. Fue una comida en "La Venta de Muguiro" (Mugiroko Benta) a la que asistimos Anjel Valdés, de la editorial Elkar, José Luis Zumeta, J.L. Agote, Mikel y yo, para comentar algunos detalles acerca de la recopilación citada, su presentación, etcétera. Nos trataron muy bien, la comida fue muy buena, la reunión muy agradable y quedó en nuestro recuerdo una anécdota que nos hizo reír mucho. Ya en los postres, al hablar del lugar adecuado para la presentación, y después de que yo utilizara mis mejores argumentos a favor de Buena Vista de Donostia, diciendo que la anterior había sido en Bilbao, que el lugar era hermoso y agradable, cercano y de sencillo acceso y, además, ellos eran buenos amigos nuestros. Mikel insistió en que como ya había dicho antes la presentación debía hacerse en el Ayuntamiento de Lekeitio. Valdés apoyaba mis argumentos y trataba de convencerle diciendo que sería más sencillo para la prensa hacerlo aquí y que además, después de la presentación, siempre podrían acudir a Lekeitio, a manera de homenaje, para llevar los discos. Después de escucharle con tranquilidad, Mikel se limitó a responder: "En todo caso, al contrario, primero allí y luego aquí. La presentación debe ser allá", dijo; y añadió: "Además, se debe invitar a los alcaldes (o representantes) de Lekeitio e Ispaster, ya que Gardata está vinculado a ambos lugares". Ante esto, Zumeta, que conocía a Mikel desde hacía muchos años, empezó a reírse con ganas y dijo a Valdés: "¡Ya te puedes dar por jodido...!". Ahí terminó la cuestión. En otoño, la presentación se hizo donde y como Mikel había pedido.

El verano del 07, una vez más, fue bueno para los dos, pero Mikel no pudo bañarse en el mar. Decía que se lo había impedido el mal tiempo, algo que en parte era verdad. Pero también influyó su mayor debilidad. Por lo demás, salvo algunas caídas más, hicimos la vida normal y pasamos un buen verano, a pesar de que su debilitamiento y las noticias económicas no ayudaban demasiado a ello.

* * *

Este año, los temas económicos iban a ocupar un lugar mayor de lo habitual entre mis lecturas de verano, tanto a nivel de noticias y artículos como de libros. ¿Hasta dónde llegaría la crisis financiera? ¿Se impondría la regulación que tan necesaria parecía? Entre los diferentes libros (algunos nuevos y otros ya conocidos), leí varios del sociólogo Pierre Bourdieu, relacionados con la creciente mercantilización que como consecuencia del ataque neoliberal en todos los ámbitos (arte, información...) se iba produciendo. En realidad, este ataque venía de lejos, pero después del interludio de los años 45-70 (que en los países industrializados se había visto acompañado de una época de trabajo y bienestar), a partir de los setenta, los vientos neoliberales se iban a ir imponiendo de nuevo; y la desregulación de los mercados que iría introduciéndose paulatinamente y tendería a aumentar durante los 80, 90..., no hacía presagiar nada bueno.

Mikel, que siempre había creído que los estragos del hambre y de la enfermedad en el mundo eran una de las mayores lacras y muestra de una gran hipocresía social, confiaba todavía (en los setenta y ochenta) en que seríamos capaces de resolver estos problemas. Pensaba también que mi visión menos optimista era fruto de un cierto pesimismo y solía comentar con ironía: "Mari Sol (y su hermano), piensan desde los setenta... que un pequeño huerto de patatas nos vendría muy bien frente a este futuro incierto". De hecho, ya en esa década, yo le solía decir que, dada la tendencia, a nivel de trabajo el mundo de nuestros hijos iba a ser más complicado que el nuestro. A medida que pasaron los años, fue creyéndome un poco más y, durante esta época, a veces me hacía preguntas al respecto. Pero aunque la necesidad de poner límites al poder económico pareciera evidente, las respuestas (y su explicación) no eran fáciles aunque yo intentara hacerlo.

Este verano del 07 había vuelto a releer *La gran transformación* de Karl Polanyi, que después de haber sido ignorado durante tantos años en los círculos académicos (la primera edición era de 1944), se había vuelto a reeditar en 2001 (con una introducción de Stiglitz). En él, basándose en un interesante estudio histórico, defendía un argumento muy sencillo: la cohesión social exige que el mercado esté al servicio de la sociedad, y no al contrario. Algo que desde los setenta poco a poco se venía imponiendo. Había mercados (tierra, trabajo y capital) que debían estar regulados (bien regulados) para que la sociedad pudiera funcionar.

Para alguien que como yo se dedicaba a dar clases de teoría (y política) económica, que era crítica y se informaba de lo que iba pasando, no era difícil verlo. De hecho, a finales de los años sesenta, ya se hablaba de los problemas ecológicos y se construían indicadores que pretendían tener en cuenta junto a las ventajas del crecimiento (educación, sanidad...) las desventajas del mismo (asociadas a los problemas citados). Por otra parte, a partir de los setenta (y con más fuerza, luego) los datos relativos a la distribución de la renta y la riqueza no iban a ir en aquella dirección de menor desigualdad que Jan Tinbergen en aquel librito titulado *Lecciones del pasado*, que yo había traducido en los sesenta, consideraba requisito indispensable para avanzar en la dirección correcta, sino que más bien sucedía lo contrario.

A principios de los ochenta era posible leer artículos del gran economista James Tobin, en los que criticaba las políticas económicas que no daban al paro toda la importancia que requería; y advertía del peligro que suponían los movimientos especulativos de capital y la necesidad de aplicar medidas de freno. Hacia 1983 el propio Dornbusch publicó un artículo amplio e interesante, que yo solía utilizar en clase, en que se estudiaban algunos de los problemas que tales movimientos de capital producían en las monedas fuertes (dólar, marco, yen) y su repercusión sobre la economía mundial. Durante los ochenta, en todas las cumbres mundiales, se tocaban estos problemas. En los noventa, la situación empeoraría y aumentarían las voces de los economistas críticos, sociólogos... denunciando esta tendencia. Pese a ello, la ortodoxia económica dominante se mostraba sorda respecto a las críticas y advertencias y el desmadre financiero iba en aumento... Los malos de la película nos iban a mover a personas y estados, como si fuéramos marionetas. Eran cuestiones que en la parte final de la asignatura, o en apuntes críticos a los modelos y teorías, yo trataba de comentar en clase, aunque muchos alumnos o alumnas apenas se enterasen de ello. Otros (u otras) sí se enteraban; y, a veces, me paraban (o me paran) en la calle para darme las gracias por ello. Pero, cómo trasmitir con sencillez estas ideas y, sobre todo: ¿qué hacer contra ello...?

* * *

Volviendo a un terreno más cercano y práctico, este verano del 07 cambié la habitación de Agurtzane para convertirla en una habitación doble, sencilla y cómoda que nos pudiera servir para Mikel y para mí, evitándole así que cuatro o cinco veces al día tuviera que subir un piso más para llegar al estudio-habitación donde teníamos nuestro cobijo. Teniendo en cuenta que para llegar a nuestra casa (sin ascensor) teníamos que subir tres pisos (a los que se sumaba uno más para llegar a nuestro cuarto), algo que como he dicho Mikel hacía varias veces al día, y que sus problemas para andar y sus caídas iban en aumento, me parecía una medida adecuada y mínima para evitarle problemas añadidos. Sin embargo, para él nuestra habitación era la de arriba, aunque ahora ya apenas la utilizase como estudio... Y a pesar de las muchas escaleras, hasta el 25 de noviembre del 08, siguió subiendo todos los pisos, todos los días... y nuestra habitación continuó arriba como había estado desde el comienzo.

Hacia finales de septiembre del 07, empecé a impartir mis clases en el que iba a ser mi último curso de docencia (mi número 41), ya que el año siguiente iba a cumplir los setenta años que marcaban el límite de edad establecido. La jubilación no me preocupaba demasiado, ya que las clases, tal como yo me las tomaba, me cansaban bastante. De hecho, los dos últimos años había podido evitar un cansancio para mí excesivo, gracias a que tres compañeras mías (dos de ellas ex-alumnas) daban una hora extra por semana, para que yo tuviera que dar solo dos horas seguidas, en lugar de las tres que me correspondían: Maite Ansa, Verónica Castrillón y Helena Franco se pusieron de acuerdo para hacer entre las tres este trabajo, de manera totalmente altruista. Se lo agradecí (y se lo agradezco) mucho. Las clases me gustaban, pero tres horas seguidas me resultaban excesivas.

Había otras dos razones que hacían que la jubilación no me entristeciera. Pensaba mantener una colaboración en un trabajo a caballo entre la historia, la filosofía, la literatura y la economía, algo que me gustaba y me permitiría mantener el contacto con el centro (donde al dejar mi despacho iba a mantener un pequeño lugar de trabajo en el de Maite Ansa). De hecho, mantenía una relación muy buena con muchos compañeros y compañeras de trabajo, bastantes de los cuales habían sido alumnos míos. Tenía también buenos amigos y amigas no solo entre los profesores, sino también entre el personal de administración, conserjería... que me ayudaban mucho. Como le solía decir a Mikel con cierta broma: "Me tratan mejor que en casa, les estoy súper agradecida". Él lo sabía; lo valoraba y también lo agradecía. Con frecuencia, llamaba allí para buscarme y poder quedar conmigo, dejándome mensajes en conserjería, en la centralita o en cualquier otro sitio... O me preguntaba (además de por mis compañeras más cercanas) por Alberto Díaz de Junguitu, Jesús Garmendia (a quien yo solía acudir para consultar temas de macroeconomía), "los estadísticos", Iñaki Heras u otros buenos amigos míos a los que él conocía y apreciaba. Había otros nombres más nuevos o menos habituales con los que se armaba cierto lío.

La otra razón que me ayudaba a no entristecerme era pensar que podría estar más con Mikel (o más pendiente de él y de nuestros encuentros) algo que para mí seguía siendo esencial y, tal vez, él necesitaba especialmente, dadas las circunstancias.

* * *

Hacia septiembre, Mikel nos trajo y enseñó muy ilusionado el nuevo dibujo de Zumeta para la portada de los *Lekeitios* que junto con una frase del propio Zume que decía "Navegante solitario en un buque de guerra", le había divertido y le había emocionado mucho. La verdad es que el dibujo, una especie de cómic relacionado con la frase, tenía verdadera gracia y Mikel quedó encantado al verlo… Le gustó mucho.

En noviembre del 07 (tal como meses antes Mikel había programado) hicimos la presentación de la nueva recopilación *Lekeitioak*, en la sala del Ayuntamiento de Lekeitio. El acto, al que además de los alcaldes de Ispaster y Lekeitio acudieron muchos amigos nuestros, transcurrió bajo las hermosas pinturas que unos años antes había pintado Gabi Ramos Uranga, otro buen amigo nuestro. Además de Valdés y Josebe, de Elkar, acudieron: Iñaki Salvador (que al igual que en Bilbao y, diciendo cosas diferentes, volvió a estar muy bien en la presentación.), Josetxo Silguero, Montoia y Ruper, José Luis Zumeta, J.L. Agote, Antxon Lafont, Gorrotxategui… Mikel recordó y agradeció a la familia Zabala-Maguregi y a los vecinos de Gardata el trato que les habían dado cuando les alojaron, durante la Guerra… Algo que, según dijo, nunca se olvida.

Nosotros habíamos acudido de víspera, junto con Izaro y Agurtzane y Joxean, que vinieron desde Azpeitia. Pese a estar cerrado para el público, nos pudimos alojar en el Hostal Beitia, como Mikel quería. Sin embargo, en esta ocasión no resultaba demasiado cómodo (creo que lo estaban arreglando) y Mikel tuvo una caída en el baño. Afortunadamente la caída no tuvo consecuencias, aunque tuve que acudir a Izaro, que estaba en la habitación de al lado, para poder ayudarle. A pesar de ello, durmió bien. Yo estuve más nerviosa y dormí menos.

El día siguiente fue un buen día para él, aunque al comienzo y durante la presentación estuvo algo nervioso, inquieto y emocionado… Después del acto del ayuntamiento y de atender a algunos periodistas, nos trasladamos junto a un grupo de amigos a una sociedad popular situada hacia el final del muelle, sobre el mar. Un lugar sencillo y a la vez privilegiado. A petición y encargo de Mikel, unos amigos de Lekeitio (Mª Nati y familia) con los que había conectado a través de Ruper, habían organizado una comida buenísima en la que lo pasamos muy bien y de la que todos disfrutamos.

Volvimos con Izaro, en su furgoneta, escuchando los *Lekeitios* en un equipo que sonaba mucho y bien, como a nosotros nos gustaba. Agur y

Joxean volvieron a Azpeitia. Fue un día muy hermoso para todos nosotros y especialmente para él que llevaba tiempo programándolo.

* * *

Los meses que nos llevaron desde otoño de 07 hasta finales de junio del 08, fueron de nuevo hermosos para nosotros, pese a que no faltaran apuros y sobresaltos y Mikel tuviera que seguir renunciando a aficiones que siempre le habían gustado.

Mi actividad fundamental consistió en ocuparme de las clases que, como siempre, y especialmente este último año, deseaba impartir bien. También me ocupó el papeleo e ir vaciando el despacho. Para ello, especialmente en la cuestión de papeleo me iban a ayudar mucho: Mª Jesús Otal, la administradora, y sus colaboradoras, Kontxi Nieto, Pilar Alzaga…, además de los profesores de derecho Santi Collado y Carlos Díaz Aguado, a los que por una razón u otra, acudí con frecuencia para pedir consejo. Las personas de conserjería me ayudaron en el traslado.

Otra actividad fundamental sería estar con Mikel o esperar, a veces intranquila, a que se produjeran nuestras "eternas llamadas y encuentros".

Él seguía ocupándose de las compras. Por las mañanas bajaba en coche, casi diariamente, hasta el Antiguo. Sin embargo, cada vez iba siendo más penoso ver lo que le costaba entrar y salir de él y su mayor dificultad para manejarlo. Los paseos de la tarde tenían que circunscribirse a zonas cada vez más cercanas, que le podían llevar por Hernani y Urnieta hasta la zona de Xoxoka, lugar que había visitado mucho durante los últimos años y que, poco a poco, al igual que Igeldo (una zona habitual para nosotros desde siempre), pese a su proximidad, cada vez irían resultando para él de más difícil acceso.

Uno de los problemas que más nos preocuparía en esta época sería la necesidad de dejar de utilizar el coche, algo a lo que Mikel durante muchísimos años había sido adicto. Su alergia al autobús venía de antiguo y su afición a conducir también. Le gustaba dar paseos, después de haberse trasladado en coche, lejos del centro, hacia Igeldo y Ventas de Orio (uno de sus paseos habituales durante años); o trasladarse hacia otros lugares diferentes del país (que al final cada vez tendrían que ser más cercanos). Desde siempre, y hasta que Agur e Izaro crecieron, había sido el chófer de la familia. Luego continuaría siendo el mío cuando nos íbamos fuera. Aunque Izaro se solía reír de mí cuando se lo decía, había sido un buen conductor, ya que su gran prudencia hacía que hubiéramos podido viajar tranquilos y relajados (algo que últimamente no era el caso...). Nunca tuvo un accidente que lesionara a otro, aunque sus aparcamientos indebidos eran famosos desde siempre y, especialmente en los últimos años en que su habilidad iba disminuyendo sensiblemente, motivo de continuas multas (que ya pagamos) y de "bollos" en la carrocería, que habían hecho que alguien bautizara su coche con el nombre de "panadería"... y J.M. Zabala comentase que se notaba que era el coche de un músico que aparcaba "de oído".

A mí me iba preocupando fuertemente que siguiera saliendo en coche. Cuando salía a las tardes, siempre le decía: "Si tomas un solo vino, no cojas el coche, por favor. Déjalo donde estés y llama para que vayan a recogerte o..., si hace falta, coge un taxi. Al fin y al cabo, es algo que en ocasiones nos podemos permitir y resultará más barato que las multas. Tenlo en cuenta (le insistía): no es solo por tu seguridad, sino también y, sobre todo, por la seguridad de otros...". Poco a poco, fue utilizando menos el coche, algo que para él era doloroso, pero que quizá más lentamente de lo que yo hubiese querido, se fue imponiendo. De hecho, meses antes, un día que había salido a la tarde, a pesar de que estaba un poco débil y yo le había animado a que se quedara en cama, al rato de salir, me llamó Izaro para decirme: "Tranquila ama, el aita está bien y no ha pasado nada... Pero se ha saltado un *stop* y le ha parado la *ertzaina*. Le han hecho el control de alcoholemia y ha dado negativo, pero les ha parecido que no se encontraba bien, y al pedirle un número de teléfono, ha dado el mío. Me han avisado y he ido con Toshak, mi amigo. Ahora vamos para casa". Estaba claro que aunque no bebiera nada, con frecuencia estaba débil (aunque luego con frecuencia se recuperaba) y la precaución era súper necesaria.

Incluso cuando salía andando por las cercanías y tardaba, solía preocuparme, ya que últimamente en diferentes ocasiones se había puesto malo y habíamos (o habían) tenido que ayudarle para subir a casa. En una de estas ocasiones estábamos en Buena Vista, adonde habíamos acudido a comer una paella, junto con Espe Goikolea, Lucía Navarro y Josetxo Silguero. Poco antes de empezar a comer, Mikel fue a los servicios, y al ver que pasaba mucho tiempo y no volvía, fui a ver… Le encontré mal. Después de ayudarle esencialmente y tratar de sacarle de allí sola, pedí ayuda y entre todos le trajimos a casa. Creo que algunos de nuestros amigos comprendieron entonces que mis reservas para salir no eran disculpas… y que Mikel estaba peor de lo que con frecuencia aparentaba.

Últimamente estas situaciones se habían repetido en diferentes ocasiones (a veces en Getaria, otras cerca de casa…), lo que nos hacía tener que recurrir a Izaro o a los vecinos (si se caía cerca del portal), para poder ayudarle a subir a casa. Cómo solía preocuparse Mirene, una vecina y amiga nuestra (tal como ella misma nos iba a contar más tarde), cuando, después de dar un pequeño paseo a pie por las cercanías de casa, le veía cruzar lentamente, con aquella dificultad de movimiento tan extrema, la carretera que conducía a nuestra casa… y cómo descansaba ella cuando al final veía que llegaba. Sin embargo, a pesar de mi preocupación cuando tardaba en llamar o no llegaba, nunca me opuse a que saliera a pie o en taxi, algo que los meses finales haría (o haríamos) con más frecuencia. Sabía que salir y estar con gente era para él muy importante. Le ayudaba.

* * *

Puede parecer increíble al conocer el deterioro de su salud, sus problemas de movimiento, caídas…, que a pesar de todo, los meses que iban a transcurrir hasta el verano del 08 fueran tan buenos para nosotros. Pero lo fueron. Mikel mostraba normalmente un buen carácter y una capacidad de recuperación que creo se debía, en parte, a su gran deseo de vivir una vida que fuera lo más completa y gratificante posible. Yo, a pesar de los apuros, coincidía con él. Y pese (o gracias) a las separaciones, juntos lo pasábamos muy bien. Nuestras actividades compartidas durante estos meses abarcarían desde una regular vida sexual que, sin alcanzar "las cimas" del 05, nos produciría placer, unión y complicidad, algo que para Mikel (a veces con especial intensidad después de un mal momento) formaba parte de esa vida que quería mantener hasta el final. Veíamos juntos en la televisión (algo que normalmente apenas hago) partidos de pelota o algún otro deporte que a Mikel le gustara, cine clásico... A veces con Izaro se divertía con las historias de Monk u otras series de humor. Le preparaba algunas cenas (sopa de ajo, huevo frito con patatas...) que saboreaba con gusto. Cada vez le contaba más historias... Estos meses tuvieron que ver con las biografías de Freud (había leído dos distintas) y de Jung, historias que le resultaban divertidas, le entretenían e interesaban, y nos servían de base para muchos comentarios y bromas. Se quedó con pena de no poder leer *El malestar de la cultura* de Freud (que no había leído antes), pero se cansaba y nos iba mejor con los resúmenes que le hacía o los trozos elegidos que le leía y le gustaban. De hecho, esta actividad iba a continuar hasta el final y nos ayudó mucho. Una de las últimas historias que le comenté, le conté o le leí (además de *El nacimiento de la tragedia*, uno de nuestros libros de siempre) tendría que ver con *Las confesiones* de Rousseau, que también le divirtieron.

Otra actividad que durante este último año sería frecuente y que hasta entonces él apenas había practicado, iba a ser la audición de sus propios discos que, al estar más torpe para utilizar el equipo, me pedía a mí que le pusiera y, con los cascos puestos, le gustaba escuchar hacia el atardecer... Parecía que, al dejar de tocar, tuviera necesidad de escuchar lo ya grabado, algo que antes casi nunca hacía... Frecuentemente me pedía que le pusiera partes de *Xoriek 17* (un día que escuchó *Orduan* quedó muy contento cuando le dije que Alberto Díaz de Junguitu, cuyo criterio musical en muchos casos compartíamos, me había dicho que el primer recitado le había encantado. De hecho, era una canción toda ella que a nosotros nos gustaba mucho). También me pedía con frecuencia *Lekeitioak*. En otras ocasiones, me podía pedir el *Hamalau* (14), que hacía mucho no había escuchado, o el *Hamabi* (12)... Cuando escuchaba la primera versión de *Galderak* se reía a carcajadas. Con frecuencia, después de escuchar algunas de estas canciones, llamaba por teléfono a Josetxo e Iñaki para decirles que: "tocaban muchísimo", "se salían", "eran la pera"... En fin, disfrutaba de la escucha y les valoraba mucho. Siempre que escuchaba *Gernika* se emocionaba y lloraba. Al verle, yo bromeaba y le decía: "Si alguna vez veo que tienes problemas para expresar las emociones, ya sé lo que tengo que hacer: pondré *Gernika* para que el problema desaparezca...". Tenía otras canciones tristes que a veces quería oír, y después de preguntarme en qué disco estaban, algo que a veces olvidaba, y tras escucharlas tranquilo, no le provocaban la misma emoción o, por lo menos, la misma forma de manifestarla.

Durante este curso, la presencia de Agur, para comer y charlar con él, y la de Izaro, a diferentes horas y para muchas cosas, nos volverían a ayudar mucho. También Manoli, que solía venir un par de tardes a casa y era muy alegre, ayudaba.

* * *

A partir de finales de junio del 2008 su estado iba a empeorar, aunque habría todavía muchos momentos buenos en los que parecía mejorar. Una de nuestras ilusiones era que aquel verano pudiera bañarse en el mar, pero a pesar de que cuando yo volvía de mi baño le contaba lo buena que estaba el agua y le animaba a intentarlo con mi ayuda, lo iba dejando un día tras otro... y el verano pasaría sin que llegara a hacerlo.

En primavera Xola tuvo 4 perritos y, aunque normalmente eran Izaro y Eluska los que los cuidaban, a veces teníamos que ir a sacarla de casa. Por las tardes, Mikel solía pedir a Agur que le llevara para verlos. Se sentaba un rato (Xola era buena amiga suya) y se quedaba embobado contemplándolos.

Por entonces empezamos a hacer unas visitas que iban teniendo un cierto carácter de despedidas, aunque él nunca lo manifestara de esta manera. Hacia finales de junio murió Jean Paul Harreguy (marido de Txaro Artze, amiga y peluquera de Mikel durante tantos años), víctima al igual que Jexux de una leucemia. Poco después les hicimos una visita. La última que nos iba a llevar juntos, en el coche que conducía Agurtzane, a la terraza del bar Patri de Usurbil, donde bajo los plataneros repletos de hojas, nos reunimos una vez más con Txaro, Joxean, Beatriz, Irati… Mikel disfrutó mucho de la visita y del viaje.

Algo después, fuimos al Valle de Araitz a visitar a Gorriti y Txaro. Estuvimos sentados y charlando en el balcón que da al Balerdi, a cuyo pie, hacía ya tantos años, habíamos plantado los árboles en homenaje a Rafa. Vimos a Jon, merendamos y volvimos a casa en taxi. Unos meses más tarde, volvimos allí con Agurtzane. Él quería ir al Baztán o allá. El primer destino quedaba demasiado lejos y fuimos de nuevo a casa de Gorriti; Txaro estaba en casa de su madre, pero Juanito nos atendió muy bien. Nos reímos y lo pasamos bien.

Hacia julio organicé un encuentro con sus hermanas (Karmele, Begoña y Elixabete) en Buena Vista. Al atardecer, después de la siesta, Mikel solía estar mejor, y aquel día tuvo una buena tarde. Estuvo muy contento, hizo de camarero, nos reímos y ellas quedaron muy bien impresionadas de su aspecto, algo que se correspondía con lo que él les decía por teléfono, y no tanto con los comentarios sobre su salud que yo les hacía y que sin ser alarmistas, un género que a él no le gustaba y yo tampoco deseaba practicar (ni tan siquiera ver), se aproximaban un poco más a la realidad que lo que él les trasmitía… Más tarde, hacia octubre, habría más visitas de este tipo, pero aunque nuestras actividades seguirían siendo más o menos las mismas que antes he contado, agosto fue algo distinto, empezó bien y terminó mal.

* * *

El uno de agosto tuvimos en casa una visita que resultó muy agradable y fue un poco atípica, ya que Mikel solía preferir salir para ver o quedar con la gente fuera de casa. Sin embargo, aquel día nos pareció más fácil organizar una merienda en nuestra casa. Acudieron Bernardo, Axun, Elisabet y Jone, que después de su regreso de los Estados Unidos tenían muchas cosas que contar, aunque las niñas todavía recordaban aquellas compras que unos años antes habían hecho junto a Mikel, en el supermercado de Araia... Mikel se había ocupado de traer una merienda muy rica y pasamos un buen rato, escuchando sus historias y disfrutando de su presencia. Fue en esta ocasión cuando él, que normalmente no solía ser muy dado a confidencias en tono de tristeza, contestó a la pregunta que le hicieron acerca de si estaba haciendo canciones nuevas, contándoles que ya no tocaba la guitarra y su temor al mal de Alzheimer, en los términos que antes he contado y que, por supuesto, trataban de eludir la tristeza. Me alegré de que lo comentara, ya que además de ser una gran muestra de confianza hacia ellos, algo que yo conocía y compartía, le ayudaba a desahogarse, lo que entre nosotros a veces hacíamos sin palabras.

Otro recuerdo que tengo anotado de ese día, juntamente con lo encantadoras que estaban las niñas, es algo que también nos quedó grabado. Fue un comentario de Elisabet que, según creo, entonces tenía 9 años, cuando al explicarles nosotros lo mal que nos parecía que Euskaltzaindia solo permitiera el nombre de Izaro para las niñas (a pesar de que en su tiempo Mikel hubiera consultado con Koldo Mitxelena el nombre de nuestro hijo), y Bernardo comentase que eran normas (*arauak*)..., ella, la niña, dijera en euskera (la lengua en la que estábamos hablando): "Pero... ¿cuál es la diferencia entre "*debeku*" (prohibición) y "*araua*" (norma)?". No nos resultó fácil contestarle y cuando al mes siguiente lo comentaba con mis compañeras en la escuela, con la importancia que la regulación tenía en las cuestiones económicas, tampoco nos iba a resultar fácil hacerlo: al principio la distinción parecía solo cuestión de fuerza pero luego los matices resultaban más complicados. Mikel y yo lo pasamos muy bien y hacia las doce de la noche de aquel primero de agosto, seguíamos comentando lo agradable que había sido todo.

Uno de estos días, cuando estábamos en nuestra habitación, Mikel me dijo: "Terminarás el libro... ¿verdad?". Sorprendida, le contesté: "¿Qué libro...?". Y él me respondió, como si fuera algo sabido: "El libro de memorias". Se refería a un proyecto que desde hacía mucho, con muchas notas, datos, cuadernos y fragmentos, yo iba acumulando, con un objetivo no del todo claro pero que los dos conocíamos hacía años. A pesar de que 20 años antes me había regalado una estupenda estilográfica para facilitar mi afición, lo que me dijo me descolocó un poco, en parte porque no lo esperaba y en parte porque de alguna manera me sonaba a testamento, algo que él y yo, queriendo vivir al día, tratábamos de evitar. Sin preguntarle más, le respondí: "Bueno... ¡ya veremos!". Posteriormente, cuando ya no le podía preguntar, he pensado muchas veces: ¿Por qué me lo diría?... ¿Querría que, más tarde, cuando él ya no estuviera, pudiera entretenerme? ¿Que siguiera recordándole?... ¿Por qué me lo habría dicho?... En ocasiones lo comenté con Agurtzane, con Bernardo... Coincidían ambos que tal vez su motivación fuera que estuviese distraída. También lo comenté con Zumeta, gran amigo de Mikel desde antiguo, y como él de pocas palabras. Él infló un poco mi ego cuando me dijo: "Le parecería un buen proyecto y pensaría que tú lo harías bien o serías adecuada para hacerlo". Sea como sea (y pese a que estas memorias tal vez no se publiquen nunca), ahora pienso conmovida que al pedírmelo, una vez más y como había hecho tantas veces, Mikel se entregaba a mí de nuevo de una forma más arriesgada todavía. ¡Qué compromiso y qué riesgo!

El día 10 de agosto, a las 12:30 del mediodía, acudimos juntos a un concierto celebrado en la Sala Club del Victoria Eugenia, en el que estrenaban una obra de Lazkano (*Wintersonnen wende 2*, creo), para piano y violonchelo. Nos gustó, sin duda, aunque nos resultó algo corta. Más tarde, él mismo, bastante enfadado nos explicó que habían dejado de interpretar el segundo movimiento.

El día 12, mientras Mikel estaba en la siesta, yo en la cocina, escuché un programa que solían hacer en Radio Euskadi, en euskera, Arantza Iturbe y sus colaboradoras, y que aquel día llevó una de ellas. Se trataba de una entrevista al escultor Koldobika Jauregi, en la que habló mucho de arte, puso música variada y de mi gusto y, en general, resultó muy interesante. Tocó muchos temas de interés, por ejemplo, el gran problema de la "falta de trasmisión", en la que criticaba que alumnos procedentes de la Escuela de Bellas Artes pudieran terminar sus estudios sin conocer a un Zumeta, Mendiburu... Habló de Mikel y de la importancia de su obra, en unos términos que me emocionaron profundamente. Entre otras cosas, dijo que en él (o en su obra) "hay algo sin manipular... acompañado a la vez de algo complejo y de vanguardia". Le puso a la altura de los grandes escultores del país, y dijo también (algo que comparto plenamente) que su camino hacia la experimentación no era buscado, sino fruto de una fuerza o necesidad interior que le guiaba: "Una *rara avis* (añadió). Lo mejor de lo que tenemos vivo". Cuando a las cinco terminó el programa que como he dicho me interesó mucho, subí a nuestra habitación como solía acostumbrar, para ver cómo estaba. Mikel se había despertado ya, y cuando le conté lo que había oído y los comentarios que había hecho sobre él, se sonrió y se limitó a decirme: "*Zenbat denbora mutil hori ikusi gabe...!*". Se refería a él, a Koldobika, a quien tenía simpatía y cuya obra admiraba.

Otras actividades de aquel agosto me llevaron a escuchar *La ascensión* de Messiaen, en el Buen Pastor. Cuando volví le conté (aquel día se había quedado en la cama) que me había parecido hermosísima y que, a pesar de ser gratuito, apenas había gente... Otra tarde, fui a Zarautz, en autobús, a ver una exposición de Zumeta. Al volver le conté que estaba preciosa. Por las noches, le seguía hablando de *Las confesiones*, *La Iliada*... Un día que estaba mejor, se animó a ir al Kursaal para escuchar algún concierto, y allí se encontró con algunos amigos nuestros de la época de Barcelona (Miguel Ángel Garaikoetxea y su mujer, entre otros). Estuvo encantado con ellos y otros amigos que vio allí. Volvió en taxi y parecía contento.

De todas formas, hacia mediados de agosto estaba delgadísimo y un poco triste. Probablemente el hecho de que Hilario Urbieta estuviera enfermo (con una especie de parálisis que le impedía hablar) también le debía de resultar duro, ya que las charlas que antes acostumbraban a tener en Munto Berri le ayudaban y entretenían mucho. Es posible también que el cambio de medicación (Sumial) le afectase... Me había dicho que había llamado a García Bengoechea, pero que no había podido estar con él, porque estaba fuera, de vacaciones. Sin embargo, y pese a que con frecuencia le tuviese que ayudar en muchas cosas (vestirse, lavarse...) porque lo necesitaba, procuraba (y procurábamos sin decirlo) vivir al día y tratar de disfrutar, lo más posible, de esa libertad que tanto amaba.

La muerte de Gorka Kruzeta, el marido de nuestra sobrina Eli, a los 49 años de edad, después de haber luchado con valentía contra la leucemia que le habían detectado poco tiempo después de haber adoptado tres niños procedentes de Rusia, fue un duro golpe para toda la familia. El día que acudimos a Alkiza, al acto civil que según su voluntad habían organizado en la plaza del pueblo y que con enorme entereza llevó su hermana Odile, Mikel estaba fatal... Nos llevaron Agurtzane y Joxean, y aunque Mikel se apoyaba en Agur, era evidente que se encontraba mal. Entre las canciones que Gorka había pedido que se escucharan aquel día, estaba su *Izarren hautsa*, que sonó magníficamente en aquel equipo que habían instalado. ¡Qué emocionante y triste me resultó...! ¡Y cuánto lloré por Gorka, por Mikel, por todos, por todas! Mikel estaba más atrás con Agur, y cuando terminó el acto, nos volvimos a casa con ellos. Luego se fueron a Arizkun. Por cierto que, también por entonces, fuimos con ellos a pasar un fin de semana al Baztán... ¿Otra despedida de nuevo?

Un día de este verano, en algún momento que vino al hilo de la conversación, y sin utilizar ningún tono trágico, ya me había advertido: "¡No, no... la que te vas a quedar pronto viuda vas a ser tú!". A estos "excesos de palabra" podía seguir un fuerte beso y algunas bromas. "Bueno (le podía contestar yo): haré surf, como la chica del anuncio...".

Y él podía replicar, o decirle a Agurtzane, "¿Sabes que últimamente a la ama le ha dado por el surf?". Nos referíamos a un anuncio que, a toda página, había aparecido en los periódicos, donde mostraban la imagen de una chica joven y fuerte surfeando. A él le hacía mucha gracia que yo le dijera que me daba envidia y "me gustaría hacer lo mismo". Así me podía decir: "Antes querías reencarnarte (algo en lo que ninguno de los dos creíamos) como violinista... ¿Ahora te has pasado al surf?". Y yo le podía contestar: "Ambas cosas no son incompatibles, ¿no? Violinista y surfista. Al fin y al cabo, cuando era niña, me encantaba coger olas con el *txampero*... ¿Por qué ahora no me iba a gustar surfear?".

* * *

Septiembre y octubre iban a ser algo mejores, aunque no dejarían de mostrar altibajos dentro de esa tendencia descendente que iba a ser la tónica dominante, hacia el final.

Hacia mediados de septiembre llamó Josebe para hablarme de un proyecto. Quedamos en el Ezeiza, donde nos reunimos los cuatro: ella y Valdés (de la editorial Elkar), Mikel y yo. Nos explicaron que les habían llamado de Cultura para decirles que deseaban conceder a Mikel la Medalla de Oro de la Diputación de Gipuzkoa. Querían saber, por un lado, si él estaría dispuesto a recibirla y, por otro, si aceptaría que se hiciera un DVD sobre su vida y obra. También nos dijeron que en caso afirmativo, Debolex, en colaboración con nosotros, podía ser adecuado para hacer el vídeo. Como siempre, lo pensamos. Pero el plazo que nos tomamos para decidirlo no fue largo ya que, tanto a Mikel como a mí, la propuesta y el proyecto nos gustaron e ilusionaron desde el principio. De hecho, fue una de las ilusiones y quehaceres que él tuvo en sus días finales... ¿Qué tendría que decir para agradecer a todos, no solo a los que le concedían el reconocimiento sino también a quienes le habían ayudado (tantas personas que no quería olvidar) en su camino para conseguirlo? Otra cuestión que también le ocupó fue un encargo que le había hecho

Atxaga para elaborar una lista de "objetos" significativos para él... ¡Qué de vueltas dio a todo ello!

* * *

En septiembre estuve muy ocupada. Después de los últimos exámenes y un montón de trámites, traslados, etcétera, me iba a jubilar el 30-9-08, después de agotar todos los plazos posibles para hacerlo. La jubilación no me resultó traumática. Tenía proyectos de colaboración y de trabajo, y estar más junto a Mikel era fundamental en aquel momento. Quizá lo único que me dio cierta pena fue no poder disfrutar más de la despedida, verdaderamente inolvidable (aunque pueda resultar manido y cursi decirlo de esta manera) que unos días después me iban a hacer mis compañeras y compañeros. Por idea y puesta en contacto de Mikel, el acto tuvo lugar en Txitxardin Beltza, el restaurante que tenía Félix Sarasola en aquel parque-glorieta de Lasarte. Primero habló con él Mikel. Luego, después de saber más o menos el número de asistentes (muchos), iba a ser Iñaki Heras, el director de la Escuela y al igual que otros muchos profesores o profesoras, antiguo alumno mío, quien contactaría con él.

Félix había sido un gran amigo de Jexux Artze, y también nuestro, desde hacía muchos años, cuando nos contaba en la terraza del bar Patri de Usurbil su historia de aprendiz en aquel barco donde, antes de ir a Nueva York, había hecho sus primeros pinitos y prácticas como cocinero; y la mezcla del ambiente de su restaurante con la presencia masiva de mis compañeros de trabajo, muchos antiguos o antiguas alumnas, como he dicho, y otros que no lo eran, unidos a las compañeras de administración, conserjería, reprografía... fue para mí muy emocionante. Cuando volví a casa, Mikel estaba en la cama esperando que le contara. Lo hice con detalle, con mucho detalle: los asistentes, la cena, los regalos... Participó de la fiesta y les agradeció a distancia, como antes había hecho yo, todas sus atenciones, ayuda, etcétera.

* * *

En octubre, siguió bajando al barrio del Antiguo para comprar pescado. Luego me llamaba y yo bajaba al portal para recoger algunos de los paquetes que traía. Se iba a Munto Berri y volvía para comer o tumbarse un rato y comer más tarde. Cuando le preguntaban qué tal estaba (el otro día recibí un testimonio escrito de ello), contestaba con humor: "*Txar guziak kenduta... ondo*"; "*Lourdesera joan beharko dut, ea sendatzen naizen...*". Vivíamos al día. Y cuando Agur e Izaro me decían: "Pero, ama, el aita pronto no podrá subir las escaleras... ¿Qué vamos a hacer?". Yo les contestaba: "Bueno, ya veremos... Me han dicho que hay unas sillas que se acoplan a las barandillas; o quién sabe, si empeora..., quizá tengamos que alquilar por un tiempo un piso pequeño, con ascensor, en el centro". La verdad es que yo que había sido previsora y pese a que a veces no podía evitar pensar en ello, no quería detenerme demasiado en estos detalles. Quería vivir el día a día al máximo, algo que probablemente había aprendido de él... y probablemente fue bueno.

El día estaba lleno de ocupaciones y de buenos momentos. Mikel, después de la siesta, seguía saliendo a dar un paseo. Al atardecer estaba pendiente de que volviera y, si se retrasaba, algo que sucedía con frecuencia, me empezaba a enfadar por el retraso que me preocupaba, y esperaba inquieta hasta que sonara el teléfono. Algo que antes era muy frecuente y, ahora, menos. El número de teléfonos públicos se había reducido mucho, ninguno de los dos teníamos móvil y él estaba más torpe para poder arreglárselas como antes solía hacer. Sin embargo, al final, cuando se retrasaba más de lo habitual, el teléfono terminaba por sonar: "*Nun zaudez?*", le preguntaba yo. Y él bromeando: "Aquí, en Sebastopol... ¿Dónde quieres que esté?", y seguía en euskera: "Aquí mismo... ¿Quieres que te lleve algo?". Esta era una costumbre que venía de antiguo. Cuando yo me quedaba estudiando, preparando las clases o lo que fuera, y él se iba a dar un paseo y, a la vuelta, me traía un bocadillo de jamón o queso, o tabaco, o un *gin-tonic* (una copa de ginebra y una tónica en dos botellitas diferentes)... Si este era el caso, me preguntaba: "¿Tienes limón? ¿Tienes hielo?". Luego venía con su pequeña carga. Últimamente, cuando me preguntaba, yo le decía: "No, no... no quiero nada". "Ven pronto, ten cuidado y... ¡pasa por las rayas!". Otras veces, cuando volvía pronto y no llamaba, estaba pendiente de escuchar sus llaves en la puerta, su entrada suave, mucho menos impetuosa que la de Izaro o Agurtzane, y su saludo también suave: "*Kaixo!... Bai...?*".

El 4-10-08, un sábado por la mañana, me desperté tarde, hacia las 10:30 de la mañana. Mikel me miraba, muy sonriente, y me decía: "¿Qué buscas, al meter así la mano por debajo de las sábanas...?". Le contesté: "¿Yo?... No creo... por lo menos no lo recuerdo. Como no haya sido en sueños..."; y añadí: "Es raro... ¿Sabes qué estaba soñando? Nos encontrábamos en Bilbao, en un gran concierto en el que iban a actuar muchos cantantes de aquí. Te proponían que pese a no poder actuar, salieras al escenario para que te vieran... Parecías animado a hacerlo y yo te aconsejaba que no salieras: 'Al escenario se sale para actuar, en otro caso es mejor no hacerlo', te decía. Tú seguías con tu idea, y yo te respondía: 'Bueno, tú verás... pero yo me voy andando a Donostia' (desde Bilbao...). Y cogiendo por la brida a un gran caballo blanco (parecido a Xola, nuestra perrita blanca, pero en grande), empezaba a andar. Era de noche y la idea me asustaba... Más o menos entonces me he despertado". Nos reímos con el sueño y quedamos con la duda de qué había pasado con mi mano... y cuál era el significado del gran caballo blanco.

En esta época, que iba dejando tantos mensajes, me solía decir con frecuencia: "¿Qué tal Félix y Maca? ¡Qué poco les llamas...!". El 15 o 16 de octubre (sus días de cumpleaños), sabiendo que iba a ir a su casa, se presentó con Agurtzane (que le llevó en coche) para felicitarles... Estuvimos todos juntos, en la cocina de su casa. Bromeaba y parecía animado.

Otro anochecer me llamó contento para decirme: "¿A que no te imaginas donde estoy?... ¿Escuchas?...". Sonaba algo de música y pronto me aclaró que había ido a Altxerri para ver parte del ensayo que Iñaki y su grupo estaban realizando. Volvió en taxi, aunque cada vez tenía más problemas para entrar y salir de ellos. A la vuelta estaba muy contento, como si hubiese hecho una gran proeza. En cierto sentido, para él, lo era. Me comentó que tocaban mucho. Otro día le llamó Ruper y quedaron en el Antiguo; charlaron, comieron algo y de nuevo, volvió animado. Además de las despedidas a Xoxoka y Buena Vista que no sé exactamente cuándo fueron, uno de sus últimos viajes de despedida, le llevó hasta Betelu, para poder ver allí a José Luis Zumeta, su gran amigo durante años.

* * *

Esto lo hacía en sus días mejores, ya que tuvo días malos, como aquel que fuimos hacia Getaria, para comer en el Hostal San Prudencio. Aquel día estaba muy flojo y era perceptible el deterioro que había experimentado, desde el día de junio que fuimos a Oiartzun con la familia para celebrar su cumpleaños, pese a que aquel día tampoco hubiese resultado especialmente afortunado.

En octubre o principios de noviembre, me reuní un par de veces en Elkar con los responsables de Debolex, para tratar de aclarar el enfoque del DVD. Al volver, Mikel me preguntaba con mucho interés qué habíamos hecho y cómo lo veía... Yo le solía hablar de los documentos que quizá pudiéramos utilizar y añadía: "Va despacio... No resulta fácil, pero avanzamos". Creo que en aquel momento estaba mucho más preocupada por él que por el DVD, pero sabía que estaba ilusionado y que había que intentar llevar adelante el proyecto.

Más tarde, durante el primer semestre del 09, cuando a pesar de las cartas que le escribía, sabía que ya no podía contárselo, realizamos el DVD que se pudo presentar en junio del 09, en Buena Vista, para celebrar su cumpleaños. Agradezco profundamente la colaboración de todas las personas (muchas), que se implicaron en el proyecto, y especialmente a Luis Jambrina, Josebe Ormazuri y Natxo Escobar, sin cuya ayuda sumada a la que nos proporcionaron todos los demás, no hubiéramos podido hacerlo. Creo que Mikel hubiera quedado contento del resultado. Agurtzane piensa lo mismo. Izaro, aunque ayudó en el proyecto, no me lo comenta demasiado.

El 11 de noviembre del 2008, le concedieron la Medalla de Oro de la Diputación de Gipuzkoa. Lo agradezco profundamente... Creo que la merecía.

Hacia mediados de noviembre iba a empezar su declive definitivo, el que a pesar de su espíritu y su amor a la vida, no conseguiríamos evitar.

* * *

Hacia el 16 de noviembre, creo que era un domingo que había ido a Munto Berri para ver algún partido, y dado que tardaba en volver más de lo habitual, empecé a preocuparme (y enfadarme) por ello... Al final, llamé por teléfono, para preguntar por él, y creo que era Meli quien me dijo que se había puesto malo, con una gran descomposición. Había estado esperando y al sentirse un poco mejor, hacia las once de la noche, justo en ese momento, había salido y muy despacito, me dijo, venía para casa... Aunque nos separan pocos metros, tardó unos minutos en llegar. Cuando subió, le comenté lo que me habían dicho. Me dijo que sí, que se había puesto mal... Mucho peor que otras veces, según me dijo. Pese a que los días siguientes procuró hacer una vida relativamente normal, saliendo a la calle, tenía muy mal color y se le veía mal. Lo comenté con los hijos y con él, y llamamos a García Bengoechea. Nos citó para el martes 25.

Durante esos días, hubo momentos buenos y malos... Aquellas noches repletas de caricias, a veces durmiendo y otras intentando hacerlo... Aquel día que vimos en la televisión *Blow-up*, aquella película de Antonioni, que habíamos visto muchos años antes, y que teníamos ilusión por volver a ver de nuevo. Izaro se quejaba y decía que era un rollo. Él le contestaba: "¿Rollo?..., mucho mejor que algunas de las que tú acostumbras a ver...". Con los hijos siempre solía hablar en euskera; entre nosotros, como antes he dicho, a veces lo hacíamos en euskera y otras en castellano.

El 25 de noviembre, Agurtzane nos llevó a la consulta del Dr. García Bengoechea. Primero entró Mikel y luego yo, ya que pensaba que era mejor que le contásemos nuestras preocupaciones por separado. Cuando me llegó el turno a mí, le vine a decir que estaba preocupada; estaba muy flojo y, aunque yo quería respetar su deseo de vivir de una forma determinada, a veces me enfadaba con él, cuando se cuidaba poco o "arriesgaba demasiado". A veces era de una gran clarividencia y otras muy poco razonable. Pensaba, le dije, que no estaría de más hacer aquellas pruebas neurológicas de las que en 2007 él mismo Mikel me había hablado. Él me vino a decir, que era posible que todo fuera consecuencia de sus problemas físicos; que no le veía buen aspecto, pero hasta conocer la analítica, que sería conveniente hacer, no podía decir nada definitivo. Hablamos de la Policlínica para hacerse las pruebas. No sé si a Mikel le dijo algo más, aunque no lo creo…

Cuando salimos, Mikel parecía un poco triste. Se quedó en Munto Berri, al lado de casa, dedicando un disco que había prometido a alguien. Le dejamos allí. Luego bajó al Antiguo para entregarlo. ¿Tal vez a despedirse?… Anocheció y Agur, Izaro y yo, los tres en casa, estábamos intranquilos porque no volvía, la escalera estaba sin luz debido a una avería y el fonoporta (portero automático) no funcionaba. Los dos salían continuamente al balcón para ver si aparecía. En una de sus salidas vieron que estaba abajo llamando y que, al no recibir respuesta, iba a darse la vuelta. Le llamaron, le advirtieron que no había luz y bajaron los dos rápidamente para ayudarle a subir las escaleras. Llegó cansado. Se sentó un poco junto a ellos, en el cuarto de Izaro, para tomar algo y charlar un momento. Poco después subió, cada vez más trabajosamente, el último piso que le quedaba para llegar a nuestro cuarto… Yo, una vez más, estaba arriba, enfadada por el susto que nos había dado. Mi enfado se pasó rápidamente cuando le vi que llegaba tan cansado… Le pregunté: "*Nahi duzu laguntzea…?*". Le ayudé a desvestirse y a acostarse… No quiso que le diera una crema en las piernas que a veces le aliviaba. Cuando se acostó, me sonrió y me dijo: "*Zer ondo, zer goxo… zer deskanso!*".

Al día siguiente, seguía muy cansado. Se quedó en la cama y dejamos en suspenso los análisis. Durante el día Agur e Izaro trabajaban, y yo aprovechaba que dormía para hacer alguna compra necesaria. Por lo demás estaba pendiente de él (como hacía ya bastante tiempo), pero estos días de una forma más intensa: de su medicación o de cualquier otra cosa que necesitara. A la tarde se animaba un poco más y comía algo, sentado en una silla que teníamos junto a la cama. Le daba unas cremas y masajes en las piernas, contra el picor y la hinchazón que le molestaban… Le ayudaba a lavarse, algo que venía haciendo durante bastante tiempo, o a cualquier otra cosa que necesitara. Me gustaba darle aquellos masajes con las cremas que le habían recetado y le aliviaban. Era una forma de tocarle y ayudarle, cuando me decía: "Sobre todo en esta parte de la espalda, o del pecho, o en la pierna que me pica tanto… o en los brazos". Estos días estuvo tranquilo, sin dolor, y nuestra relación fue de una dulzura inmensa… Cuando le preguntaba cómo se encontraba, me decía con cara amable y sonriente: "*Nahiko ondo!*".

* * *

Estabas tan delgado… Se veía que estabas mal, pero no pensaba que el final iba a llegar tan pronto. Uno de esos días, antes de intentar dormir, en lugar del "*Maite zaitut… infinito*" más habitual, como si fueras un niño, te dije: "*Maite zaitut pila, pila, pila!*" y tú me contestaste: "*Nik ere bai!*". Luego, después de darte un beso en los labios al que solías responder con calor, te dije: "Si me duermo, no se te ocurra levantarte sin mi ayuda; llámame para lo que necesites…". Una de esas tardes, en que después de dormitar un poco te espabilabas y yo me tumbaba a tu lado para charlar un rato, te hice un comentario que antes te había hecho con frecuencia, pero ahora sentía con más fuerza: "¡Estoy asustada!", te dije. Y tú, como tantas otras veces, pero con muchas más dificultades, te moviste para hacerme un hueco a tu lado y me dijiste: "¡Métete a mi lado, a ver si, como otras veces, el miedo se te pasa!". Lo hice. Me puse junto a ti, muy apretada, rodeándote con mi brazo y tratando, una vez más, de escuchar los latidos de tu corazón... Al rato, te dije: "¡Ya estoy mejor, te voy a hacer una manzanilla!". Y tú me preguntaste mirándome ilusionado: "¿De verdad estás mejor...?".

Los días iban pasando, los análisis seguían pendientes y nuestra duda era si continuar en casa tranquilo, como estabas, o acudir a la Policlínica, para que te hicieran las pruebas. Tal vez a partir de ellas pudieras mejorar... Hablamos con el Dr. García Bengoechea, le explicamos cómo estabas y lo dejamos en la duda. Nos dijo que, si era necesario, el fin de semana vendría a verte a casa. El sábado, Agurtzane se fue a Azpeitia, después de haberte preparado carne empanada, algo que siempre te gustaba. Luego te empeñaste en que Izaro te ayudara a afeitarte. Hacia las 16:30 de la tarde, en el pequeño baño junto a nuestro cuarto, montasteis una comedia a lo Buster Keaton, cuando tú de pie ante el pequeño espejo, Izaro a tu lado con la maquinilla y yo con una silla situada tras de ti, para evitar tu caída si te cansabas demasiado, le ibas indicando después de haberte dado la crema, por dónde te tenía que afeitar: "Por aquí... aquí...". A veces, te impacientabas y le decías: "*Baina... zer zabiltz?*". Izaro te respondía con humor. Y al final pareciste quedar satisfecho y extenuado. Te ayudamos a sentarte en la silla. Pero luego preferiste acostarte de nuevo.

Al anochecer vino a visitarte Mikel Azkue, nuestro amigo médico a quien yo había llamado, advirtiéndole de la situación, comentándole que el domingo a la mañana iba a venir a verte García Bengoechea, y que seguíamos con la duda de acudir a la Policlínica, aunque a mí cada vez me parecía más importante acudir a ella. Cuando llegó, ya estabas advertido y le recibiste muy bien, con aquel buen trato habitual entre vosotros. Te auscultó, te tomó el pulso y te comentó que el pulso estaba bien. Tú, en euskera, como hablabais normalmente, le dijiste: "¡Menos mal que hay algo que está bien...!". Nos comentó que acudir a la Policlínica, para quedarnos allí unos días, también podía estar bien. Cuando se fue, le dijiste sonriente: "*Thank you very much, camarade...!*".

A la mañana siguiente (el domingo), Izaro fue a buscar al Dr. García Bengoechea y le trajo en coche. Subió a verte, visita que también agradeciste, y quedamos en que él dispondría lo necesario para que a la tarde nos trasladásemos a la Policlínica para unos días. Hacer los análisis y ver qué se podía hacer… No querías ir en ambulancia. Preferías la furgoneta de Izaro y decidimos llamar a Eneko Arizeta, uno de sus amigos que como otros te apreciaba (y era fuerte), para que entre los dos, pudieran ayudar a bajarte hasta el coche. A veces, le decías: "*Kontuz mutil, poliki!*". Cuando salimos de casa, el tiempo era muy gris y oscuro… Llovía… Y cuando llegamos allí la lluvia continuaba.

* * *

Nos estaban esperando y empezaron a sacarte sangre, para poder hacerte los análisis. Entre los dos médicos presentes al principio, había una doctora saharaui, que te comentó que había escuchado tu música en el desierto. Parecía que en aquel momento no te importaba demasiado. Estabas más molesto que en casa. Cuando terminaron, te dejaron en cama, en una sala, mientras preparaban la habitación y esperaban el resultado de los análisis, pero a mí me dijeron enseguida que no había nada que hacer. Podía ser cuestión de horas o de días… Pero, no había nada que hacer. Mientras esperabas, estabas nervioso y me llamabas (mientras yo estaba con los médicos). Cuando enseguida acudí de nuevo junto a ti, procuré tranquilizarte y decirte que debíamos esperar un poco, hasta que la habitación estuviera preparada. No te comenté nada más, pero creo que tú ya lo sabías… Lo sabías hacía tiempo. Pero, como otras veces, intentábamos entendernos sin palabras, y tratábamos de vivir los minutos, u horas, que nos quedaban.

Nos trasladaron a una habitación bastante incomoda y fría, en la que separada de tu cama por una mesilla y una silla había un camastro para que yo me pudiera quedar junto a ti. Te pusieron un gotero, pero tú estabas muy inquieto y querías que te levantáramos para llevarte al váter. Entre Izaro y yo, procurábamos hacerlo. Aunque yo tenía la impresión de que tumbado estabas mejor, Izaro insistía en ayudarte. Se te desprendió el gotero y unas enfermeras bastante antipáticas tuvieron que volver a pincharte otra vez. Les costó encontrar la vena y tú seguías molesto e inquieto… Acudió a verte el Dr. Arenas, y al salir me repitió que no había nada que hacer… Según me dijo: "La creatinina está por las nubes. Una cifra increíble…". Interpreté que, al final, te había fallado el riñón. Le dije que sabíamos cómo eras y que tanto los hijos como yo, deseábamos que, si el desenlace era inevitable, fuera lo más tranquilo posible y no sufrieras más.

Comenté a Izaro que debía llamar a Agurtzane. Él me dijo: "¿A esta hora? ¿No sería mejor dejarle hasta mañana?". Insistí y le llamó. Agur y Joxean llegaron hacia las 10:30 u 11:00 de la noche. Seguías inquieto y deseabas que te moviéramos de la cama. Al ver a Agur, le sonreíste. La cama era corta e incómoda y llamamos a las enfermeras (que esta vez eran más amables que las del equipo anterior) para que trataran de alargar la cama, poner almohadas… En fin, hacer algo para que resultase un poco más cómoda. Hacia las doce, Izaro y Joxean se fueron a casa, y Agur y yo nos quedamos contigo. Hasta las dos de la madrugada seguiste inquieto, pidiéndonos que te sacáramos de la cama para ponerte en la silla, de allí hasta el camastro, de nuevo a la silla, de nuevo a la cama… Cada vez más agotado pero insistiendo en el cambio. Hacia las dos de la madrugada, se me ocurrió comenzar a darte en una de tus piernas la pomada-crema que te solía aliviar. Parecías algo más tranquilo y Agur empezó a hacer lo mismo en la otra pierna. Parecías un poco mejor. Nos sonreíste y comentaste: "*Haren bat ematen du*". Estabas más tranquilo, y Agur, tumbándose en el camastro, te dijo: "*Aita, orain lotara, bihar hobeto egoteko*". Pareciste responder a ese deseo y te tranquilizaste más… Yo sentada en la silla, junto a tu cama, te cogí la mano derecha entre las mías: mi derecha abajo y mi izquierda sobre la tuya, para poder moverla y acariciar tu cara, tu pecho… A veces, besaba suave pero intensamente tu mano, tratando de trasmitirte mi apoyo y mi inmenso afecto…

Ibas quedando más tranquilo y empezaste a respirar de una forma distinta, algo extraña... Miré a Agur y ella me dijo: "¿Llamo a la enfermera?". Le hice un gesto diciéndole: "No, sigamos con él, así como estamos". En un momento, me apretaste la mano y empezaste a musitar: "Nunca, nunca, nunca...". Lo dijiste muchas veces. Sabía que te referías a algo que en situaciones menos límites, me habías dicho ya antes y querías que me quedara claro. Una vez más me repetías que tu lealtad no se había quebrado nunca. A pesar de los flirteos, a pesar de *la obsesión*: "¡Nunca!". Mientras tanto, yo te besaba la mano, sintiendo tu piel en mis labios. Creía que tú también los notabas. Dijiste algo más que ninguna de las dos pudimos entender... Y durante casi tres horas, seguiste respirando, cada vez más suave. De vez en cuando, te ponía la mano en el pecho, en el abdomen, en la zona del corazón... e iba notando sus latidos... cada vez más lentos. No dejaba de besar tu mano y en mi mente, sin mover los labios, pedía: "¡Dios mío ayúdale... ayúdanos...!". Mi forma de rezar era una especie de petición a la naturaleza o al cosmos, que nos integra, nos condiciona y termina por recogernos. Hacia las 5:15 de la madrugada del uno de diciembre, cada vez respirabas más débilmente y al volver a poner la mano sobre tu corazón, cada vez notaba que su latir era más quedo... Seguía teniendo tu mano cogida de la mía y, sin dejar de besarla, pensaba "ayúdale... ayúdanos...". Hacia las 5:30, quizá un poco antes, dejaste de respirar... Al poco, hice un gesto a Agur, que seguía desde el camastro todo el proceso. Llamó a las enfermeras que vinieron al rato, te tomaron el pulso y certificaron lo que yo ya sabía.

* * *

Les dije que quería vestirte de tu manera habitual. Tenían prisa pero me ayudaron a hacerlo. Como siempre, de oscuro. Con las zapatillas blancas, el cuello de la camisa azul marino levantado hacia arriba y el jersey azul marino. La *txapela* sobre la cabeza. Yo no te la podía colocar bien, pero el camillero que vino al poco y te conocía del Antiguo, te la puso en seguida tal y como te la solías poner, a tu manera habitual. Te trasladaron al tanatorio de la clínica y después de recoger las cosas (qué poco tiempo habíamos pasado allí...), bajamos contigo. Estuvimos (Agur, Izaro, Joxean y yo) acompañándote hasta las 8:30 o 9:00, cuando vinieron los de la funeraria para llevarte al tanatorio de Rekalde. Durante estas horas, te miré, te acaricié y te besé con frecuencia. Me parecía que seguías siendo tú... mi amor de siempre.

Hacia las 9 te llevaron al tanatorio. Al comienzo estuvieron contigo Izaro y Joxean, los sobrinos y la gente que comenzó a visitarte. La noticia se había extendido rápidamente, y pocas veces he visto entre nosotros que el fallecimiento de una persona conocida pudiera motivar tal conmoción. Sin duda la gente te quería, a mi juicio merecidamente. Habías sido bueno en aquel doble sentido que el comentario de Chillida había acompañado a Rafa: "Bueno como artista y bueno como persona", y la gente así lo valoraba.

En el tanatorio me pareciste más de plástico y llevabas la *txapela* mal colocada. Vino mucha gente... Entre ellos una mujer de unos 50 años que se acercó a mí y me entregó un pequeño y precioso ramo: estaba formado por un iris azul intenso (*lili bat?*) y un poco de verde-helecho, rodeándolo. El ramo era corto y estaba unido por una cinta estrecha del mismo color (lila-morada). Conocía a Mikel, me dijo, le solía ver en Xoxoka. Hace poco, siguió (debía de ser después de la última vez que en 2005 estuviste ingresado), me dio un recado: "Cuando muera (me dijo) lleva esta flor a mi mujer". Ella te contestó: "Pero, si no le conozco...". Y tú, le respondiste: "No importa. Allí enseguida te darás cuenta de quién es...".

Unos meses después quedé con Zumeta y Txelo. Éramos amigos y estuvimos muy bien. Entre otras cosas, me hablaron de tu gran lealtad. Se lo agradecí mucho, sin decírselo, pero yo ya lo sabía.

Desde que nos dejaste, te escucho con frecuencia (y me gustaría que otros también lo hicieran). Miro tus imágenes; trato de seguir tu rastro, sentir tu olor y poder tocarte... Pero en la pantalla del ordenador o en tus fotografías, no puedo hacerlo. Mientras tanto, sigues ocupando mis oídos, mi cabeza y mi corazón… Y a veces, me parece que el canto de los pájaros me trasmite mensajes de ti… Entre otras cosas, me puede decir:

"Xoria, zaude ixilik, ez egin nigarrik;
Zer profeitü dükuzü, hola aflijitürik?
Nik eramanen zütüt, xedera laxatürik,
Ohiko bortütik, ororen gañetik."[6]

Me gustaría también que me tradujeran esos sonidos que tanto me gustan y que anteceden y siguen al texto recitado… Pero no lo hacen. Sin duda, los sonidos también pertenecen al reino de los pájaros y lo único que me queda claro es el lento y trabajoso, "*Izan… ala ez izan…*" final.

6. Calla, pajarito, y no llores;
¿qué te aprovecha afligirte así?
Yo te llevaré, soltando el lazo,
allende la montaña, por encima de todo. (ver Apéndice)

Apéndice

Traducción de los fragmentos de poemas y canciones citados al comienzo de cada capítulo.

Capítulo I: *Orduan/Por aquel entonces*, ver páginas 11-12.

Capítulo II:

Desde la mañana, la hormiga se afana en su trabajo
para la lucha cotidiana,
no pudiendo levantar su carga llora...

Txinaurria, tradicional

Capítulo III:

Entre hojas y ramas
la estrella de la mañana;
el niño está dormido
no le despiertes...

Canción de navidad tradicional

Hay una luz que nunca se extingue...

The Smiths

Capítulo IV:

El polvo de las estrellas se convirtió un día en germen de vida
y de él surgimos nosotros en algun momento.

Y así vivimos, creando y recreando nuestro ámbito
sin descanso…

… El trabajo humano es conocimiento: conocer y transformar;
hermanarse con la naturaleza y llegar a desvelarla…

… Del mismo tronco del que nacimos nosotros,
nacerán otras ramas jóvenes…

Fragmentos del poema *Izarren hautsa* de Xabier Lete.

Capítulo V: *Orduan/Por aquel entonces*, ver páginas 11-12.

Ne me quitte pas/No me dejes…

Jacques Brel

Capítulo VI: De nuevo *Orduan/Por aquel entonces*, ver páginas 11-12.

Capítulo VII: De nuevo *Orduan/Por aquel entonces*, ver páginas 11-12.

Gracias a la vida

Violeta Parra

Calla pajarito, y no llores;
¿qué te aprovecha afligirte así?
Yo te llevaré, soltando el lazo,
allende la montaña, por encima de todo. (tradicional)
… … … …
Ser o no ser.

Fragmentos de *Itsasoa eta lehorra* (*Lekeitio 7*) (pág. 384)